# 编委会名单

中国戏曲学院戏文系学生作品丛书

# 中国戏曲学院戏文系
# 2015届、2017届学生毕业剧本集

主　编　谢柏梁
副主编　邹德旺
　　　　王　强
　　　　钟　鸣

中国戏剧出版社

**图书在版编目（CIP）数据**

中国戏曲学院戏文系2015届、2017届学生毕业剧本集 / 谢柏梁主编. —北京：中国戏剧出版社，2019.12
（中国戏曲学院戏文系学生作品丛书）

ISBN 978-7-104-04917-3

Ⅰ. ①中… Ⅱ. ①谢… Ⅲ. ①剧本－作品综合集－中国－当代 Ⅳ. ①I230

中国版本图书馆CIP数据核字（2020）第011476号

---

# 中国戏曲学院戏文系2015届、2017届学生毕业剧本集

**责任编辑：** 王　恬
**责任印制：** 冯志强

---

**出版发行：** 中国戏剧出版社
**出 版 人：** 樊国宾
**社　　址：** 北京市西城区天宁寺前街2号国家音乐产业基地L座
**邮　　编：** 100055
**网　　址：** www.theatrebook.cn
**电　　话：** 010-63385980（总编室）
**传　　真：** 010-63383910（发行部）

---

**读者服务：** 010-63381560
**邮购地址：** 北京市西城区天宁寺前街2号国家音乐产业基地L座

---

**印　　刷：** 固安县京平诚乾印刷有限公司
**开　　本：** 787mm×1092mm　1/16
**印　　张：** 34.25
**字　　数：** 509千字
**版　　次：** 2019年12月　北京第1版第1次印刷
**书　　号：** ISBN 978-7-104-04917-3
**定　　价：** 88.00元

---

# 雏凤清于老凤声

（总序）

中国戏曲学院是我国戏曲的最高学府，戏曲文学系是国内唯一一家以培养戏曲（也包含话剧、影视等）创作和理论人才为己任的专门化系科。其主要办系目标，就在于以培养戏曲编剧人才作为自己的立系之本和基本使命。

戏曲文学系，必须要具备一个较有实力的戏曲创作教学团队。尽管好的戏曲剧作家，不一定都是好的戏曲创作导师；但是一位经验丰富而且富有权威的戏曲教师，必须得要有从事创作的经历，必须要有创作戏曲的快乐乃至痛苦的亲身体验，这样的老师去指导学生，才可能收到点石成金乃至脱胎换骨的功效。

同样道理，学生写的剧作，必须要交付出版，最好能够搬上舞台。否则其作品就永远只是深闺寂寞、孤芳自赏的半成品。交付出版的原因，也是为了今后有机会搬上舞台。在国戏的65年峥嵘岁月中，特别是在戏曲文学系办学以来的35个春秋当中，涌现出了一些堪称俊彦的编剧名家。

戏文系与《剧本月刊》合作，每年为同学出版新一辑剧本选；如今我们又从2010届同学这里起步，将他们的作品付梓出版。我们还与上海古籍出版社携手，为我系老师出版个人戏曲剧本集，这都体现出戏文系承传近千年戏文衣钵，着力打造中国戏曲编剧人才培养主要基地过程中的新成果。

实事求是地讲，与近千年来梨园教坊的演员养成机构相比，与近百年来卓有成效的现当代戏曲表演人才的模式相比，与进入到又一个甲子年轮的京剧表演专业相比，作为一个新生事物，作为全国乃至全球范围内唯一以培养戏曲编剧作为己任的专门系科，年轻的戏文系压力颇大。

这一压力主要来源于对于戏文系兴办使命的根本质疑。尽管在元曲与明清传奇的浩荡序列中，优秀的作品层出不穷；但是那些优秀的剧作家，没有一个是从专门的戏曲系科中培养出来的。戏曲作家往往都是由饱读诗书的历代才人们，在诗文创作之余尚有余兴，于是率尔作剧，在不经意当中所焕发出来的大好文章。

戏曲剧作，原本就是中国传统文体中诗文词曲之一脉。在中国的文化发展长河中，诸子百家，诗词曲赋，都已经成为中国人的基本素质修养和宝贵精神财富。其中的曲，通常分为散曲和戏曲两大类别。

戏曲具备综合集成、左右逢源的特点。一边与艺术圣殿融为一体，因为戏曲包括了音乐、舞蹈、绘画、雕塑、建筑乃至表演的诸多艺术元素。从另外一边来看，剧本又构成了戏剧文学的主体，成为文学圣殿中诗歌、散文、戏剧和小说的四大明珠之一。

就我国来看，目前可以看到的戏曲剧本，先后贯穿了宋、元、明、清和现当代数个历史时期，已经成为中华民族不可或缺的、宝贵的文化遗产之一。

近千年来的戏曲剧本写作，大多数情况下属于文人骚客们的业余创作行为，但也确实出现了一些较为专业的剧作家。还有的剧作家，几乎把写剧本当成一种基本生活方式与生存状态，甚至出现了一些以此作为养家糊口基本手段的职业写剧与卖剧的行为。元杂剧作家几乎很少有机会参加科考，那么大家就扎堆去写剧本。清代的李渔和洪昇，几乎是在把写剧本当成一种职业和谋生的手段，他们也同样都很有成就。

百行百业，原本不一定都需要专门的院校设置对口的专业来培养。但是随着人类社会发展的需求，随着资本主义社会专业分工的细致化和明确化，大学里头的专业设置，几乎实践着人间需要什么人才，大学就培养何种人才的教育理想。

在西方的大学中，写作专业和剧本编剧，常常都可以作为基本的课程，许多同学的作业也因此成为其编剧事业的起点。例如，我国第一位获得哈佛大学戏剧专业硕士学位的洪深先生，就是以《为之有室》和《回去》两剧考取的哈佛大学。他曾深情地回忆说，“哈佛大学里教授戏剧的是倍克先生……他教的《戏剧编撰》，学程号数为英文第四十七，乃是全国闻名的。……‘英文四十七’又附设一个实验剧场，简称‘四七工场’。在这里，作者可以将他所写的戏实际上演，而观察那观众所发出的反应，再将剧本加以修改”。

承接西方戏剧教育传统，直接受到苏联专业戏剧学院的影响，新中国建立以来，两所以西方戏剧和话剧作为主要学习内容的专门学院应运而生。尽管中央戏剧学院和上海戏剧学院也培养出不少戏曲编剧人才，但是这两所明显以培养话剧、影视艺术人才作为基本特色的学院，对于民族戏剧的关注只是其副业而已。

中国戏曲学院作为培养中国戏曲艺术高级专门人才的唯一学府，其戏曲文学系也以培养戏曲编剧人才作为自己的立系之本和基本使命。这也是全球范围内唯一独立设置的戏曲编剧专业。

独养的儿子从生存环境来看，未必属于最好的状态。这是因为其没有可比性，不能太多地从兄弟姐妹的行列中分享经验和教训，当然也有可能会被宠爱出固步自封、资源独占的毛病来。戏曲文学系开办以来，也是在一空依傍的情形下，逐步在摸索自己的办学路数。

从师不高，学也不妙。戏曲文学系，必须要具备一个较有实力的戏曲创作教学团队。

好的戏曲剧作家，不一定都是好的戏曲创作导师。在一位经验丰富、基础较好的成熟剧作者那里出出主意，有的时候真可以收到点石成金乃至脱胎换骨的功效。但就培养一位刚刚高中毕业进入戏曲学院的“生胚子”同学而言，您得要有足够的时间、充分的耐心，按部就班地进行培养。从唱词与念白、小戏改编一直到大戏改编、独立创作，这其中的艰难程度简直可以称之为是戏曲写作者一次艰难的万里长征。聪明、高明而又繁忙事冗的剧作家，富于创见与激情的剧坛才子，可能不会都能具备如此的耐心，也不能忍受那种漫长的等待。有时间的话还不如自己写一出新戏，焕发出作为剧坛才人的又一次富于天才创意的光彩。

于是戏曲文学系必须要延请一批可以以教书为职业、以教授编剧为专业方向的老师们。他们勤勤恳恳，心无旁骛，以学生的成长作为自身的快乐，以同学的作品作为自己生命价值的最高体现。在他们身上，天才的闪光可能要少一些，但化作春泥更护花的教师职业所带来的与生俱来的不厌其烦、敬业献身的精神必须要多一些。

我想，较为理想的戏曲编剧教师，尽管自己本人不一定是第一流的剧作家，但却一定要是写过一些剧本，上演过一些作品的实践者，他们必须亲身体验过编剧行当的艰难辛苦，理解整个创作过程中的喜怒哀乐，方能如鱼在水，冷暖自知。这样的老师，指导起学生的创作来，可能会更加游刃有余，得心应手；这样的老师，可能会更能够得到学生的拥戴和业内的认可。我曾经在上戏、国戏的戏文系执教过21年之久，确实常常听到有的学生抱怨个别编剧教师说：这个老师自己从来不写剧本，他凭什么要对我的构思横加指责、全面否定，非要让我另起炉灶？

不能说同学们的抱怨都对，但也必须承认编剧教师自身一定要具备编剧的足够的经验。要求编剧教师的作品具备全国乃至世界性的影响，那只是一种希望而已；但是老师的作品至少要能立得住，可以搬上舞台，可以比较规范，能够成为自己所论的编剧法则的些许论据。即使失之于规整，甚至时过境迁之后还有几丝平庸之感，但编剧教师创作剧本这一必备经验，从个人角度来看，还是万万不可省略的。

有鉴于此，我开始特别关注中国戏曲学院戏文系教师的戏曲创作，并决定把其中部分教师的作品作为一套丛书，分别结集出版。如此做法，不仅是为了戏曲学院60年校庆的一瓣小小献礼，也不仅是为了体现出本系戏文创作与理论专业作为北京市优秀教学团队和北京市特色教学建设专业的光彩，也不仅是为了反映该专业作为北京市优秀教学成果奖得主的教师实力，更为重要的是要让学生们知道，老师们是在以自己的创作和教学的多年实践，在与大家同甘共苦，共同分享创作和生命活动的苦涩与欢趣。这也将激励更加年轻的老师们教有余力，最好要投身到戏曲创作的专业实践领域之中去。

榜样的力量是无穷的。如果中戏与上戏的老师不写话剧与影视作品，学生们就会没有专业敬仰和崇拜的对象，甚至连参与分集“打工”的前提条件和基本氛围都没有。上戏陈耘先生的《年轻的一代》，为上戏学子勾起了多少光荣的梦想啊。同样道理，国戏戏文系的同学要有所景仰、师范和继承，同样还是需要从自己身边最为熟悉而亲切的老师这里，获得写作剧作的第一动力。

因此，将本系教师的戏曲创作结集出版，符合戏曲教学的基本规律，既符合戏曲文学系的办学方向，也符合中国戏曲学院对于戏文专业的根本定位。

当然，这些作品跨越了老、中、青几代人，也见证着不同时代的社会烙印，也未必都是当时和今日的佳作，但都体现出编剧教师们的匠心、苦心和忠诚于戏曲教育事业的一片真心。至于创作水平之高低优劣，时过境迁之后的不合时宜，也都见证出历史和个人的选择，以及这种选择之后是否合乎个人与社会的目的性的成败体验来。即使当年的创作未必高明，但是以老师们的挫折乃至失败作为借鉴，也许更能够使学生少走一点弯路，在戏曲创作方面逐渐变得聪明起来。

我们系首批推出的戏文系戏曲编剧教师的剧作专集有：

一、《郝荫柏戏曲剧作集》

郝荫柏老师作为抗日忠良之后，先学京胡，后转创作，经历了几度人生起伏，终于回到戏曲学院戏文系担任戏曲编剧教师。作为戏文系的副主任，他在工作上勤勉认真；作为编剧教师，他对学生热情负责；作为戏曲编剧，他这么多年来创作出不少剧本，体现出对于戏曲事业的赤诚之心。尽管其剧本体现出不同时期的历史政治风云和价值品判观念，但是他所改编的京剧《悲惨世界》，在京沪演出时深得观众好评，体现出艺术作品对于时空的超越力量。

二、《谢柏梁戏曲剧作集》

这几年，我的戏曲作品被先后搬上越剧、京剧等剧种的舞台，这令好多朋友们特别惊讶，因为他们都知道我是一位戏剧史论方面较为资深的学者，怎么会在几年之间华丽转型为编剧？其实我自小就曾在基层剧团担任编剧之职，还担任过全国棉花会议文艺节目的总撰稿。更为重要的还在于我的两位祖师爷——吴梅与老舍先生，同时也是戏曲和话剧方面的创作大家。作为他们的再传弟子，尽管心向往之而不能至，但却不可以不为；作为戏曲文学系的主任，如果连我都不参与戏曲创作，那么大家都可以在教授编剧时进行空谈式的纯理论教学。为此，我在近几年重拾旧业，顺理成章地回到了戏曲创作专业，希望在编剧与理论上齐头并进。

三、《颜全毅戏曲剧作集》

前面提到过，颜全毅是戏文系所培养出来的学生，也曾跟随我就读过博士生。他在创作与理论方面都比较擅长，特别在戏曲剧本创作方面，可以说在戏曲学院乃至在北京市的青年戏曲编剧人才里头，一枝独秀，领袖风骚。北京市愿意专门从事戏曲创作但又每年都能有新作推出的青年才俊，实在是凤毛麟角，而颜全毅就是成果较为丰硕的默默耕耘者。惟其如此，他先后进入北京市和教育部的人才培育序列，前景正无限美好。

四、《胡叠戏曲创作集》

胡叠是我系的青年女教师。她特别钟爱戏曲编剧，也曾经获得过老舍青年文艺奖项。她的剧本，具备唯美化的倾向，也带有案头文学的诸多气质和个人性情的诸多烙印。尽管到目前为止，她的剧作尚未被搬上过舞台，我在是否将其剧作单独结集出版时也有所犹豫，但是我最终相信坚冰总会有融化之时，好的剧作总会被剧团所慧眼识珠，付诸于演出。

五、《钟鸣剧作集》

六、《韩萌戏曲剧本集》

七、《陈云升剧作选》

在戏曲学院，还有一批老教授在剧本方面用功甚勤。贯涌教授的剧本创作独树一帜。特别是近些年来，他对于豫剧剧本的整理改编已经蔚成系列。他同时还在积极指导戏曲动漫剧本的创作与制作。赵景勃教授、张关正教授的京剧整理改编演出工程，也势所必然地部分涉及到剧本整理。

当然，迄今为止中国戏曲学院乃至中国当代戏曲史上最有影响的大戏曲作家，那还是我校的首任校长田汉先生。我认为他不仅是实现了作为中国的席勒的少年之梦，而且还在民族戏曲剧本的创作等许多方面，都极大地超越了席勒的影响。他的《白蛇传》《谢瑶环》等京剧剧作和《关汉卿》等话剧剧本，完成了对同类题材的最终范型之打造，使得后人很难在同一题材上再度超越。

从田汉先生上溯到洪昇、汤显祖和关汉卿，我们才可以理直气壮地说，戏曲剧本的写作，相对戏曲表演而言，同样重要，密不可分。戏曲艺术需要有人写剧本，这是古今中外的通例。草台班所表演的即兴创作，毕竟言之无文行而不远。所以“剧本剧本，一剧之本”的说法，已经成为大家的共识。

而且从文化遗产留存的角度来看，剧本流传的恒久性比舞台演出的保存要长远得多。古希腊当年的剧场以及表演艺术如今安在？但是约31种古希腊悲剧至今还可以看到。中国宋代的戏曲演出杳然难觅，但是当年所演出的宋金杂剧戏目与南戏戏文剧本，却还是可以一叶知秋，看到大概。同样道理，元、明两代的表演艺术，今天也难得睹其原貌，但当时的许多剧本，却还可以原汁原味地保存下来。

乐观地回顾到戏曲文学保存的方便性与久远性之后，在图像采集与保存极其迅疾与方便的今天，我们不得不承认，今天演员们的精彩表演，也将会十分保真地传之后世。如果戏曲文学没有更好的发展，其拙劣之处也将会伴随着表演的传播而被后人所难于认可、不予理解甚至给予激烈的批评。

当着传统文化的空间遭到较大挤压的今天，当着戏曲艺术从大众主流观赏的审美对象，变成百花园中之一丛花卉时，当着今人的古代文化修养急剧滑坡之时，戏曲编剧的培养和教学也就成为难度极大的攻坚工程了。

即便如此，在国戏的65年峥嵘岁月中，特别是在戏曲文学系办学以来的35个春秋当中，还是涌现出了一些堪称人才的俊彦人物。

英年早逝的郭大宇，尽管已经辞世十年，但其作品还是不朽的大作。得益于他在国戏的坐科经历，其《徐九经升官记》将封建官场的荒谬逻辑予以了富于喜剧性的深刻展示，先后获得过文化部和中国剧协联合颁发的优秀剧本奖、省文化厅颁发的优秀创作奖及多项综合性大奖，搬上银幕后又获文化部颁发的优秀戏曲片奖。

姚清水的代表作《状元与乞丐》，早在1982年，就荣获全国第一届优秀剧本奖。号称可与魏明伦、郭启宏、郑怀兴分庭抗礼的剧坛两女侠之一的孙月霞，其《画龙点睛》曾经轰动京师，并荣获文化部首届文华大奖。

我系系友、现任云南艺术学院教授陶增义，早在1999年便在中国戏剧出版社出版了《陶增义剧作选》。其戏曲作品《古琴魂》《京娘》《陈圆圆与吴三桂》，电视剧《天地情》《凤凰花开》都有较大影响。

王若皓是我系中唯一从事昆曲创作的系友。他所改编创作的《历图山》（北方昆曲剧院演出，谷峰主演）、《妙医》（北方昆曲剧院演出，史红梅主演）、《哪吒》（北方昆曲剧院排演，未公演，刘巍主演），他所参与创作的《宦门子弟错立身》（北方昆曲剧院演出，柯军、史红梅主演）等剧目，都得到了较多好评，后者还获得过国家奖项。

徐瑛是我系系友中，国际合作较多、国际化影响较大的一位编剧。他从1991年至今，在中国歌剧舞剧院担任专职编剧。他曾于1996年至1998年以访问学者的身份赴美交流，并应美国洛杉矶大学世界文化艺术系的邀请担任该系客座教授，讲授中国传统戏曲创作。其戏剧作品在中国大陆、欧洲、美国、日本等国家以及香港等地区的剧院和国际性艺术节上演出，为当今颇受国际戏剧界关注的中国剧作家。其主要作品有：花鼓戏《刽子手传奇》，1994年湖南省花鼓戏剧院首演；现代戏剧《巴凯》（改编自古希腊悲剧），中国京剧院与美国纽约希腊话剧团联合制作，1996年中国京剧院首演；现代戏剧《阿Q》（与美国著名现代舞编导Victoria Marks合作），洛杉矶世界文化艺术中心制作，1997年首演于洛杉矶（英文版）；现代舞剧《Empty Tradition / City of The Peonies》（与美籍华裔现代舞编导殷梅和印度尼西亚作曲家托尼合作），美国亚洲协会制作，1998年首演于纽约；歌剧《胡笳十八拍》（美籍华裔著名作曲家林品晶作曲），2002年世界首演于纽约，亚洲首演于香港艺术节（中、英文版）；歌剧《茶》（与美籍华裔著名作曲家谭盾共同编剧，谭盾作曲），2002年世界首演于东京（英文版），欧洲首演于阿姆斯特丹；京剧《兵圣孙武》，2002年中国京剧院首演；京剧连台本《宰相刘罗锅》下集，2002年北京市京剧院首演，在全国首届十大戏剧精品工程的评选中荣登榜首；歌舞剧《清明上河图》，开封市宋文化传播有限公司制作，2003年首演；徽剧《蔡文姬》，2004年安徽省徽剧院首演；京剧连台本《连升三级》，2005年北京市京剧院首演；歌剧《李白》（与廖端丽合作，著名作曲家郭文景作曲），2007年美国丹佛城市歌剧院首演。此外，他还创作了三十集电视连续剧《舞台姐妹》《康定情歌》《关中刀客之粪操子》《人厨子》《肉瓤子》《花翎子》《虎头》，四十集电视连续剧《范府大院》，电视连续剧《大敦煌》等剧，创作成果颇为丰硕。

文化部戏剧处处长吕育忠，在公务繁忙之余，多年来也没有忘情于戏曲创作。他较早就出版过个人的戏曲剧本集，越剧《李慧娘》也得到了大家的好评。

王珏虽然是北京市文艺部门的管理者，但她的儿童剧创作也独树一帜，惹人喜爱。其《孙悟空》《天鹅湖》《绿野仙踪》《南极精灵》皆是如此。徐恒进评论说："她总能带着孩子们在花果山、在天鹅湖畔、在大森林里、在南极大陆捡到新的宝贝，让孩子们欢呼雀跃，也让大人们兴高采烈。作品精华的剧本集《金箍棒》日前由北京出版社出版。该书首次公开了尚未公演的系列木偶剧《孙悟空》剧本。由北京出版社出版的王珏儿童剧作集《金箍棒》居然十分好读，让人欲罢不能，一气读完。吸引人的是什么呢？是一颗纯真的童心，是一片美好而又纯净的世界。”

上海京剧院的龚孝雄，先后创作的作品有戏曲《官宦宰相》《长恨歌》《王佐断臂》《青衫·红袍》（合作）、《梅妃》《满江红》《小吏之死》，音乐剧《火神》《白娘子》，话剧《梅兰芳》，朗诵剧《诗意中国》，大型原生态情景剧《家园·印象上钢》等。作品曾获得首届上海青年文化新品奖、上海市小剧目评比演出优秀剧目奖、第20届“中国田汉戏剧奖·剧本二等奖”、第六届中国戏剧文学奖·银奖、第十一届中国戏剧节“中国戏剧奖·剧目奖”、第二届中国戏剧奖·小戏小品奖暨2007全国小戏小品大赛“金奖”和中共上海市委宣传部、上海市重大文艺创作领导小组颁发的“上海文艺创作优品”称号等。曾被上海戏剧家协会授予“2007年度突出贡献个人”称号。

现为宁波市艺术剧院创研部主任、高级编剧的王晓菁，自中国戏曲学院毕业至今，共创作改编11部大戏，平均每年一部以上。多部作品在全国及省市级获奖，其中大型越剧《阿育王》获第九届中国戏剧节优秀剧目奖、第五届中国戏剧文学奖金奖。《九斤姑娘》（与人合作）获中国戏曲学会奖、第九届文华新剧目奖，入选国家舞台艺术精品工程资助项目。《月光恋》获2008年第十届浙江省戏剧节剧目奖。《沈清传》两度赴韩国演出。还有《宁波大哥》（与人合作）、《重生缘》、《好人王延勤》（与人合作）、《护士日记》等均被搬上舞台，获得好评。2006年被评为宁波市十大青年文艺之星。2008年被评为宁波市十大杰出青年。2007年11月，获得宁波市宣传文化系统“六个一批”（文艺类）人才。

还有北京京剧院的红袖，其《弘一法师》等剧作，都将戏曲剧本的元素与话剧元素予以了糅合，有很强的创新意义。

此外，以龚应恬、张承等人作为杰出代表，戏文系还有不少系友承担着电视剧、电影和小说创作等相关创作领域内的重大使命。

梅帅元在戏曲创作之外，还在山水实景情景剧方面，做出了很好的成绩并在国际上也取得较高的知名度。百老汇著名演员王洛勇先生，前几天就在长安大剧院对我说：写过戏曲剧本的人，基础好，什么都能写得好；但是反过来就不行，许多知名作家写戏曲剧本就不行，连一句唱词都写不好。

这些系友的多方面成绩，都在不同程度上体现出戏曲文学系在戏曲创作人才培养方面的教学成果，也激励着学妹、学弟们在戏曲创作的园地中矢志耕耘、桃李满园。

于是，就有了我们与中国剧协一流的《剧本月刊》的合作。在这一平台上发表戏文系在校本科生和硕士生的戏曲创作，并由指导老师逐一加以评点，正是为了帮助和鼓励他们尽早、尽快也更好地站在戏曲创作的前沿阵地上，促使他们的作品早日搬上舞台，盼望他们的作品早日结集，希望他们在中国戏曲的新世纪里早日成为主流剧作家。只有这样，中国戏曲学院戏文系的兴办宗旨才不会丢失，民族文化在经济大潮中才不至于被淹没，千年以来的中国戏曲之剧本文脉才能够得到有效地继承。

我们已经与浙江艺术学院合作，将我系同学所创作的红楼小戏系列搬上了舞台。目前该剧已经获得中国大学生校园戏剧专业组优秀剧目奖和中国越剧节优秀剧目奖。今后我们还将把同学们在《剧本月刊》上发表过的作品，陆续推上舞台，使之在实践出现的过程中得到进一步的陶铸与提高。

由此出发，我们又将新世纪以来戏文系历届同学的作品，正式结集出版。今后，我们每年都将把本科生与研究生的作品与论文，结集出版，以期接受社会的检阅，更希望能够得到同行们的批评与建议。

戏文数种，心香几瓣，付梓问世，其中或有佳作场境，人物风标，化身为诸多妙像，倘若会引起共鸣，提供一些启发，则善莫大焉。希望得到社会各界的批评与指正，也希望得到戏曲文学系的历届同学们的多加品评，提出宝贵建议。

我坚信，21世纪中国戏曲创作的希望和未来，将主要集结在中国戏曲学院戏文系系友们的创作群体中。

曙光正在前头，老师与同学们仍须努力。

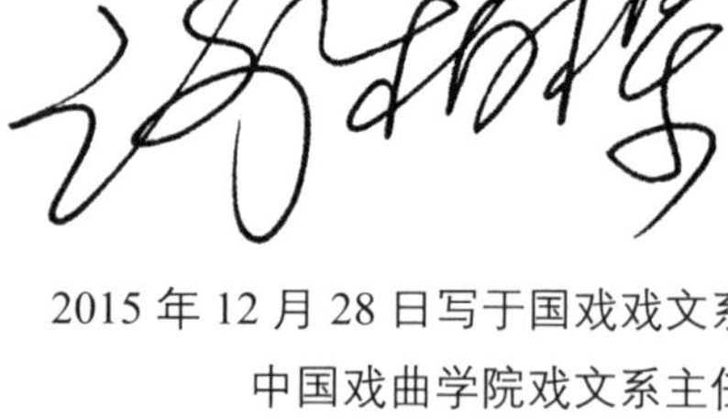

2015年12月28日写于国戏戏文系

中国戏曲学院戏文系主任

谢柏梁

# 目录

# 扇面美人

（沪剧）

编　剧：崔延丽（戏文系 2011 级）

# 戏文《扇面美人》创作阐述

《扇面美人》最初的构想来源于电视剧《玲珑女》，讲述的是发生在二十世纪二三十年代中国江南水乡某小镇挑选“扇面美人”的凄婉动人的故事。电视剧《玲珑女》以美人们的爱情为切入点，创作了一部爱情剧。而笔者回想起来却不是被其爱情打动，而是有关于这个题材。因此，笔者在创作《扇面美人》时将爱情的部分删减得少之又少。在一部大戏的构建下，赋予《扇面美人》新的立意与结构。从女人命运本身出发，去思索“扇面美人”这一事件背后的残酷。

笔者在创作《扇面美人》时，从三个方面进行了对比。第一，玲珑镇这个江南水乡本该是山水秀丽、民风淳朴，俨然仙境的世外桃源。扇面美人儿是玲珑镇的瑰宝，也是每个人心中羡慕的对象，她们有着精致的容颜与姣好的身材。用鱼儿来选出扇面美人，代表着沉鱼落雁、闭月羞花之容貌，也增添了一股梦幻气息。但这最美的地方却隐藏着最震慑人心的凶残，失去思想与自由，为扇子奉献自己最美的青春。这一“美”一“丑”的对比是笔者着力刻画的。第二，二十世纪二三十年代是一个特殊的时期，军阀混战看似山穷水尽却又蕴含着绝处逢生的一线生机。“乱世出英雄”，百姓的命运好像都被这些人操控，遇到开放文明的统治者便是晴空万里，遇到凶残暴虐的统治者便是乌云密布。因此，它像是一个充满新生又好似难以逃脱的牢笼，给人希望又让人绝望。《扇面美人》中共有两次军阀与传统氏族的较量，相同的境况，前者是以女人的死亡为终结，后者是以女人的离开为终结。十六年前新的思想与冲击未能战胜腐朽残酷的封建氏族传统的捍卫者，十六年后却开辟了新天地，丑恶的封建传统捍卫者的大厦终被毁于一旦。是文明战胜了野蛮。第三，女人，在这个世界上一直以来都属于弱势群体。自父系社会开始，便逐步沦落为男人的附属品。在旧时代不可逾越的社会观念中，女人只能忍受着世界的压迫与歧视。可是，随着新思想、新文明的冲击，女人是要一直妥协被他人掌控命运，还是自我清醒去改变命运？《扇面美人》中的三个美人具有不同的出身与家庭背景，在这样惨无人道的黑暗中她们怎样把握自己的命运？《扇面美人》将命运、抗争、思想、亲情交织在一起，旨在塑造真实细腻却又有些无奈的扇面美人故事，讲述一段充满东方神秘色彩的传奇。

《扇面美人》选择以沪剧为剧种。沪剧曲调优美，富有江南乡土气息，擅长表现现代生活。笔者采用沪剧，出于三方面考虑：第一，沪剧擅长表现现代生活，能够更好地表现出故事的环境和时代背景。第二，沪剧的韵脚相对宽泛，利于表现人物的内心与情感。第三，沪剧本身所具备的艺术特色。在唱腔方面，唱腔音乐来源于浦江两岸的田头山歌，经过长期的艺术实践和广采博取，逐渐形成了其丰富多彩的曲调以及独特的风格。它既擅于叙事，也长于抒情。在伴奏乐器方面，以竹筒二胡为主，辅以琵琶、扬琴、三弦、笛、箫等，采用支声复调手法演奏。同时，向歌剧及电影音乐借鉴，戏剧配乐和剧情紧密配合，有前奏曲、幕间曲及贯穿全剧的主题音乐的运用。因此，笔者在创作《扇面美人》时，特别增添了主题音乐唱段。

《扇面美人》除去序幕与尾声一共分为五场，以扇面美人——白凤衣为主要人物，从白凤衣外地归来开始，到最终挣脱牢笼离去为结束。其中铺陈另外两个扇面美人的命运走向与结局。笔者将重中之重放在了白凤衣离去前与父亲、鲍司令的一番对话与心理活动。从最开始对父亲逼迫参选扇面美人的怨恨，到后来逃出牢笼的喜悦与森林迷雾中所见所闻的惊讶，再到后来的真相揭开，白凤衣对父亲的原谅与即将离开时对亲人的不舍。但现实环境与自己内心的渴望使她迈出了离开这一步，成为完整的自己，完成对命运的抗争。

在人物设置上，为了迎合环境与氛围，除了正常的人物设置外，特地增加了能够突破时间、地点等客观因素限制的神仙人物——老红鱼。老红鱼在此生活了几百年，遍观此地的种种事情，一直以来残存的封建糟粕在老红鱼的生命里不胜枚举。也正因此，对于小鱼想要一直在这里生活下去的想法，老红鱼会说出："若要你们在这里一辈子，怕是你们会恨死我这把老骨头。"于是，老红鱼才会在这个时代选择一个能够打破陈规的人来改变这个世界。

在故事情节设置上，第一场通过白凤衣的梦中情景，老红鱼说出命运走向给大家设置一个悬念。在命运已有的安排与不确定的结果下，白凤衣会如何选择自己的人生？面对着种种不解，白凤衣会如何寻找心中的答案？就如在莎士比亚的剧本《麦克白》中，麦克白在面对女巫预言的命运时，他所做的选择与纠结的心理动态。这样的设置使得人物内心与人物形象更加丰满。第四场模仿尤金·奥涅尔的剧本《琼斯皇》里黑人皇帝琼斯在逃亡时所出现的幻觉，通过迷雾中所见的一切揭开十六年前母亲去世留下遗愿的完整事件，解除白凤衣与父亲之间的误会。从而使得戏剧场景与戏剧形式更加丰富。另外两个美人的命运同样给人思考，老红鱼所说的一个“死”，一个“生不如死”也给人震撼，这两种都不是好的选择。在尾声中，白凤衣回到了玲珑镇，而玲珑镇随着扇面美人的消失，扇业开始倾颓，整个古镇随着封建礼教的崩溃而显得没落。这样的没落是在哀悼那些曾经为之丧命的女人，也是黎明前的黑暗。老红鱼最后说出：“哪有什么天意如此，不过是我，是我编写了她的一段命运。扇业会馆辜负了多少美人？老朽我也数不过来了。唯有此法，能解救她们。”在看完此剧后能让观者一直压抑的心情有所舒缓，也许这就是现实，也许这只是一场噩梦。而我们共同希望的是在文明开放的世界里获得自由。

从创作这个剧本之初，便怀着满腔的热情。直至今日剧本完成，很感谢胡叠老师的悉心指导。从构思的日渐完善到剧本的日渐完善，可以说是经历了一个脱胎换骨的质变，从初稿到终稿，整个剧本的戏剧结构与戏剧重心都有了很大的变动，一次次地删减与修改，最终完整的《扇面美人》呈现在各位老师面前。希望各位老师能够不吝赐教，使得《扇面美人》能够更加精彩。谢谢。

2011级戏文系　崔延丽

指导教师　胡　叠

**时　间：**二十世纪上半叶军阀混战时期

**地　点：**玲珑镇

**人物表：**

老红鱼——长期居住在玲珑镇的神仙，纵观了玲珑镇三百年团扇基业的发展和三百年间美人的命运。

柳　诗——扇面美人，秋家少爷秋洗月的未婚妻，留学归来。

白凤衣——扇面美人，镇长白立斋的女儿，中学的女学生。

白立斋——玲珑镇镇长，扇面美人白凤衣的父亲，妻子冯云馨。

刘玉指——扇面美人，有位身染重病的奶奶，家境贫寒，与画师袁小照相恋。

袁小照——扇业会馆的画师，与刘玉指相恋。

秋三爷——玲珑镇秋氏制扇家族的管家。

鲍司令——军队的司令。

族丁、士兵、群众、小鱼数人，元老三四人。

# 序

〔玲珑镇，清晨，尚未出太阳，天色还有些黑。

〔大幕开，纱后有美人执扇舞。

〔幕后唱：

团扇团扇美人多，
玲珑娇小一个个，
手拿团扇不扇风，
扇面美人就是我。
梅雨霁，暑风和，高柳鸣蝉多。
小园台榭远池波，鱼戏动新荷 。
薄纱橱，轻羽扇，枕冷簟凉深院。
此时情绪此时天，无事小神仙。

〔美人舞毕，下。老红鱼与几只小鱼上。

〔老红鱼与小鱼玩耍。

**小　鱼**　爷爷，爷爷，你看梅雨时节到了，扇面美人又开选了。爷爷，你说今年的扇面美人漂亮吗？

**老红鱼**　选出来的美人哪有丑的？

**小　鱼**　就是，这都问，笨。

**老红鱼**　这玲珑镇是产美人的名镇啊。

〔小鱼争相模仿美人动作，嬉笑一团。

**小　鱼**　爷爷，我真喜欢这里，想和您一样，在这里住上它一辈子呢。（小声嘟囔）只要不被人钓走。（众小鱼笑）

**小　鱼**　爷爷，我觉得还是团扇最美。（拿出团扇）您看，这儿是一朵牡丹，这儿是一只蜜蜂，这儿是美人，多么精致。要是用这团扇遮掩面孔，我也是个美人了呢！

**小　鱼**　是啊，爷爷，有诗云“轻罗小扇扑流萤”，多么美的一幅画啊。（扑流萤状）

**老红鱼**　你们说的都对。这里恐怕是天底下最美的地方了，小桥流水、烟雨蒙蒙、美人儿、团扇。可若是让你们住在这里一辈子，怕是你们恨死我这把老骨头哟。

**小　鱼**　爷爷，这里就像仙境一样，为什么会恨你呢？

**老红鱼**　看得多了，你们就知道了。唉，这些美人们的命，苦啊。

**小　鱼**　爷爷，那今年的美人……

**老红鱼**　这是个乱世啊，注定不太平。（叹气）

〔太阳升起，热闹的街市场景。

〔市民上，穿梭往来，手持各种美人团扇。老红鱼与小鱼下。

〔柳诗与仆人上。

**柳　诗**　你们这里的团扇真美。（拿起团扇欣赏）画的女人那么漂亮。（拿起团扇遮住半张脸）看，像吗？

**仆　人**　少奶奶长得比这扇面上的美人还漂亮。

**柳　诗**　跟你说啊，我在法国学的也是画画，只不过那是西洋画，和这个不太一样。这玲珑镇里的美人团扇要是能到法国，一定被当做艺术品。这东方艺术的美真了不起。要是我也能到扇面上去就好了。

〔刘玉指与画师袁小照上，两人迎面相遇。

**袁小照**　玉指。

**刘玉指**　小照哥。

**袁小照**　玉指，你，还好吗？选美人的日子就快到了，你……

**刘玉指**　小照哥，你看我最近气色好不好？

**袁小照**　玉指，你还是决定……我们……

**刘玉指**　小照哥，你别说了，奶奶的病越来越重了，她只有我一个人。

〔两人擦肩而过。

〔众族丁上，张贴告示。

**族　丁**　让一让，让一让了各位。（贴告示）本月十六月圆之日，是良辰吉日，按族规规定，开祠堂选美人。适龄女子，均要参加选拔，选中者，得六百八十块大洋，需在会馆中居住六年，六年过后，送往无影小楼守扇三年。

〔街上行人纷纷领着自家孩子回家打扮，下。舞台上留下欢喜的柳诗、悲伤的刘玉指与袁小照。

〔老红鱼与小鱼上。

**小　鱼**　爷爷，就要开选了，您说的那个乘船而来的美人怎么还没到？

**老红鱼**　就要到了，就要到了。

〔灯暗，序幕结束。

## 第一场

〔序中族丁张贴告示之日的清晨，太湖水面。

〔音乐起，灯亮，一条船缓慢自烟波中驶来，白凤衣随船上。

**白凤衣**　（唱）帆儿轻轻随风起，
碧波荡漾起涟漪。
我本生玲珑镇里，
现是学生白凤衣。
父亲匆匆接我去，
未到学校放假期。
说是外面纷争起，
还是小镇无人知。
于是听从父亲语，
乘坐船儿到今时。
帐中闲来也无事，
出得帐来观锦鱼。

只可惜，天色尚未大亮，鱼儿看不清晰。还是看看别处吧。咦，那远处的影子可是玲珑镇的清幽塔。父亲快来，快来。

〔白凤衣迎父亲白立斋上。

**白凤衣** 父亲，那可是清幽塔？

**白立斋** 凤衣，（顺着白凤衣手指的方向看去）那正是清幽塔。再有半日就可到玲珑镇了。凤衣，时辰尚早，回船舱去吧。

**白凤衣** 父亲，你为何偏偏要这样早地把我接回来？

**白立斋** 凤衣，现如今，世风日下，军阀混战，零星战火不断，只有这玲珑镇才是安全之地，你在他处，叫我如何放心得下啊。

**白凤衣** 父亲自小疼我，担心这些我是知道的，可学校尚有些课程未完，战火还未烧到学校，心中不免觉得失落。

**白立斋** 无妨，待到战火停消，再回去补上便罢。你在这休息片刻，我去看下船婆子煮的你最爱吃的莲子粥好了没有。妹妹凤音还在家盼望着你呢，不要再不高兴了。

〔白凤衣送白立斋下，白凤衣转身回。

**白凤衣** 这太湖虽是风平浪静，船坐久了却也是晕晕乎乎的。

〔白烟起，老红鱼上。

**白凤衣** （不停地揉眼睛）雾竟这样大了，怎么恍惚之中有个人影？是谁？是谁站在那里？（白凤衣走上前去）老伯，这太湖上此时鲜有人烟，你怎独自一人来到这里？

**老红鱼** 姑娘可是白凤衣？

**白凤衣** 是我。

**老红鱼** 来，跟我来。

**白凤衣** 我父亲尚在船上，我不能……

**老红鱼** 来，来吧孩子，有件很重要的事，我要告诉你。

〔白凤衣跟随老红鱼穿过一片雾后，雾中出现了一位身着艳丽古装的扇面美人——冯云锦，白凤衣停，吃惊，老红鱼慢慢下，扇面美人转身。

**白凤衣** 母亲？

（唱）多年场景此时现，
母亲竟然在眼前。
肤色未改容貌艳，
神采一如那些年。
母亲早已香魂断，
难道一直未曾眠？
为何她笑而不语抿嘴站？
为何她岁月如梭不摧残？

〔扇面美人不语，白凤衣继续向前追问。

**白凤衣** 母亲，是你来看凤衣了吗？

**冯云锦** 姐姐，你放心，我绝不会让凤衣姐妹重蹈覆辙。

**白凤衣** 姐姐？母亲你唤谁？我与凤音怎么？

**冯云锦** 做这美人是我自愿，这么多年，姐姐未曾亏欠于我。

**白凤衣** （唱）母亲说话好颠倒，
句句不解在心梢。
什么是覆辙重蹈？
什么是亏欠波涛？

〔寻找母亲却不见踪影，再次回转身来是母亲的牌位。

（唱）母亲忽而不见了，
只剩牌位白幡飘。
此事发生太蹊跷，
谁人能解我心潮？

〔老红鱼上。

**老红鱼** 孩子，莫再哭了。

**白凤衣** 老伯，你带我来此处是为何？母亲为何一改素日风貌，这般妖艳？

**老红鱼** 孩子，这哪里是你母亲，这是扇面美人冯云锦。

**白凤衣** 扇面美人，为何与我母亲这般相像？

**老红鱼** 孩子，那往日恩怨已与你无关，你不必急于知道，自有你知晓的时候。我今日前来，只是要告知你，此次你回到这玲珑镇，必将成为扇面美人。

**白凤衣** 老伯，可是我……

**老红鱼** 孩子，从你母亲去世的那天起，这就是你的命运。

**白凤衣** （吃惊）母亲去世……我的命运……

**老红鱼** 你母亲留与你一只簪子，你务必保管好它，如若不然，一切，都要看你自己了。

**白凤衣** 老伯，我？

**老红鱼** 与你一同住进这扇面会馆的两位美人，一个死，一个生不如死。

**白凤衣** 死，生不如死。死……生不如死……

〔老红鱼下，白立斋上。

**白立斋** 凤衣，粥好了。凤衣。

〔白凤衣醒。

**白凤衣** 父亲，我刚才做了一个梦。梦到了母亲，可老伯说那不是母亲。还说我这次回来将成为玲珑镇的扇面美人。父亲，我怎么可能做这扇面美人呢！

**白立斋** 凤衣啊，先把粥喝了，过会儿，父亲和你慢慢说。

（唱）回转身来把面掩，

看她这样心微寒。

答应妻子完遗愿，

却不忍心将她瞒。

美人之期将开选，

我要怎样对她言？

〔幕后族丁：让一让，让一让了各位。本月十六月圆之日，是良辰吉日，按族规规定，开祠堂选美人。适龄女子，均要参加选拔，选中者，得六百八十块大洋，需在会馆中居住六年，六年过后，送往无影小楼守扇三年。

〔大幕关，第一场完。

## 第二场

〔玲珑镇祠堂，上午九时。

〔秋三爷上。

**秋三爷** 玲珑镇，三年一次的扇面美人大会就要开始了，三百年的制扇基业就始于此。老族长交代我全力负责选美大会的事宜，嘿嘿，这差事，可美了我。

〔幕后族长：扇面大会就要开始了，我交代你做的事，你可做好了？

**秋三爷** 族长您放心，您交代的事我办得滴水不漏！

〔幕后族长：你可看准了这几家的姑娘长得如何？

**秋三爷** 族长，我办事您就放一百个心。

（唱）姑娘长得真是好，

纤纤玉指柳做腰。

樱桃嘴儿芙蓉貌，

犹如明月挂柳梢。

〔幕后族长：那好，我出去办事，这几日不在，你要多劳神。

**秋三爷** 好、好、好，您慢走。

（唱）送走了碍手碍脚老族长，

心里真是喜洋洋。

选美人收大洋乐得我心花怒放，

（指族长）送他一碗迷魂汤。

〔族丁送信上。

**族　丁**　三爷，鲍司令给您的信。

〔秋三爷接信，族丁下。

**秋三爷**　（看信，喜上眉梢）哈哈哈哈，鲍司令。

（唱）翻江倒海兴风浪，

机关算尽是奸商。

这买卖要成啦！大洋只管装满箱！

〔秋三爷赶紧将信撕毁，藏好。

〔众族人上，纷纷谈论此次选美，老红鱼上，游走在其中。

**族人甲**　又有一批美人要住进会馆啦。

**族人乙**　是啊，会馆兴旺，扇业就兴旺啊，扇业兴旺，玲珑镇就兴旺。

**族人丙**　听说今年参选的有好多美人呢。就连镇长家在外读书的大小姐，都回来参选了。

**族人丁**　嗯，听说长得好看极了，今年的选美，热闹，热闹啊。

〔众族人边说边坐到自己的位置上。

**秋三爷**　各位元老，都到了。

**众族人**　秋管家，好啊。

**秋三爷**　那咱就开始。上香。（带领众族人祭拜）选美开始。青鱼照影。

〔众族丁抬三口大缸上，众美人依次上，在三口大缸前照影。老红鱼一个个地看这些美人。或摇头或叹息，或喜或悲。

〔幕后唱：

团扇团扇美人多，

玲珑娇小一个个，

手拿团扇不扇风，

扇面美人就是我。

**族　丁**　宋秀和，不吻，下。方依依，不吻，下。王诗凝，吻了。赵晓晓，不吻，下。刘玉指，吻了。白凤衣，吻了。陈云瑶，不吻，下。

〔青鱼照影继续进行，无声，不再宣布谁被选中，柳诗着洋装上。

**柳　诗**　好热闹啊，美人儿个个都这么漂亮。我也要去让这些鱼儿看看我是不是美人儿。

**秋三爷**　少奶奶，这可不是你该来的地方。

**柳　诗**　怎么了？我让这些鱼儿也看看我不行吗？

**秋三爷**　这个——

（唱）少奶奶上前来心头一震，
实在是娇滴滴一个美人。
小眼神滴溜溜将我勾引，
我何不满足她好奇之心？

罢了，就照个影吧。

〔柳诗走到鱼缸前，欢快地照影。

**族　丁**　吻了。

**秋三爷**　吻得好，吻得好哇！这等美人进入会馆，我必定要让她成为我的囊中之物。

**族　丁**　入选女子进入下一环节，红鱼定影。

〔众族丁与元老、秋三爷与老红鱼均下，白凤衣上，在湖中小桥行走，并不张望。

**白凤衣**　（唱）红裙霓裳莲叶中，
发间步摇晃盈盈。
人们眼中多笑影，
何人知晓心不宁？
自古红颜多薄命，
怎不怜我幼时丧母之情？
我本是识文断字新女性，

怎甘愿在这牢笼望苍穹？

〔幕后：沉，入选。

**白凤衣** （唱）一声入选我心痛，
此刻犹如广寒宫。
进会馆如踏入坟冢，
不由得我泣不成声。
竟真如那日晨梦，
命运到底该何从？

父亲，如今我当选美人，你可安心实现了你对母亲的诺言？母亲，若你活着看我这副模样，你可还愿女儿参选？

〔白凤衣下。王诗云上，王诗云走过场，只用身段表示，向湖中左右张望，热切地盼望老红鱼沉下去。

〔幕后：不沉，下。

〔王诗云哭哭啼啼下，刘玉指上。

**刘玉指** （唱）这会儿走上桥脚步轻快，
愿选中扇面美人为奶奶。

〔幕后：沉，入选。

**刘玉指** （唱）鱼沉水底把心放，
奶奶有救暖心房。
暖心房，也把有情人儿伤，
我心更是满凄凉。
进得会馆朝夕相处时日长，
怎排解，相见虽易却如隔阻九穹苍。
我只有吃斋念佛把情葬，
藏起寸寸断愁肠。

〔刘玉指下，柳诗上。

**柳　诗**（唱）自知是青春靓美人一个，
穿洋装一样的巧笑婀娜。
过初选簪子叮当心里乐，
盼望着身着古装扇上歌。
老红鱼儿意难测，
怎样与我两相和？

〔幕后：沉，入选。

**柳　诗**　太好啦，洗月见了扇上的我一定很高兴。

〔秋三爷上。

**秋三爷**　美人已出。宣读族规。唱扇会开始。

〔幕后：当选扇面美人者，各得六百八十块大洋。扇面美人需在会馆居住六年，不得随意出入会馆。六年过后，送往无影岛，在岛上为扇守身三年。九年期间，不得婚配，不得私通，不得逃走，违抗者，按族规处罚。

〔众扇商纷纷上场，相互寒暄问好。

〔幕后：美人登台。

〔白凤衣、刘玉指、柳诗依次上。

**扇商甲**　大兴扇行两万把。

**扇商乙**　盛元扇行五万把。

**扇商丙**　恒昌扇行十万把。

**扇商丁**　魏记扇行，五十万把。

〔大幕关，第二场结束。

# 第三场

〔一层纱质大幕隔开前后两部分。后部分布置为三个美人的房间，前面为湖中之景，纱质大幕上可做水纹投影之类，前半部分简单摆放几个石凳。

〔众小鱼拉扯着老红鱼上。

**小鱼甲** 爷爷、爷爷，美人住进会馆已经几个月了，她们怎么样啦？

**小鱼乙** 是呀，爷爷，快说说。

**众小鱼** 快说说，快说说。

**老红鱼** 你们这些小鬼，就会缠着爷爷讲故事，那么多美人的故事还没听够啊？

**小鱼丙** 每个美人的故事都不一样，玲珑镇的美人多得像天上的星星一样，故事自然更是多得数不清呢！

**小鱼乙** 没错呢，而且啊，玲珑镇美人的故事，个个都不一样呢。

**老红鱼** 小鬼，这话倒说得不错。好好，我就讲给你们听。自从三个新选的美人住进会馆，会馆就有了生气了。最闹腾的，要数柳诗了。

〔此时，柳诗房间的灯亮起，柳诗在房中比试衣服，先是很欢快的样子，后来随着老红鱼的故事情绪越来越低，但基调还是欢快的。

**老红鱼** 这个从外国回来的美人啊，像是什么都没见过的，新鲜得不得了。在会馆里，到处乱跑。可是啊，她最想念的是她的未婚夫秋洗月。

**柳　诗** （对着未婚夫的画像）洗月，你在哪？你为什么不来看我？

**众小鱼** 为什么呀？

**小鱼甲** 是不是因为她做了美人，就不要她了？

**小鱼乙** 这个男人可真坏。

**老红鱼** 都不是，这个男人为了救她出去，偷偷到藏扇楼偷了双色织锦美人团扇，跟他叔叔要求交换柳诗，结果被他叔叔抓住，关了起来。按照族规，擅自踏入藏扇楼的人是要剁去双手双脚的。

**小鱼丙** 啊？（惊慌）那他被剁去双手双脚了吗？

**老红鱼** 没有，但是他们把秋洗月逐出了玲珑镇，赶到很远的地方去了。

**柳　诗** （激动）洗月，我要出去找你。（转而又平静）我要把画着我的团扇给你看。要不，要不我把团扇挂在风筝上，风筝断了线，就会飘到你那里。

〔柳诗房间灯灭。

**众小鱼** 那另外两个美人呢？

**老红鱼** 镇长的女儿白凤衣是最不听管教的那一个。

〔白凤衣房间的灯亮起，她正在收拾东西，把仆人送来的东西都扔出门去，或者丢在地上。打包袱，藏起来。为离开会馆做准备。

**老红鱼** 住进会馆的第一天，就把百扣衣的扣子全都剪了。会馆里的婆婆教她们怎样走路、怎样说话，就数她最不按规矩来，总是被婆婆惩罚。

**白凤衣** （唱）一入此门深似海，
一腔怒火含悲哀。
想要留我长久在，
情愿一死染尘埃。
日夜筹划逃营寨，
总会盼得云儿开。

**老红鱼** 她啊，做梦都想离开这里。

**小鱼丙** 爷爷、爷爷，我想去看看她们都在做什么，您带我们去好不好？

**众小鱼** 是啊，爷爷，带我们去看看吧。

**老红鱼** 真拗不过你们这群小鬼，走，走吧。

〔老红鱼带众小鱼下。纱质幕布轻起，柳诗与白凤衣的房间灯黑，刘玉指的房间灯亮，她在房间拜佛。拜完后出。

〔幕后唱：

团扇团扇美人多，

玲珑娇小一个个，
手拿团扇不扇风，
扇面美人就是我。

〔袁小照上。

**刘玉指** （唱）在这已有两月多，
日日向那湖水歌。
声声句句都是你，
可却不能对你说。
白日里见你时相背而坐，
你哪知我心里汹涌涛波。
深夜里有时候和衣而卧，
待更声惊醒了梦里南柯。
我日日念佛求善果，
却忘不掉你是为何？
不再想你每时每刻，
却是自欺欺人摧心折。
小照哥，我时常记起我们初次相见的时候，不知道你还记不记得？

〔袁小照从旁经过。

**袁小照** （唱）心中情感藏多时，
多想你成为我的妻。
日日相见却不能在一起，
实实地折磨我日渐宽大素罗衣。
本以为你早已将我忘记，
却不想你与我都是情痴。
玉指，我记得，我记得。

**刘玉指** （惊慌）小照哥。

**袁小照** 玉指，若你听我的话不选美人，你我便已成婚了。

**刘玉指** 小照哥，我若不选美人，奶奶只怕是活不到现在。如今，你我能日日相见，也是好的。

**袁小照** 虽能日日见你，却连好好说会儿心里话的机会都没有。

〔幕后：族长，画师与美人……

〔两人惊慌，分开。众族丁上，将画师押下。

〔幕后：画师与美人有情，按照族规，荆棘刷身。

〔刘玉指痛不欲生，想追过去，被族丁挡住去路。

**刘玉指** （唱）话音未落祸已落，
今时今日只怪我。
关上门来思悔过，
真心诚意只拜佛。

对，只有这样才能保护我的小照哥。我要念佛，念佛。

〔柳诗和白凤衣的房间灯亮，二人从房间出来。

**白凤衣** 玉指，刚刚听门外喧嚣，可是小照被带走了？

**柳　诗** 我们去看看他吧。（拉着刘玉指要走）

**刘玉指** 不，是我害了他。再去见他，只会害他更多。

**柳　诗** 是你害了他，就更应该去看他，他心里才会好受些。

**刘玉指** 不，不，我不去见他，我不去。（急下）

**柳　诗** 玉指……

**白凤衣** 柳诗，算了，让她去吧。她的心里，也够苦。

（唱）天天念佛来度日，
冷水泡脚断情痴。
暗无天日会馆里，
个个成了鬼样子。
鬼心鬼肠无人知，
勾当满天把天欺。
时常瞧你无神思，
片刻之后又清晰。
黑夜涔涔月寂寂，

你是如何出得去?
既然你能出得去,
为何还回牢笼里?

**柳　诗**　(惊慌)我,我没有出去过。我,我去看一下画师。

〔柳诗匆匆下。

**白凤衣**　(唱)人人心中有秘密,
我只想离开这里。
若有一朝能如意,
定敬三尺之上神灵犀。
三人各有各自苦,
柳诗夫妻两分离。
玉指鸳鸯无信使,
活活折磨几多时。
为圆母亲丧时意,
进得会馆无计施。
无计施,也要离开这里,
离这里,我定寻得妙计。

〔白凤衣下。

〔大幕关,第三场结束。

# 第四场

〔森林中，白凤衣上，白凤衣东躲西藏。

〔幕后：镇长，大小姐逃跑了，族长已经知晓，正在派人全力追捕。

**白凤衣** （唱）黑黢黢东躲西藏，
穿过郊外小村庄。
看月色朦朦胧胧不明朗，
心里却清清静静透心亮。
终于能顺利离开得解放，
犹如是从地狱到了天堂。
听得见波涛汹涌层麦浪，
闻得到十里果园果飘香。
这叫我如何能不高声唱，
（突然意识到，噤声的动作）
差点忘周围还有虎豹豺狼。
（自己把自己逗笑）
炊烟飘荡溪水淌，
怎能不教我打扮又梳妆。
丛林深深休阻挡，
光明世界在前方。

〔雾渐渐浓了，小凤衣上，小凤衣一个人打秋千，唱着歌。

**白凤衣** 小时候我们家的院子里有几棵合欢树，一到夏天，花开了，满屋子都是香的。父亲在树上给我们搭了一个秋千，你看，妹妹玩得多开心。

〔白凤衣跟着哼起了小时候的曲调，父亲上。

父　亲　凤衣，爹爹给你买了风车，喜欢吗，凤衣？

〔小凤衣没听见似的玩着，不理父亲，父亲走得更近些。

父　亲　凤衣，爹爹给你买的风车，凤衣……

〔白凤衣疑惑。

白凤衣　爹爹，你又认错了，那明明是妹妹凤音，怎么说是我呢？

父　亲　凤衣，怎么不说话，风车上有你最喜欢的扇面美人的画像呢。

白凤衣
小凤衣　我喜欢的扇面美人是谁？

父　亲　会馆秦画师的女儿秦梅雨。

白凤衣
小凤衣　梅子姐姐。

〔白凤衣惊醒。

白凤衣　梅子姐姐！父亲，父亲。

（唱）一时间美好心情变了样，
老父亲找不到我多忧伤。
只顾着逃脱牢笼得解放，
却不想还有纠葛在心房。

看这天色，应该是越来越亮，可这雾气却好似渐渐更重了。

〔幕后：白镇长，莫不是你私藏了白美人，族长可要拿你是问啊。

白凤衣　父亲。

（唱）想当初心乱如麻谁体谅，
今日又好像我雪上加霜。
本以为父亲爱我如宝藏，
选美人实实地教我心凉。
到底是为何坚决似峦嶂，
这样的不顾女儿满心伤。
几月苦难怎原谅，

清冷冷一片寒光。

〔雾更浓了些。

**白凤衣** 树林深处，想必不会有人寻来了，只是这雾，让我什么都看不清楚，路在哪里？

〔白凤衣被绊倒，起。

**白凤衣** 怎么，我看那边似有几个模糊的人影？

〔幕后族长：美人已经在我们手上，若再不交出团扇，我必叫你人财两空。静默一会儿之后两声枪响。惊得白凤衣连忙躲藏。

〔白凤衣母亲与父亲上，此时状态为母亲已身受重伤。

**父　亲** 云馨，云馨，怎么是你？怎么会是你啊？

**母　亲** 立斋，我与云锦本是姐妹，九分相似。当初当选为我，我却因你我情分让云锦顶替我做这扇面美人。玲珑镇的美人儿不容侵犯你我都知，族长今日将云锦与我交换，是我自愿。这么多年，你我家庭美满，其乐融融。她却始终孤苦伶仃，我欠她的。

〔白凤衣穿过雾气前来寻找。

**白凤衣** 母亲，父亲，是你们吗？

**父　亲** 云馨，你这是何苦，两个女儿还需要你的照顾。

**母　亲** 立斋，凤衣与凤音，切莫再如我一般重蹈覆辙。好好爱护孩子，定要在她动情前送她参选，虽是委屈了她，却可在任何时候保命。

**父　亲** 云馨，我，怎么舍得。

**母　亲** 若不舍得她做美人，便是舍得她与我这般。答应我，答应我……

〔白凤衣母亲与父亲下。

**白凤衣** 母亲，太湖上的那个梦里……一切都如那个老伯所说，可你们为何这般瞒我，致使我曾憎恨父亲。如今，我全明白了。母亲，父亲，你们在哪儿？在哪儿？（从头上取下簪子握在手里）

〔幕后：前面是片树林，大家继续搜寻，千万要仔细。

**白凤衣** 听着像是他们追来了。这会儿盼着雾散又不想雾散，散了我就可以看清道路快点走，可若散了，他们更容易找到我。

〔白凤衣躲藏，鲍司令着便服带两个小兵上。

**鲍司令** 不愧是个山清水秀的世外桃源，驻扎数日，心旷神怡。只有一事令我恼怒，秋管家答应本司令的事还未实现，等得我实在心焦。

〔白凤衣与鲍司令相撞，白凤衣掉簪，惊慌。

**鲍司令** 哦？真是天上掉下个林妹妹。

**白凤衣** 先生，对不起。

**鲍司令** 先生？（看自己的打扮）哈哈哈，先生。看她模样惊慌，莫不是在躲什么？（环顾四周）姑娘，身后可有追兵？

**白凤衣** （顿悟）正是。

**鲍司令** 何人追你？

**白凤衣** 是，是……

〔幕后：那边好像有人，走。

**鲍司令** 看你一介女子，帮你一帮。你只管往那边去，我引开他们。

**白凤衣** 多谢先生。

〔白凤衣下。

**鲍司令** 去看一下是什么人追赶这位姑娘。

〔一个小兵下，族丁上。

**族　丁** 请问，您有没有看见一位姑娘？

**鲍司令** 姑娘，是个长得很漂亮的姑娘吗？

**族　丁** 正是。

**鲍司令** 她，她，她，往那边去了。

**族　丁** 多谢了。

〔一个小兵上。

**小　兵** 司令，那些族丁是在搜寻逃跑的扇面美人。

**鲍司令** 哦，扇面美人。哎呀，想起来了，秋三爷送来的团扇上是她不是？

**小　兵** 看着有些相像。

**鲍司令** 我也觉得，好像是哪里见过。扇面美人，哎呀，（在地上发现簪子并捡起）这是，一支簪子。想必是那美人掉落的。

**小　兵** 司令，秋管家给您的团扇上的美人儿戴的就是这个簪子。

**鲍司令** 对了，就是这个。看来，这是天定的缘分。哈哈哈哈，走，咱们寻了这个貌美又不失英气的美人来。

〔鲍司令与小兵下。

〔幕后：禀报族长，白凤衣抓到了，已经押回会馆。

〔大幕关，第四场结束。

## 第五场

〔幽闭的小屋内，白凤衣着简衣，走来走去寻找出口。

**白凤衣** （唱）墙院深深片小牖，
乌云遮月无缘由。
房门紧锁蛾眉皱，
坐立不安煞人愁。
在这里如行尸走肉，如他人玩偶，
只是这愁，愁不尽，如河水东流。
要何时才能真正脱身走，
哪怕是婚配姻缘得自由。

哎呀，怎莫名地说起这姻缘来了。（往头上摸）簪子，（急忙寻找簪子）哎呀，簪子不见了。坏了，逃跑那日抓在手里，怕是丢在哪里了。

〔众小兵上，包围整个玲珑镇。

**白凤衣** 听墙外这样纷纷扰扰，发生了什么事？（靠近墙边细细听）

〔鲍司令上。

**鲍司令** 秋三爷这管家不靠谱，明天我就一枪崩了他。付了定金的团扇还不送来。

〔小兵上。

**小　兵** 司令，已经按照您的吩咐，将玲珑镇包围了。请您指示。

**鲍司令** 哈哈，好。下去吧，暂且在这扇业会馆前歇息片刻。哎，回来，若是动起手来，吩咐将士，莫要伤了画像上的姑娘。

**小　兵** 是。

〔小兵把白凤衣的画像展示给众小兵看，下。

**白凤衣** 什么，玲珑镇过兵了？

**鲍司令** （唱）刀光火影一霎间，

美人相会得姻缘。

待到何时娇颜见，

定将此簪戴发间。

此簪若配桃花面，

真是美景现眼前。

鲍某我不是只有英雄胆，

更有一份柔心肠，九曲十八弯。

**白凤衣** （唱）忽闻得金簪配了桃花面，

莫不是不慎遗落美人簪。

美人簪被他人捡，

真得与人配姻缘。

**鲍司令** 众将士。

**众将士** 是。

**鲍司令** 传话族长，交出美人，我买下的那一〇八把团扇一并送来做嫁妆。

**众将士** 是。

〔幕后族长：休想，你这狂妄之徒。我玲珑镇的美人儿，活是团扇的人，死是团扇的鬼！

**鲍司令** 哈哈哈，你这老头，就是块老石头。这玲珑镇的天要变了。

〔鲍司令与众将士下。

**白凤衣** 哎呀，听这些好像是要打仗，不知此时父亲与妹妹身在何处？
（唱）听这些喧闹声心急如焚，
恨不得分身术脚踏青云。

〔老红鱼上。

**老红鱼** 现如今这局面与当年的悲剧如出一辙，可这时代该变了，该变了。

〔白镇长带领家院上。

**白镇长** 玲珑镇已被团团围住，我这个做镇长的此时也管不了许多。凤衣现被族长关押，情景不禁让我想起当年，先救出凤衣要紧，不然，我怎么向云馨交代。来，凤衣就关在这里。

**白凤衣** （唱）听门外窸窸窣窣铁链响，
会是谁此刻前来将我帮？
若是能救我出去离魔帐，
待来日我必定终当报偿。

〔门开。

**白镇长** 你们去给小姐收拾会馆中的行李。

**家　院** 是。

〔家院下，白凤衣出。

**白凤衣** 父亲，是你。

**白镇长** 凤衣，是我。这些日子你还好吧？前几日听说你跑出去了，我又是高兴又是担心。我不该让你受这份罪。

**白凤衣** 父亲，我不怪你，我知你心中定有为难之事。

**白镇长** 凤衣，我……罢了，事到如今，我便都与你讲了吧，你随我来。

〔父女两人转身又回到房间。

凤衣，（掏出锦帕一块）

（唱）想当初她亲绣丝罗锦帕，
　　赠与我相约初春便成家。
我与你母亲情意深重，我送她那簪子，她便绣了这个锦帕。本以为可以携手一生，却不想世事无常。

**白凤衣** 母亲去得早，苦了父亲了。

**白镇长** 你可知母亲到底因何而死？

**白凤衣** 不是都说得病死的吗？

**白镇长** 唉，说来，还与这扇面美人有关。你可知，你与凤音还有姨母？（白凤衣摇头）你母亲云馨还有个妹妹，叫冯云锦，与你母亲九分相似，比你母亲小三四岁，就像你与凤音。我与云馨在选美之前一见钟情，为了能在一起，想尽办法逃脱选美。最后便让妹妹云锦代替云馨做了这扇面美人。谁知，只因云锦出落得越发貌美，引起了一场轩然大波。军阀带着军队来玲珑镇抢夺团扇与美人，你母亲为了保全妹妹，又顶替了云锦，死在那场战乱中。

**白凤衣** （唱）听了父亲一席话，
　　倒叫我乱开了花。
　　果如林中虚幻画，
　　梦里老伯定生涯。
父亲，我且问你，母亲遗愿让我做美人的初衷，可是觉得美人在战乱时可保性命？可是告知于你在我动情前将我送入会馆？

**白镇长** 凤衣，你，是如何得知？

**白凤衣** 父亲，你先只管告诉我是与不是，我再对你讲。

**白镇长** 正是。前些年我总心疼你小，不舍得把你送进会馆。唉！

**白凤衣** 父亲，有件事我要对你说，你听了，自会明白。在你接我回玲珑镇那天的船上，我梦到了母亲，不，应该是姨母。还有一个老伯，老伯对我说，我回玲珑镇会得到母亲留给我的簪子，注定会被选为美人儿，并且要我带好母亲送我的簪子。还说……

**白镇长** 还说了什么？

**白凤衣** 还说，我会亲眼看到母亲去世时发生的事情。

**白镇长** 这，这，这怎么可能？

**白凤衣** 我原本也不信，只是个梦而已，可老伯说的话件件俱已发生。后来，我逃出去以后来到了森林里，雾气弥漫，果然看到、听到母亲去世时交代父亲的事。如若不然，我又怎会问你母亲的初衷？

**白镇长** （惊呆）哎呀，是啊。

**白凤衣** 只是……

**白镇长** 只是什么？

**白凤衣** 只是老伯还说，要我必定带好簪子，切不可丢了，若是丢了……

**白镇长** 丢了怎样？

**白凤衣** 若是丢了，往后会有一场劫难等我，如何选择，都只靠我自己了。

**白镇长** 那簪子你可保存好了？

**白凤衣** 我逃出去的那天簪子不见了，如今也不知道它到底丢在了哪里，又被何人捡去。

**白镇长** 劫难，莫不就是这一劫？这可如何是好？

**白凤衣** 我也犹未可知。

〔几声枪响，白凤衣与父亲惊慌。

〔鲍司令拿画像与簪子上。

**鲍司令** 老族长这么大年纪，逞什么强，还不是被我打败了。这会儿我便来到这会馆，寻了我的美人。探寻各处无有影踪，只有这间我未曾来过，待我进去一观。

〔鲍司令推门入，与正要出门的白凤衣撞个满怀。

**白凤衣** 哎呀。

**鲍司令** （惊）哎呀，美人呀。

**白凤衣** 你……

**鲍司令** 哦，鲍某是今日玲珑镇驻兵的司令。你，就是这画上的美人儿？

**白凤衣** 是我。

**鲍司令** 那日……

〔白镇长把白凤衣拉到自己身后，走上前。

**白镇长**　鲍司令，您来这里有何贵干？

**鲍司令**　白镇长，这么巧您也在这里。我来这里是寻人来了。

**白镇长**　哦，寻人？鲍司令不是为团扇而来吗？

**鲍司令**　我也为寻人。

**白镇长**　那您寻的是什么样的人？您可找到了？

**鲍司令**　我要找的人就在你身后。

**白镇长**　什么？

**鲍司令**　（唱）看画像身姿柔媚貌姣好，
花蕊前半嗔半喜脸如桃。
春风似盼佳人笑，
扶风若柳柳似腰。

**白镇长**　（唱）纵是女儿骄人貌，
也非司令帐中袍。
还望司令别家找，
如花美眷海棠娇。

**鲍司令**　（唱）镇长现下先别恼，
主意总该孩儿掏。
小姐不妨直相告，
凤凰是否离雀巢？

**白凤衣**　（唱）一时间竟这般出人意料，
那日里森林中偶然相交。
今日他来此处万没想到，
竟为了寻找我千里迢迢？
父亲面色已然恼，
手足无措乱如蒿。

**鲍司令**　（唱）看她面色微微俏，
一时却又静悄悄。
盼她轻启朱唇道，
愿意随我天涯飘。

**白镇长** （唱）休要难为与打扰，
不许伤她半分毫。

**白凤衣** （唱）司令问话好颠倒，
一时语塞在心梢。
父亲与他两人吵，
我要怎样将火消？

父亲，不要生气，我与司令曾有一面之缘，逃跑那日，曾得司令相助。今日司令前来，凤衣自当谢过，我想司令他今日到此，并非歹意。有什么话咱们明说就是。（转身对司令）司令大人有大量，父亲他疼爱我……

**鲍司令** 哎，不必说了，镇长他疼爱你这个宝贝女儿我自然明白。

**白凤衣** 自那日司令相救，凤衣未曾谢过，今日凤衣谢过司令（做谢状）。

**鲍司令** 白小姐不必客气，那日小姐逃跑是想离开这里，我今日只问小姐一句，你愿不愿意跟随鲍某离开这里？

**白凤衣** 这……

（唱）一句话问得我心意缱绻，
多少次梦里面离开眼前。
能够让苦痛日一去不返，
那便是梦成真喜在心间。
可如今有人问我是否愿，
倒叫我不知所措无语言。
转眼看父亲面色有些板，
不由得踌躇欢喜两为难。

**白镇长** （唱）鲍司令一腔热血英雄胆，
白某我佩服至极不须言。
只是这闺中小女多恬淡，
不喜那刀枪箭火动云烟。
自是海棠芙蓉面，
还须温室枕安眠。

**白凤衣** （唱）说什么还须温室枕安眠，
现住这高墙深院实可怜。
离开这扇业会馆心似箭，
想回到读书时光选美前。

**鲍司令** （唱）离开会馆多好办，
与我同行如纸鸢。

**白镇长** （唱）刀枪箭火不长眼，
只怕纸鸢成纸宣。
自己女儿自己管，
才能护她得周全。

**白凤衣** （唱）知他心怕如当年，
一声周全泪涟涟。
我从来都只想自己冷暖，
却忽略父亲的温暖一团。
纵然是将我送深墙别院，
也终有不得已诺言相连。
我怎忍一走了之谋善断，
丢下这年迈老父守孤寒。
多年恩情将我伴，
万不能舍弃养育心凄然。
司令，凤衣感谢您的照拂……

〔小兵上。

**小　兵** 报，司令，族长传来话说，司令要珍藏的团扇他可以奉送，但是美人，宁可叫她死，也不会让她走出会馆的。

**白镇长** 什么，叫我女儿死？

**鲍司令** 知道了，下去吧。

**白凤衣** 父亲，这……

**白镇长** （唱）族长办事太可恨，
一个死字刺我心。

当年已是欺我甚，
今时岂能再伤人。

**鲍司令** （唱）如今已到这时分，
是去是留凭个人。
若跟我走言有信，
必护周全敬如宾。

**白凤衣** （唱）实恨自己容貌俊，
偏偏做了这美人。
族长这个大恶棍，
害了多少无辜魂。
要我性命必不允，
更不留下自由身。

**白镇长** （唱）看看女儿实不忍，
把她强留墙院深。
哎呀，罢了，只要她活得开心，我就算对得起云馨。鲍司令，白某敬重司令，今日我将凤衣托付给你，万望你护她周全。

**鲍司令** 白镇长放心，我自是有心于白小姐，定会看护有加。

**白凤衣** 父亲，我……

〔家院上，送包袱。

**家　院** 镇长，大小姐的行李已尽数收拾完毕。

〔白镇长将包袱接过，摆手示意家院下。

**白镇长** 凤衣，
（唱）当初我不应该顽固不化，
非要你回家乡将此参加。
我也曾反复犹豫心牵挂，
却念着云馨遗愿不肯撤。
后来你进入会馆反更怕，
每日里时时刻刻心如麻。

你终是逃出会馆千钧发，
我这里喜忧参半不自拔。
今日里一家人不说两家话，
送你离开任天涯。

**白凤衣** （唱）父亲何必说此话，
我怎忍心抛下您老人家。
这些年辛辛苦苦养我大，
自小是处处满足爱有加。

**白镇长** （唱）向来是知道族长手毒辣，
生怕你落入他手成残花。
知道你不喜拘束爱玩耍，
成全你追逐自由如飞沙。

**白凤衣** （唱）若是处处相牵挂，
何必要这飞如沙。
愿意一生相伴罢，
只要温馨团圆家。

〔小兵上。

**小　兵** 报，司令，族长带着大队人马朝会馆这面来了。

**鲍司令** 集合人马，准备应战。

**小　兵** 是。

〔小兵下。

**白镇长** 凤衣，走吧，再不走，怕是我连这牵挂你的机会都没有了。

**白凤衣** 父亲，此时我不能尽孝膝前，风平浪静之时，定会回来看你。鲍司令，凤衣可否请您归还我的簪子？（鲍司令递簪）父亲，这簪，与这手帕在一起吧。

〔枪声响起，白凤衣与鲍司令下。

**白镇长** （手捧簪子与手帕）云馨，你若知道，也是和我一样的选择吧？

〔灯灭，大幕关，第五场完。

# 尾 声

〔几年后。玲珑镇带着颓败的气息，街上空旷无人。

〔幕后唱：

团扇团扇美人多，
玲珑娇小一个个，
手拿团扇不扇风，
扇面美人就是我。

〔一年迈老者推着挂有几把制作精美的团扇的破旧推车颤悠悠上。

**老　者**　（用尽全身力气但依旧有气无力）团扇，美人团扇喽……

〔小鱼揉着眼睛，打着哈欠上。

**小　鱼**　哎呀，好久都没出来活动筋骨了。咦，哪里出来个卖团扇的老头？我都记不清多久没听到有人卖团扇了。

〔幕后：老头子，又犯傻了，这年头儿，没人买扇子了。

**小　鱼**　她说得对，自从那场浩劫过去，这儿就再也没有美人了，更别提这美人团扇了。

**老　者**　这可是上好的团扇，我珍藏了这么多年，看这手工，上好的！

〔年迈老者推车慢慢下。

〔白凤衣撑伞提箱子上。

**小　鱼**　稀奇稀奇真稀奇，今天有人卖美人团扇，这美人也回来了。叫爷爷去。

〔小鱼蹦蹦跳跳下。

**白凤衣**　雨还不停地下着，镇子里的那条河都快满了。只是，这青砖绿瓦上的血腥，不知何时才能被这梅雨洗净。当年临走时，寻找玉指不见，只带走了柳诗，如今，她被毒瘾折磨得只剩一口气了。

〔白凤衣敲门。

**女　仆**　谁呀？

**白凤衣**　是我，凤衣。

〔女仆开门，打量许久。

**女　仆**　大小姐，真的是你吗？大小姐。

**白凤衣**　是我。

**女　仆**　好，回来就好。快进来。

**白凤衣**　这雨下了多长时间了？我看镇子里的那条河都快要满了。

**女　仆**　很久了，一直下，偶尔停了，也晴不了天。

**白凤衣**　玉指还在会馆里吗？

**女　仆**　这会馆里哪还有什么美人啊，当年你随军队走了，第二天从会馆的湖里发现了玉指，救上来时，已经是个死人了。

**白凤衣**　当年走前，苦苦寻她不着，竟是投湖了。（痴痴地）果真如此，一个死，一个生不如死……

〔白凤衣沉思。

**女　仆**　大小姐，你先休息一下，我去给老爷拿药，老爷这身体啊，也是一日不如一日。

〔女仆下，老红鱼上。

**老红鱼**　今日再见她，与那年略有不同了。选中了她，我就知道不会错，哪有什么天意如此，不过是我，是我编写了她的一段命运。扇业会馆辜负了多少美人？老朽我也数不过来了。唯有此法，能解救她们。

〔幕后唱：

团扇团扇美人多，
玲珑娇小一个个，

手拿团扇不扇风，
扇面美人就是我。

〔剧终〕

# 巴山夜雨

（新编川剧）

编　剧：郭宇阳（戏文系 2011 级）

# 毕业大戏《巴山夜雨》的创作阐述

## 一、创作主旨阐述

“搭桥顺母意，杀僧报父仇”是本毕业作的核心思想，就是体现一个人在具体情境下所表现出的情感。经过加工，我将这种情感具象化，编制成主人公虎宝儿与母亲、父亲以及幺叔之间的情感变化的故事，并且将故事放在军阀混战这一特定历史时期，让人物在原有的矛盾基础上加之特殊历史时期，可以让人有更多的联想，也让故事有更多的走向可能。

十三四岁的虎宝儿自幼丧父，从小与母亲相依为命，在这个军阀混战的动荡时代，幸亏有艄公幺叔的出现，并一直在帮助母亲，由此两人也互生情愫。可是母亲碍于虎宝儿的情感，一直没有同意幺叔的请求。当虎宝儿慢慢长大，面对同学们的嘲笑，加之青春的叛逆，终于要求母亲做最后的选择与幺叔决裂。就在母亲两难的情况下，虎宝儿离家出走了。在途中巧遇了自己的父亲，原来父亲并未战死，并把父亲带了回来。由此故事推向高潮，矛盾也达到了白热化，充分展现出四个人互相的选择、互相的情感。

我创作的主旨就是希望通过对三种不同感情的创作，还原一个历史大背景下小人物的抉择，并且通过小人物艰难的抉择再现一个丰富的历史。

## 二、题材的理解与评析

1. 题材来源综述

本剧是以一句谚语“搭桥顺母意，杀僧报父仇”为原始出发点，后根据军阀混战这一特定历史时期，对剧中人物作了重新地诠释和定位，但坚持最初关于母子、父子以及母亲和幺叔之间爱情这三条线索为全剧的发展方向。

2. 题材类型评析

本毕业作是原创伦理剧。将特定人物放在军阀混战这一特定历史时期，让人物在原有矛盾上加之特殊历史时期，可以让人有更多的联想，也让故事有更多的走向可能。

3. 与同类题材剧作的对比

本剧全部原创，并未有相关题材的剧作参考，只是由于剧中人物性格强烈鲜明，所以选择了同样热辣活泼而且塑造人物更加直快的川剧。

本毕业作希望能通过对三种不同感情的创作，还原一个历史大背景下小人物的抉择，并且通过小人物艰难的抉择再现一个丰富的历史。

## 三、阐述剧作法理论在毕业作中的具体运用

1. 李渔的创作论

（1）“立主脑”，即“立言之本意也”，是指突出主要人物和中心事件。本剧中，围绕母子、父子以及母亲与幺叔之间的爱情展开，并以此之间的纠葛组成整个故事。

（2）“脱窠臼”，即题材内容应摆脱陈套，追求新奇，重视创意。亲情、爱情的故事搬演得很多，但本剧要从一个新的角度来阐释他们之间的故事。

2. 前后呼应

本剧开始时运用简单的接人等人引出故事，简洁、清晰，引人入胜。结尾处两人再次出现，依旧是同样的码头，却变成了送人，使全剧首尾呼应，浑然一体，营造言有尽而意无穷的气氛。

3. 行当运用

在戏曲人物形象方面，尽量避开单一化、脸谱化，表现较丰富的人物性格。由于此剧基本为男人戏，出场生行较多，为了调配行当，使观众不至于审美疲劳，我加入了母亲的戏份，这在丰富了场上表现的同时，也使虎宝儿的感情更加合理、有说服力。

## 四、毕业作提纲

故事梗概：

十三四岁的虎宝儿自幼丧父，从小与母亲相依为命。在这个军阀混战的动

荡时代，幸亏有艄公幺叔的出现，并一直在帮助母亲，由此两人也互生情愫。可是母亲碍于虎宝儿的情感，一直没有同意幺叔的请求。当虎宝儿慢慢长大，面对同学们的嘲笑，加之青春的叛逆，终于要求母亲做最后的选择与幺叔决裂，就在母亲两难的情况下，虎宝儿离家出走了。在途中巧遇了自己的父亲，原来父亲并未战死，并把父亲带了回来。由此故事推向高潮，矛盾也达到了白热化，充分展现出四个人互相的选择、互相的情感。

主要人物介绍：

虎宝儿：十三四岁男孩，处在青春叛逆期，对待自己的身世耿耿于怀。

巧凤：虎宝儿的母亲，年轻时丈夫被抓了壮丁，后传丈夫战死。困苦中带虎宝儿长大，也结识了幺叔，并与之相爱。

幺叔：江上艄公，与巧凤十分相爱，而且也十分看重虎宝儿。

钱日白：虎宝儿父亲，游手好闲，被抓了壮丁后逃逸，躲起来不敢回家。

分场提纲：

第一场：巧凤去码头等归来的幺叔未果，然后在码头苦等。幺叔归来看到岸边睡着的巧凤，心生怜爱。从两人在回家途中的表现可知两人十分相爱，但是碍于某种外部因素不能结合。

第二场：虎宝儿出场，三人在家里的一场戏。三人的对话中原本有很好的情感，但是很明显三人并非原生家庭，而且随着虎宝儿逐渐长大，这种隔阂感更加明显。

第三场：线索一先描写巧凤与幺叔之间的感情，交代两人情感发展的过程，体现两人十分相爱，但是碍于虎宝儿不能接受所以不能结合。线索二写虎宝儿在课堂上由于母亲和幺叔的关系而被人羞辱，受气回家。两条线索交织，产生第一次矛盾的爆发，虎宝儿负气出走。

第四场：交代军阀混战的动荡。钱日白登场。钱日白与虎宝儿相见，两人在交流过程中，钱日白认出了这是自己的儿子。并且带出了钱日白十年未归的原因。最后两人相认。

第五场：虎宝儿带钱日白回家，四人发生了激烈的情感矛盾，巧凤对于过去的事情和盘托出，虎宝儿心灵震颤，接纳了母亲对幺叔的爱。

第六场：此时外部因素闯入，征兵的士兵闯入院子，要带走所有的男人并羞辱巧凤，幺叔拼命让钱日白带虎宝儿逃走。虎宝儿对父亲失望，当征兵的士兵追逐两人时，钱日白为了儿子殉难，完成了自己对父亲角色的诠释。

第七场：照应第一场，虎宝儿下江去读书，巧凤和幺叔来送他，而虎宝儿在父亲跳崖地磕头，也表明他从心底里也接纳了钱日白。

## 五、创作感悟

在本剧的具体创作中，我遇到了很多困难。例如对四川方言及川剧了解甚少，为此我不得不上网和阅读书籍来积累知识，因为如果剧本的细节把握不好将使剧作显得虚假生硬，使戏剧性大打折扣。另外，在创作过程中，大戏指导老师给了我很多帮助，除了为我的剧作构思反复斟酌提议，还帮我寻求本剧真正的主题，解决创作过程中遇到的种种困难。《巴山夜雨》是我用心完成的毕业作品，虽然剧本中还存在许多不足，但我一直尽力使之更加完善。通过这次的毕业作创作，我受益匪浅，对剧本创作也有了一个全新的认识，希望在以后的学习工作中能得到进一步发展。

2011级戏文系　郭宇阳

指导教师　谢柏梁、陈云升

**时　间：**二十世纪上半叶，军阀混战。

**地　点：**四川

**人物表：**

虎宝儿——十三四岁，身着短打布衣，男主角。

巧　凤——虎宝儿的母亲，幺叔的情妇。

幺　叔——江上艄公，对巧凤渐生情愫，也爱着虎宝儿。

钱日白——虎宝儿的父亲。

老艄公——江上艄公。

# 第一场

〔日暮沉沉。

〔江畔，起雾。

**幕　后**　（唱）太阳哟、落坡哟，天哩要黑哟，
对门哟、幺姑哟，留我个歇哟。

〔众人笑，老艄公执竹篙并众纤夫上。

**众　人**　（唱）么哦咳咳！咳！咳！哟嗬嗬！嗬嗬嗬嗬嗬嗬嗬嗬，
三更哟，半夜哟，喊哩我走哟，
我说哟，天黑哟，走哩不得哟。
一脚哟，踩到哟，泥哩凼凼哟，
二脚哟，踩到哟，乌梢个蛇哟。
亲戚哟，朋友哟，看哩到我哟，
莫得哟，婆娘哟，好呀遭个孽哟。

〔众人大笑，忽然传来隆隆的炮声。

**老艄公**　快撒靠岸。

〔船工纤夫卸货。

〔巧凤着粗布衣，戴花，提篮子疾步上。

**巧　凤**　他公，幺叔没和你们一起撒？

**老艄公**　没得看见。江上风大，怕是耽误了吧。

**巧　凤**　听过来的人说，下游又在打仗，幺叔不会……

**老艄公**　咳（语塞），宝气，他们在陆上打他们的，我们在江上走我们的，没啥子担心的，快回去，说不定幺叔早就回去咯。

**巧　凤**　得嘞，你慢些行啊。

**老艄公**　（叹气摇头）可怜的婆姨。

〔巧凤提篮缓步走到前台边坐下。

〔后场灯光减弱，热闹变得冷清，人渐渐散去。

〔幺叔着带有血迹的白汗衫，络腮胡，身高体壮，撑船桨上。

**巧　凤**　（双手抱肩，冷）哥啊……

（唱）月亮出来照半山，照半山。

**幺　叔**　（唱）想着我的妹妹哟，在心间。

**巧　凤**　（唱）风儿吹我相思帆，相思帆。

**幺　叔**　（唱）哥哥来到妹面前，莫思念。

靠岸咯。巧凤你咋来了，这么黑……

**巧　凤**　哥，饭。（无力地提了提篮子）

**幺　叔**　你这个人好宝哦。

〔幺叔和巧凤抱住，巧凤依偎在幺叔肩上，走走停停。

**巧　凤**　你说哪个宝气？（用力捶幺叔肩膀）

**幺　叔**　哎哟。（一下按住肩膀）

**巧　凤**　（看到肩膀上的血迹，起先担心，然后脸一横）吃酒了？

**幺　叔**　没得。

**巧　凤**　耍钱了？

**幺　叔**　哪敢哟!

**巧　凤**　要不就和人家争女娃儿了！

〔幺叔取出怀里的花布，放在巧凤手里。

〔幺叔笑，用手刮巧凤鼻子，两人抱。

**幺　叔**　就进城买了块兰花布。

**巧　凤**　下江打得紧，你脑壳坏了，抓了壮丁咋办！

**幺　叔**　哪个敢抓我？浑江摸鱼（指指自己）怕哪个哟。

**巧　凤**　（看了看兰花布，掂了掂，打开包袱，里面几块银元）这？

**幺　叔**　虎宝儿有志气，得读书。

〔巧凤流泪，撕了一块衣角。

**巧　凤**　坐下。

〔巧凤给幺叔包扎。

**帮　腔**　（唱）大呆瓜，亲哥哥。

**巧　凤**　（唱）分别后，日日思念泪打枕。

**帮　腔**　（唱）大呆瓜。

**幺　叔**　（唱）自有你，夜夜相思心沉沉。

**帮　腔**　（唱）亲哥哥。

**巧　凤**　（唱）十年来，亏得身边贴己人。

**帮　腔**　（唱）大呆瓜。

**幺　叔**　（唱）十年来，相依相伴难离分。

**帮　腔**　（唱）亲哥哥，大呆瓜。

**巧　凤**　（唱）相见欢，心如蜜糖亲更亲。

**帮　腔**　（唱）大呆瓜，亲哥哥。

**幺　叔**　（唱）难相见，咱俩生死一条心。

〔巧凤笑，整整衣服。

**巧　凤**　哥，回家。

〔巧凤引幺叔进门，幺叔洗脸，巧凤帮幺叔脱掉带血的汗衫。

**幺　叔**　虎宝儿这娃儿呢？

**巧　凤**　上学去咯。

**幺　叔**　上学好，学知识学文化，有的能耐。

〔虎宝儿着短衣，十三四岁。

〔虎宝儿低着头，不高兴的，慢慢进门。

**巧　凤**　刚幺叔还夸你哩。

**虎宝儿**　哦。

**幺　叔**　虎宝儿，几日不见，都成大小伙子了。

〔幺叔摸虎宝儿的头，虎宝儿推开幺叔的手。

**巧　凤**　（生气）这娃儿。

**幺　叔**　（摆摆手，笑）娃儿大了，来，看幺叔给你带什么回来了。

**虎宝儿**　钢笔！

〔幺叔高高举起钢笔。

〔虎宝儿高兴地跳抢。

**巧　凤**　乱花钱撒。

**幺　叔**　娃儿识字，要得。

**虎宝儿**　娘，我想和你说点事儿。

**巧　凤**　你说哈。

**虎宝儿**　就是学校里的……

**幺　叔**　有饭吗？我饿坏咯。

**巧　凤**　有，有，有。等一哈再说。

〔巧凤静静地看幺叔狼吞虎咽，虎宝儿郁闷地摸着钢笔。

**虎宝儿**　（唱）人儿难免如残月，

**巧　凤**　（唱）事事难全总一缺。

**虎宝儿**　（唱）心乱如麻难言语，

**巧　凤**　（唱）好人不是儿亲爹。

**幺　叔**　凤儿，叹的什么气啊？

**巧　凤**　（笑）你回来，我开心的。

**幺　叔**　瓜婆娘。虎宝儿，来，喝口酒，成了男子汉，幺叔带你下江。

**虎宝儿**　哪个要下江。

**巧　凤**　虎宝儿！

**虎宝儿**　（唱）立志读书好儿郎，

戴得红花回故乡。

打烂乡……（捂嘴）

**幺　叔**　乡什么？

**虎宝儿**　（唱）打烂乡绅大屁股。

让他无处遁地藏。

〔三人笑。

巧　凤　我还以为你有大志向呢，读书就为了打屁股？

虎宝儿　（唱）一扫乱世为安良，
吃香喝辣报亲娘。

幺　叔　好娃儿，幺叔挺你。

巧　凤　（努努嘴）就只为亲娘？

虎宝儿　（唱）幺叔恩情难相忘，
他年本利一并偿。

幺　叔　说的哪里话嘛。

巧　凤　娃儿，好心，好心。

幺　叔　（摆手）虎宝儿，幺叔教你的曲儿可还晓得？

虎宝儿　晓得。

幺　叔　今儿高兴，操练操练。

虎宝儿　哦。

〔虎宝儿从衣服里摸出陶笛，开始吹。

幺　叔　（唱）白天吹得任逍遥，
夜晚吹得我心焦。
但愿比翼并蒂莲，
欢欢喜喜乐陶陶。

虎宝儿　（唱）一曲羌笛一曲寒，
情意好借不好还。
非是无情多羁绊，
人多嘴杂心力单。

〔幺叔抚摸着虎宝儿的头。

〔笛声渐弱，全场渐暗。

# 第二场

〔全场暗，追光灯跟着虎宝儿。

〔虎宝儿，手拿钢笔，把陶笛揣入怀里，急急忙忙跑上。

**巧　凤**　天快下雨了，下学早些回来。路上要，小心你的脑壳。

**虎宝儿**　知道了，啰啰嗦嗦。

**幺　叔**　早些回来，吃嘎嘎。

**虎宝儿**　嗯，我晓得。

〔虎宝儿蹦蹦跳跳地走。

**虎宝儿**　（唱）男儿何不带吴钩，
收取关山五十州。
三民主义未成功，
壮士何惧血长流。

〔全场亮，虎宝儿到学堂，拿出钢笔，众人坐好。

〔老学究缓步，长袍大褂，走上。

**老学究**　噤声，今日开讲《孟子》，“所谓君君臣臣，父父子子”，（拍桌子叹气）想我生逢乱世，无君无臣，亘古未闻，岂不贻笑万邦，唯有那娼道横行……

〔说到“娼”时，所有小孩儿全看向虎宝儿，低语嬉笑。

**老学究**　为何讥笑，（看向虎宝儿）你，可有异议？

〔虎宝儿缓缓站立，尴尬。

**虎宝儿**　（唱）如石压胸心内焦，
似鲠在喉泪欲抛。
强忍得。

（接唱）不屑嘲讽不折腰，
是与不是皆难逃。
是。（强作镇定）

〔满堂哄笑，老学究一头雾水地维持秩序。
〔小孩甲拉着虎宝儿的衣角。

**小孩甲** （笑）那破鞋的孩子是不是该滚回家啊。

〔虎宝儿忍无可忍，扑上去和小孩甲扭打起来。

**众　人** 打，打，打……
**老学究** 莫再打了，给我拉开，站过来。

〔两人被众人拉开，站立。
〔老学究气愤地走过来。

**老学究** 有辱斯文，（面向小孩甲）你说，为啥子打架？
**小孩甲** 先生，我不晓得，他先打的我。
**老学究** （面向虎宝儿）那么你说，为啥子打他？

〔虎宝儿气呼呼的不说话，把脸背向老学究。

**老学究** 好，（面向甲）你回去，（面向虎宝儿）你伸出手来。有辱斯文……

〔老学究不停地说，不停地用戒尺打手，打完。

**老学究** 还打架，没啥子前途，趁早下江去吧。

〔虎宝儿呆立，又是哄堂大笑。
〔全场暗，给虎宝儿追光灯。

**虎宝儿** （唱）心如寒窑汗涔涔，
泪如决堤腹内吞。
耻辱如锁重如山，
嬉笑如刀难为人。
他们是他们，我是我，我是清白的……
**帮　腔** 他们是他们？他们可是你的母亲，可是你的幺叔啊！

**虎宝儿** 母亲？幺叔？（笑）

〔全场亮，哄堂大笑继续，老学究甩袖走。

〔虎宝儿走回座位，小孩甲挡在面前。

**小孩甲** 你要干啥子？

**虎宝儿** 上学。

**小孩甲** （笑）上学？学啥子？

**小孩乙** 学校没的规矩吗？

**虎宝儿** 啥子规矩？

**小孩乙** 先生说的破鞋的孩子下江去。

**虎宝儿** （攥拳）你们等着，都等着。

**小孩甲** 好怕哟，你好孔雀哟。

**小孩乙** 快去找你幺叔撒。

〔虎宝儿收拾东西要走。

**小孩甲** （拉住虎宝儿）走啥子？（钢笔掉地）破鞋的娃儿用的是钢笔撒。

**虎宝儿** 还给我。

**小孩甲** （猛地抢过钢笔）吃荤土的还收买小崽儿，一起扒灰去吧。

〔虎宝儿气冲冲地往下跑。

**小孩甲** （白）（把钢笔朝虎宝儿扔过去）我嫌脏。

〔虎宝儿咬住衣角。

〔全场渐暗，虎宝儿独白光。

**虎宝儿** （唱）郁积千钧难舒气，
泪眼婆娑咬短衣。
心中有气独自忍，
夜哭无泪褥尽湿。
有母无父人看低，
母贱儿低被人欺。
幺叔若不离门去，

母子离恨永无期。

〔虎宝儿缓缓地拾起钢笔，吹了吹钢笔上的灰。

**虎宝儿** 这么做是不是……想幺叔对我。

（唱）我与娘亲孤苦命，

无处投靠无处行。

无米无盐难为继，

一湾清江魂归西。

幺叔舍命相搭救，

一碗白米值万金。

虽非亲父血肉浓，

无微不至心比心。

**虎宝儿** 哎。我还是走吧。外边的世界好，有血有肉有理想，无苦无痛无烦恼，那里有热血，有知识，有……最重要的没有人知道我是谁，我从哪里来。说不定，娘和幺叔……对，走，走就对咯。

〔虎宝儿攥着钢笔，仰着头闭着眼，缓步下。

## 第三场

〔场中桌，巧凤端肉，欢欢喜喜，上。

**巧　凤** （唱）一张桌子四角方，

灶王高坐在上方。

大家都把酒菜敬，

吃得脸上油光光。

莫忙咯，你先来吃一块嘛。

**幺　叔** （端着水果，满面春光）来咯。

**巧　凤** 来，搞一哈。（夹一块肉，送到幺叔嘴边）

**幺　叔** （大口吃）安逸。来。（加一块肉，送到巧凤嘴边）

巧　凤　烫烫，（幺叔对巧凤嘴吹吹）盐巴搁多了。（笑）

幺　叔　（清清嗓子）你看，虎宝儿也大了，你是不是也该想想自己的事儿？

巧　凤　我有啥子事？

幺　叔　就是咱俩的……

巧　凤　快，趁热再来一块。（夹肉送到幺叔嘴边）

幺　叔　你，你莫梭边边，有话说出来。

〔全场暗，给巧凤追光灯。

〔巧凤走到台前，揉搓衣角。

巧　凤　（唱）寡妇家，杂事多，孤儿寡母是处处漂泊。
　　　　村妇舌，惹人祸，贫困无计我如何生活。

〔巧凤擦擦泪，转笑脸，抱住幺叔。

巧　凤　（唱）多亏遇到他这有缘人。

幺　叔　（唱）有缘无分哟，你，你不是人。

巧　凤　（唱）哥哥有气呀，看我来顺。

幺　叔　（唱）妹妹她无情，我不进门。

〔幺叔面有愠色，转身不理巧凤，巧凤笑脸又迎上去。

巧　凤　（唱）我有情有义想要把你依靠，

幺　叔　（唱）你一哭一笑皆是相思解药。

〔幺叔摘了粒葡萄送到巧凤嘴边。

〔巧凤顺带咬了一下幺叔手，幺叔笑。

你倒是说是不是啊。

（接唱）郎摘葡萄酸酸甜甜苦苦涩涩与妹吃一颗，

〔巧凤搂住幺叔的腰。

巧　凤　（唱）妹绣花带绣红绣绿绣花绣朵坠郎腰。

〔暗红光，幺叔抱起巧凤，互有挑逗，下。

〔雷声滚滚，虎宝儿握着钢笔，闪电照亮他的脸，缓步，上。

**虎宝儿**　（唱）春雨不降雷声声，
落花碾落人断魂。
虎宝不知身何处，
亦步亦趋缓缓行。
收拾行囊将离门，
从此作了异乡人。
可怜母亲头斑白，
生死别离（你且）忍一忍。

**虎宝儿**　娘，我回……

〔虎宝儿正要敲门，巧凤一阵浪笑，又欲敲门，又是一阵笑。

〔虎宝儿呆住，雷声更大了。

**帮　腔**　（唱）乌云哟，打雷哟，涨破江水堤哟。
母子哟，情深哟，撕破在今朝哟。
怒火哟，魔鬼哟，冲破了脑壳哟。

〔老艄公拎着鱼和酒葫芦，乐呵呵地走上。

**老艄公**　（拍拍虎宝儿）大白天儿的，你楞啥，你幺叔在不？

**虎宝儿**　不在。（恶狠狠）

**老艄公**　那……（巧凤一阵浪笑）

**虎宝儿**　爷爷，我给你吹曲儿。

〔虎宝儿从怀里掏出陶笛卖力地吹，想盖过笑声。

**老艄公**　娃儿……

〔又是一阵笑，虎宝儿吹得更大声。

〔老艄公想要说话，虎宝儿吹陶笛就更大声。

**老艄公**　莫吹了，娃儿，爷爷走，走就是了。

〔老艄公摇摇头，放下鱼和酒葫芦，叹气背着手走下。

〔虎宝儿跺脚，踢飞了酒葫芦，把陶笛狠狠地摔在门上。

〔幺叔衣衫不整，怒气冲冲，急急忙忙地跑上来。

幺　叔　是哪个在外边啊？（开门，紧张尴尬）虎……虎宝儿，你咋个回来了。

虎宝儿　耽误你好事了？

巧　凤　（从幕后高声喊）是哪个啊？

〔巧凤边整理衣衫边梳理头发，扭搭扭搭上。

巧　凤　（吃惊）是虎宝儿啊，快，进来，坐啊。

虎宝儿　好生分啊。

巧　凤　瓜娃子，说啥子嘛。

虎宝儿　我只说一件事，（指幺叔）是他走，还是我走。

巧　凤　这是从哪里说嘛。

虎宝儿　说！

〔幺叔扇了虎宝儿一个耳光。

幺　叔　（生气，又十分尴尬地）不许和你娘这么说话。

〔虎宝儿拿着钢笔，恶狠狠地走向幺叔。

巧　凤　虎宝儿，你要做啥子？

幺　叔　凤儿，莫管让他来，我晓得。

巧　凤　虎宝儿，莫做傻事啊。

（唱）想当初，孤儿寡母寄人篱下。

只能是，白眼看尽无以为家。

幸逢他，你我母子才有活路。

虽非父，他心系你天地可查。

虎宝儿　我怎么能不晓得呢？可是，可是你知道外边的人怎么讲？

巧　凤　娘的宝儿，你管外人怎么讲。

虎宝儿　我管不得外人，可管不得我不听啊。（跪）娘，让他走，我可以不吃肉，少吃馍，可以……

巧　凤　（哭）虎宝儿，你魔怔了？

**虎宝儿** 好，好，我晓得了。你不舍得他，那好，我走。（笑）

〔虎宝儿背身，趔趄地走到门边。

〔虎宝儿重重地把手中的钢笔插在门上，跑下。

〔一声惊雷，雨水落下。

**巧　凤** （喊）虎宝儿！

**帮　腔** （唱）天要下雨乱哄哄，
娘想嫁人闹哄哄。
竹担打水两场空，
你走西来我走东。

〔又是一声惊雷，雨声，全场黑。

## 第四场

〔士兵甲，歪戴军帽，脖子后斜插着榜纸，一边敲着锣，上。

〔众人围住士兵，议论纷纷地看榜。

〔虎宝儿，上。

**士兵甲** 各位乡亲，各位父老，熊大帅有令：“前方战事吃紧，凡符合年龄之公民，皆有卫国守土之责任。”大令上。

〔众红衣大令押众人犯，上。

**士兵甲** 凡入营者，有敢逃逸者，杀无赦。杀。

〔大令手起刀落，全场红光，灯光变暗。

〔众人惊慌散，一黑影快步跑上，撞一姑娘。

**姑　娘** （喊）抓小偷啊，抓小偷。

**虎宝儿** 站住。

〔虎宝儿追黑影，绕场一周。

〔黑影站定，破衣烂衫快步，虎宝儿紧随其后。

**虎宝儿** 你莫的走。

**钱日白** （转身）你是哪个，要你来管。

**虎宝儿** 光天化日，你摸别个包包。

**钱日白** 今天老子就站到这堂沟，你碰哈我告一哈。不要以为你莽戳戳的，毛了我直接捡块砖头焊你娃儿脑壳高头！（恶狠狠地走到虎宝儿面前，脸部高光）

〔追光灯给虎宝儿。

**虎宝儿** （惊讶）他，他，他……

（唱）十年音信杳无踪，
不想相遇乱世中。
心有百结结套结，
也有辛酸也有风。

不对，娘不是说爹已经死了，怎么？

（接唱）黑黢黢的遗像挂堂中，
记不得那音貌和笑声。
说不定眯了眼万花筒，
你，你看谁都是我阿公。

**虎宝儿** 我还是问一哈。

**钱日白** 贼娃儿。开腔撒，多半是怂球了吧。

〔全场灯光亮。

**虎宝儿** 你可是德化人？

**钱日白** 不假。

**虎宝儿** 你可姓钱？

**钱日白** 格老子的，你认识我？

**虎宝儿** 你可是十年前参的军？

**钱日白** 你是查户口，抓逃兵的。

〔钱日白正转身逃走，虎宝儿从背后抱住了钱日白。

**虎宝儿** 爹。

（唱）一字千钧心滴血，
光阴恍惚山河月。
十年默默空期盼，
如今我也有了爹。

〔钱日白不停地推开虎宝儿。

**钱日白** 碎屁儿，放开我，喊爷爷也没用，小心老子和你拼了哈。

**虎宝儿** 我，虎宝儿啊。

**钱日白** 啥子？

**虎宝儿** 虎宝儿啊。

**钱日白** （呆立）虎宝儿，多么亲切的名字。

（唱）非是爹呀心狠不相认，
实在是我这心中有苦根。
原非我这心肠磐石硬，
怨不得苍生，
怨不得鬼神，
怨只怨我这破落户的钱家门。

〔钱日白擦擦泪，强装恨。

**钱日白** 哪一个？虎宝儿？不晓得。

〔虎宝儿默默地蹲下，哭。

**钱日白** 好了好了，蚊子吃菩萨认错了人，你我不打不相识。肚子饿的不？（虎宝儿点头）走，我带你去吃馆子，你我摆摆龙门。

〔钱日白拉着虎宝儿，走到旁边酒馆。

**钱日白** 老板儿，好酒好菜，上。

**老板儿** 你又来骗吃骗喝。

**钱日白** 哪个来骗吃骗喝，（扔钱袋）格老子的，老子有钱。

**老板儿** 有钱，你是大爷。

〔老板儿擦桌子，讪笑了一下，下。

**虎宝儿** 你说你不是我爹，那你为啥子请我吃饭。

**钱日白** 老乡嘛。我和你爹也认识，他那个人（一拍胸脯），耿直！

**虎宝儿** 你认得我爹？

**钱日白** 格老子的，你爹，哪个不晓得，耿直得很。那天来抓壮丁，啊不，那天踊跃参军，都他娘的跑了，就他一人，（撸袖子）靖国联军，跟的是蔡锷将军，打的是袁闷登儿。

〔钱日白说得十分来劲，边说边比划。

〔钱日白声音渐弱，全场暗，虎宝儿给追光灯。

**虎宝儿** （唱）为什么？为什么？

明明是他他不承认？

为什么？为什么？

明明有家他不回门？

为什么？为什么？

明明未死他嚼舌根？

**虎宝儿** 这究竟是为什么？（引颈一杯酒）好，我看你装到什么时候！

〔全场渐亮，钱日白声音渐强。

**钱日白** 那仗势黑人得很，人死哟，像割麦子一样，机关枪突突突……

**虎宝儿** 那最后呢？

**钱日白** （抿口酒）洗白咯。

**虎宝儿** 那大……钱叔，你咋的没回家撒。

**钱日白** 农坎？（笑笑，摆摆手）受不得那辛苦。

**虎宝儿** 那你就不想你婆姨，还有你的娃儿？

**钱日白** 想，没得米，拿啥子养婆姨娃儿啊。（喝酒）参军养家，可又怕死……

**虎宝儿** 怕死？

**钱日白** （假笑）莫得，怕死哪个参军啊。我们是靖国军，英勇为了三？

**虎宝儿** 三民主义。

**钱日白** 对头，三民主义。

**虎宝儿** 好，好名堂的理由撒，好自私的理由，（拍桌而起）你没得想过我和我娘是怎么过的。

**钱日白** （苦笑）我还是泥菩萨呢，哪管得你和你娘。

**虎宝儿** （唱）我本以为枯木又逢春，
谁曾想到最狠是故人。
不问生死你扪心自问，
抛妻弃子你泯灭人伦。

**虎宝儿** 我没有这么涎皮搭脸的大。（从脖子上扯下小银锁，扔向钱，转身走）

**钱日白** 莫走，虎宝儿！

**虎宝儿** 虎宝儿？（笑）他死啦，就死在刚才的饭桌上。（转头继续走）

〔钱日白疯似地追出去，扑倒，抓住虎宝儿的衣服，抱住虎宝儿的头。

〔追光灯给钱日白，钱日白泪流满面。

**钱日白** 虎宝儿，我的儿啊。

〔全场暗。

# 第五场

〔雷声滚滚，铜锣声越来越近。

〔巧凤焦急地走来走去。

**巧　凤** （唱）暮霭沉沉雷声紧，
火光电石雨淋淋。
打雷切记要躲雨，
儿子在外娘悬心。

**巧　凤** 你娃凶哦，我都被你搞服了。你快回来哈。

〔幺叔急急忙忙地跑上。

**巧　凤**　怎么样咯，找到了没有？

〔幺叔摇摇头，叹口气，巧凤一阵眩晕。

**幺　叔**　孩子没找到，莫再急坏了大人，这瓜娃子，灵醒得很。

**巧　凤**　不是你的崽儿，你当然不急。

**幺　叔**　哪个不急，我对虎宝儿那真是——

（唱）非骨肉，似亲生，从来视作一家人。

莫怠慢，怕生分，从小到大献殷勤。

**巧　凤**　（摆摆手）有什么头绪没有？

**幺　叔**　江上的船佬，江边的棒棒儿，袍哥，能问的都问了，上游下游的全打点过了。耐心地等等吧。

**巧　凤**　要是虎宝儿没了，我就——

（唱）跳清江，沉江底，喂了鱼虾变河泥。

三尺绫，两口棺，儿子不在娘也去。

〔巧凤扑在幺叔肩头哭，幺叔抱住巧凤。

〔虎宝儿蹑手蹑脚地走上。

**虎宝儿**　娘。

**巧　凤**　（哭得更厉害）哥，我想虎宝儿想的都幻听了。

**虎宝儿**　娘。

**巧　凤**　越来越真切了，没有虎宝儿我可怎么活啊。

〔虎宝儿上去拽了下巧凤的手。

〔巧凤抬头愣住，揉揉眼，没说话，走上去。

〔巧凤恶狠狠地给了虎宝儿一个耳光，然后抱住了虎宝儿。

**巧　凤**　瓜娃子，你可把娘急坏咯。

**虎宝儿**　娘，莫得哭，你看我把谁带回来了。

**巧　凤**　你把你带回来就不错咯，还让我看谁……

〔钱日白蹑手蹑脚，上。巧凤抬头看，呆立。

**钱日白** 孩儿他娘，我回来了。

〔巧凤，靠近钱日白，拍拍钱日白的脸，愣了一下，然后立马跑回屋。

**钱日白** 巧凤，摸得准备咯，家常便饭就可以。你找啥子嘛？

〔巧凤提刀，怒气冲冲地跑出来。

**巧　凤** 找啥子，刀！

**钱日白** 巧凤，你看你看，我才回来。

**巧　凤** 回来了！说得好轻松撒，十年，整整十年啊。

（唱）清早起来雾沉沉，
眼皮打卷就出门。
夫走子幼养不起，
破屋孤身一个人。
冬天没有棉絮盖，
拖把谷草陪灶神。
热天没有罩子挂，
任随蚊子满身叮。
一天三碗馊稀饭，
刚好吊到命根根。
白天割上三背草，
夜晚捣衣到三更。
帮人挑水煮猪草，
压得腰杆都难伸。
真想一头跳下井，
又怕孤儿无人亲。
他才只有四五岁，
声声喊饿刺我心。
走投无路难为活，
索性进了暗娼门。

**钱日白** 你看这怎么说的。

**虎宝儿** 娘，给他个机会嘛。

**巧　凤** 机会？钱日白啊，钱日白，你还真是能日白。

（唱）无米无盐难度日，

他在哪儿？

（接唱）孤儿寡母欲觅死。

他又在哪儿？

（接唱）十年守寡看白眼。

钱日白啊，钱日白，

（接唱）千刀万剐恨难弥。

〔巧凤动手要打，幺叔挡在巧凤身前。

**幺　叔** 凤儿。

**钱日白** 凤儿，好蜜糖哟，这是我的婆姨，格老子的。你就是娃儿说的幺叔吧，辛苦你这么多年了，这是二斤老腊肉，谢谢你的。

**幺　叔** 我就为这两斤腊肉？我告诉你，我爱巧凤，我也爱虎宝儿。

**钱日白** 嗦？巧凤是我的婆姨，虎宝儿是我的崽儿，你都爱？该不会是你有病，连个娃儿也生不来吧。（笑）

**幺　叔** 你！

〔虎宝儿拉住巧凤的手。

**虎宝儿** 阿大是从死人堆里爬出来的。

**巧　凤** （指着钱日白）你还真是能日白。

**钱日白** 胡……胡咧咧。

**巧　凤** 你爹是啥？听仔细咯。

（唱）你爹你爹，学耍龙灯。

龙灯难跳，去学糊灶。

糊灶难踩泥，又去学下棋。

下棋盘盘输，又去学教书。

教书难认字，又去学道士。

道士难敲鼓，又去学挑土。
挑土难爬坡，又去学补锅。
补锅难啄眼，又去学补伞。
补伞难逗把，又去学打卦。
打卦难弯腰，又去耍弯刀。
样都学不成，枉自是男人！

这就是你爹！

〔钱日白想辩驳，巧凤摆摆手。

〔铜锣声越来越近，依稀能听到征兵的声音。

**巧　凤**　（笑）这锣声你不会不晓得吧。

**钱日白**　（慌）是大令！快走，虎宝儿，我们改日再来。

**虎宝儿**　阿大，你怕啥，又不会抓你。

**钱日白**　回来再和你说，我们先甩火腿。

**巧　凤**　怕是逃兵吧。

**钱日白**　死婆姨，你……

〔铜锣声渐近。

**钱日白**　快走。

**虎宝儿**　你有军功啊。

**巧　凤**　（笑）钱日白，你的狠劲儿哪儿去了，还军功，呸。

〔铜锣声更近。

**钱日白**　啥子军功，活命当紧。

〔钱日白拉虎宝儿，虎宝儿甩开钱日白的手。

**虎宝儿**　你骗我！

**钱日白**　娃儿，你听大说。

（唱）刀枪无眼人无命，
朝生暮死狗噬心。
无福埋骨他乡死，

哪有今朝你来听。

（笑）所以你才能再看见爹啊。

**虎宝儿** （哭）你骗我！你们都骗我。

〔全场定，四个追光灯紧跟四个人。

〔幺叔拉住虎宝儿。

**幺　叔** 虎宝儿，你还记得幺叔教你的小曲儿吗?

（唱）金鸡叫，叫哀哀。叫声给我送信来。

**虎宝儿** （唱）正月不来二月来，

二月来到百花开。

**幺　叔** （唱）三月樱桃红艳艳，

四月枇杷掉下来。

**虎宝儿** （唱）五月菖蒲挂门外，

六月荷花并蒂莲。

**幺　叔** （唱）七月谷子地坝晒，

八月桂花月亮圆。

**虎宝儿** （唱）九月重阳快蒸酒，

十月梅花开得鲜。

**幺　叔** （唱）冬月出门做买卖，

腊月回家发大财！

幺叔耿直，不会说别的。

**虎宝儿** 幺叔，你人好，虎宝儿知道，但你爱的是我娘，而我，只因为我是她的儿子。

〔幺叔叹气，颓废地站定，幺叔的追光灯暗。

〔钱日白从幺叔手里强拽过虎宝儿。

**钱日白** 扯靶子，怎么说也是个外人。虎宝儿，我是你老子，你听大说。

（唱）生姓钱，死姓钱，一笔写不出两串钱。

生随我，死随我，俊俏的模样也随我。

虎毒还不食子呢，跟着爹。

**虎宝儿** 随你？你又没养我，你爱的是钱日白的儿子，不是我虎宝儿，自私，你只爱你自己。

〔钱日白呆立，钱的追光灯暗。

〔虎宝儿走到巧凤身边。

**巧　凤** 娃儿，

（唱）孤灯寒夜空对影，
幼儿弱母无处行。
相依为命笑对泪，
历久弥香母子情。

只要你高兴，娘依你。

**虎宝儿** 娘，没啥子，我只想有爹，有娘，我可以不吃嘎嘎，不要新衣服，不去学校，和别人家一样啊。娘！

〔虎宝儿与巧凤相拥而泣。

**巧　凤** 我又何尝不想呢，娃儿，你知道我的感受吗？

（唱）除夕只求赊碗米，
幼儿饥饿怀中泣。
多想一死解愁苦，
稚嫩小手拽我衣。

〔巧凤笑，走到镜子前，像少女一样捋捋自己的头发。

前半生我是钱日白的堂客，这十年是虎宝儿他娘。我不敢怠慢每个角色。可有谁还记得我叫凤儿，我曾经也是个女娃。

（唱）不觉青丝变白发，
冬去夏来发春华。
恍恍惚惚十几载，
鬓角从未着红花。

钱日白，你为啥要回来啊！

〔巧凤痛哭然后蹲下。

〔虎宝儿只是摸着巧凤的头，咬紧嘴唇流下泪水，轻声说，去吧。

〔巧凤突然起身，走到院门。

**巧　凤**　原谅娘。

〔巧凤重重地摔上门，跑下。

〔钱日白、幺叔都想要追。

**虎宝儿**　都站住。

（唱）开门见人强堆笑，

生儿养儿压弯腰。

〔拉住幺叔的手。

真爱难逢难相守，

人若有情到白头。

**幺　叔**　虎宝儿。

**钱日白**　虎宝儿！

# 第六场

〔士兵拖着枪，歪戴军帽，脖子后斜插着榜纸，一边敲着锣，上。

**士兵甲**　各位乡亲，各位父老，熊大帅有令："前方战事吃紧，凡符合年龄之公民，皆有卫国守土之责任。"

〔点根烟，蹲在地上，把锣和旗子都扔到地上。

**士兵甲**　累傻小子呢！我上哪儿去抓人啊，还吓唬我抓不到壮丁，让我上战场，我呸。

〔巧凤掩面跑上，撞倒蹲在地上的士兵甲。

**士兵甲**　哪个瞎了眼咯！

〔抬头看见巧凤，看傻了，手里的烟烫了手，忙扔掉。

巧　凤　长官，对不住您。

士兵甲　没得事情。（仔细端详）

巧　凤　那长官我先走撒。

士兵甲　走哪里？（拉住巧凤的手）

巧　凤　（急忙躲闪）我是良家人，长官尊重些。

士兵甲　（大笑）啥子良家，当老子刚梭叶子啊，走走走，陪陪老子。

〔士兵甲上前抱巧凤，巧凤咬了士兵甲一口挣脱，跑下。

〔士兵甲骂骂咧咧，跟着跑下。

〔巧凤颤颤巍巍倒退着上，走进家门，插上门。

〔钱日白、幺叔、虎宝儿看到巧凤十分惊讶。

三　人　（娘，你，凤儿）怎么回来了。

〔士兵甲踹开门，举着枪瞄着巧凤，脖子后斜插着榜纸，上。

士兵甲　瓜婆姨，看你哪儿跑！

〔看到一屋子男人，先是吃了一惊，然后又惊喜。

士兵甲　真是得来全不费功夫，听好了，熊大帅有令：“前方战事吃紧，凡符合年龄之公民，皆有卫国守土之责任。”院里的，有一个算一个，走。

〔幺叔急忙走到士兵甲身边。

幺　叔　长官，烟不好。（幺叔六指一对）可落教？

士兵甲　敢问炒哪碗份子？

幺　叔　顺飞家上牌。

士兵甲　哥哥请了。

幺　叔　请了（笑）。自家人。

士兵甲　（把烟弹到幺叔脸上）袍哥是吧？逮的就是你们。绑了！那么你呢？（指着钱日白）

钱日白　长官英明，我是来这家穿人户的。

士兵甲　（笑）哦，亲戚啊，走吧。

〔钱日白赶紧拉着虎宝儿要走。

**士兵甲** 立正！

〔钱日白本能立正。

**士兵甲** 姓名。

**钱日白** 钱日白。

**士兵甲** 番号。

**钱日白** 靖国军混编一师三团……（声音渐小）

**士兵甲** 混编一师都打没了，你怎么还在呢？逃兵！绑了！

**钱日白** 长官，饶命啊。

**士兵甲** 我不杀你，大令的刀卷刃了，子弹前线还不够呢。那么你呢？（指了指虎宝儿）

〔巧凤跑过来跪倒在士兵甲面前。

**巧　凤** 他是我娃儿，求求长官，放了他。

**士兵甲** 放了他？凑不够人，谁放了我。

**巧　凤** 只要您放了他，怎样都行。

（唱）放娇儿，任处置，悉听尊便句句实。

解衣扣，脱头饰，无能女子何计施。

〔巧凤解开衣扣。

**士兵甲** 早干什么去了？走。（回头）也不是不行啊。

**巧　凤** 求求长官放了娃儿。

〔士兵甲扛起巧凤，虎宝儿跑过来拉巧凤。

**虎宝儿** 娘。

**巧　凤** 走！

〔虎宝儿捶打士兵甲，士兵甲推开虎宝儿。

**士兵甲** 起开。

〔士兵甲重重地关上门，下。巧凤的哭喊声，虎宝儿不停地拍打门。

**虎宝儿** （疯了似的跪在钱日白面前）救救我娘啊。爹，救救娘，救救娘。

〔钱日白低头不语，虎宝儿又跪在幺叔面前。

**虎宝儿** 幺叔，救救娘，救救娘。

〔巧凤哭喊更大声。

**幺　叔** 格老子的！不就是条命。

〔幺叔拿起铁锹，踹开门，士兵甲，赤膊。

**士兵甲** 不知死活。

〔幺叔当头劈去，士兵甲闪开，两人扭打，巧凤红肚兜，抱住士兵甲。

**巧　凤** 走啊。

〔幺叔打在士兵甲头上，血流。

**士兵甲** 老子要你命。

〔士兵甲慌乱拔出枪，给了幺叔一枪。

**巧　凤** 带娃儿走。

〔钱日白回过神，夹起虎宝儿，巧凤用身体挡住门。

**虎宝儿** 娘，幺叔。

〔钱日白扛起虎宝儿跑下。

**士兵甲** 格老子的，死一个，跑两个，抓不够人，老子就得上前线。

〔士兵甲一脚踹开巧凤，跑下。

〔锣声和雷声混成一片，钱日白抱着虎娃儿跑上。

**帮　腔** 站住，再不站住开枪了。（枪响）

**虎宝儿** 放开我，我要找我娘。

**钱日白** 闭嘴，别出声。

**虎宝儿** 放开我，我要回去。

**钱日白** 想死啊。

**虎宝儿** 那也比和你这样窝囊死强。

**钱日白** （唱）他，他，他看我是大蜣螂，

你，你，你也笑我真窝囊。

我，我，我也是个男儿郎，

好，好，好叫心儿真受伤。

好，我欠你的，我一定还你。

〔锣声和枪声更响了，钱日白抱着虎宝儿跑，雾起。

**钱日白** 这么丁点的林子咋个走不出去？

**虎宝儿** 迷路咯？往前就是断崖了。

**钱日白** 屁。

**士兵甲** 我开枪了。

〔钱、虎绕场跑，士兵甲敲锣紧跟着跑上。

**虎宝儿** 断崖，我们活不了了。

**钱日白** 屁。

（唱）半生苟且半偷生，

得过且过自欺人。

难免落得声名裂，

笑笑列位不懂人。

断崖山峦千千仞，

想是报应将断魂。

拼死也要将儿保，

大情大义我不浑。

命啊。娃儿，你要好好活。

〔士兵甲追到跟前站住。

**士兵甲** 跑，你们倒是跑啊。

**钱日白** （笑）长官。

**士兵甲** （怒）跑！

**钱日白** 我们错了。

**士兵甲** 不跑我就打死你们。（拔枪）

〔钱日白跪下，磕头。

**钱日白** 我有十块袁大头。

〔士兵甲收起枪，走进钱日白，搜。

**士兵甲** 早说啊。哪儿呢？

**钱日白** （笑）在你爸爸的裤裆裆里。

**士兵甲** 王八壳壳，我弄死……

〔钱日白抱住士兵甲。

**钱日白** （面向虎宝儿）来生，来生我做你儿子，做老子太累了。走。

〔钱日白抱住士兵甲，跳下断崖，虎宝儿跪倒。

**虎宝儿** （哭）爹！

〔雨声盖过了一切，全场黑。

## 第七场

〔市集码头熙熙攘攘，众人上。

**众　人** （唱）喜闹闹，哭闹闹，吃完挂面喝醪糟。

喜闹闹，哭闹闹，大花闺女着红袄。

喜闹闹，哭闹闹，大雨过后天晴了。（笑）

〔虎宝儿着汗衫，短裤，欢欢喜喜地上。

**老艄公** 虎宝儿。

**虎宝儿** 唉，李伯伯。

**老艄公** 又下江耍去？

**虎宝儿** 下江去上学。

**老艄公** 好娃儿，注意安全。

〔幺叔瘸着腿，巧凤提篮，两人笑，上。

**虎宝儿** 娘，幺叔，啰啰嗦嗦，你们怎么又来了？

**幺　叔** 跟好老艄公。

**巧　凤** 拿好。（递篮子）

**虎宝儿** 东西我都带咯。

**幺　叔** 不是给你的，路过断崖，烧个香，给你爹磕个头。

**虎宝儿** 我晓得，我还带了瓶酒呢。

**巧　凤** （摸摸头）好了，快走吧。（抹泪）

**虎宝儿** 我下江去读书，又不是去死。

**巧　凤** （破涕而笑）讨打。

**虎宝儿** （笑）走咯。

〔众人移到舞台一侧，众艄公上，虎宝儿走入艄公队。

**众　人** （唱）这山望到那山高，
看到哥哥下江咯。
喊声哥哥你慢行，
不求带回金和银。

**艄　公** （唱）弯弯江水长又长，
哥哥下江趟一趟。
高粱出来烤好酒，
好留情郎耍一晌。

〔众人笑。

〔落幕。

〔剧终〕

# 醉花阴

（越剧）

编　剧：宋敏（戏文系 2011 级）

**时　期：**古代

**地　点：**下清宫

**人物表：**

黄淳——在下清宫读书的书生

香玉——白牡丹花仙

绛雪——山茶花仙

乔老——地仙

蓝知府

门子

众衙役、众家丁

# 第一场

〔幕后唱：

宿缘相思因草木，
人间凡情总不如。
执红牙板起弦诉，
此中一梦可有无？

〔幕启。二女子上，一穿白衣，一穿红衣。

绛　雪　香玉姐姐，满园真好景致也。

香　玉　果然好春色呵。

（唱）池塘春草连数里，
东君轻拂过荼蘼。
轻轻叶飞蜂儿起，
翩翩风趁蝴蝶衣。

绛　雪　香玉姐，你瞧那池塘里是鸳鸯不是？

香　玉　成双成对，自是鸳鸯。

绛　雪　不知何时我得一个姐夫，姐姐同他成双成对？

香　玉　休得胡说。此处落花满径，可叹花期甚短也。

（唱）叹九十日春过隙，
世人莫要负花期。
见满园姹紫嫣红，香暖蜜意，争娇丽，
却转眼烟憔粉悴，绿暗红稀，枯仙姿。
芳菲韶光春易逝，
珍重娇妍惜花时。

绛雪，你我不如将这些落花收拾一番。

〔一书生执卷上。

黄　淳　（唱）远望天际云似卷，
　　　　　　漠漠池边柳如烟。
　　　　　　千红万紫皆开遍，
　　　　　　风送万芳吹入园。
　　　　春色如许，携一卷花中来读。
绛　雪　姐姐，燕儿也来助我们了。
香　玉　妙极！
黄　淳　是哪处莺声燕语？（站起身来，望见月白色的院墙外，隔着一树树的花阴有女子的身影，不由自主前往）为何看不分明？
　　　　（唱）隔花人远天涯近，
　　　　　　望倩影恨草木深。
　　　　　　悠悠撞入迷魂阵，
　　　　　　花遮粉面留轻嗔。
香　玉　那边是谁？
黄　淳　（醒悟，停步不敢向前，作揖）小生黄淳，今日春光正好，信步而行，惊扰了姑娘，冒犯冒犯！
绛　雪　（“嗤”地一笑）姐姐，你瞧。
香　玉　是“醉花阴”的那位公子。
黄　淳　二位姑娘可是在收拾落花么？
绛　雪　正是呢。满园春色也比不过我家姐姐美，书生你上前搭言，可是为何？（笑）
香　玉　哎呀绛雪，休得胡言。
黄　淳　（痴痴地）果真容色胜花，天赐娇颜。
香　玉　（羞涩）烈日灼人，绛雪，咱们走吧。
绛　雪　姐姐，你把人弄痴了可怎么好？（同香玉下）
黄　淳　（呆呆地）不是神仙罢？（手握诗卷，还只管望着花阴那边出神）

〔乔老上。

乔　老　黄淳小友呆看什么？

黄　淳　这花阴儿密，衬得这粉墙儿低。

乔　老　嘿！

黄　淳　（回神）乔老！

乔　老　前日那盘棋老夫输得不服也。

黄　淳　如此再下一局何如？晚生今晨启花露一瓮，正好煮茶相奉。

乔　老　甚妙、甚妙！（二人转回黄淳的书斋）

乔　老　黄淳小友的书斋越发清雅了。几日未至，又新作几首惜花诗。小友爱花成痴，不愧此书斋“醉花阴”之名了。

黄　淳　（煮茶）晚生与乔老相伴已有一载，可谓知音。晚生自觉性情乖戾，实难混迹官途，盖心性不在此间，或在自然万物之内。也只好放荡此身了。乔老……

乔　老　小友才华横溢，却不留恋功名，寄情山水诗画之间，实在奇人也。也是各人自有缘法，不必多言。下棋也！

乔　老　哎！这一步焉能视而不见？

黄　淳　呀！悔矣！

乔　老　莫不是小友相让？

黄　淳　岂敢岂敢……

乔　老　老夫赢了。

黄　淳　哎！晚生、晚生有一事相问……

乔　老　（捻须微笑）怪道魂不守舍。

黄　淳　晚生无礼，还请乔老原谅。（端茶来）

乔　老　说罢。

黄　淳　敢问乔老，可知道观中现有谁家女眷在此么？

乔　老　未闻谁家女眷到此。

黄　淳　彼时晚生花中读书，巧遇佳人，惊之爱之，不能忘怀。

乔　老　哈哈，黄淳小友在清静道观中读书养性，不能忘却凡俗私情么？

黄　淳　（唱）袅娜婉转佳人丽，

　　　　小生何幸窥仙姿！

柔肠百结心头意，
魂灵飞起竟痴迷！

乔　老　如此，老夫寻访寻访。

黄　淳　果真？晚生在此谢过！只怕真是仙人，晚生无缘再见矣。

乔　老　黄淳小友莫急。来来，再下一局！

黄　淳　晚生遵命。

〔幕落。

## 第二场

〔幕启。香玉倚于山石上。

香　玉　哎！莫因情思睡昏昏？

〔绛雪上。

绛　雪　香玉姐姐倚在这山石上出什么神？莫不是想那书生？

香　玉　休乱说。

绛　雪　姐姐实话说，瞧着那书生如何？

香　玉　他是个爱花惜花的人，每日细细浇灌窗前花圃，为花题诗作画，花落也不忍踏之、不忍扫之。倒是个痴人！

（唱）分明俊俏佳公子，
花阴掩映美容仪。
烹茶读书有闲致，
护花人是旧相识！

绛　雪　（掩口一笑）姐姐还说不动心呢！心里口里把他夸个遍。我也瞧着他甚好！咱们园中花木，都曾得过他灌溉之恩。

香　玉　我是敬他待花为知己……

绛　雪　（悄悄笑道）只怕还有爱他。

香　玉　只是你我不是凡人，故而不敢造次也。绛雪，我心口闷闷的，乏力得紧，扶我进去歇一歇罢。

〔乔老上。

乔　老　二位花仙近日可好？（三人行礼）

绛　雪　呀！地仙爷来啦。

香　玉　香玉见过地仙爷。

乔　老　这样好的春光，二位怎不去争妍斗艳？

绛　雪　喏，香玉姐姐病了。

乔　老　怎的病了？

绛　雪　（悄悄）相思病也。

乔　老　哎唷，我那里可巧也有一个病人。

绛　雪　是谁？

乔　老　黄淳小友。

香　玉　黄公子病了？（急）

绛　雪　恐是为了咱这位神仙姐姐病的。（笑）

乔　老　（抚须而笑）这病闹得他茶饭不思，孤寝难眠，辗转反侧，衣带渐宽。

绛　雪　那可如何是好？

乔　老　少不得要我来给二位开个药方。

香　玉　有何药方？

乔　老　他只求再见牡丹仙子一面，这病就好了。

香　玉　这、羞煞人也！

绛　雪　（笑）我给地仙爷端茶去。

香　玉　人仙不同道，怎可相留恋？况我本是苏州蓝知府宅上白牡丹，一年前为奉道被移栽至此。蓝知府曾说一二载之间仍移回苏州宅院，到那时又将如何？可、可如今淳郎害了相思病，眼见消瘦萎靡，我曾受他浇灌之恩，怎忍不见？（伤心，滴下泪来）

绛　雪　（端茶来）香玉姐姐，怎的伤起心来？

乔　老　这一段天赐之劫，是福是祸且看造化。

香　玉　（拭泪）我需得救他一救。

乔　老　约在何处？

香　玉　初见之地，惊鸿一瞥。

乔　老　何时？

香　玉　月上之时何如？

〔幕落。

## 第三场

〔幕启。黄淳上。

黄　淳　（唱）月明云淡花不尽，
风静帘闲深闭门。
兰香幽幽别有韵，
蜂悄蝶静亦待人。

几日不思量茶饭，病体奄奄；忽得乔老之言：今夜月下美人来。恨不能摘下日头，将黄昏盼。好容易月上柳梢头，好个熬煎。

（唱）恍惚惚真个忘餐寝，
飘荡荡好似丢心魂。
乱怦怦笑对花相问，
晕悠悠掸衫敢惹尘？

〔香玉、绛雪上。

香　玉　绛雪，咱们还是回去罢？

绛　雪　回去么，不是要了黄生的命么？

香　玉　（唱）帘静夜深心难悄，
四面花开影遥遥。
微风暗透香杳渺，
但见明月上柳梢。

哎！羞也、羞也！

**绛　雪**　月下看她粉脸儿通红，心儿扑通！

**香　玉**　绛雪，你……你去瞧瞧他罢。

**绛　雪**　（笑）好好好，我做个阵前兵。（走上前，轻咳一声）

**黄　淳**　（转过身来连忙作揖）小生黄淳，见过姑娘！

**绛　雪**　大胆书生，夤夜来此何干？

**黄　淳**　（慌了）不知是哪位姐姐，小生冒犯！

**绛　雪**　（悄悄一笑）你自那日觑见我家姐姐，怎的病了？

**黄　淳**　（微微抬头）只因惊之爱之、不能忘怀，竟至于病。乔老怜我一片痴心，竟约得佳人，小生惟匍匐感激！

**绛　雪**　倒真是个痴公子！

**香　玉**　绛雪？

**绛　雪**　姐姐请移步。

**黄　淳**　（唱）人间良夜若蓬莱，（慢慢抬头）

　　天上美人踏月来！

　　花移影动藏娇态，

　　云鬓仿佛坠玉钗。

小生何幸得遇神仙下降？不知睡里梦里？

**绛　雪**　姐姐，我去那边看着猫儿打架。

**香　玉**　黄公子一别可好……

**黄　淳**　自那日花中一见，风魔了小生。今日再会，儿生有幸也！

**香　玉**　凝眸看他脸儿清秀身儿俊，性儿温和情儿顺，只因相思清减了精神，我这心里哪些儿不疼？

**黄　淳**　月光如银，细看她，千种袅娜，万般旖旎，只疑是洞府神仙，非是人间艳冶。敢问姐姐芳名？

**香　玉**　妾小字香玉。

**黄　淳**　衬极！

**香　玉**　听闻公子是个极爱花的人。

**黄　淳**　花乃灵秀之物，亦有魂魄。小生痴心，实不忍不爱护也……

**香　玉**　黄公子的病……要紧么？

**黄　淳**　得见香玉姑娘，还有甚么病？小生自生于世，及至在下清宫清读一年，未见若姑娘者，真天人也。香玉姑娘在下清宫作何？

**香　玉**　（轻轻一笑）我也在此处清修。

**黄　淳**　猛见她粉颈低垂，羞答答不肯把头抬。又巧笑倩兮，真个是勾人摄魄，我此刻身如火烧。

（唱）嫣然浅笑风醉软，

月华如玉落香肩。

顾盼双眸星辰暗，

羞赧低首红腮边。

香玉姑娘，何不同往小生书斋一叙？

**绛　雪**　（轻喊）香玉姐姐，莫忘子时。

**香　玉**　（醒悟）黄公子盛情，香玉拜谢。已至深夜，香玉不能相陪，乞望恕罪。（飘然而下）

**黄　淳**　（急，隔花墙）香玉姑娘！不敢乞留，小生有几句心意……

**香　玉**　（亦隔花墙，闻诗止步）君之意，妾已知之。

**绛　雪**　香玉姐，子时吩咐花期要紧。（二女同下）

**黄　淳**　蒙不见弃，小生此情一心，再无可移。睡里梦里不敢相忘！

〔幕落。

# 第四场

〔幕启。黄淳、香玉二人在“醉花阴”书斋前的亭子里读书。绛雪急上。

**绛　雪**　香玉姐姐！

**香　玉**　何事惊慌？

**绛　雪**　（低声）香玉姐姐，蓝知府现正和观主在前厅吃茶！

**香　玉**　（大惊）什么？他……他来了？期限未到，如何这样急？

**绛　雪**　姐姐，不如我再去前厅打探一番，你将实情告知黄公子，看可有法相护？

香　玉　我……我告知他便是了。

〔绛雪下。

黄　淳　绛雪姐姐为何事慌张？

香　玉　黄公子，你是爱花之人。若……若花成了精魂，幻化成人形，你还会爱花如故么？

黄　淳　香玉姑娘何出此言？

香　玉　哎！（长叹一声，立起身来）

黄　淳　花变人形，那是奇谈怪论罢。但万物皆有灵，我自信之。

香　玉　黄公子，你为何日日浇灌窗前白牡丹？若它有知……

黄　淳　因它清雅高贵，殊为不同，伴我读书吟诗，我早已将它视为知音。

香　玉　若它有一日身不由己，离开此地……

黄　淳　花儿怎会离开此地？

〔绛雪上。

绛　雪　香玉姐姐！不必担心，那蓝知府……（香玉急摆手）

黄　淳　蓝知府？

香　玉　绛雪，莫在观中乱跑。（低声向绛雪道）我还未曾说出实情。

黄　淳　什么蓝知府？

绛　雪　黄公子听错了罢。没有什么蓝知府绿知府。（悄悄向香玉道）那蓝知府即将赴外任，不知何时回。观内花木不及取之。故姐姐可暂安心在此也。

香　玉　（悄悄）此话当真？

绛　雪　我亲耳听见。

黄　淳　香玉姑娘问道花儿离开此地，绛雪又言语含糊，怪哉！

绛　雪　恭喜香玉姐黄公子！

香　玉　（羞涩）有甚么好恭喜的？

绛　雪　黄公子大喜！还不求娶佳人？

黄　淳　香玉姑娘，你……（脸红）

香　玉　绛雪！你胡说些甚么？

绛　雪　（唱）姐姐口头不愿认，

面上何事上红云？

黄　淳　（唱）真个是相思磨折心神，孤捱枕，

真个是相思作弄余魂，病深沉。

若得仙人鸳鸯寝，

小生无以为报呵，

（唱）惟有冰洁生死心。

香　玉　淳郎……

绛　雪　（悄笑）姐姐，子时吩咐花期之事可如何是好？

香　玉　绛雪，你去办便是了。（低笑）

〔绛雪下。

黄　淳　（同香玉走进书斋，请她坐）香玉姑娘为何这样肤白胜雪？又总着一身白衣，倒像窗前这一株白牡丹……

香　玉　（翻到案上一纸，念道）无限相思苦，含情对短釭。恐归沙吒利，何处觅无双？

黄　淳　此是小生初见姑娘，胡乱写就，莫笑。

香　玉　浅淡一面，何以情深若此？

黄　淳　虽一面而已，然似旧人相识，欢喜不尽、牵挂不尽。

（唱）苦读经书十余载，却不解风月债，

书中自有喜乐哀，难知晓花月钗。

得遇香玉仙人来，

忽明了这深情怀。

六冥轮回为此改，

三魂七魄尽舒开。

香　玉　你瞧，月华如练。

黄　淳　花香醉人，芳馨良夜。

（唱）为她学画远山眉，

婉转星眸上下窥。

灯起高照帐低垂，
软倚香腮左右偎。

**香　玉**（唱）羞人答答冤家对，
心儿怦怦与郎随。
掖鸳枕柔心似水，
一刻春宵不须归。

〔幕落。

## 第五场

〔幕启。黄淳、香玉上。

**黄　淳**（唱）何幸也，两心深情，风静天畔飘云霭，
成就了，一载欢爱，梦中阮肇到天台。
闻身畔，轻嗔低语无万籁，
看身旁，杏脸桃腮娇红白。

**香　玉**　淳郎，你此番去烧香抄经，早些归来。

**黄　淳**　放心，傍晚即归。清晨微冷，你莫要久立，回去罢。（前行，回身望向香玉）

〔黄淳下。

**香　玉**　哎！早起照料花圃之时有花枝刺伤手指，心下略觉不安。

〔蓝知府、观主、众衙役上。

**香　玉**（欲进书斋，发现院中有人，在门外听）呀！

**蓝知府**　有劳观主照看，白牡丹在此枝芽茁壮，花朵繁盛。

**观　主**　大人客气。托大人之福也。

**蓝知府**（向众衙役）这白牡丹娇贵异常，你们动手时千万小心。

**众衙役**　是，大人放心。（众人掘土）

香　玉　（唱）霎时轰去魂灵魄，
　　　　大祸终至人漂泊。
　　　　一载恩爱飞逝过，
　　　　双燕分飞哀长歌。
　　　　惊醒了梦里南柯，长夜从此落，
　　　　辜负了白头之约，此情待若何！

〔绛雪、乔老上。

绛　雪　（急）香玉姐姐！乔老，你可有法子救救姐姐？

乔　老　（叹息）非是我不相救，此是天授一劫。黄淳小友呢？若他在此，尚有可行。

绛　雪　黄公子呢？

香　玉　他一早便去烧香抄经了，黄昏才得回。

绛　雪　我去寻他！

香　玉　已然晚矣。

　　　（唱）天可怜见牡丹仙，
　　　　妄在人间图团圆。
　　　　身不由己不能见，
　　　　生生离别好凄然！

地仙爷、绛雪，我在此地两载有余，多蒙照料。此去、此去无相见之期也！（哭）万望与淳郎告知实情，若得情深，或可苏州蓝知府中一见！我去也！

绛　雪　（哭）香玉姐姐！

乔　老　绛雪悄声！

观　主　这白牡丹娇丽非常，老道也有些不舍了。

蓝知府　哈哈。此花亦是我心爱。观主，告辞。

观　主　老道自当相送。

〔观主引蓝知府下，众衙役抱白牡丹花下。

乔　老　咱两个在此等候黄淳小友回来罢了。

绛　雪　该如何启口说实情？我怕黄公子命不保。

（唱）恨苍天，无情忽降风和雨，

恨无常，相知相许遇别离。

从此后，隔山隔水千万里，

他两个，怎生再结连理枝？

〔黄淳上。

黄　淳　（兴冲冲）玉儿！我手抄了经文带回给你瞧！

绛　雪　黄公子……

乔　老　黄淳小友……

黄　淳　乔老、绛雪姑娘，二位今日来得齐，晚间一同用饭如何？

乔　老　香玉姑娘她……

黄　淳　玉儿呢？（往院中瞧）啊呀！白牡丹呢？是谁把牡丹花移去了？！

绛　雪　是苏州蓝知府移回去了。

黄　淳　（急）蓝知府？这样耳熟。玉儿呢？

绛　雪　姐姐……她就是那株白牡丹……

黄　淳　绛雪姑娘，你莫要说笑。

乔　老　香玉姑娘是白牡丹仙子，绛雪姑娘是山茶花仙子，我是本方土地……

黄　淳　（愣住，跌坐椅中）什么！玉儿？你们……玉儿！哎呀！我死也！

（晕过去）

乔　老　黄淳小友！醒来！

黄　淳　绛雪姑娘方才说“移回去”，白牡丹原栽于蓝知府府中么？

乔　老　正是。

（唱）为沾仙气移花根，

两载光阴开如春。

绛　雪　（唱）为报知己灌溉恩，

为君才貌亦倾心。

姐姐说，离别竟不及一见，黄公子痴情，可去苏州蓝知府府上，或可一见。

黄　淳　（大哭）玉儿！你瞒得我好苦！

（唱）刹那之间闻真情，
心慌意急乱怦怦。
过往匆匆恍如梦，
世间无物似情浓！
绛雪姑娘，我虽一介凡人，然亦能有助。况我与玉儿有白头之约，生死相随，此志不渝。走罢，去救玉儿。

乔　老　好！

绛　雪　香玉姐姐果真找到了一心人。走罢！

〔三人下。幕落。

## 第六场

〔幕启。黄淳、绛雪上。

黄　淳　（唱）未知玉儿可安好，
匆匆赶路心内焦。
是否憔悴了花枝芽，风来摧花貌？
是否削减了柳细腰，朱颜日日销？
玉儿呀玉儿，
你是个冰肌玉骨、只合春景里听得枝上鸟，
可怜是双宿鸳鸯、遭无情浪打天涯何处飘？

〔蓝知府门子上。

绛　雪　前方是蓝知府宅。

黄　淳　不错。待我上前相问。你不便进去，在此地等我便是。

绛　雪　待我变作一枝山茶花，你藏于袖中。

黄　淳　（走上前）敢问，蓝知府大人在否？晚辈有要事求见。

门　子　你是何人？

黄　淳　不必问我是何人。若你耽误，坏了大事，恐你担责不起。

**门　子**　（打量一番）哼。等着。（进门里，片刻即出）请吧。

**黄　淳**　多谢。

〔蓝知府上，坐于案前喝茶。

**黄　淳**　晚辈见过蓝大人。

**蓝知府**　听闻你有要事求见，何事？

**黄　淳**　大人，晚辈自幼颇会阴阳之术，算到大人府上有事，今日特来示警。

**蓝知府**　哦？你会看阴阳？看你确是道人打扮。我有何事需你示警？

**黄　淳**　敢问大人近日可有移栽花木之事？

**蓝知府**　你怎知道？

**黄　淳**　大人此时实在不宜移栽花木。一则花木不成活，二则大人仕途恐因此生变。

**蓝知府**　近日确然移栽白牡丹一株，确然花枝奄奄……此话当真？

**黄　淳**　不知大人移栽了甚么花木？

**蓝知府**　白牡丹一株。

**黄　淳**　可否让晚辈一观？

**蓝知府**　（略沉吟）此花娇贵非常。随我来罢。（二人转进后庭院）

**黄　淳**　（忍不住）香玉！

**蓝知府**　此花确名香玉。

**黄　淳**　（唱）一见牡丹泪如雨，
　　　花枝憔悴不似初！
玉儿呀玉儿，真的是你么？（忽然白牡丹一花枝勾住黄淳衣角）
　　　满心怜爱不能吐，
　　　我欲怀抱夺门出！

**蓝知府**　（唱）我看他眼光灼灼对花语，
　　　莫不是居心不良窥花乎？
这位道人，观花有何心得？

**黄　淳**　啊，此花不宜栽此处。交与晚辈带走罢。

**蓝知府**　大胆！明明是觊觎名花，却拿疯言疯语戏弄本官！来人，轰了出去！

**黄　淳**　大人误会晚辈了，晚辈不是此意！此花实在不宜在此处，你看它气息

奄奄，枝芽枯萎！（众家丁上前推搡）

**蓝知府** 再多言必杀之！

**黄　淳** 大人！（被推出大门外，大门关）

**绛　雪** （从袖中变出，扶住黄淳）黄公子！

**黄　淳** （唱）花容憔悴心大乱，

花枝勾衣她欲言！

**绛　雪** （敲大门）香玉姐姐！香玉姐姐！

**门　子** （开门）是谁无礼！

**绛　雪** （踢翻门子，直冲进去）香玉姐姐！

**黄　淳** （追）绛雪！

〔众家丁上，与绛雪打起来。

**绛　雪** 黄公子，我缠住他们！你进去把姐姐抢出来！

〔蓝知府上。

**蓝知府** 反了反了，将这两个人捉住！

**黄　淳** （拉住绛雪）若陷进去，玉儿也救不得了！

**绛　雪** （卖个破绽）随我来！（与黄淳跑出众家丁围攻）

**黄　淳** 咱们回去再想他法。

**绛　雪** 好！

〔幕落。

# 第七场

〔幕启。蓝知府院内。香玉上。

**香　玉**　（唱）庭院四面深深影，
天边无星月似弓。
一载往事空记省，
至今徒有泪痕凝。
可叹悲欢终难定，
香玉惟有生死从。
淳郎啊，
此月夜两下相枕不能梦，
遭此劫你我聚散更无情。
明日书斋花满径，
莫要任凭付西风！（哭）
情深天妒不愿醒，
魂飞一缕以鬼从！
万物不回声，
只有月朦胧。

淳郎！淳郎！香玉魂魄欲逝，不及前去道别，痛煞我也！一载欢爱，情深若此，香玉别无他求。（慢慢倒下）

〔钟馗上。

**钟　馗**　（唱）三千世界人魂鬼，
掌管名簿是钟馗。
推转山川逆江水，
变化日月令风雷。

脱不了魍魉魑魅，豺狼辈，

冤不得秋毫细微，念慈悲。

闻得此处有一白牡丹花魂欲渡忘川。一息尚存，我且将她唤醒。

**香　玉**　（醒来）此是到了阴间了么？

**钟　馗**　大胆花仙！不在人间掌管花期，却贪恋风月、嫁与凡人，你可知罪么？

**香　玉**　判官，两情相悦，终身相许，何罪之有？

**钟　馗**　那书生，你累及他亦受惩戒。

**香　玉**　淳郎！求判官责罚香玉一人，不要累及淳郎！香玉愿受阴司之苦。

（唱）衣带渐宽人憔悴，

生生死死永相随。

魂飞散魄终不悔，

安心淳郎是吾归。

**钟　馗**　这世间儿女之情，如何教人生死不顾？痴也！

**香　玉**　只为真情教人醉。

**钟　馗**　（唱）看她一个痴情人，

不肯辜负情义深。

我倒有心成全他二人，只是一个花仙，一个凡人，恐触犯天规。罢、罢，这样便了。牡丹仙子，你听了：为你二人深情所动，我不取你魂魄。若那书生也痴情，将你枯枝捡回，我许你回转人间，由你二人去便罢了。

**香　玉**　香玉无以为报，拜谢恩官！

〔幕落。

# 第八场

〔幕启。黄淳上。

**黄　淳**　昨夜夜半，因思念玉儿不能入梦。后不知怎么蒙眬睡去，忽有人梦里相告，玉儿花枝枯萎，被蓝知府丢弃府巷后。不知真假！不等天明、不及告绛雪，我急匆匆去寻玉儿！

（唱）叹今非昨人成个，

两下相思不能歇。

无情最是天上月！

忍看人间阔离别？

玉儿啊玉儿，你万不要枯萎！（走至蓝知府府巷，一眼看见了枯萎的牡丹花枝）

香玉！（大哭）香玉！（冲上前跪下怀抱起牡丹花枝）

（唱）乍见枯枝心已碎！

万语千言尽是悲！

玉儿啊！想我执意烧香抄经，再见却是阴阳两隔么？！呀！悔悔悔！烧香抄经是为你我，谁料世事无常？！

玉儿，我怀抱你，你见我一见呀！你见我一见呀！

（唱）四面寂寂星如晦，

月退日升露熹微。

可是我的玉儿啊，你再醒不来！

（唱）心死流尽离别泪，

再无月，再无日，长夜降至天地黑！

玉儿，我抱你回，葬你于花圃之内，我也随你去。愿我死后化作青树，守护于你。（小心抱起花枝，慢慢走回）

〔绛雪上。

绛　雪　黄公子！（看见了花枝）香玉姐姐！（大哭）

黄　淳　（心灰）绛雪，莫要哭。随我一同回下清宫罢。

绛　雪　待我杀了那知府！

黄　淳　我怀抱玉儿，什么也不想了。

绛　雪　回去问问乔老罢，地仙爷或者有法子呢？

黄　淳　走罢！（二人赶路）

〔乔老上。

绛　雪　地仙爷！你可有法子救救香玉姐姐吗？

乔　老　啊呀呀！终是枯萎了牡丹花么？

黄　淳　（将花枝抱到书斋前花圃中）玉儿，我终是带你回来了。

绛　雪　（忍不住流下泪来）地仙爷！你施展神通，救救姐姐吧！我瞧黄公子也生无可恋之意了。

乔　老　有一个不知可否的法子，尽力一试！

黄　淳　（激动）有何法枯木逢春？

乔　老　将枯枝栽于土中，每日以清晨露水混以鲜血浇灌，或可重活。

黄　淳　莫说鲜血，若需我命，此刻请取！

乔　老　这法子或可用，然不能重活，奈何？

黄　淳　那晚生也只好以死相随。

乔　老　黄公子万万保重！

黄　淳　乔老、绛雪姑娘，二位歇息去罢，我自灌溉之。

绛　雪　姐姐！黄公子一片痴情，求你活转过来，莫要辜负！

〔乔老、绛雪下。

黄　淳　（将花栽入土中）玉儿，你可听见否？

（唱）惊鸿一瞥是初见，

姑射仙子立花间。

再见是，月里婵娟，玉白衫子淡眉弯，

相思遍，梦里梦外，鸳鸯帐里红腮边。

一载尽，不知竟是梦里、人肠断，

两心一，倒不如双飞燕、入堂前。
犹记旧时帘高卷，
柳下抱琴临水弹。
忽然一日遭劫难，
狂风摧残并蒂莲。
天地转，空留泪涟涟，昏沉暗，
孤燕飘，憔悴情惨惨，更无眠。
朝来暮去共相伴，
原本伊人是花仙！（采来露水，刺破手腕，混合浇灌花根）
香玉啊，莫说仙，鬼又何妨？妖也无碍！
到如今、只求你回转，
舍命相护终心安！
待到相逢春风面，
再见玉手拂栏杆。（在花旁沉沉睡去）

〔幕后唱：

以血混露心浇灌，
日复一日年复年。
人间情痴泣中看，
天若有情天见怜。

〔香玉上。

**香　玉**　淳郎！淳郎醒来！

**黄　淳**　（狂喜，立起身来，险些晕倒）玉儿！

**香　玉**　淳郎！你日日以血浇灌，此情足动天地。判官特许我返人间……

**黄　淳**　（狂喜）好极！好极！玉儿！一别数月，为你牵挂、为你告拜天地，如今都可解了！瞧你，

（唱）花容鲜妍胜旧日，
笑语嫣嫣更相知。

天地待我不薄！将玉儿还我，拜谢天地诸神！

**香　玉**　（悄悄一笑）淳郎，若我魂飞魄散，也不忘此情。如今天地已许，你我再不分开。

〔幕后唱：

可叹这，生生死死，相舍命，
轻拭泪，添酒拨弦，坐重听。
因缘生，天上人间，共一梦，
诉衷肠，花仙书生，总因情。

〔幕落。

〔剧终〕

# 雌雄剑

编　剧：索垚琪（戏文系 2011 级）

# 毕业大戏《雌雄剑》的创作阐述

## 一、剧本的选题

“干将莫邪为楚王作剑，三年而成。剑有雄雌，天下名器也。”干将莫邪的故事源远流长，铸剑名师的悲剧与春秋的纷乱相随；而后，“吾干将莫邪子也。楚王杀吾父，吾欲报之”与“客曰：不负子也。”则演绎出了复仇与侠义的主题。

国与家、父与子、侠与义、正与邪在这个故事中交织。楚王不得利器无以称霸诸国；干将铸剑有违自己信念；眉间尺不复仇莫为人子；黑衣人斩己头堕汤只为侠义。只有在那个礼崩乐坏，新的道德体系又尚未建立时，人的个性与品质才会得到最纯粹的张扬。

本作品欲通过以眉间尺复仇为主题，借鉴复仇故事经典《赵氏孤儿》的情节安排，重新解构这个故事。以眉间尺被楚王收养，成为楚国公子，为寻雄剑，一步步得知自己的身世，最终取剑复仇为主线，讲述春秋乱世，人性的善与恶、纯粹与多变、毁灭与新生。

《铸剑》的故事在戏曲中少有展现。话剧中则有《眉间尺》《铸剑》等剧目。影视剧中有1994年张华勋执导和2011年范冬雨执导的电影。动画片有1991年的《眉间尺》。

本剧与同类型剧作最大的不同在于，回避了其他元素在剧中的掺杂，只保留眉间尺为父报仇的故事，使情节更加集中。在内容上则以眉间尺由楚王抚养长大，通过寻找雄剑才发现了自己的身世，不再着眼于复仇，而把眉间尺的选择与成长作为主题。

## 二、剧本的结构运用

《雌雄剑》讲述了春秋时期，楚王为争霸天下，令名师干将莫邪为其铸剑。雌雄剑成之日，干将因私藏雄剑被处死。十六年过去，楚国依仗雌剑，征战无度，穷兵黩武，民间苦不堪言。被楚王收养的干将之子眉间尺也长大成人。适逢楚王北上遭阻，眉间尺巧遇其母莫邪，又从欧冶子与莫邪口中得知当年旧事，一步步得知自己的身世，于剑炉拔出雄剑，与莫邪母子相认；楚王知晓此事后，抓住莫邪，将其杀害。为复深仇，眉间尺再入宫廷，在欧冶子的帮助下，雌雄双剑大战，手刃楚王，为父母报仇。

在原开题报告中，有采药山民兄妹，后在老师的辅导下，经过思考予以取消，规避了外力推动情节发展的可能，也让剧情更紧凑，冲突更加集中。

在剧本创作中运用了以下几种剧作手法，分别是：

1. 李渔的创作论

“脱窠臼”，即题材内容应摆脱陈套，追求新奇，重视创意。《铸剑》的故事在成型后一直没有较大的变化，但本剧通过解构原来的故事进行重新讲述。

2. 萨特的戏剧理论

“自我选择”，人的命运取决于人们自己的抉择，人的存在价值有待自己去创造和实现；他认为选择的自由是人的基本权利；无论处境多么恶劣，人毕竟可以按自己的意志决定行为走向，并对自己的行为负责。这意味着独立思考和对人的尊严和价值的追求。

眉间尺通过“自我选择”，摆脱了楚国公子的身份，决定为父报仇，解救百姓于水火之中，成为新的自由的“眉间尺”。

全剧在结构上从十六年后，楚王灭亡随国，眉间尺长大成人开始。第一场欧冶子的宫廷刺杀，揭开了笼罩全剧的危机，眉间尺开始寻找雄剑，并一步一步知晓自己的身世，与莫邪母子相认，十六年来的新仇旧怨在第八场中得到爆发，眉间尺杀死楚王，自刎而亡。

剧本共有八场：

第一场：楚军灭亡随国，眉间尺回到宫廷，适逢大军捕获为随国铸剑的大师欧冶子。楚王、眉间尺、欧冶子对峙宫廷。谁知欧冶子假意被擒，偷袭楚王，欧冶子之剑不及雌剑，败于楚王。眉间尺始知铸剑旧事。

第二场：楚王与眉间尺狩猎，眉间尺箭射双雁，寻雁时，遇到其母莫邪，莫邪认出眉间尺，未表明身份只告诉他当年铸剑旧事，有原至，莫邪退下，眉间尺为楚王献雁。

第三场：眉间尺为寻雄剑，在牢狱中找到欧冶子，欧冶子想引眉间尺至莫邪处，同意为眉间尺寻找。

第四场：欧冶子带眉间尺到旧剑炉，遇到莫邪。欧冶子刺杀眉间尺，眉间尺拔出雄剑，终于莫邪母子相认。

第五场：眉间尺欲刺杀楚王，进入宫殿，犹豫不决，难下杀手。于是试探楚王当年之事，被楚王的态度欺骗。

第六场：楚王从有原口中得知眉间尺已得雄剑。

第七场：莫邪被楚王抓入牢狱，为免被楚王利用，大骂楚王，被楚王所杀。

第八场：欧冶子设大鼎之计，将莫邪之死告知眉间尺。欧冶子被楚王所杀，眉间尺知晓真相后击杀楚王，为免雌雄剑再生事端，自杀身亡。

## 三、剧本及行当的选择

《雌雄剑》剧中有名剑、恩仇、宫廷等元素，君王暴虐、公子复仇、母子相认等情节，这类故事的受众多为对国家大事、宫廷秘闻等感兴趣的人，在比较了各剧种的表演特色和剧种风格后，最后选择了京剧。

在戏曲人物形象方面，尽量避开单一化，脸谱化，表现较丰富的人物性格。其中眉间尺（武生）、莫邪（老旦）、楚王（花脸）、欧冶子（老生）、有原（丑），并在唱词上着重注意不同角色的念白与音乐风格。在第七场骂楚中，参考了《贺后骂殿》的音乐节拍，写了莫邪临死前的核心唱段。在第八场鼎墓中，参考了《飞虎山》《大·探·二》等剧的对唱唱段，写了眉间尺、楚王、欧冶子三人的唱段。

由于此剧基本为男人戏，出场生行较多，为了调配行当，使观众不至于审美疲劳，着重塑造了莫邪与眉间尺的相认，这样在丰富了场上表现的同时也使眉间尺的行为更有合理性与说服力。

## 四、大戏现状

剧本部分已经完成，针对个别的唱词还可以再精益求精，尤其在唱词的音乐性上，还有很大的欠缺。在结构上有些四平八稳，没有特别的亮点出现。

## 五、收获

已经不是第一次写复仇题材的剧作，与上一个《赤桥血》相比，本剧的人物结构简单，冲突却更加集中。得到最大的收获是在唱词的写作上，以前自己写的时候，没有考虑到行当、剧情的影响，这次才明白，每个行当在不同的情境中的唱词都需要考虑，这样唱词才能将人物的情感淋漓尽致地表现出来。

下次再写同类题材时，我会注意，故事改编需要一定的设定安排，同时，着重注意唱词方面的写作，包括音乐性与行当的适用性。

这次写作的不足之处在于，没有突出的亮点，冲突的爆发没有真正写好看，这是需要我思考的问题。

2011级戏文系　索垚琪
指导教师　安　莹

**时　间：**春秋时期

**地　点：**楚国

**人物表：**

眉间尺——干将莫邪之子，出生时干将因私藏雄剑被处死，被楚王收养。长大成人后，在寻找雄剑的过程中，一步步发现了自己的身世，最终拔出雄剑，手刃楚王，为父报仇。

楚　王——春秋时期楚国君王，野心勃勃，为称霸诸国，强迫干将莫邪为其铸剑，后因未得雄剑，处死干将，收养眉间尺。后穷兵黩武，暴虐无道，被眉间尺刺杀。

欧冶子——铸剑名师干将莫邪的师兄，为推翻楚王的残暴统治及为师弟复仇，组织山民叛军，为刺杀楚王，主动被擒拿，为帮助眉间尺复仇，献出了生命。

莫　邪——干将之妻。干将死后，便守在雄剑附近，寻找眉间尺。最终与眉间尺母子相认。

有　原——楚王近侍。曾受楚王之令，逼死干将。后成为眉间尺近侍，在眉间尺知晓自己身世后杀死。

# 第一场　霸业

〔幕启，天幕背景是一张残损的地图，地图上呈现出春秋战乱，诸侯纷争的局势。

〔背景是残破的随国皇宫。

〔灯亮，随军兵将被楚军追杀。

〔楚军四个龙套引出楚王与楚国诸将上场。

**楚　王**　（唱）扬长鞭骋骏马中原震荡，

破敌国掳人口国势无双。

寒刀光展旌旗大军难挡，

图北上，跃长江，与群雄争长！

寡人，季连之后，当今楚王。自登基以来，启群蛮，灭诸侯，开疆扩土，欲威震中原！不想有国随，不尊不贡，卧榻之侧岂容他人鼾睡，便灭其于今日！

**众将官**　恭贺大王，攻灭随国。我大楚兴盛，各国无有及者！

**楚　王**　随国势小，螳臂挡车，欲阻大楚，当有今日之祸。

**传令兵**　报，有原大夫到。

〔有原上。

**有　原**　有原与大王报喜，随王已被生擒！

**楚　王**　好！押上来！

**众侍卫**　押随王上殿！

〔有侍卫押随王上。

**随　王**　楚王，竟擅动兵戈，不畏天子之怒？

**有　原**　大胆！

**楚　王**　昭王犯楚，命丧汉水，六师尽没，寡人有何惧之？

随　王　荆楚蛮夷，镐京蒙尘，王室犹在。

楚　王　寡人宝剑之利，天下莫敌，汝又怎知，雒邑难遇城破族灭之日？

随　王　你你你……

楚　王　姬氏子孙，苍梧以南当绝矣！

〔楚王一剑将随王刺死。有侍卫拉下随王尸首。

楚　王　有原，汝擒拿随王有功，想要何等封赏？

有　原　大王，奴婢不敢贪功，乃公子纵马溃军，以一凌众，生擒随王。一将官大王，灭国之际，亦是公子，率众首破随军。

有　原　利剑、公子，当是天眷大楚之宝。

楚　王　公子何在？

有　原　公子，公子他……

楚　王　他又如何？

眉间尺　可是父王唤我？

〔眉间尺率侍卫上。

眉间尺　（唱）幼木成林枝叶盛，
　　　　鸟入深林离宫廷。
　　　　习六艺，入虎贲，得君令，
　　　　灭随国，擒贼王，急先锋。
　　　　初掌行伍为国运，
　　　　骁勇善战拿军功。

眉间尺拜见父王。

眉间尺　父王，可喜欢孩儿的礼物。

楚　王　王儿，征随之役，汝当为首功。

眉间尺　孩儿不敢居功。

楚　王　寡人尝闻随国有大将，有万人勇，今何在？

眉间尺　没于乱军之中，化作累累白骨。

楚　王　汝可知错？

眉间尺　孩儿知错。不过，孩儿尚有一件礼物未献于父王。

**楚　王**　汝已成率军之将，怎还如童稚小儿，又是何物？

**眉间尺**　父王，少安毋躁，且看孩儿如今的武艺如何？

〔眉间尺舞剑，灯光稍暗。

〔有侍卫带欧冶子上，欧冶子手捧宝剑。

**欧冶子**　（唱）竹杖芒鞋游山涧，
乱世春秋惹清闲。
师弟横死遭离难，
故土沉沦心难安。
勉力合战身犯险，
独自一人入龙潭。

楚王暴虐，屠戮诸国，民不聊生，吾欧冶子欲以一己之力，为师弟复仇，为千万万百姓求太平。

欧冶子拜见楚王，拜见公子。

**楚　王**　王儿，这是何人？

**眉间尺**　这便是孩儿为父王寻来的礼物。现大军稍歇，急需整顿军械，此人名欧冶子，乃是随国铸造名匠。

**欧冶子**　公子谬赞，小人曾为随国铸造军械，万不敢称名匠。

**有　原**　公子切不可轻信于人，随国若有名匠，怎败于我军之手。

**欧冶子**　随国之败，不在军械，败于民心。

**楚　王**　先生之意，小窥我楚国？

**欧冶子**　小人不敢。

**楚　王**　随国有剑，与寡人宝剑争雄？

**欧冶子**　小人有剑，世所罕见。

**有　原**　这世间怎有与楚国宝剑比高下者？

**欧冶子**　此剑，铸成之后，便难觅敌手。

**有　原**　大王莫听他胡言乱语。

**楚　王**　欺君之罪。

**欧冶子**　当诛九族。

**楚　王**　呈上来。

**欧冶子** 此剑大凶，还请王上允小人上前奉上。

**楚　王** 准！

**欧冶子** （唱）持剑上殿生死判，

欲斩昏君祭龙泉。

为众生，一步一迈，韶华贱，

又何惧，长戟刀斧，透骨寒。

礼崩乐坏山河怨，

虎穴除虎意气坚。

大王，且看。

〔欧冶子将怀中之剑高高举起。

〔楚王近前观看。

〔欧冶子举剑欲刺楚王，被楚王用雌剑斩断。

**眉间尺** 贼子敢儿！

〔眉间尺欲杀欧冶子。

**楚　王** 不可。汝之剑尚不及寡人宝剑矣。

**欧冶子** 当世利剑，莫非雄雌。

**有　原** 贼子，大王之剑便是那雄雌之剑！

**欧冶子** 可惜，牝鸡司晨，乃雌剑矣。但闻雄雌同炉，雄当胜雌！

**楚　王** （唱）雄胜雌当头棒喝生恼恨，

殉名匠双剑得雌常挂心。

十数载春秋乱战声威振，

失利器怀有余悸愁煞人。

**欧冶子** 吾之剑杀不得你，终有人能寻到雄剑，还天下安宁。

**楚　王** 将其押入监中，随国之民，尽皆为奴！

〔灯暗。

〔幕合。

## 第二场 剑炉

〔幕启，草木茂密，排排大雁飞过。

〔眉间尺上。

**眉间尺** （唱）竞奔驰骋惊鸟散，
侧耳听声响弓弦。
风轻云淡跃山涧，
勒马观林碧蓝天。
大军回师，与父王，纵马骑猎，真是好一番景致。

〔楚王、有原大夫、众骑士上。

**楚　王** 王儿！

**眉间尺** 父王，孩儿一路疾驰，见识这大好江山，一时难以自已。

**楚　王** 男儿当胸怀天下。

**眉间尺** 现荆江以南尽数归我，父王，中原可期！

**楚　王** 王儿，中原齐晋，军力万乘，如这穹顶雁群，高深难测！

**眉间尺** 孩儿这便射下那雁中齐晋！

〔眉间尺张弓射雁。

〔两声大雁的哀鸣。

**有　原** 公子一箭双雁！

**眉间尺** 待孩儿取来，以献父王！

〔眉间尺纵马下。

**楚　王** （唱）战沙场擒敌酋军中强将，
仰长弓落双雁射艺无双。
灭诸国谋中原霸业有望，

荆楚子处贵胄大好儿郎！

〔灯暗。

〔灯亮，两个乞儿上。

乞儿甲　大楚兴，百姓亡。

乞儿乙　宝剑利，田地荒。

乞儿甲　大军聚，人离散。

乞儿乙　庙堂高，怎知乞儿腹内空荡荡。

乞儿甲　小乙，你又饿了？

乞儿乙　几个果子顶什么用啊。

乞儿甲　一会找到莫奶奶，就有吃的了。

乞儿乙　小甲，我好像看到了两只大雁。

乞儿甲　我看到了两排大雁！

乞儿乙　不，你看！

〔乞儿乙找到射落在地的大雁。

〔乞儿甲也围了上去。

乞儿甲　有东西吃了！

〔眉间尺上。

眉间尺　大雁！

乞儿甲　雁群还在天上呢！

〔乞儿甲对乙使眼色。

〔乞儿乙扭身拿起大雁便跑。

〔乞儿甲上前抱住眉间尺大腿。

乞儿甲　小乙，快跑！

〔眉间尺一脚把乞儿甲踩在地上，张弓便要射乞儿乙。

〔莫邪上。

莫　邪　住手！

乞儿甲
乞儿乙 （合）婆婆！

莫　邪　汝父母为大楚锻造军械力竭而亡，不想今日汝要死于楚弓之下！

眉间尺　楚匠之后？莫要欺人，既是楚人又怎会沦为乞儿？

莫　邪　此地，多楚匠之后，尽皆乞儿！

眉间尺　（唱）居天南万顷田树挂桑葚，

山清秀江千里鱼跃宝盆。

男耕田女织衣风调雨顺，

驱群蛮兴圣教旱地甘霖。

自王上登基以来，修武德，一统荆南。现大楚国运日昌，本固邦宁，百姓安居乐业，唯此地有异？

莫　邪　安居乐业？莫说这剑炉旧地，便是这荆楚平原亦是，鸿雁难回，家室离散，饿殍遍野！

眉间尺　大胆村妇，胡言乱语，妄议国政。

莫　邪　老妇本就是待死之人，又有何惧之？

眉间尺　罢罢罢，本公子不与老妇稚子计较，把雁还吾吧！

莫　邪　小甲、小乙，这雁？

乞儿乙　莫婆婆，大雁是我先发现的。

乞儿甲　是我们捡来的。

眉间尺　雁身所中之箭上刻有吾的名讳！

〔莫邪拿箭细观。

莫　邪　楚国公子眉间尺！眉间尺！

（唱）十月怀胎，无处吐诉，遭罹难，

骨肉分离，滴滴泪珠，始未干。

三个字，眉间尺，字字灼目，有磕绊，

恍如梦，细斟酌，周遭模糊，把心悬。

亲生儿生死未知太凄惨，

血海仇罄竹难书剑炉山。

莫　邪　小将军，可近前一步？

〔眉间尺走到莫邪面前。

**莫　邪**　眉距广尺，面生异像。

〔莫邪握杖之手战栗。

小将军名眉间尺？当朝公子？

**眉间尺**　吾正是当今楚王义子——眉间尺！

〔眉间尺从乞儿手中拿到大雁，转身要走。

**莫　邪**　（唱）无知儿又怎得认仇为善，
最可恨贼昏君道貌岸然。
可怜母子，有缘续，苍天得眷，
却是相见，难相认，有口难言。

小将军，你可知这剑炉旧地，雄雌故事？

**眉间尺**　雄雌故事？

**莫　邪**　当年，楚王遣名匠干将携妻莫邪铸剑，三年不成，竟令干将殉炉，方得剑雄雌，剑出，万物难及！

**眉间尺**　雌雄来历如此离奇！

**莫　邪**　世人不知，干将之妻，剑成之日，诞下一子，眉间广尺，生有异像。

**眉间尺**　世间竟有与吾像类之人。

**莫　邪**　莫邪为其子取名眉间尺！

**眉间尺**　（唱）长宫中华夏贵胄楚后嗣，
亲父母夜半长思未解谜。
真巧合世间难觅双飞翼，
假传闻事实难测已生疑。

大胆村妇，胡言乱语！

〔有原大夫，携骑士上。

**有　原**　公子，公子，恭喜公子找到落雁。

**眉间尺**　父王何在？

**有　原**　这是何人？

**莫　邪**　竟是有原恶人！村妇拜见诸位大人。

**眉间尺**　有原赏，皆是楚匠之后。

**有　原**　楚匠之后？汝等领赏后，还不快快退去！

**眉间尺**　吾尚有事相询。

**有　原**　公子，大王将至。

〔骑士押莫邪与两乞儿下。

〔楚王携骑士上。

**骑　士**　大王到！

**眉间尺**　雁中齐晋，献于父王！

**楚　王**　有王儿如此，何愁霸业难成！

**眉间尺**　父王，孩儿路逢楚匠后人，言国内如今民生维艰。

**有　原**　公子，那乡野村妇知晓什么。

**楚　王**　王师北上为先，民，城破，虏之！

**众骑士**　大王所言极是！

〔灯暗。

〔幕合。

## 第三场　大狱

〔眉间尺上。

**眉间尺**　北上战事稍歇，吴越之乱又起。父王日夜难寐，常念雌雄故事，这雌雄之剑当真可灭国治乱，实难思量。

（唱）雄剑踪迹连思绪，

东南变动分外急。

子忧父虑难成憩，

马不停蹄愁千里。

欧冶子亦为名匠，当知晓雄剑些许蛛丝马迹。

〔眉间尺前往大狱。

〔幕启。

〔楚国大狱，一老一少狱卒，欧冶子遍体鳞伤缚于行刑木上。

**少狱卒**
**老狱卒** （合）公子！

**少狱卒** 小人无能，十八般大刑俱上，还是撬不出一点钉铆。

**老狱卒** 不敢胡言。

〔眉间尺走到欧冶子面前，细细端详。

**眉间尺** 罪而不诛，何至于此！

**老狱卒** 公子明鉴，有原大夫的吩咐。

**眉间尺** 尔等下去吧。

〔老少狱卒下场。

**眉间尺** 原想请先生效力大楚，怎奈何……

**欧冶子** 只恨未手刃楚王！

**眉间尺** 随王已逝，先生又何必耿耿于怀。

**欧冶子** 可怜吾随王，修身勤简，于民修养，竟沦落此下场。

**眉间尺** 随王不贡，卧榻之侧岂容他人鼾睡。

**欧冶子** （唱）随姬氏受封于镐传古谚，
尊礼乐筑城守民贡于天。
贼楚王暴虐无道贪婪现。
贤君王惨遭屠戮惹人怜。

霸道之言，妄为圣王后裔。

**眉间尺** 春秋乱战，天子无为，正当群雄逐鹿，何错之有？

**欧冶子** 礼崩乐坏，人心不古与夷狄何异？

（唱）兵戈兴诸侯争霸山河暗，
趋势利万姓以亡朔风寒。
血漂橹苍穹燃赤屋瓦断，
旗残卷铠甲生虮人难还。

居庙堂者，视民如草芥。

**眉间尺**　若不战，何以天下定鼎，百姓安宁！

**欧冶子**　如今楚横跨荆南，灭国无数，方圆万里，百姓安否？

（唱）白骨露穷兵黩武长江畔，
夜鬼哭将军百战苍梧山。
征无度丧乱不息生匪患，
归乡路回首难见故乡原。
猛如虎苛捐杂赋铸宫殿，
苍生苦妻离子散荒良田。

**眉间尺**　这……

**欧冶子**　然中原诸侯齐晋秦宋，军力万乘，民富国强，战之，百姓怎安？

〔眉间尺步步后退，脸色惨白。

**眉间尺**　吾便为这天下而来，寻雄剑踪迹，求先生教我！

**欧冶子**　雄剑虽利，大凶之器，竖子与楚王乃一丘之貉。

**眉间尺**　先生若不随吾而去，数日之内怕有性命之忧！

**欧冶子**　吾命死不足惜。

**眉间尺**　先生大能之辈，万请思量。

**欧冶子**　（唱）大丈夫怎惧威胁遇死难，
师门仇风云之际把心悬。
未除恶我命暂寄不留憾，
忍孤愤理想百炼志愈坚。

苟且偷生，引其至莫邪处，先斩竖子再杀楚王。

**欧冶子**　罢罢罢，老夫便陪汝走一趟！

# 第四场　故事

〔一把雄剑，斜插于剑炉深处。

〔莫邪上。

**莫　邪**　夫君身死，雌剑飞现，雄剑不出，世人皆寻雄剑下落，却不知此剑仍藏于这剑炉之中。

（唱）纳日月三尺青锋炉中剑，

射斗牛几束紫光割玉盘。

殉炉神铸来雄雌留破绽，

通灵性霜刃未试存人间。

近日，雄剑不宁，寒光闪烁，异于往常，剑有灵性，非干将血脉不得此剑，那天所见的少公子，当真是老妇可怜的儿？

〔乞儿甲乙上。

**乞儿乙**　莫婆婆，欧冶子爷爷领着那坏人朝你家去了。

**莫　邪**　坏人……

**乞儿甲**　就是抢我们大雁的人。

**莫　邪**　莫不是我儿。

〔幕启。

〔欧冶子、眉间尺携众侍卫上。

**眉间尺**　高山流水，此地应为剑炉旧地。

**欧冶子**　万千匠人，血汗浇灌，当如此。

**眉间尺**　昔日大楚器弱，处处受制，方出此下策。

**欧冶子**　流血成剑，剑成血流。

**眉间尺**　吾闻当日干将身死，雌剑出世，雄剑不翼而飞，难不成仍在剑炉旧地。

欧冶子　雄剑难觅，故人可寻。

〔欧冶子走上前去敲门。

欧冶子　莫邪师妹可在？

莫　邪　老身在此。

〔莫邪上。

莫　邪　（唱）受封铸剑遭罹难，
夫死子离身凄然。
干将殉炉鸳鸯散，
亲子被夺泪哭干。
复仇待儿岁荏苒，
独守剑炉盼青天。

莫　邪　听闻师兄，身陷囹圄，怎携楚国公子至此？

欧冶子　仇隙之敌，当死于雄剑之下！

莫　邪　老身拜见公子。

眉间尺　怎又遇此妇人！
（唱）遇老妇心中忐忑愁云起，
论身世扑朔不定难置之。
谓真相处境变动始生惧，
收袖口左右摇摆患得失。
不想又遇老人家。

莫　邪　小公子，来此为寻雄剑踪迹？

眉间尺　为平定春秋，还天下安宁，非得雄剑不可！

莫　邪　对那雄剑之谜，老身倒是知晓一二。

眉间尺　请婆婆教我！

莫　邪　这雄剑仍在这剑炉之中。

眉间尺　怎敢妄言。

莫　邪　公子请随老身前去观看。

〔两人随莫邪来到剑炉上方。

**莫　邪**　且看剑炉。

**眉间尺**　（唱）莫不是绝世剑于今出世，

炉深处龙泉现寒光灼实。

天机露月光凝颜色如碧，

佑大楚雌雄合霸业可期。

当真是雄剑，来人为吾拔出此剑！

〔侍卫下炉中拔剑，拔剑不出。

**眉间尺**　莫非是石中之剑！

**欧冶子**　此剑有异，不可外传！

**眉间尺**　尔等自去山下等候！

**众侍卫**　是！

**莫　邪**　雄剑有灵，非我儿，不得此剑！

**眉间尺**　汝到底是何人？

**莫　邪**　便是那殉炉之人的妻子！

**欧冶子**　今日便用公子祭奠干将师弟的在天之灵，看剑！

**莫　邪**　不可！

〔欧冶子抽出宝剑刺向眉间尺。

〔眉间尺不及，步步后退。

**莫　邪**　小公子拔剑！

〔眉间尺拔出雄剑，斩断欧冶子之剑。

**欧冶子**　干将血脉！

**莫　邪**　真是我儿！

**眉间尺**　汝不可胡言乱语！

**莫　邪**　你刚出生便被那有原恶人夺去，谁知他将你献于楚王，认仇作父！

〔眉间尺走上前去，轻轻拔起，握剑的手不住颤抖。

**眉间尺**　（唱）玄铁灼手情难禁，

失魂落魄不识人。

我的父，楚王干将，向谁问，
雌雄剑，恩情仇恨，牵挂身。
吾为何人对天论，
前方哪里怎追寻。

**莫　邪**　眉间尺，我的儿，
（唱）贼人强夺与母散，
楚国公子吾心寒。
我的儿，锦衣罗缎，居宫殿，
可怜你，认仇作父，十数年。
拔剑认亲真相现，
苦辣酸甜娘心间。

**眉间尺**　（唱）上苍糊涂怎失慎，
如梦似幻假乱真。
人生变换终难尽，
始认生母泪满襟。
娘！

**莫　邪**　（唱）血脉相系再相见，
母子缘存聚峰峦。
剑炉旧地完夙愿，
为父报仇在你肩。
我的儿！汝切记你父的血海深仇！

〔灯暗。

〔幕合。

## 第五场　父子

〔幕启。

〔楚王坐于舞台中央，身后挂着春秋诸国的地图。

**楚　王**　东南边衅再起，中原诸侯隐于其后，阻孤北上之势。不知何日方可一雪大楚百年之耻！

（唱）周王室代天伐商立威望，
　　用熊氏全族相助尽忠良。
　　荆楚蛮奇耻大辱怎敢忘，
　　分封日看守篝火隔阅墙。

〔楚王抽出雌剑。

**楚　王**　雌剑，雌剑，汝只能助寡人至此？

〔幕后传来传报声。

**侍　卫**　大王，公子求见！

**楚　王**　宣。

〔眉间尺上。

**眉间尺**　一切如旧，这大殿却似变了模样！

（唱）宏大雄伟黑甲镇，
　　雨敲风冷阴沉沉。
　　身世明晰难恭顺，
　　旧地拔剑认母亲。
　　血海深仇埋怨恨，
　　父慈子孝成笑闻。

不报父仇妄为人子，血染宫廷，只待今日！

**眉间尺** 眉间尺拜见父王。

**楚　王** 久不见汝，还知进宫拜见。

**眉间尺** 勤练六艺，不敢松懈。

**楚　王** 孤知汝武勇过人，却是不可沉溺，君王一呼，良将云集。

**眉间尺** 孩儿知晓了。

**楚　王** 汝观此图，现周室东迁，帝星摇曳，诸国乱战。晋宋雄踞中原，齐独占海盐之利，秦再出函谷，多少公侯除名，当周立以来，最大的乱世！

**眉间尺** 数年中，父王亦灭国无数，现大楚亦为天下强国之一了。

**楚　王** 吾大楚，纵横跨万里，也被中原视为楚蛮而已，唯有北上。

**眉间尺** 可国内匪患四起。

**楚　王** 地利、人和皆与我相违，这天时，却是不得不争！

**眉间尺** 长此以往，民力疲乏，与国不利。

**楚　王** 以战养战，百战国兴！

**眉间尺** 可……

**楚　王** 孤年岁渐长，体力不支，寿命终有尽时，这大楚便会交予汝手。

**眉间尺** 父王。

**楚　王** 孤待汝如亲子，自小教授为君之道，只期冀汝执掌大楚时，莫忘诸先祖遗训，为楚雪耻正名！

**眉间尺** （唱）贼昏君，圣父王，怎辨认，
杀父仇，养育恩，并共存。
雄剑凉，胸口热，矛与盾，
非无情，总摇摆，却分神。

以雌雄旧事试之，若是昏君无悔，吾便借献剑之际，一了百了。

**眉间尺** 父王可还记得干将铸剑之事？

**楚　王** 汝如何得知雌雄旧事！

**眉间尺** 自欧冶子被擒，坊间所传。

**楚　王** 草民粗鄙。

**眉间尺** 却不知道父王……

**楚　王**　雌雄剑出，楚国无名匠矣。

**眉间尺**　孩儿最近一直在找寻雄剑踪迹。

**楚　王**　宝剑虽利，却是寡人最痛心之事，孤观雌剑时，总能忆起剑上亡魂，急功近利，汝切记此事。

**眉间尺**　若雄剑现世？

**楚　王**　大楚因器利而兴，不祥之兆。汝有雄剑线索？

**眉间尺**　孩儿亦未寻到。

（唱）不祥之兆总相衬，
痛心疾首没前尘。
雌雄双剑败尧舜，
毁家纾难灾害因。
雄剑腰系有恻隐，
千斤之重手难申。

**楚　王**　汝还有何事，若无事，便退下吧。

〔楚王一侧的灯暗。

〔一束光打在眉间尺身上。

**眉间尺**　（唱）步履蹒跚头眩晕，
宫苑斜影近黄昏。
彳亍两端失机敏，
失魂落魄愁煞人。
无颜寻母挂宝刃，
怯懦无奈留泪痕。

何为父子，怎言恩仇！

〔灯暗。

〔幕合。

# 第六场　雄剑

〔画外音：天理昭昭，轮回报应，楚王汝必死于吾雄剑之下！

〔幕启。

〔灯亮，卧榻旁，楚王着睡衣，披头散发，手握雌剑；一妃嫔惊慌失措，跪在地上。

**楚　王**　干将！

**妃　嫔**　大王。

**楚　王**　贼子，可敢现身于寡人身前！

**妃　嫔**　大王，殿内无人，或只是一场噩梦。

**楚　王**　大胆！

〔楚王回身一剑将妃嫔刺死。血染红楚王衣袍。

**楚　王**　（唱）凉汗衫夜半游魂惹烦躁，
雌雄剑难忘干将弄心潮。
莫倒是梦中报应迷心窍，
汝重生再铸利器也难逃。
他日若遇雄剑，尚能有今日之利否？

〔有原大夫携众侍卫、宫女上。

**有　原**
**众侍卫**　（合）大王。
**宫　女**

**楚　王**　寡人无恙，尔等退下。

〔侍卫、宫女将妃嫔尸体拖下。

〔有原站立一侧。

**楚　王**　卿有何事？

**有　原**　微臣有一事，不得不报！

**楚　王**　但讲无妨。

**有　原**　臣闻公子近日私放欧冶子，前往剑炉旧地，遇干将之妻莫邪，正值天生异象，像有至宝出世！

**楚　王**　雄剑！

**有　原**　当是公子已得雄剑。

**楚　王**　如若是此，楚国大幸！

**有　原**　大王，楚国公子得剑，自然大幸，只可惧，若是干将之子得剑！

**楚　王**　大胆！

〔楚王持剑逼得有原步步后退。

**有　原**　微臣不敢，只是公子终究不是大王血脉！

**楚　王**　我的儿，莫不是已与父王兵戎相见！

**有　原**　请大王三思！

**楚　王**　宣公子前来见我！

**有　原**　自前日公子出宫，便失去踪迹矣。

**楚　王**　（唱）称霸业容不得横栏大道，

膝下儿背忠义鸠占鹊巢。

养育恩朝夕灭出人意料，

楚公子孝顺儿徒有其表。

冤孽债亲手断难忘音貌，

帝王路不容情明察秋毫。

我的儿，为楚国，容不得父王心慈手软！

**楚　王**　宣孤旨意，遣兵拿来莫邪、欧冶子，大索公子眉间尺！

**有　原**　尊旨意！

〔灯暗。

〔幕合。

# 第七场　骂楚

〔幕启。

〔莫邪困于牢中。

**莫　邪**　剑炉旧地认亲子，身陷囹圄亦无悔。

（唱）十数载终有归宿，

血海仇流干泪珠。

我的儿山后认母，

在天灵心愿以足。

这昏君抓我前来，定是想诱我儿来救，却不晓得我儿现身在何处？

〔楚王、有原大夫及众侍卫上。

**楚　王**　莫邪，可还认得本王！

**莫　邪**　昏君，汝化为灰烬，老身也认得。

**有　原**　大胆贼妇，当年若不是大王仁慈，你早已与干将团聚矣。

**莫　邪**　恶人有原，果真是好人命短，祸害寿长。

**楚　王**　汝夫妻带众匠人开炉铸剑于楚有大功，何苦如此。

**莫　邪**　好一件大功！

（唱）夫妻散风餐露宿，

藏尸骨埋没家族。

后代人食不果腹，

为荆楚难逃亡途。

楚之功臣，皆化作那剑炉遍野荒坟，有功无禄，为君者，言而无信！

**有　原**　当时，南越躁动，王师南移，全国节俭，方胜之。

**楚　王**　草芥之民，楚国之匠，为国而亡，后裔应以为荣。

**莫　邪**　好一个以为荣，汝不仅无信，更是昏庸无道。

（唱）可怜吾含辛茹苦，
　　守剑炉风中残烛。
　　犹记他嗷嗷待哺，
　　梦醒时有酒难沽。

杀我夫，抢我子，手段狠毒，好一个圣明君王！

**楚　王**　昔日，孤夺汝夫妻之剑，如今，汝却夺去一楚国公子！

**莫　邪**　雌雄剑，非汝相逼，吾夫妻怎会阴阳相隔。

**有　原**　可怜眉间尺，被汝所惑，要做那中山之狼。

**莫　邪**　父仇子继，自当如此。

**楚　王**　眉间尺若献雄剑，十数载父子情，寡人亦非无情之辈！公子如旧，汝以国太待之！

**莫　邪**　雄剑未出，昏君，抢夺吾子，当为今日。

**楚　王**　但使误入歧途，难逃剑下亡魂矣。

**莫　邪**　昏君，雄剑生灵，非干将血脉者不可得。吾的儿，

（唱）明身世幡然醒悟，
　　舍富贵挺身而出。

**楚　王**　村妇狂妄，可知雌剑之利！

〔楚王拔剑，被有原拦下。

**有　原**　大王不可，留此村妇以待公子。

**莫　邪**　昏君、佞臣，当欲以老身引我儿自投罗网，吾切不可如其所愿！

**莫　邪**　（唱）昏君！无道君！
　　有莫邪在监牢大骂吐诉，
　　昏君！无道君！
　　骂一声无道君将你来呼。
　　我夫铸剑苦，
　　造剑炉鬓发白岁月其徂。
　　为凶器逼干将百般残酷，
　　殉名匠夺我儿作威作福。

**莫　邪**　昏君，汝乃当世不仁不义，不忠不孝之贼。

（唱）贼好比夏帝桀荒淫无度，

贼好比商纣王剖心王叔。

贼好比周厉王路人以目，

贼好比周幽王戏弄大夫。

只骂得贼昏王丑态毕露，

只骂得贼昏王扭转身躯，闭目合睛，脸红脖粗，全身抽搐，肝火尽出。

今天老婆子，注定要死于大狱，

来日眉间尺，复血仇真大丈夫。

大楚因雌剑兴，必亡于我儿雄剑之下。

〔楚王全身颤抖，脸色通红。

**楚　王**　贼妇人，寡人却是留你不得！

〔楚王拔剑刺死莫邪。

**有　原**　大王息怒。

**楚　王**　一时失慎，再起波澜，悔之晚矣。

**有　原**　莫邪却是命该如此，只是雄剑有灵，怕是要细细思量！

〔有侍卫上。

**侍　卫**　报大王，那欧冶子禁不住拷打，言有解雄剑之术，求见大王！

**有　原**　王上英明！

**楚　王**　哈哈哈。

〔楚王大笑。

〔灯暗。

〔幕合。

## 第八场　鼎墓

〔幕启。

〔灯亮。

〔一尊大鼎滚着沸水，立于舞台中央。

〔欧冶子上。

**欧冶子**　雌雄恩仇，大殿鼎定，吾苟且偷生，欲助眉间尺，斩奸除恶，匡扶正义。

（唱）施巧计骗楚王鼎立水泛，
　　沸气腾弱雌剑雄者占先。
　　在今日便要把清浊分辨，
　　思念起贤夫妇两泪涟涟。

暴君计诱眉间尺，只得欺楚王，于大殿立鼎，以除雄剑之灵，却不知这是要镇雌剑煞气！助眉间尺匡扶世间正气。

〔灯暗，舞台另一侧灯亮。

〔眉间尺随有原大夫上。

**眉间尺**　（唱）大索天下吾心痛，
　　为寻救母入宫廷。
　　慈父孝儿终成梦，
　　恩怨情仇怎划清。

父王易见，心意难定！

**有　原**　公子携雄剑回宫，大王定会高兴。

**眉间尺**　我母亲何在？

**有　原**　大王吩咐，献上雄剑，自会放莫邪归家。

**眉间尺**　此等行径，当是汝所为！

**有　原**　小人不敢。

**欧冶子**　便是这位有原大夫，当年带人逼死汝父，强夺于你！

**有　原**　若无小人，公子何以为公子。

**眉间尺**　此等恶人，该杀！

**有　原**　大王救我！

〔有原逃跑。

〔眉间尺怒发冲冠，拔剑向有原。

〔有原惨叫一声下场。

〔幕后音：大王到。

**欧冶子**　汝速躲于鼎后，待机以除楚王！

〔欧冶子将眉间尺推于鼎后。

〔楚王上场。

**楚　王**　楚国大业，孤毕生心血！

（唱）君王者非无情假戏真唱，
皇图业怎容得根基有伤。
绝世剑无物及势难相让，
夺利刃再北上中原称王。

**楚　王**　大师，当是随国之人。

**欧冶子**　随国生，随国养，随国长。

**楚　王**　雄剑若得，随民恢复自由之身。

**欧冶子**　若是不得？

**楚　王**　汝连同千万随民，皆莫邪下场！

**欧冶子**　好一个狂妄的暴君！

〔眉间尺走出。

**眉间尺**　父王，孩儿前来，只求父王放还我母。

**楚　王**　莫邪，便在殿后。雄剑乃汝亲父为楚所铸，归还雄剑，寡人便不追究于汝。

**欧冶子** 汝母已惨遭毒手。

**楚　王** 欧冶子，寡人留汝一命，怎敢在此胡言乱语。

〔眉间尺、楚王、欧冶子三人沿大鼎移动。

**欧冶子** 不可亲信楚王，这大鼎，便是要烹你，煮你，夺雄剑，立威严！

**楚　王** 孩儿，竟不信寡人！

**眉间尺** 献剑救母，怎思量。

（唱）一边是养育恩国之威望，
一边是杀父仇暴虐凶狂。
乱头绪不决绝雄剑难放，
又可怕遭欺骗妄为儿郎。

**欧冶子** （唱）眉间尺重善念坦坦荡荡，
遭蒙蔽中奸计儿女情长。
心太软遇昏君不认真相，
母子别两世隔难见亲娘。

吾只得一死明志，望他幡然醒悟！

〔欧冶子一头撞向楚王。

**欧冶子** 眉间尺，血海深仇，万不敢忘！

〔楚王一剑割下欧冶子头颅，投于鼎中。

**楚　王** （唱）贼匠人传噩耗兴风作浪，
除剑灵设圈套白费一场，
称霸梦穷心血怎敢遗忘，
岁月催不由我手段刚强。

人死难还阳，若雌雄双剑合璧，大楚得兴，霸业自为汝父共享，干将莫邪等贱民死亦无憾！

**眉间尺** （唱）贵贱之命都一样，
谁是弱来谁是强。
楚国公子虽你养，

也曾为国战边疆。

亲父生母已俱丧，

血海深仇要你偿。

昏君看剑！

〔眉间尺与楚王搏斗。

**楚　王**　十数载养育恩情，汝若杀孤，又与孤何异？

**眉间尺**　吾便把命赔给你，又有何妨！

〔楚王被杀，头颅坠落鼎中。

**眉间尺**　大仇得报，吾却已成无源之水，无本之木。不忠不孝，不仁不义，乾坤难定，皆为雄雌。

（唱）狼烟起烽火燃诸侯乱政，

雌雄出兵戈兴远近交攻。

命运定摆脱难恩怨相应，

人寿短逐利多天地为笼。

罢罢罢，世间自此当无雌雄之争矣。

〔眉间尺自刎，头颅亦落于鼎内。

〔雌雄双剑化作白光飞出。

〔灯暗。

〔幕后音：后，鼎内头颅不可识别，乃分其汤肉葬之，名三王墓。

〔幕合。

〔剧终〕

# 楚宫梦

编　剧：吴昊（戏文系 2011 级）

# 毕业大戏《楚宫梦》创作阐述

## 一、创作主旨阐述

《楚宫梦》假托五代十国为背景，借后唐李氏王朝敷演故事，杜撰了姜氏、王氏、李文卿三人爱恨交织的人生悲剧。在这个故事中，爱情、婚姻、人性受到考验，真真假假、虚虚实实间，人物在不断找寻生命的出口。

故事讲述了前太子妃姜氏年轻守寡，端午祭偶遇当朝五皇子李文卿，一见倾心。两人虽真心相爱，真实身份却难以言说，于是互相瞒天过海，许下绣帕之盟。不料，五皇子妃王氏偶拾绣帕，为求证设局，三人对面，真相呼之欲出。在人伦理法的强大压力下，李文卿选择了退缩和妥协，他将定情绣帕改写绝情词，交予王氏，任其了结此事。绣帕上的绝情词成了压垮姜氏内心世界的最后一根稻草，她的身心俱疲，神思颠倒，以至于灵魂出窍，游魂追至王府内，要求问个明白。姜氏和王氏这两个女人为了一个男人，各自守护，各自抗争，却又在现实面前各自落败。姜氏灵魂与王氏肉体合二为一，声声质问李文卿。李文卿惊惧之下大行法事，做法三天“驱灵辟邪”，如此折腾之下，王氏失去了腹中的孩子，姜氏也走向了生命的尽头，心死之下接受了对她“莫须有”的审判。天地之间，只留下李文卿茕茕孑立，三人命运颠沛，终究都是一场痴心一场空。

《楚宫梦》是一场人间大梦，情终情始，情真情痴，欲念不生，欲念不死。姜氏、王氏、李文卿三人宿命纠缠，情深爱欲与人伦法理在内心挣扎对抗，想要挣脱，却无法挣脱。三人的爱恨情仇，是缘，亦是劫，她们的悲剧相互交织却又各不相同。姜氏之悲，在于婚姻之事身不由己，妥协于命运却遭遇更大打击，抓住希望又换来最终的绝望，终其一生，她的情感都付与虚妄，如大梦一场。王氏之悲，在于政治婚姻却遇到真心所爱，终究换来真心错付，落花有意随流水，流水无情恋落花，她苦苦挽留的不是婚姻，是李文卿的真心。

李文卿之悲，在于以婚姻的形式承担了家族的责任，不敢反抗，却又感到反感，于是他错过了王氏对他的一颗真心，又错把自己的真心给了姜氏，最终失去了两份真挚的爱。

从古到今，多少痴情错付，多少真情流离？也许是机缘巧合，人生路上，各自孤立的男男女女们走向同一个终点，他们终其一生，仍未取得答案。他们背负的太多，放下的太少。敢？不敢？情？或欲？剧中难以给出解释。姜氏、王氏、李文卿三人是虚拟的剧中人物，但她们寄托了许多人的影子，他们的命运也昭示了许多人的过去和未来。在剧本的结尾，选择让王、姜二女相继以不同的形式“死”去，一个是精神世界的结束，一个是现实世界的结束，也都埋下了这样的暗语。走向黄泉的路途，唯有孤独依旧没有出路，人们徘徊着，依旧在试图找到光明。

## 二、题材的理解与评析

1. 题材来源综述

本剧故事虚构，依托五代十国为历史背景，讲述主人公之间的爱情伦理纠葛。写作这个剧本的灵感来源有很多，不论是书本还是现实中的许多故事都给了我启发。在人物关系的设置上，受到日本古典名著《源氏物语》的影响，在处理姜氏和李文卿这一组人物关系时，借鉴了六条御息所和光源氏的定位。

剧本取材时，广泛参考了众多描述婚恋的文学艺术作品，如小说《荒山之恋》、小说《情爱画廊》、电影《胭脂扣》、京剧电视剧《曹雪芹》、新编京剧《鱼玄机》、昆曲《蝴蝶梦》、京剧《乌龙院》、昆曲《借茶活捉》、川剧《大劈棺》等等。

这其中，《源氏物语》中的六条御息所和春秋时期的庄姜夫人的形象融合在一起，成为了剧中姜氏的原型。依据姜氏的人物性格，才设计出了“离魂”的情节，是因为灵魂出离肉体的行动，是人能够表达出来对爱的最执着的动作，包含了与现实的决裂和撕扯。

2. 题材类型评析

本剧借戏曲形式，探讨了婚姻、爱情、伦理之间的关系，展现人性中的冷与暖、爱与恨、情与理。借古代的历史背景，以现代眼光，重新审视男女间的三角关系，窥视每个人物内心的孤独、自私、希望和爱。

创作这个剧本，不仅是为了讲述故事，而且是想要借故事传递出对生活的思考。在《楚宫梦》中，我希望把悲剧的宿命性与人物性格紧紧相连，将人物迈入命运深渊的每一步清晰展现。人物每一个动作都不是单独的、毫无意义的，而是能够通过这个动作推动情节的发展和人物性格的发展，将人物的深层心理暴露出来。

3. 与同类题材剧作的对比

在戏曲剧作史中，同样题材的剧作层出不穷，如昆曲《蝴蝶梦》、京剧《乌龙院》、京剧《翠屏山》、昆曲《借茶活捉》、川剧《大劈棺》等等。然而，却很少有剧本去深究隐藏在故事表面下人物的心理根源。

以昆曲《蝴蝶梦》为例，剧作家是站在一个道德批判者的角度去看待田氏再嫁这件事情，以封建卫道士口吻在剧中惩罚田氏，在结局处令其忏悔自尽。尽管在“说亲”一折中，我们也可以看到田氏的无奈和孤独，但是这些表现都更多地归功于演员在长期的演出实践中对于表演的雕琢，使得观众产生了同情的心理倾向。这也从侧面证明了，观众对于寡妇思春或改嫁这件事情也有着自己的思考，不能单纯地站在道德高度上俯瞰。在《楚宫梦》这样一出悲剧中，究竟谁是受害者？我的理解是，三人皆是。剧本中并没有一个作恶之人，三人却都被无形的枷锁绑上了刑场，落得这样的结局，不能不让人深思。那么，是宿命还是巧合造成了这一切？我并没有答案，只留下思索。

## 三、阐述剧作法理论在毕业作中的具体运用

1. 极端情境的设置

戏剧情境是促使人物产生特有动作的客观条件，是戏剧冲突爆发和发展的契机，是戏剧情节的基础。极端情境的设置能尖锐人物矛盾，暴露人物的真实性格。于是，我将姜氏、李文卿、王氏三人的关系设置复杂化，让观众能够感觉到他们之间的感情危机四伏。在剧本开头，就由一次无意的巧合打破他们各自生活的表面平和，揭开他们平淡无奇的生活中濒临爆发的隐忧。在姜氏和李文卿的情人关系建立起来之后，又由王氏揭开二人的真实身份，将他们各自的秘密暴露在对方面前，激化了人物之间的矛盾。

2. 运用高明剧作理论“论传奇，乐人易，动人难”

《毛诗序》曾云：“情动于中而形于言，言之不足故嗟叹之，嗟叹之不足故咏歌之，咏歌之不足，不知手之舞之、足之蹈之也。”[①]在中国戏曲的演剧传统中，情感抒发往往是最为重要的内容之一。一个剧本要做到感动观众，使得观众真正投入剧情之中、移情于主人公，就应该不仅仅着眼于“乐人”，而更应该在“动人”上下功夫。本剧希望能够更深入刻画人物情感，在角色的命运中沉浮，做到以情动人，打动观众。

3. 灵活的舞台调度，打破单一时空

本剧充分发挥戏曲虚拟性的表演特色，剧作中包含了大量打破单一时间和空间的表演内容。比如在《痴醉·惊魂》一场中，通过姜氏一人的表演，展示了她的心理活动过程。这个过程是富有流动性和诗意的，是一种纯粹内心的外化，她的情感她自己无法说出来，却可以通过展示她的内心世界的活动表达出来。又如在《灵游·附体》一场中，姜氏的生魂出离肉体这种在现实世界中无法展现也不可能出现的情节，在戏曲舞台上就成为了极富意味的一笔。它可以说并不是真实发生的人物动作，而是一种强大的心理动作，推动着整个戏剧情节的发展。这些情节和设想给了舞台调度以极大的发挥空间，是无所谓时间和地点的局限的，这就使得剧本的空间有了延展性。

4. 剧本分场概括

《楚宫梦》在剧本结构上先破后立，最初以无场次的形式拉开整个戏的节奏，再借鉴最传统的戏曲结构模式“四折一楔子”，依照“起、承、转、合”的戏剧结构规律，将全剧划分成了“一序五场”的形式。

序幕起到“引戏”的作用，导领全场，引起观众的疑问和兴趣。姜氏出场，她的身份和处境隐而不发，而贯穿全剧的核心道具“绣帕”初露真容，为后事埋下伏笔。第一场《拾帕·设局》为“起”，戏剧矛盾由此展开。由王氏拾帕带出设局一事，三人对面，揭露隐情，三个主人公的状态和立场在这一场中表明。第二场《痴醉·惊魂》为“承”，是姜氏的独角戏，以整场戏铺开姜氏的内心世界。姜氏的苦闷、惊惶与不安表现在她接连看见李文卿、父亲、亡

① 陈多，叶长海：《中国历代剧论选注》，第35页，上海古籍出版社，2010年6月第一版 。

夫的幻象，并因此陷入精神和肉体的双重折磨之中。第三场《夺门·诘夫》为“转”，是整个故事的一个大转折，王氏的搏命一击使得姜氏和李文卿之间刻意逃避的问题赤裸裸地暴露在人物面前，她逼李文卿去面对，去质问自己的内心，去思考承担的后果。可以说，是王氏帮李文卿看清了自己内心真实的选择。她给了他需要的借口，为了成全自己委曲求全的婚姻。第四场《灵游·附体》和第五场《驱灵·情问》为“合”，分别是全剧的高潮和结局。《灵游·附体》展示的是姜氏最后的挣扎，是她强烈的情感意念下做出的灵魂出离肉体的动作。这个动作带动起来全剧的高潮，逼姜氏去面对她内心逃避的现实。当李文卿生命中的两个女人化为同一形象在他的生活中折磨不休时，其实观众看到的是他不得安宁的内心。最后一场《驱灵·情问》是表现了两个绝望的动作，李文卿驱灵是他自主意识下唯一一次主动的选择，他的软弱和自私再没有借口。他的选择不再依附于任何一个女人，而是真真正正他独立完成的，这个动作也预示了他对于两个女人的伤害。说到底，他唯一保护的只有他自己。而情问是姜氏在绝境之中对命运的质问，不是后悔，而是一种放下、一种看破，最后她是慨然赶赴自己的命途。

5. 主要人物介绍

姜氏是名门闺秀，皇室与其家族缔结婚约，将她嫁给了病弱的端明太子，希望借冲喜以振国祚。不料，过门三日，端明太子一命而亡。于是皇帝殁后，只得由端明太子之长兄继位。新君立，姜氏地位尊荣、却身份尴尬，只能闭门孀居。对于姜氏来说，从十八岁起，她的人生再无牵念，广殿长亭，只有寂寞和绝望滋长蔓延。嫡子死，长子继，顺理成章，井然有序，无人再无端记挂起当年显赫一时的端明太子，连同依附他而生存的一个女人，都被崭新的团花簇锦所遗忘。她痛恨这华丽的宫殿、精美的佛珠，她的情感被极度压抑，无处排遣，日复一日，恨入骨髓。她嫁给那个男人三天，便赔上了漫长的五年，以及往后注定的一生。李文卿的出现成为她灰暗生命中唯一光亮，也未尝不是她报复不公命运的一种方式。得到他，她有了活下去的理由；而失去他，反正也一无所有。姜氏是个外柔内刚的女子，对待爱情，她果断决绝，苦苦挣扎，不甘放弃。

李文卿身为皇子，身处庙堂之内，心在江湖之远，这注定了他的失意。他身为皇室中人，享受了家族的荣耀，也成了家族的筹码，皇位轮不到他坐，却仍要以婚姻的形式承担家族的责任。他不满、不解，却不敢反抗，可以说，他的性格中同时存在着任性和懦弱两个方面。说到底，他还是一个世俗之人，作为一个凡俗男子，他渴望的是自由的爱情，却又有太多的压力和顾虑。他的爱情不是他生命的全部，他想要的太多，付出的不够，最终也就全都失去。

王氏是朝廷钦封的五皇子妃，得到了名分，却没得到爱情。作为一个皇妃，她无疑是无可挑剔的，可作为一个女人，她却挽留不住丈夫的心。她在一桩政治联姻中付出了真心，痴心可叹。与姜氏不同，她的性格外刚内柔，因为太害怕失去，她不得不拼命守护自己的骄傲和真心，最终却落得失去了腹中的孩子，只剩下空洞洞、了无生趣的余生。

6. 创作感悟

创作《楚宫梦》前后历时一年有余的时间，增删数次，改动颇大。这其间，人物形象和剧本构架不断丰满，我对剧本投入的感情也越来越深。在我的创作过程中，遇到了许多困难，要特别感谢我的创作指导老师对我不厌其烦地指导和帮助，让人物得以真正地立起来。虽然这个剧本尚存在着很大的缺陷和不足，但是为创作者的用心之作，希望能不辜负指导老师四年来的悉心教导。同时，我也希望这个剧本能够得到进一步的打磨，望诸位老师多多批评指正。

2011级戏文系　吴　昊

指导教师　王　强

**时　间：** 五代十国

**地　点：** 国都金陵

**人物表：**

姜　氏——已故端明太子之妻，李文卿婶娘，年二十三岁。

李文卿——当朝皇子，年二十一岁。

王　氏——李文卿正妻，当朝皇子妃，年二十岁。

玉　鬟——姜氏的贴身丫环。

姜　父——姜氏之父，典型的家族大家长。

前太子——姜氏的亡夫。

众法师——绝对的“理”的化身。

# 序幕

〔幕启。

〔幕深处白色纱幕低垂，映着白描的佛手。舞台上白壁青灯，空空荡荡，正中放置着一个蒲团，一个木鱼。

〔梵呗声、钟磬声低吟。

〔姜氏素服上。

**姜　氏**　（唱）年年岁岁年华去，
　　偏为死鬼受刑枷。
　　怕只怕残生了却在莲台下，
　　古佛青灯伴生涯。

**姜　氏**　（推窗一望）吓，好清冷的月夜……

〔一片岑寂中隐隐传来丝竹喜乐之声。

**姜　氏**　怪也！广寒之地，何处鼓乐之声？

〔姜氏独立窗前，侧耳静听。

〔前场光渐暗，定点光打在姜氏身上。

〔纱幕上佛手渐渐隐去，打暖光，隐约中映出李文卿与王氏交杯合卺的身影。急管繁弦吹奏得满屋春色，新郎官脸上却全无喜色。只见李文卿并不情愿，却最终还是无奈饮下杯中喜酒。

〔幕后伴唱：
　　鼓乐声吹动起心头痒，
　　世外尘扑腾起古井霜。
　　那边厢余音犹未了，
　　这边厢重钟又响！

〔姜氏听墙外喜乐之声出神，直到丝竹声渐渐隐去，暖光又暗，佛手映上白纱，传来震人心魄的几声佛堂钟声。

〔姜氏猛然回过神来。

**姜　氏**　呀！

（唱）只听得禅堂晚钟又几下，

却把那红尘世外隔天涯。

（拿起手边木鱼，越敲越快）

弦歌管乐皆作罢，

木鱼佛号对寒鸦。

〔姜氏放下木鱼。

**姜　氏**　阿弥陀佛！阿弥（心神游荡，扯出袖中罗帕）……陀佛（一惊，塞回去）……

（唱）心头上影魔一霎，

纷纷乱如麻。

**姜　氏**　文卿啊文卿，奴家不问君何在？不问君是谁？只盼得楚宫夜路君常往，不忘深宫离怨人……

（唱）你去的疾、须知归来早，

我欲提起、则又多惊吓，

香罗帕、分两下，

心事唯有诉鲛纱。

〔收光。

## 第一场　拾帕·设局

〔王府内。

〔屋内新婚的喜色还未全部褪去，却已然显露出一种空荡荡的寥落。台上摆放着一张床榻，未经收拾，可已经人去衾寒。

〔幕后。

丫　环　娘娘，王爷今日又不回来了——

王　氏　知道了——

〔王氏上。

王　氏　（唱）含情带泪叹幽窗，
做了个有口难言的新娘。
为他叠被并铺床，
呀，为什么绣榻下罗帕一方？

王　氏　（展帕而看）唯恐东君不解意，题诗赠与多情词。落款，梅卿……

〔王氏猛然合帕，呆立当场，半晌又抖开绣帕，细细观瞧。

王　氏　呀，这字迹好不熟悉！想当年，那姜梅卿才名显耀，闺阁之中，诗稿争相流传。五年前赐婚与端明太子，三天后太子他命殒魂消。今上敕封楚国夫人，命她在楚宫内持斋念佛……难道——

（唱）难道说夫君弃我赴泥淖？
难道说她青春难度寂寞巢？
难道说他二人敢走这悖伦道？
难道说我任他堕落受讥嘲？

〔幕后伴唱：
不，不，不，不能够眼望火坑将身蹈，
怕，怕，怕，怕的是揭秘事风雨飘摇。

王　氏　（唱）恐猜疑实情昭告，
心头事两下难消。
夫君啊，怎听你抱琵琶又弹别调？
哪有个断冰弦再觅鸾胶？

王　氏　（沉思）为探究竟，一计上心头。

〔灯光暗。

〔奏宾宴之乐，灯光亮。

〔丫环随姜氏上。

姜　氏　手捧请柬多疑惑，无端相邀却因何？闭门孀居少宾客——

〔王氏上。

王　氏　婶娘来了，有失远迎。

姜　氏　她的心思耐琢磨。侄儿媳妇，休要多礼。

王　氏　婶娘请上座！早闻婶娘人品脱俗，只是久持斋宫，未得拜见。今日冒昧相邀，婶娘勿怪。

姜　氏　我本寡居之人，甚少走动，怎会怪你？

王　氏　我与婶娘辈分相差，年纪相仿，所以是一心亲近。

姜　氏　不祥之身，未得亲贺你与侄儿新婚之喜，实为遗憾，借今日之机，也好道喜。

王　氏　多谢婶娘！

〔小丫环匆匆上。

丫　环　王妃，王爷回来了。

王　氏　婶娘不是外人，倒该叫王爷进来拜见。

丫　环　哎！

〔王氏随丫环在堂前迎李文卿。

王　氏　（唱）闻听得王爷到兢兢战战，
这桩事到现在依旧犹疑。
咬牙狠心探究竟，
分晓就在此一时。

〔李文卿上。

王　氏　啊，王爷，今日我邀婶娘过府闲叙，你也当拜见一番才是。

李文卿　是哪位婶娘？

王　氏　楚国夫人。

李文卿　哎呀呀，楚国夫人久居佛堂，难得出府，理当拜见！

〔李文卿大步跨进堂内。

李文卿　侄儿拜见婶娘。

姜　氏　请起。

〔两人照面，大惊失色。

李文卿　啊……

（唱）一霎时惊得我魂飞魄散，

为什么梅卿她端坐此间？

〔李文卿脚步不稳，连连后退，王氏将他扶住。

王　氏　（唱）问夫君为何故淋淋冷汗？

难道说是故人相逢眼前……

李文卿　（问姜氏）你的姐姐楚国夫人现在何处呢？

王　氏　王爷说什么傻话，这便是楚国夫人！

〔李文卿又是一惊，姜氏想要解释，又无法出口。

姜　氏　（唱）欲开口怨气难咽，

欲张声有口难言。

有情郎怎变成侄儿班辈？

欲相认不敢认遍体生寒。

王　氏　王爷，怎么看到婶娘你就不说话了？

李文卿　无有什么，只是觉得……婶娘，（一顿）颇似一位故人。

王　氏　王爷此话差矣，世间如何再有如婶娘这般的人物？

李文卿　是啊，或许本就是一人……

王　氏　尽说胡话！（对姜氏）王爷今日许是有些不适，出言颠倒，婶娘勿怪。

姜　氏　（勉强一笑）无妨。

王　氏　丫环，还不快摆宴上来！

姜　氏　不消！（沉默）我身子不爽，就不叨扰了。

王　氏　如此，我送婶娘。

姜　氏　（急）请留步！（一顿）登门拜访已是叨扰，何劳远送更添不安……

留步吧……

〔姜氏慢慢走出，在经过李文卿身边时，两人无意对视一眼，又极快地收回目光。

〔幕后合唱：

不相问、怕相问，
唯恐怕相问之后难受承。
爱也深、恨也深，
到头来世事弄人谁是真？

〔丫环默默退下，房中只剩下王氏和李文卿二人，李文卿默默出神。

**王　氏**　王爷，王爷……

**李文卿**　（唱）相对相看难相认，
如影似梦难道真？
怕水落惊天不敢问！
一霎时里地暗天昏。

**李文卿**　那果然是楚国夫人么？

**王　氏**　千真万确！

〔李文卿转身，质问王氏。

**李文卿**　你早已知道……

〔一阵沉默。

**王　氏**　是啊，我（一顿）知道了……可怜你瞒得我好苦！

**李文卿**　你，你你你好狠毒的心机！

**王　氏**　你怨不着我狠毒，我哪及得你的一半？

**李文卿**　我又何曾害你来？

**王　氏**　是啊，你不曾害我！不过是，新婚燕尔，另有他欢……

**李文卿**　我……这也原非我本意，想这婚事乃君父所赐，怨偶天成，也非我愿！

**王　氏**　怨偶天成？（跌坐椅上）原来是怨偶天成么……

**李文卿** 唉，你是何苦？

**王　氏** （苦笑）是啊，我是何苦——

（唱）我何苦错托终身迷难悟？

我何苦错信红尘入穷途？

我何苦错认郎君将心付？

我何苦哀哀规劝你这负心丈夫？

只皆因此身已将情冢入，

退步抽身无归途。

费思量无奈设局投孤注，

凄凄切切只欲唤醒我的夫……

**王　氏** （落泪）王爷……

〔李文卿一声叹息。

〔灯渐暗。

# 第二场　痴醉·惊魂

〔佛堂上，明灭灯火映着佛手。

〔姜氏上，脚步踉跄，手托酒杯，神魂颠倒，如被雷击。

**姜　氏** （唱）昏沉沉不知天与地，

我的神恍惚，步踉跄，意迷离。

心头如鼓击，

脚下似踩泥。

饮残酒，佛前莲台为甚底？

待把灯花剔，

明灭里兀自神惊！

**姜　氏** 神佛啊神佛，你也是笑我哩！

（唱）残酒泼洒神佛地，

不怕你笑我痴。

似你这泥胎胚原来不解真情意，
为何要拘我形、管我心？

〔姜氏酒醉，双眼迷离，眼前幻影重重。

姜　氏　（唱）文卿啊，
（抱住佛像）咦！呀啐！
错以为心心意意，
怎是个苦相观音！

姜　氏　（苦笑）原来你是五王爷，是皇家人，是我亡夫的（说不出口，摇头）子侄！

〔姜氏幻觉中出现李文卿的声音。

〔幕后：婶娘！

姜　氏　我不是你婶娘！

〔幕后：婶娘！

姜　氏　（掩耳惊惶）不要叫我婶娘！

〔幕后：婶娘呀！

姜　氏　（颓然倒地）叫我梅卿哟——
（唱）莫非是怨我隐藏实情将你骗？
莫非是畏我名为婶娘惹流言？
莫非是嫌我早为人妇身轻贱？
莫非是恨我贪恋红尘愧祖先？

〔昏暗之间，姜氏之父持剑怒气冲冲上。

〔姜氏看见父亲幻影，一惊。

姜　氏　呀！（回过神来）是父亲。

姜　父　父亲？哪个是你父亲？我没你这个女儿！

姜　氏　父亲此言何来？

姜　父　我姜家的女儿，怎会做出这等悖伦逆天之事？

姜　氏　父亲怨我？

姜　父　我何止怨你！我恨不得杀你——

（唱）精心教养无差误，

从小觑作掌上珠。

教导你三从四德知伦辱，

圣上赐婚荣耀殊。

你不该做下悖伦事，

把姜家脸面置何如？

败坏伦常家门辱，

恨不一剑将尔诛！

姜　氏　（跪下）父亲好狠的心呀！

（唱）只听那冷言语将我怒斥，

叫一声我的老父啊——我哀哀痛哭。

你不该、送我到这绝情处，

攀皇亲、卖儿求荣情义无。

囚困深渊难移步，

埋葬青春陷泥污。

不思量苍天早已绝人路，

到如今只骂我鲜廉寡耻红杏出。

姜　父　尔休要狡辩，为父的今日就亲手解决了你这孽障！

〔姜父持剑刺姜氏，姜氏慌忙躲闪。

姜　氏　父亲，不要！

〔姜父再刺。

姜　氏　父亲，不要啊！

〔姜氏跪地不断磕头、扑跌。

姜　氏　父亲，不要！不要！

〔姜父下，端明太子的幻影上。

姜　氏　（抬头）你是何人？

前太子　你不认识我么？

姜　氏　实实不知。

前太子　呵呵，好笑啊……你守孝五年，竟不知为谁么？

姜　氏　（惊讶害怕）啊……你可是我的夫……

前太子　呸！你现在晓得我是你的夫君！

（唱）小淫妇羞耻尽丧，
下流事红杏肮脏。
为人妇当守节清白为上，
为何故甘堕落贱似优娼？

姜　氏　优娼？什么叫贱似优娼？优娼尚且活做人，楚国夫人活似鬼！你道我守得什么寡？又做了谁家妇？唉，端明太子呀——

（唱）一朝冲喜做新娘，
喜堂未拆换灵堂。
休怨我早忘却你的模样，
三日的萍水夫妻知甚端详？
空留下高门侯府将我余生埋葬，
凄切切熬过了五载时光。
说什么寡妇守节清白为上？
说什么自甘堕落贱似优娼？
哪知我独行独坐还独卧，
独自垂泪对幽窗。

前太子　贱人休要多言狡辩！似你这般不守妇道贞洁，看你作何下场！

〔端明太子默默隐去。

〔幕后反复几遍、渐渐加强的声音：“作何下场！”

姜　氏　未嫁皆从父，出嫁即从夫。夫死又从子，无子从何人？

（唱）宫禁森森无出路，
沉浮命运难自如。
活一世只落得心不我属，

拼头破任血流我不愿认输。

〔幕后此起彼伏："你无耻淫妄，你欺祖乱伦，你勾引亲侄。"

〔姜氏在四面的呼声中无处遁形，四下奔逃。

**姜　氏**　不！不！不是这样！不！（倒地，大喊）文卿救我！

〔酒醒，聚光灯打在姜氏身上，映着身后冷冰冰的佛手。

〔灯暗。

# 第三场　夺门·诘夫

〔灯亮。

〔王氏独坐纱幕后，身影黯然。

**王　氏**　（唱）看不破镜花水月人去后，

楼东水流心难留。

怕夫君、痴难改、多荒谬。

（抚腹）别有一事在心头——

〔纱幕后灯暗。

〔李文卿捧帕上。

**李文卿**　（唱）独立中宵归何处？

定情诗帕非戏图。

端阳佳节初相遇，

一枕相思害难除。

多情苦把我今生误，

如何相逢作孽途？

〔幕后伴唱：

一朝多情两厢顾，

不问何来又何如？

卿卿相映本是真情慕，
到如今难自处！

〔玉鬟急匆匆上。

**玉　鬟**　（看见李文卿）公子！公子！

**李文卿**　（一惊，抬眼四顾，方才放下心来）玉鬟，你怎么来了？

**玉　鬟**　公子，去看看夫人吧！

**李文卿**　（着急）梅卿她怎么了？

**玉　鬟**　夫人自赴宴归家，竟一病不起！

〔王氏上，看见玉鬟拉着李文卿哀求，避在一旁。

**李文卿**　啊，我这就去……（抬脚又犹豫）不，不不不，玉鬟，我不能去啊……

**玉　鬟**　为何？

**李文卿**　我这一去，人尽皆知，我和你家夫人的脸面就休要了……

**玉　鬟**　都到了这般时候，还顾得上什么脸面——
（唱）知她心中苦，
盼你多怜顾。
连日悬望楚宫路，
一丝影也无。

〔李文卿听后动容。

**李文卿**　唉，罢！我这就去来！

〔玉鬟依言下。

〔李文卿回身系披风，就要出门之际，王氏冲出来。

**王　氏**　王爷休去！

**李文卿**　你放手！

**王　氏**　王爷可是要去那姜梅卿之处？

**李文卿**　（叹气）这也不归你管。

**王　氏**　王爷——

（唱）你只恨同床异梦强聚首，
不知我一点痴心付东流。
只得将银牙暗咬在人后，
血泪吞和哽在喉。

〔王氏跪下拉住李文卿的衣襟，李文卿一阵犹豫，还是去拉开王氏的手。

**李文卿**　唉，你放手吧。

**王　氏**　我不放。

**李文卿**　你放手哟！

**王　氏**　我不放！

**李文卿**　（将王氏甩开）你放手呀！

**王　氏**　（一跌，又抱住李文卿的裤腿，声泪俱下）我死也不放手！
（唱）造化弄人难经受，
眼前的乱景如何收？
此时偏降麟儿肉，
不知该喜还是忧。
梦儿里你牵儿的小手，
梦儿里你教他读书无限温柔。
梦醒无处共白首，
稚子何辜担怨仇。
我对这腹中胎儿怀愧疚，
怎忍他尚未出世父已走？
若君执意不回首，
我的夫君啊——
出门后切莫回头。
一旦跨出房门后，
向青锋我命绝此处免忧愁。

**李文卿**　呀，（扶起王氏）夫人呐！
（唱）乍听得夫人身孕有，

一时间悔恨无由。

有道是人逢多事秋、又值风雨骤，

这消息乍喜还忧？

叹只叹乱动情思自作受，

恨只恨情到深处无怨尤。

**李文卿** 夫人，是我李文卿这辈子负你，我……我不能再负了她哇。

**王　氏** （惊住）王爷不要我，难道也不要这孩儿么？

**李文卿** （痛苦）我……

**王　氏** （凄楚）你就不想待孩儿出世后，唤我一声娘，唤你一声爹么？

〔李文卿已觉得两头为难、不知所措。

**李文卿** 孩儿！（情不自禁抚上王氏的肚子，一瞬间又像想到什么）梅卿……

**王　氏** （冷笑）王爷只当她是你心上之人，却忘了她也是你的婶娘么？

〔李文卿如遭当头棒喝。

**王　氏** 纸难包火，一旦流言纷纷，人尽皆知！

〔李文卿又是一惊。

**王　氏** （唱）纵是你忍心抛妻与弃子，

又怎能周顾那礼法森森？

殊不知漫漫口舌实堪畏，

流言蜚语能杀人。

父母亲情断送尽，

厚禄勋爵化烟云。

声名扫地在一瞬，

世人皆弃做下尘。

我请你手摸胸口问一问，

敢抛一切为情真？

**王　氏** 似这等天下皆讳之事，王爷若真敢孤身直犯，为妻亦再无多言！

**李文卿** 这个……

〔李文卿脚下踉跄，王氏紧紧扶住他的手，两人对视。

**王　氏**　王爷我们打个赌吧！

**李文卿**　什么赌？

**王　氏**　赌你不敢！

**李文卿**　我……

**王　氏**　你不敢！

**李文卿**　我……

〔李文卿一声长叹，掏出手帕提下字迹，交到王氏手中。

〔李文卿下。

〔定点光打在王氏身上，王氏托帕而视。

〔幕后伴唱：

赌局一番非戏假，

敢抛一切为情真？

〔灯光暗。

## 第四场　灵游·附体

〔楚宫幽深寂静，铜壶滴漏惊破寒夜。

〔帘幕后，姜氏对着妆台，脱下孀居素服，换上绫罗艳饰。

〔姜氏病体沉重，伏在妆台上细细地描画妆容。

**姜　氏**　（唱）杨柳宫眉、桃花人面，

含情凝睇、语笑嫣然。

这罗黛描不出少年人痴心念，

这花钿妆不得平生里未了缘。

〔玉鬟捧帕而上，欲言又止。

**玉　鬟**　夫人，夫人！

**姜　氏**　是文卿来了么？

玉　鬟　不是哟。

姜　氏　哦，不是的……

玉　鬟　公子……哦，不，王爷，托我带回一方诗帕。

〔姜氏步履匆匆，扶病而出。

姜　氏　快快拿来我看！

〔玉鬟扶住姜氏，奉上诗帕，姜氏展帕。

姜　氏　唯恐东君不解意，题诗还赠绝情词！

〔姜氏晕厥。

玉　鬟　夫人，夫人醒来呀！

〔姜氏悠悠转醒。

姜　氏　（唱）奴非章台柳，
君作武陵人。
原来情浓多苦恨，
为甚的心痛断魂？

〔姜氏卧倒床榻，病体难撑。

玉　鬟　（哭）夫人……

姜　氏　玉鬟，我怕是不济事了……

玉　鬟　夫人休要说这般话来。

姜　氏　你……你去取个火盆儿过来。

玉　鬟　夫人要做什么？

姜　氏　快，快去呀。

〔玉鬟端上火盆。

姜　氏　曾经是绣帕题诗结情念，可笑他今日和诗断情缘。

〔姜氏欲将手帕投入火盆，琵琶弦声声作紧，却又在一触之际收了回来。

姜　氏　不，我不甘心，我不甘心呀！想我姜梅卿，怎落得如此结果？

（唱）看不破人生乐趣，

好光景似幻似虚。

浮生此恨、莫笑我痴心如许！

真心意无人看余。

姜　氏　（强撑着站起）我要去问他，待我去问他！（被火盆跸倒）唉，我又如何去问他，我是他的婶娘哟——

（唱）落得这没下稍的孤另，

背了些受崎岖的声名。

想死生无清静，

怕人责问、不敢语断肠惺惺！

他把我葬皇陵、受苦刑、磋磨无人形，

阎王殿前呼冤也无人听。

〔定点光打在姜氏身上，她淋漓冷汗，面如白纸。

〔灯光半明半暗，电闪雷鸣，眼前烟迷雾绕。

〔幕后伴唱：

多情恨尽多情女，

绝情苦煞绝情郎。

痴心不死魂难放。

情冢倒续断头香。

〔姜氏飘然而上，如鬼似魅。

姜　氏　心死如灰，唯剩一缕不死灵——

〔在雷鸣声中，鼓点越发急促，姜氏鬼步飞奔。

姜　氏　（唱）为情哪敢轻生死，

望乡台魂未可期。

浑浑窍、耿耿心、为谁牵系？

魂灵儿飘似野画皮。

姜　氏　文卿——

〔王氏在纱幕后，悠悠转醒，眼前似梦似真。

〔风吹动纱幕，王氏、姜氏相对而视。

王　氏　你是人是鬼？

姜　氏　不是人——也不是鬼。

王　氏　不是人，又不是鬼，那是什么？

姜　氏　一缕魂魄！

王　氏　既是一缕魂，何苦追来？

姜　氏　不问个明白，如何生？如何死？

王　氏　什么不明白？婶娘你分明明明白白。

姜　氏　不……我二人之情是一片真心！

王　氏　真心？可笑人人说真心，到头真心有几人？

姜　氏　李郎说过他定不负我……

王　氏　不负？这世上焉有不负心的男儿？那绝情诗……

姜　氏　那是被你所逼！

王　氏　呵，婶娘，你也忒痴了——

（唱）世上之事多无奈，

无非是难以抉择借口开。

婶娘你聪慧绝伦世无赛，

为何要自欺欺人看不开？

姜　氏　（自言自语）他曾说过，我是他此生挚爱，绝无二心，虽无夫妻之分，却愿以夫妻相待。

王　氏　此话或许不假，不过……（苦笑）糟糠易弃，骨肉如何割舍？

姜　氏　骨肉？

王　氏　我腹中怀了王爷之子。

姜　氏　（愣住）怎么！

王　氏　婶娘，你二人徒有一时欢娱，断无将来！名分、孩子，你有什么？待你年华已暮，不过是弃之如敝屣，你还剩下什么？

姜　氏　（茫然）我还剩下什么？

〔姜氏似有所悟，默默出神，双手颤抖捧起手帕。

〔幕后齐唱：

只剩了一简残诗伴孤酒，

一枕黄粱梦难留。

依旧是冷雨潇潇黄昏后，

青灯古佛几时休……

**王　氏**　婶娘，你要记得，你是今上的弟媳，我夫妇的婶娘！你死后要葬皇家陵，上书端明太子妃！

**姜　氏**　不，我要做一个人，不是一个鬼！你们绑我活人体，又要缚我死后身！

**王　氏**　人，争不过命，婶娘，这就是命！我不妒你，也不恨你，我是在求你。

**姜　氏**　你来求我，你为甚来求我？（凄楚不已）我恨不得能和你争上一争，却都不能……

**王　氏**　我不为自己，只为我腹中的孩儿，求婶娘，放手吧！

**姜　氏**　放手？

**王　氏**　是啊，只要你放手，我们从此桥归桥、路归路，各自安稳。

**姜　氏**　这是你的意思，还是他的意思……

**王　氏**　夫唱妇随！

**姜　氏**　啊！

（唱）一句话好似那锥心利箭，

霎时间千行泪百般徒然。

只怪我红尘错信、天命错争、情根错陷，

普天下都笑我痴心难言。

**姜　氏**　不是的！不是的！你不要骗我哟！

〔姜氏陷入疯狂，魂魄附入王氏的身体。

〔王氏被姜氏附体，扑、跌，发狂。

**王　氏**　（凄厉地）文卿！

**姜　魂**　文卿！文卿！

〔李文卿上。

〔幕后伴唱：

情深到此太执念，

灵肉交叠为谁迁？

李文卿　夫人！

〔王氏的肉体在两个灵魂间转换。

姜　魂　（推开李文卿）我不是你夫人！不要叫我夫人！

（唱）听他言苦鼻酸心肝肠断，

没缘法一世夫人在生年。

你莫要、莫要高声如亲见，

看不穿何人在眼前。

一盏幽魂借身现，

照见他狠心人无处自怜。

〔李文卿听出声音有异，又疑又惊。

李文卿　你，你是谁？

王　魂　我是你的妻呀……

李文卿　妻……（细端详）哦，我妻，是我一时梦魇了。

姜　魂　我，我要问你——

李文卿　问什么？

王　魂　（说不出话来）王爷……王……

李文卿　你问呀？

姜　魂　那帕上诗可是你亲手所题？

李文卿　（不愿提起）你亲眼所见，又来问我作甚？

姜　魂　难道你对梅卿就是这般流水的情爱么？

李文卿　（懊恼顿步）是，是，是，这事永不要再提了！

〔王氏抱住李文卿。

王　魂　（唱）闻一言、泪如涌，真言假语、卸去我心头重。

**姜　魂**　（唱）一霎恨、一霎痛，
耳边如裂钟。
我把你薄幸作情种，
便身赴黄泉、泪重重。

**王　魂**　文卿！

**姜　魂**　文卿！

**李文卿**　（身子一僵）呀！
（唱）听音浑如梦，
就似那一个身躯两魂灵。
空荡荡高声恨影，
娇怯怯软语温情。
霎时间万物俱静，
心坎里神魂难定。
冷飕飕风狂雨病，
一簇簇野火烧心。

〔灯光暗。

## 第五场　驱灵·情问

〔灯光微亮，舞台上莲灯数盏，如鬼火莹莹。

〔王氏蓬头立于台中，众法师列于她身后。

**法师众**　（唱）普天下梦中有一醒，
佛世界苦海总无情。
多风月红尘少清静，
离恨天恶灵定肃清。

〔众法师齐声念经，震耳欲聋。

〔王氏在念经声中如受地狱之刑。

**姜　氏**　文卿，快叫他们离了我！

**李文卿**　哎呀，你听，是姜氏的声音，法师快快念经！大声念经！

**王　氏**　（唱）不住停念经鼓磬，

震耳如石裂云惊。

我的头待枷、身穿锁、遍体刀割痛，

颤巍巍神魂难经。

哎呀！

紧喉咙声难应，

刺眯睎眼难睁。

灌筋钢步难尽，

震隆冬身作紧。

恍然如在泥犁境，

这无情的苦刑为甚当承？

〔王氏倒地。

**众法师**　（唱）为善的心当静，

作恶的是恶灵。

七情六欲不干净，

绿女红男莫留心。

凡尘里痴嗔怨怒收拾定，

鬼神间魑魅魍魉亦念经。

〔全场暗，四周穿过原野风声，衙役的呼威声如地狱恶鬼索命一般。

〔众法师下。

〔姜氏独坐台上。

**姜　氏**　身上为何落满香灰！

**衙　役**　忏经三天，积满十寸香灰！

**姜　氏**　作法为何？

**衙　役**　驱灵祛邪！

**姜　氏**　哪里有什么灵？什么邪？

衙　役　那恶灵害疯了五王妃，那邪气堕下她腹中孩！

〔幕后传来李文卿高声：是姜氏！是姜氏！

衙　役　五王妃被邪灵附体，每夜疯言疯语，所发之声，俨然是夫人声响！

姜　氏　（呆立）呀——

（唱）猛然间乱魂难住，

心头上有苦难书。

它死婴孩下葬在无妄孤墓，

我活肉体怎做了索命鬼卒？

血淋漓铺满阳间路，

凄厉厉照镜下泉途。

〔幕后是纷纷流言蜚语，一声比一声高，都似声讨姜氏。

〔幕后音：她是索命的生魂！投胎的恶鬼！荡妇！凶手！祸害人间！

姜　氏　（唱）漫天的流言纷纷，

一任他留言纷纷。

俺活似鬼、心中已无恨，

倒不如死去再投魂。

〔姜氏转身，一路大笑，推倒佛堂的莲花灯。

姜　氏　（唱）待把莲花推倒在凡尘，

这时节香灯长明！

我心头重烟散尽，

再不见人间多情。

把一条黄泉路认，

把一江忘川水沉。

看透它痴男怨女，

打破你红尘弄人。

〔姜氏走到尽头，转身，一众衙役上，给她戴上镣铐。聚光灯打在姜氏身上，舞台上原有的布景撤，再亮全场光时，只留下姜氏一人。

〔幕后：姜氏，这淫荡不贞之罪，你可认么？

**姜　氏**　我认。

〔幕后：诱骗乱伦之罪，你可认么？

**姜　氏**　我认。

〔幕后：恶意杀人之罪，你可认么？

**姜　氏**　我认。

〔幕后：你还有何话说？

**姜　氏**　无话可说。

〔幕后：你还有甚所求？

**姜　氏**　我还有甚所求？我只求——

（唱）我只求一抔黄沙遮艳骨，

一支红梅化血哭。

姜梅卿二十三载年华度，

几度飘零、几番沉浮。

此生痴情将我误，

我只愿奈何桥上无情庐。

〔顿时下起倾盆的梅花雨。

〔幕后齐唱：

今生谁吊梅花谢？

冬残春尽月又斜。

楚宫燕子啼碧血，

人间情痴未终结。

〔剧终〕

# 鹦鹉赋

（新编历史剧）

编　剧：武成刚（戏文系 2011 级）

# 毕业大戏《鹦鹉赋》的创作阐述

## 一、创作主旨阐述

京剧舞台上流传着一句话："唐三千、宋八百、数不尽的三国戏"，这是就传统剧目题材而言的。"数不尽"，并不夸张，随意提几个《三国》中耳熟能详的故事，不难发现它们都存在或曾经存在于京剧舞台上的痕迹。可以说汉末至晋初不足百年的历史，为戏曲艺人创编剧目提供了丰厚的素材。

此次，以祢衡与曹操之间的纠葛作为素材，是因为千百年流传下来的三国故事，早为创作提供了完整的模型，而这个故事里，留下的不少有意味的空白，更激发了我的创作冲动。本剧的创作绝非简单地舞台呈现史籍、小说和传统剧目中一脉相承的故事，而是紧紧围绕祢衡与曹操两位主人公之间的纠葛展开，从两个人物自身去发展。

祢衡，字正平，东汉末名士，文学家，平原郡①人。他自幼聪敏好学，成年后博学多识，才华横溢，甚受北海太守孔融赏识，孔融称"其才十倍于我"。年未及弱冠，他四海云游，在离家乡两千多里外的新都许昌，结识孔融，由孔融荐于曹操。此后，他因触怒曹操，被遣往荆州刘表处，后又辗转至江夏黄祖处。被黄祖杀害时，他年仅二十六岁。②

看过祢衡短暂的一生，不禁哑然，为何一条年轻的生命如此坎坷？

祢衡之死，或与他自身一些特点相关，他是一个自我评价相对较高、出生环境并不优越、极度盼望引起他人注意的人。本剧不讨论类似"怀才不遇"等老问题（祢衡早亡，是否有真才实学，所留几篇辞赋，不足为凭），仅依据史

① 今山东德州临邑德平镇。

② 内容见《后汉书·文苑·祢衡传》，中华书局2007年版。

实，从人物性格出发，进行创作。

汉建安初年，两位主人公彼此尚未谋面，祢衡乖戾的行为，曹操早有耳闻。其时，新都甫建，曹操急欲招贤纳士，想起孔融举荐的祢衡，这时的祢衡，已经被归属于曹操厌恶的一类人了——据说祢衡三次拒征辟不受，非要赖在京城当隐士，总在市井间放浪形骸，做些出格的事情。祢衡与杨修、孔融交好，曹操与孔融本有嫌隙，这为此后祢、曹关系的恶化埋下伏笔。更令曹操不悦的是，听说祢衡常在市井间针砭时弊，讥讽朝中无人。曹操素有容人的度量，竟对祢衡的狂行耿耿于怀，一意要召见祢衡，扬言就是绑也要把祢衡绑来。随后发生的两件事——祢衡裸身击鼓、怒骂曹操，是我们所熟知的。戏曲舞台上将两桩核心事件安排成同场，才有“击鼓骂曹”一说。

从历史到小说、戏剧，留下的只是击鼓骂曹故事的雏形，曹、祢之间互不相容的缘故，是一片大大的空白。曹操为什么对祢衡耿耿于怀，很值得去推敲。

人不轻狂枉少年，曹操年轻时，亦是浪荡少年，或与祢衡有几分相似。成熟后的曹操，身上兼具道家与儒家的思想，看他终身不僭汉，就知是儒教门人。再看他行军打仗，处理政事、家事时，逍遥自如，又俨然是老庄信徒。

在新编历史剧《鹦鹉赋》中，创作者为曹操增添了一条十分有趣的设定——喜好烹饪。他以庄子“治大国如烹小鲜”为信条，烹饪常是他思考时手边停不下的活计。他对待一切都随性而自信，包括对待祢衡。一封亲笔书信，竟只是一时意气——这既是曹操性格当中的闪光点，也是大大的缺陷——祢衡与曹操之间的悲剧，多是因为两位主人公的性格缺陷而难以逆转。

《鹦鹉赋》，讲的不是怀才不遇的知识分子用生命发出的怒吼，祢衡与曹操的对立，不再是忠与奸、贤与愚的对立，由对立衍生出的悲剧，是货真价实的性格悲剧，一部《鹦鹉赋》，探讨的就是性格悲剧对人生道路的扭曲。

## 二、题材的理解与评价

### 1. 题材来源综述

祢衡与曹操的故事，在舞台上流传已久，二人皆是史上有名的人物。说戏剧本事见诸史册，却引出一个有趣的现象——祢衡与曹操的本传，分别记载于不同的史籍中。《后汉书》有《祢衡传》而不传曹操，《三国志·魏书·武帝本纪》记载了曹操生平，整本《三国志》偏不见祢衡传。后世不断碰撞出火花的一组人物，历史上总会留下痕迹，《后汉书·祢衡传》就完整地记录了祢衡和曹操难解难分的矛盾，简单总结为三点：

第一，祢衡曾向曹操递自荐书，字迹模糊，且未投递成功；第二，祢衡很狂傲，曹操不愿召见，直接任命其为鼓吏；第三，祢衡受辱，妥协击鼓，后于黄昏拄棍骂曹。

罗贯中的小说《三国演义》，真正丰富了祢衡与曹操之间的故事，其中“祢正平裸衣骂贼”的篇章，与《三国志》所载出入不小。小说忽略了祢衡自荐的前情，将“击鼓”与“骂曹”的情节并到一起，京剧《击鼓骂曹》则完全承袭了《三国演义》的情节设置及人物语言。

通读《祢衡传》及《三国演义》相关章节，是构思、创作前必不可少的准备工作。陈大濩先生的京剧《击鼓骂曹》、李宝春先生的《阴阳骂曹》（“阳骂”即京剧《击鼓骂曹》，“阴骂”改编自徐渭杂剧《狂鼓史》）、《击鼓骂曹》的部分地方戏（广东汉剧、婺剧、黄梅戏等）演出，都是作为参考的资料。

2. 题材类型评析

《鹦鹉赋》是一部原创性格悲剧。

构思之初，尚未确定祢衡与曹操是大戏主人公，创作者就打算从性格悲剧入手，一心想找一个极致的情境，将有缺陷性格的人物置于其中——祢衡击鼓骂曹操的故事刚好提供了极致的情境，附带一对矛盾极为激烈的人物。

人物关系的翻转，将推动戏剧进程。每一场戏都使祢衡与曹操的关系进入下一个阶段，两人每一次正面交锋，关系就愈发恶化，直至白热化，人物之间水火不容——祢衡完成了强烈的戏剧动作“骂曹”，由此达到戏剧的高潮。而剧中真正的情感高潮，是祢衡和曹操间矛盾的大爆发——金殿“击鼓”，这场戏要比“骂曹”温和许多，却将性格悲剧导致的人生悲剧完全展现出来。

3. 与同类题材剧作对比

徐渭的杂剧《狂鼓史》是作为参考的第一个版本。《狂鼓史》结构上别具一格，拒绝平铺直叙，写祢衡死后，应鬼判之请，重演当年击鼓骂曹的情景。

徐渭浓墨重彩，精心描摹，刻意铺叙，从逼献帝迁都，杀害伏后、董贵人，直到“造铜雀台要锁二乔”，列数曹操十余件罪状，使祢衡一腔怒气发泄得淋漓尽致。这一版本并非案头之作，至今仍在舞台上流传，昆曲《骂曹》即改编于此，尤其一支【混江龙】仍是传唱的经典曲牌。李宝春先生将京剧《击鼓骂曹》与昆曲《骂曹》连演，合称《阴阳击鼓骂曹》。《狂鼓史》堪称杰作，开创了中国戏剧史上全剧“一骂到底”的奇迹。当判官直呼“痛快！痛快！大杯来一杯。先生尽管说”时，祢衡歇骂，唱道：“咳，俺且饶你罢，争奈我渔阳三弄的鼓槌儿乏。”①这一口怒气才发泄殆尽。创作者认为，《狂鼓史》不足以作为主要参考版本，原因在于徐渭写就此剧，本是应时之作。《狂鼓史》是徐渭晚年，沈炼遇害十年后被平反时所作。沈炼，徐渭弱冠好友，因两度上书弹劾严嵩，死于非命。徐渭垂暮，自觉与祢衡的人生极其相似，挥笔而就，以沈炼和自己比祢衡，严嵩比曹操，痛痛快快地骂了一番。这不是创作者想在《鹦鹉赋》中展现的。

京剧《击鼓骂曹》的剧本，由清末老生演员卢胜奎创编。卢胜奎是文士出身，因喜好京戏，加入程长庚主持的三庆班，宗余（三胜）派。他唱功稳实，念白与唱功并重，尤擅长扮演诸葛亮，有“活孔明”之誉。他善编剧，三庆班所演本戏多出于其手，连台轴子戏《三国演义》最受欢迎。其中许多折子戏，流传至今，已成为京剧舞台上的优秀传统剧目，《击鼓骂曹》是其中一折。这一版本源于罗贯中小说《三国演义》，小说中人物对白几乎未改，只将文辞修改得更加婉转动听，外加京剧特有的上口字、尖团字，读起来朗朗上口，悦耳动听，幽默诙谐。《击鼓骂曹》的思想情感，与《三国演义》如出一辙，这也不是创作者真正需要的。《三国演义》是“抑曹”思想最重的一部文艺作品，后世戏曲舞台上曹操的白脸形象皆拜其所赐。罗贯中虽刻画曹操的英雄形象，但描写更多的是曹操的奸诈虚伪，小说中着重把曹操“上欺天子下压群僚”的篡汉心思描了又描。京剧《击鼓骂曹》中，祢衡自诩名士，口称曹操为“曹奸佞”，这就自动将祢衡与曹操摆在了对立面，创作者如何借鉴，又如何去发展

① 〔明〕徐渭：《狂鼓史渔阳三弄》，《徐渭集》（第4册），中华书局，1983年版。

人物关系?

大概从卢胜奎编创起，《击鼓骂曹》（又称《打鼓骂曹》）就成了舞台上流传很广的剧目，京剧、汉剧、广东汉剧、闽南汉剧、晋剧、婺剧、祁剧、川剧、徽剧、滇剧、秦腔、河北梆子、桂剧等都有搬演。这些版本基本遵从了卢胜奎的文本，改编微乎其微。不同的剧种，行腔不尽相同，考虑到方言与风土人情，个别台词稍有改动，除此之外，仅在场次、舞台调度、服装、化妆上有些变化。

创作者参考了诸多版本后，决心另起炉灶，写一部完全原创的“祢衡与曹操”的故事，将性格悲剧进行到底。

## 三、阐述剧作法理论在本剧中的具体运用

1.《闲情偶寄》[①]中戏剧理论的运用

①李渔主张结构第一，《词曲部》中脱窠臼、密针线、减头绪等理论，有十足的借鉴意义，本剧创作时，小心参照，精心借鉴，为作品布局。

②《词曲部》中辞采第二，头一条就是贵浅显。戏曲是舞台艺术，台词写就，是要由演员在舞台上说出唱出，写得再华丽，难保台下观众听得懂。本剧创作时，唱词与念白方面，谨记浅显明了，不刻意追求遣词造句，多用口语，在符合人物性格、身份与时代特点的前提下，既保证一定的文学性，又充分赋予语言灵活、通俗、朗朗上口的特点。

2. 人物悲剧命运的源头——人物性格

谭霈生先生在《论戏剧性》中说：“读者、观众由于关心人物的遭遇、命运，才会真正去关心人物参与的冲突。”[②]换言之，人物才是一部剧作的主体。谭先生进一步解释：

“艺术形象必须是具体的、个别的、独特的。在舞台上，人物所处的环境应该是独特的，人物的经历应该是独特的，人物的性格应该是独特的，人物的

① 〔清〕李渔：《笠翁文集·闲情偶寄》，光明日报出版社，1997年版。

② 谭霈生：《论戏剧性》，第65页，北京大学出版社，2009年版。

遭遇、命运也应该是独特的。”①

《鹦鹉赋》一剧，是围绕一对人物为中心的作品，呈现出的即是祢衡、曹操两个独特的人：

祢衡是一个自认为没落贵族、一心克己复礼的知识分子，他代表不了所有的知识分子，只是一个独立的个体。他认为匡复礼乐一定能够治国安邦，当看到天下礼崩乐坏之时，他毫无办法，只能自比鹦鹉，表现得孤傲异常、愤世嫉俗，他是个不成熟的名士，孩童心性、幼稚到极致——也许他在知识储备上是成熟的，那也只是泥古不化的死知识，心智上，他的的确确是幼稚的。换言之，他可能是个患有不完全社交障碍症的病人。

曹操同样是“这一个”统治者。他属于新兴的贵族，从表面看，他一直在破格提拔人才，打压门阀氏族；实际上，他是极端自我、自大、不可一世的明主，明主也是有软肋的，那是他一切小心眼的根源——他的出身，他怕别人揭开祖父曹腾是宦官的事实。但曹操比祢衡成熟，他知道自己不算稳固的政权需要人才，一心招贤纳士，并做到与大部分贤能友好相处。他一再被祢衡伤害自尊心，使他心中那份自我被激化，同时，他发现祢衡难当大用，根本不是他宏图大业的擎天柱，加上他本身一些复杂心态，一手酿成了不可逆转的悲剧。

祢衡与曹操各有不同的性格，剧中他们的每一个动作、每一步选择，都与其性格密切相关。有缺陷的性格造成了命运的悲剧，是本剧紧抓不放的关注点，也是重要的切入角度。

3. 充分利用舞台调度，体现戏曲艺术的综合性特征

戏曲作为一门综合艺术，包含了诗歌、音乐、舞蹈、武术、书画等多种中国传统文化形式，暂不考虑现代戏曲舞台上各种高科技手段，原生态的戏曲同样好看——这就要在舞台调度上下功夫。

场与场之间的衔接，人物的唱念与上下场安排，道具的运用，演员表演与乐队的配合，均在剧本中有所体现。

“击鼓骂曹”的经典桥段，本剧不愿舍去，只是再次将二者分开，“骂曹”是“骂曹”，击鼓是击鼓，击鼓独立成场，尚有其他作用。

① 谭霈生：《论戏剧性》，第67页，北京大学出版社，2009年版。

鼓与鼓槌就成了祢衡的象征，剧中将达到“听擂鼓而知祢衡至”的效果。

曹操是与祢衡旗鼓相当的人物，同样需要赋予他有象征意味的道具。剧中设计曹操以“治大国如烹小鲜”为信条，厨具成为曹操的象征，曹操常于灶台旁处理政务，是个懂厨艺的政治家。

《鹦鹉赋》的剧本，整体呈现出“文本”向“台本”靠拢的特征。

## 四、剧本分场概括

《鹦鹉赋》并没有严格意义上的分场，在整个大的戏剧行动中，分为了七个小段落，每个段落成为一场戏的特征都不够明显，在大的戏剧行动之外，还有一个序与一个尾声。具体情况如下：

序

曹操夜梦猿猴惊扰；祢衡清晨苦读《春秋》。

（一）

曹操升帐，召集文臣武将解梦，众人对梦境所兆吉凶，莫衷一是。

边报，荆州刘表斩杀朝廷使者，拒不归顺“曹操的朝廷”。

曹操气急，欲讨伐刘表，曹操之婿郭嘉劝谏，为曹操解梦——猿猴入梦乃是招小人、损名声之兆。

曹操对荆州刘表耿耿于怀，郭嘉呈上孔融的荐表，孔融保举祢衡游说荆州。

（二）

祢衡与孔融，因祢衡新作《鹦鹉赋》，把酒言欢，席间祢衡擂鼓助兴。

席间祢衡与孔融因对礼乐见解不同而争吵。

曹操派使者召见祢衡，祢衡轰走使者。

孔融责怪祢衡，祢衡负气离开，二人不欢而散。

（三）

祢衡于酒肆中饮酒解闷。

曹操与郭嘉外出闲逛，亦为一遣愁怀，在酒肆偶遇祢衡。

曹操与祢衡初次交锋，互不表露身份，又彼此知晓，一番唇枪舌剑，祢衡只在口头上占了便宜，拂袖离去，不意将《鹦鹉赋》遗落。

曹操拾得辞赋，欣赏祢衡才情，可仍认为祢衡就是一介酸腐儒生。

（四）

祢衡心绪大乱，击鼓慰藉胸怀，越打鼓点越乱，暗想克己复礼的大业难成，天下势必落入曹操这样的枭雄手中，贵胄们虽无曹操之才，却暗含虎狼之心，狂澜难挽……恍惚之中，祢衡似乎见到了毕生的偶像——孔子。

孔融急匆匆带来一封曹操的亲笔书信，祢衡看信中言辞恳切，曹操的心志竟是先平天下、再复礼乐。

祢衡大为感动，要求孔融带他去见曹操。

（五）

曹操因与祢衡一番攀谈，遍读《春秋》谋求治国之策。

郭嘉得知曹操修书祢衡，预感大祸临头，与曹操发生争执。

曹操之女曹安阳为父亲、夫君和解。

曹操意识到意气用事招惹祢衡的不利之处，曹安阳也劝诫夫君多容让父亲，郭嘉只是预感曹操与祢衡将经过一番死缠烂打，落一个鱼死网破，祢衡身死、曹操毁誉。

祢衡叩响曹府大门。

（六）

曹操欲羞辱祢衡，迫使祢衡离去，摆下排场，召集文臣武将，目的是让祢衡大开眼界，自惭形秽而走。

祢衡见曹操排场大过天子，高呼：是可忍孰不可忍。

祢衡一一骂过曹操麾下众人，从毛躁的许褚到持重的荀氏叔侄俱被他骂得狗血喷头，恨不得杀祢衡而后快，祢衡又羞辱郭嘉与曹安阳夫妇，并当面扯毁曹操亲笔书信，骂曹操是阳奉阴违的宦官之后。

荀彧认为曹操梦境不祥，全在祢衡。

曹操不杀祢衡，任命祢衡为乐坊鼓吏，在八月朔日朝贺酒宴击鼓，欲以羞辱，祢衡竟慨然应允。

祢衡再次仿佛见到孔子，与孔子言语不和，祢衡愤然撕毁心中圣典——《春秋》。

（七）

祢衡在宫内乐坊，翻箱倒柜找出一件破衣，他已想好羞辱曹操的对策。

汉帝刘协沉溺于鼓乐，常在乐坊走动，与祢衡相遇，祢衡不识刘协，但被刘协的贵族气质震慑。

朝贺酒宴，祢衡一曲《渔阳三挝》，金声玉振，引得君臣纷纷落泪。

刘协欲召见祢衡犒赏，祢衡欲见刘协参奏曹操。

祢衡的破衣，令曹操责难，祢衡竟当众脱下衣服，赤身露体。

刘协斥责祢衡，祢衡与之对答，忽然发现，皇帝就是乐工，腐朽不在肌理这些谗臣上，朝廷都已坏到根上了。

祢衡愤慨骂刘协，刘协下令杖毙祢衡。

孔融血书求情，保举祢衡顺说荆州，刘协早垂涎天下一统，曹操及曹操麾下，皆不愿祢衡死在许昌，于己不利，众人顺水推舟，将祢衡发往荆州。

十里长亭，独曹操为祢衡送行，祢衡以为曹操要借刘表杀自己，曹操表示更希望祢衡能招安刘表，祢衡死不如得荆州，祢衡发狠，就是死也不让曹操如愿。

曹操怒斥祢衡，让祢衡带着《鹦鹉赋》往荆州去吧。

尾声

曹操接到消息：祢衡在鹦鹉洲头被荆州黄祖所杀。

曹操犒赏祢衡全家，以刘表纵容手下戕害名士为由，出兵讨伐荆州……

## 五、创作感悟

在《鹦鹉赋》的具体创作中，困难有很多，首先就是解决两位主人公为何水火不容的问题。这个问题查阅多方资料都没有解决，只能在大戏导师的帮助下，合情又合理地去复原当时可能发生的事情，这一切都基于对两个人物的充分理解。

指导老师为剧本构思反复斟酌提议，并要求在创作之前做好人物小传，即将主要人物的一生都想清楚。在导师的科学引导下，创作者忐忑地完成了剧本创作。

另外，古代的生活方式、古人的言行举止，创作虽不是考古还原，也不能似是而非，出现硬伤。创作一部历史大戏，才真正体会到创作历史剧的艰辛，“大事不虚、小事不拘”，说起来容易，做起来真难，有时，历史真实是无法在舞台展现的，有些现代人看起来蹩脚的语汇，也大大影响戏剧性——这些问题最终都硬着头皮解决了。

《鹦鹉赋》应该算是良心之作，目前来看，剧本尚有许多不足，创作者一定会尽力完善，多加打磨，不辜负导师的悉心指导与四年来的学习。真正意义上郑重地进行一次戏曲剧本创作，对一个学习戏曲文学创作的人来说，受益匪浅，这才能有对戏曲更全面的认识。

2011级戏文系　武成刚

指导教师　王　强

**时　间：**东汉献帝建安初年

**地　点：**新都许昌

**人物表：**

祢　衡——字正平，平原寒士，二十五六岁。

曹　操——字孟德，当朝司空、大将军，四十岁左右。

郭　嘉——字奉孝，曹操之婿并麾下参军，三十岁左右。

孔　融——字文举，当朝少府、原北海太守，五十岁左右。

刘　协——字伯和，汉室皇帝，未满二十岁。

曹安阳——曹操之女，郭嘉之妻，二十岁左右。

孔　丘——字仲尼，至圣先师，孔融高祖，祢衡偶像，存在于祢衡意念中。

荀彧、荀攸、程昱、许褚、张辽、李典、乐进等——曹操麾下众文臣武将门官等

# 序

〔幕启。

〔夜色沉沉，曹操寝室内灯光昏暗。

〔曹操斜靠于卧榻，卧榻旁兵器架上摆列着两把剑。他手握一卷书，半睡半醒。

〔两只猿猴，自舞台两侧上，抓耳挠腮，四下打量，发现曹操，蹑手蹑脚地接近卧榻。

〔突然，猿猴们分扯曹操袖袍。

**曹　操**　啊！（手中书卷落地）

〔幕后急唱：

吓得将军身颤抖，

来路不明是猿猴！

〔曹操满面惊恐，挥袖轰赶，猿猴们嬉皮笑脸地与曹操拉扯，一只猿猴竟扯住曹操长须。

〔情急之下，曹操欲回身拔剑，却被猿猴抢先——两只猿猴持剑在手，挥剑追赶曹操。

**曹　操**　（左奔右逃，高喊）来人，来人！

〔幕后急唱：

一声声叫来无人救，

青锋直取将军头！

〔两只猿猴一左一右包围曹操，挥剑斩下！

〔曹操大叫一声，全场暗。

〔幕后传来祢衡爽朗的笑声：如此甚好！

〔几声清脆的鸟鸣，天光大亮，一束光照着地上一卷书。

〔祢衡一袭蔽衣，怀抱三册书，疾步而上，全场渐亮。

**祢　衡**　（手指书册，念念有词）隐公至庄公……昭公至哀公……闵公至……文公，（俯身拾起地上的书册，喜形于色，自言自语）此册所载，乃是宣公至襄公事，倘若遗落一部《春秋》，岂非不全了！（摇头）唉，若有此劫，有碍斯文，辱没先祖……

〔幕后伴唱：

书生胸中无他求，

诗书礼乐不肯丢。

〔祢衡摇头晃脑地翻书，口中似乎念念有词。

〔幕后伴唱：

汉祚衰微怎不愁，

礼崩乐坏哪不忧。

冬去春来夜继昼，

夜夜待漏数更筹。

**祢　衡**　唉！祢衡啊祢衡，你可要争口气呀！（双手将书卷合上）

（唱）不辜负祖上三世为贵胄，

要将那春秋大义在世间流！

〔收光。

## 一

〔晨钟迭响，曹操营帐。

〔门官内白：大将军升帐，众将帐前听用！

〔全场渐亮。

〔曹操立于书案前，左荀彧、荀攸，右郭嘉、程昱，四谋士紧紧簇拥。

**程　昱**　猿猴献瑞，当是吉兆。

〔曹操左手捻须不语，一通鼓后，他将右手拇指竖起。

**荀　彧**　二猿持剑追击主公，是凶非吉。

**荀　攸**　此言差矣。梦中之境，常理难测，猿猴献瑞，古来有之，梦中愈险，其兆愈吉。

**荀　彧**　这……

〔荀彧看向曹操。

〔曹操扫视众人。

〔幕后伴唱：

争来吵去，

万绪千头。

可恶谋臣喋不休，

万事到头没来由！

**曹　操**　（轻嗽）罢了！（看向郭嘉）奉孝，你待怎解？

**郭　嘉**　郭嘉有一言，不知……

〔门官内白：众将觐见！

〔许褚、张辽、李典、乐进上，对曹操纳头拜倒。

**众　将**　（一一报名）末将许褚、张辽、李典、乐进（齐）参见将军！

〔恰二通鼓响。

**曹　操**　（看右手拇指与食指，露出微笑，以此二指捻须）列位将军请起！

〔众将起身，分列两旁。曹操仔细端详众将，忽然大笑。

**郭　嘉**　呃……

**曹　操**　曹某升帐，以三卯为限，众将驻扎各营，二卯未到，俱已来齐，有此军纪，焉能军威不壮、大业不成？

**郭　嘉**　（略点头，迈步向前，高声颂赞）大将军威加海内，霸业稳如泰山！

〔曹操闻言一惊。

〔幕后伴唱：

郭嘉说话无虚谎，
突献谀辞叫人慌！

〔帐内帐外，幕前幕后，众人齐声附和，地动山摇：大将军威加海内，霸业稳如泰山！

〔幕后伴唱：

将军哟！
尊奉天子好妙策，
大树底下好乘凉。
豪情万丈兵马壮，
万姓诚服齐颂扬！

**曹　操**　呀！

（唱）征途漫漫堪遥望，
一声声谀辞太荒唐！
谁知某似握红铁将手烫，
解不开猿猴入梦恼心肠。
小皇帝难拢贰臣与奸党，
分明是腹背受敌运不昌。
沙场还待某去闯，
手执长槊压强梁！

〔曹操一挥手，赞颂之声骤止。

**曹　操**　（扫视众人，目光停在郭嘉身上）奉孝，烦请解梦。

**郭　嘉**　（拱手后退）郭嘉愚钝，实在不解。

〔曹操眯起双目，不置可否。

**荀　彧**　（急切）郭参军，想你精通伏羲八卦，何不为主公占上一占，解上一解？

**程　昱**　求卜何用，此乃吉兆。

**荀　攸**　是啊，必是吉兆！

**荀　彧**　（微怒）荒唐！

〔曹操双目圆睁，观谋士争论。

〔画外音，门官高亢急切的声音：急报！荆州急报！

〔门官怀抱木盒上，跪在书案之前。

门　官　将军代天子下书，招安荆州牧刘表……

曹　操　（起身向前微探）怎么样了？

门　官　（一捧木盒）现有信使人头与刘表书信一并发回！

曹　操　啊！（瘫坐）

〔全场暗。肃杀、简洁的号角声。

〔曹操内白：召郭嘉来见。

郭　嘉　主公安泰？

〔光渐亮。曹操书房。

〔曹操在椅中半倚半坐，精神委顿，郭嘉立于曹操身侧。

曹　操　（缓缓起身，手扶额角）梦兆是凶非吉，你早知晓，帐中献谀，是叫某多加提防？

郭　嘉　是。

曹　操　何日征讨刘表？

郭　嘉　主公曾道，远交近攻，荆州此时不能征讨，且此梦所兆，亦非刘表。

曹　操　怎么，还有凶事……二猿……莫不是袁氏兄弟兵合一处、将打一家，要合围曹某！

郭　嘉　莫要惊慌，依伏羲、文王之卦，猿猴入梦，乃是招小人、损声名之兆，需多加小心。

曹　操　（一怔，旋即大笑）曹某此生，宁我负人，毋人负我，何惧声名有损？至于小人，怕他何来！只是……

〔幕后伴唱：

胸中涌起无限恨，

恼恨荆州当权人。

曹　操　（从怀中掏出信札）恼恨刘表老贼，斩吾信使，羞辱曹某！

郭　嘉　呃……刘景升亦是一方枭雄，有些个脾气……

曹　操　（冷冷地）奉孝？

郭　嘉　主公。

曹　操　贤婿！

郭　嘉　呃……岳父大人！

曹　操　哼！这其中的道理，旁人不知，你还看不透么？如今曹某势强，荆州势弱，刘表此举，凭他姓个刘字，乃皇室宗亲，曹某么……不过是宦官之后……

郭　嘉　（垂首作揖）小婿不敢！

曹　操　唉！

（唱）汉高祖斩白蛇基业开创，
传流了四百载炎汉家邦。
他本是泗水县区区亭长，
名不正言不顺却稳坐朝堂。
社稷兴衰他执掌，
尊卑贵贱他衡量。
汉江山权贵草民皆一样，
刘表他！
论什么出身又讲什么短长？

还要遣人去往荆州，持天子诏，招安刘表！

郭　嘉　少府孔融，今晨递表，特为岳父举荐下书之人。（从怀中掏出一份荐表呈上）

曹　操　（接过荐表，念）……学识渊博，奇言善辩，有纵横捭阖之才；生性狷介，舌锋甚利，讽言飘逸，理不让人……呵呵，孔融自认怜爱众生，怕某一怒之下，兵发荆州，特意递表，保荐祢衡。

郭　嘉　（一惊）祢衡！

〔收光。

# 二

〔擂鼓声。

〔鼓声渐强，灯光随鼓声渐亮，孔融府邸。

〔祢衡堂前擂鼓，身后一桌酒席，孔融手持一方帛书观看，自斟自饮。

**祢　衡**（鼓槌纷飞，一串轻巧而快速的鼓声）哈哈哈！

〔幕后伴唱：

百鸟珍禽属鹦鹉，
采采丽容美其音。
殊智才高有灵犀，
德比鸾凰率众禽。

**孔　融**（快意不绝，一挥手中帛书，摊在席间）观弟之大作，闻金声玉振，妙哉！料想当年贵胄，列鼎而食，不过如此！

**祢　衡**（将两支鼓槌满把攥）哎呀呀，文举兄，只道钟鸣鼎食，哪里还有此等礼乐？

**孔　融**正平忒偏执了！（微醺，把盏离席）自秦王扫六合，天下已无贵胄，今逢乱世，你我心中有礼乐，便是礼乐，来来来，先满饮此杯！看《鹦鹉赋》中言道，“性辩慧而能言之，才聪明以识机”，正平心迹如此，何故偏执……

〔祢衡让过孔融敬来的酒，闭目摇头，将鼓槌揣入袍袖内，归席端坐，斟满一杯，高举酒杯，以袖掩面，一饮而尽。

**孔　融**呵呵，年轻人肝火旺盛，在所难免，（归席，举杯欲饮，对祢衡做个“请”的手势）吃酒！

**祢　衡**（夺过酒杯）子路将死，也要正冠，儒者独处，亦需正坐，似你这样

行不正、坐不端，吃的什么酒！（高举酒杯，以袖掩面，一饮而尽）

孔　融　（望着空空两手）你我吃酒，从无这些规矩呀！

祢　衡　子曰：言之必可行也。既说列鼎而食，当有这些规矩。

孔　融　（另取杯盏，缓缓斟上）好朋友一句戏言！

〔祢衡欲再夺杯，孔融早有防备，饮下一杯。

孔　融　啊，好酒！

祢　衡　（起身，将席上帛书收起）唉，巧言乱德，巧言乱德。

（唱）仲尼公他也曾列国访到，
纵困厄礼和乐终放心梢。
昔日里儒术尊难动摇，
孰料今日早萧条。
社稷离落俱行那王权霸道，
幸有你孔文举，你本是孔圣嫡传一根苗。

祢　衡　你呀你！

〔幕后伴唱：
满心盼你剑出鞘，
礼乐之路斩一条。
你不能……

祢　衡　（摇摇头，接唱）
力挽大义于既倒，
你与我有何情，又算什么知交？

孔　融　（语塞）这、这、这……哈哈哈，你能言善辩，几杯热酒下肚，老夫更是说你不动，呃，吃酒，还是吃酒啊！

〔祢衡席前踱步，行至鼓旁。

祢　衡　（手指轻弹鼓面，轻声吟唱）
蒹葭苍苍，白露为霜；
所谓伊人，在水一方……

孔　融　（随祢衡击节而唱）

　　　　所谓伊人，在水一方……

祢　衡　（温柔地）文举可懂此诗？

孔　融　乃是一首求贤诗。

祢　衡　非也，乃是一首求爱诗！

孔　融　（起身至祢衡身旁）子曰：诗三百，一言以蔽之，曰："思无邪"。怎会是求爱诗？

〔祢衡一指孔融，摇摇头，不再说话。

孔　融　难道老夫又错了？

〔门官内白：大司空曹将军遣使求见！

孔　融　（喜形于色）正平，你大展宏图的时日到了！（高声）有请！

〔全场暗。片刻，响起祢衡一吼：祢衡纷有狂病，不见！

〔全场渐亮。祢衡独自端坐于席，连饮三杯。

〔孔融急上。

孔　融　你呀你，唉！

（唱）往日你生计多困顿，

　　数次三番我助贤邻。

　　扫黄巾灭董卓兄奔前程，

　　险些埋没贤弟才能。

　　听闻你荆州往来有书信，

　　愚兄我保你个说降的人！

祢　衡　你倒是将我荐与朝廷……看你做得好事！那曹操，是甚等样人？

〔幕后伴唱：

　　山河破碎多飘摇，

祢　衡　（接唱）那曹操把持朝政气焰高。

　　他帐下贩夫走卒军棍武行闹吵吵，

　　反把那卿士贵胄困笼牢。

贪心不足行霸道，

仁义礼智一旦抛。

轻贤慢士非正道，

草遣使者召我入朝。

仰面朝天我呵呵笑，

可笑啊可笑！

我岂与犬马共食槽？

告辞！

〔祢衡离席拂袖下。

**孔　融**　（悻悻地坐回席中）老夫一把年纪，未曾见过这等事……唉，吃酒！

〔收光。

## 三

〔推杯换盏、饮酒行令之声不绝，许昌市肆。

〔一束光照出高挑的酒幌子，全场渐亮。

〔安静端坐饮酒的祢衡，与酒馆内嘈杂的环境音形成强烈对比。

〔幕后伴唱：

转身离却孔府外，

落寞在心口难开。

〔祢衡自斟自饮，依旧高举酒杯，以袖掩面饮酒。

**曹　操**　（内唱）桩桩事无头绪将某闷坏，

〔曹操与郭嘉身着便装上。

**曹　操**　（接唱）穿市肆绕街巷暂遣愁怀。

曹某今日，定要吃上一尾鲜鲤……

**郭　嘉**　也要一探烹鲜之道……

**曹　操**　啊，君子远庖厨，曹某偏爱这烟熏火燎，委屈贤婿了。

**郭　嘉**　还要多向岳父求教，安阳她，直言家中饭食不佳……

〔曹操大笑。

**郭　嘉**　再者，有道是：君子谋道不谋食……

**曹　操**　（赞许地）嗯……知我者，奉孝乃第一人也！

（唱）说什么灶下烹调孟德爱，
有负某入相阁来登将台。
治大国烹小鲜两相无碍，
其中奥妙须细细揣猜。

**郭　嘉**　岳父知烹鱼，则知治民矣。

〔曹操与郭嘉相视而笑，边笑边行，进入酒馆。

**曹　操**　（忽见如鹤立鸡群般的祢衡）你看此人，好生怪异。

**郭　嘉**　小婿想起一人。

**曹　操**　何人？

**郭　嘉**　祢衡。

**曹　操**　（哑然）……巧得很。

〔曹操与郭嘉寻角落坐下。

**祢　衡**　（饮罢一杯，喟然长叹）唉！

（唱）原道他是一个知己年迈，
谁料他灵犀全无空怀才。
猜不透蒹葭苍苍为求爱……

（饮下一杯）
求一个仁者爱人、礼制天下、社稷不坏，乾坤是朗朗清白！
春秋大义他不爱，
鼓乐安居倒趁心怀。

士而怀居，不足为士矣！

更可恨不良臣……

（将酒杯重重放在桌上，引来酒客注目）

〔幕后伴唱：

不良臣把社稷毁坏！

祢　衡　罢！不可与言而与之言，失言也！

（接唱）断不能与竖子鬻我之才！

〔祢衡怅然饮酒。

曹　操　倒也有趣。

郭　嘉　是。

曹　操　难当大用？

郭　嘉　嗯……不可与言而与之言，是为失言。

曹　操　（笑，起身）待某会他一会。

〔曹操款步走近祢衡。祢衡直盯着曹操到席前同坐。

曹　操　（探身细瞧桌上酒食）阁下的鲤鱼不鲜了。

祢　衡　（眼珠一转，斜视曹操）毫不知礼，原是一庖厨。

曹　操　（微感吃惊）哎呀，慧眼独具！

祢　衡　（冷笑）道你是庖厨，不以为耻，反以为幸，好笑啊好笑！

曹　操　王公是人，庖厨亦是人，文惠君观庖丁解牛，大道初悟。（略顿）孟轲曾语仁者爱人……（见祢衡闭上双目）呵呵，适才言语，多有隐瞒，失礼了。

〔祢衡惊讶，双目微睁。

曹　操　……在下乃是泥瓦工匠。

祢　衡　（冷笑不减）果然人以群分，不过是庖厨、工匠之流。

曹　操　这一番买卖做得大，刘家房屋坍塌，不才正为其修补。

祢　衡　哦！

〔幕后伴唱：

却原来真神到此地，

好似老君律令急。

一副唇舌多伶俐，

无怪入朝披紫衣！

**祢　衡**　（狠狠地打量曹操一番）此言不虚，确非你毁也。

**曹　操**　凭此一言，可为知己。

**祢　衡**　知己？（手掌在面上一拂）我还要脸呢！

〔祢衡起身欲走。

**曹　操**　且慢！你说我修缮不齐？呵呵，某尚有无数弟兄，攘攘之众，早晚将这廊宇屋厦修齐。

〔祢衡一足踏在席上，端起酒灌入口中，漱口后喷出。

〔曹操挥袖遮挡。

**郭　嘉**　（离席拉祢衡）休得无礼！

**祢　衡**　（面露醉态，对曹操）这也是你工匠兄弟？（甩开郭嘉）呸！乌合之众！

**曹　操**　敢问阁下可有心仪的工匠？

**祢　衡**　总而言之，言而总之，你的工匠弟兄，微不足道，污泥一般，哈哈哈……

**郭　嘉**　你！

〔祢衡摇晃欲走。

**曹　操**　有话讲在当面。

**祢　衡**　知礼守礼，做人要安分，你们替人家修补房屋，还觊觎人家家当，呵呵……我看你是房子修不得，庖厨么，也做不得！

〔祢衡的帛书不意从袖中遗落，他大摇大摆而下。

〔郭嘉与曹操同桌而坐，曹操拾起帛书观看。

**曹　操**　嗯……《鹦鹉赋》……这个祢衡，倒有些才情。

**郭　嘉**　岳父欲用之？

**曹　操**　非止一次，他将下书人轰走，曹某欲用，他也未必为我所用，唉，荆州啊荆州。

**郭　嘉**　祢衡声名在外，若肯游说荆州，事成与否，姑且不论，倒不至损伤岳父颜面。

**曹　操**　是朝廷的脸面。罢，此事容后再议。倒是祢衡为人么……哈哈哈……

〔郭嘉静待下文。

**曹　操**　你在人前，从不失言，今日曹某，倚老卖老，倒要失言了。

（唱）好一个腐儒哟……

〔幕后伴唱：

好个腐儒酸又臭，

头头是道论春秋。

嬉笑怒骂作辞赋，

难见腹中有对筹。

**曹　操**　啊……哈哈哈……

〔收光。

## 四

〔鼓声，一槌一声，节奏越来越快。

〔鼓声快似密集的雨点，一击重槌，鼓声止，全场亮。

〔孔融府邸。场上只有祢衡一人并一面大鼓。

〔幕后伴唱：

胸中乱鼓如雷爆，

**祢　衡**　（重击鼓面数下）唉！

（接唱）怪什么曹操他鸠占鸾巢。

虽然我一心将他嘲，

却叫他冷眼旁观壁上瞧。

他强词偏搅我心如捣，

那气度岿如泰山真是高。

〔幕后伴唱：

恨曹操为何非同道？

〔孔丘内白：德不孤哉，必有邻耶！

**祢　衡**　啊？

〔孔丘峨冠博带，飘然而上，由扮演孔融的同一位演员饰演。

**祢　衡**　（大惊失色）仲尼公，你又来了！

**孔　丘**　（双目微合）有德者不孤，必有同道。

**祢　衡**　同道，同道，何为同道？刘家四牧、袁氏昆仲，想他们世代公卿，又焉能与我同道？夫子呀！

（接唱）你传下的礼制逝如潮！

对曹操横眉怒骂与嬉笑，

这世上何尝不是尽曹操？

礼乐尊卑早颠倒，

贪心不足谋当朝。

谁能比曹操的武略文韬？

**孔　丘**　同声相应，同气相求，是为同道。

**祢　衡**　啊？

〔祢衡连击鼓面，将鼓槌扔掉。

**祢　衡**　（接唱）一番话好叫我壮志雪消。

〔幕后伴唱：

难道说祢曹二人本同道？

一个是克己复礼不动摇。

一个是野心勃勃弹别调，

为同道竟看不出半分毫。

**祢　衡**　（双手撑鼓面，摇摇欲倒）我只是离群丧侣的鹦鹉……

孔　丘　朽木不可雕也。

祢　衡　我非朽木！

孔　丘　粪土之墙不可圬也。

祢　衡　我又焉能是粪土！

孔　丘　德不孤，必有邻。

祢　衡　德不孤，必有邻……德不孤，必有邻……

〔光渐暗，场上昏黄一片，孔丘隐下。

〔孔融幕后轻声唤：正平，正平！

〔孔融手捧书信上。

孔　融　（唱）将军书信又来到，
偏要正平去一遭。
老夫言轻不足道，
叫人心焦不心焦？
（一拍祢衡）正平！

祢　衡　啊！仲尼公，还要请教……

孔　融　哎！我不是仲尼公，我是孔融！

〔祢衡黯然。

孔　融　喏喏喏，将军的书札。

祢　衡　哼！
（唱）平生志气比天高，
莫把礼乐作蓬蒿。
曹操是佞臣传上表，
我是个忠良扶汉朝！
好你个老儿，竟替曹操做说客来了，不见！

孔　融　是孟德亲笔，要你我同拆同观……

祢　衡　亲笔?！（轻嗽）你就拆了吧。

〔孔融拆信观看，略有激动。

**孔　融**（将信递与祢衡）是我老眼昏花不成？

**祢　衡**（扫视书信，一怔）啊？

（唱）一封信直教人心生惊诧，

莫不是祢衡我错怪与他？

口声声求一个礼制天下，

兴礼乐先谋求四海一家。

如今是众诸侯各自称霸，

欺凌那汉天子是个娃娃。

摄朝纲都只为暂无别法，

他身旁独缺个礼乐行家。

相求我怜众生游说天下，

免却了动刀兵九州征伐。

观书信情意切言辞不假……

罢！

学一个孔仲尼周游天涯！

（将书信一折）走，曹府去者！

〔收光。

## 五

〔光渐亮。清晨，曹操书房。

〔曹操立于书架前，捧一册书。

〔幕后伴唱：

捧卷轴，思悠悠，

夙兴夜寐难解愁。

**曹　操**（唱）非是那忠臣孝子待更漏，

舍不得事业未竟鬓先秋。

也曾想力挽狂澜把汉室来救，

又谁知窃钩者诛窃国者诸侯！
开基业数不尽冤家对头，
知烹鱼也难知治民，遍胸臆无有策筹！
寻遍《春秋》亦猜不透，
何日里方能够再续春秋？

〔郭嘉内白：唉，不该啊，不该！

〔郭嘉上。

**曹　操**　（念诵）夫能固位者，必度于本末，而后立衷焉。

**郭　嘉**　（紧跟着念诵）不知其本，不谋；知本之不枝，弗强。

**曹　操**　（合上书）一部《春秋》，贤婿你是倒背如流。

**郭　嘉**　小婿斗胆，冒犯岳父。

**曹　操**　说得哪里话，（将书放回书架）你我翁婿，素喜论道，今日，就以这“本末”为题，论上一论。

〔曹操坐到书房客座，示意郭嘉同坐。

**郭　嘉**　（退一步，拱手）小婿还要冒犯。

**曹　操**　嗯？

**郭　嘉**　方今大事接踵而来，万望岳父，勿做本末倒置之事！

**曹　操**　（沉思，良久）祢衡不堪任用。

**郭　嘉**　（略急）岳父明知不堪任用，为何修书招惹？

**曹　操**　（不悦）你随曹某征战多年，深谋远虑，谨言慎行。今日竟如此焦躁……曹某对祢衡，可算意气用事，你对曹某，（凌厉地）也要意气一番不成？

**曹安阳**　（内白）什么意气不意气啊？

〔幕后伴唱：

忽来了将军心头肉，
小棉袄能否解父忧？

〔曹安阳上。

**曹安阳** （轻声斥责郭嘉）就知你惹爹爹生气了！（快步去挽起曹操胳膊）爹爹！

**曹　操** （笑容绽开）哦哟哟，小安阳！

**曹安阳** 女儿好些时日，无有吃过爹爹做的菜了！

**曹　操** 若非你爹爹会烧些个菜肴，你还不晓得回娘家了……你娘亲想你想得紧，可见过她了？

**曹安阳** 奉孝这个呆头鹅，一早拉着爹爹议事，（撒娇）女儿只能先见娘亲了！

**曹　操** 今日乖女儿回家，与你烹上几道佳肴，才是正理，来来来，后厨……

**曹安阳** （学曹操的腔调）去者！

**郭　嘉** 岳父慢走！小婿尚有一言。

**曹　操** 今日唯我女儿是大。

**曹安阳** 耽搁了爹爹下厨，回到家中，为妻我呀，可做不出如此佳肴。

**郭　嘉** （逼近一步）郭嘉冒死直谏，主公可记得梦中之兆……

〔曹操一怔。

**曹安阳** 你要识好歹……

**曹　操** （拦住女儿，对郭嘉）祢衡是个刚直的君子……

**郭　嘉** 哎，君子之祸，不亚于小人！

〔曹操陷入沉思，片刻。

**曹　操** 小安阳，爹爹今日，专为你烹鱼！

**郭　嘉** 啊！

〔全场暗。一束光照在郭嘉身上，郭嘉黯然。

〔幕后伴唱：

威严煞气大将军，
烈性难驯一狂生。
狂生一副顽劣性，
将军为之损声名。
惹得将军怒气盛，

只恐狂生丧此身！

〔追光随曹安阳上，她走到郭嘉身前，拉起郭嘉的手。

**曹安阳** （唱）那厢是生身老父亲，

你是我结发心上人。

休得要伤和气为了那旁门别姓，

你翁婿本该亲又亲。

我知你经世致用有分寸，

他也是有心人，言语间承蒙你让他几分！

〔郭嘉对曹安阳颔首致歉。光渐弱。

〔同时，另一表演区，光渐亮。曹操独坐。

**曹　操** （唱）从来自负决断准，

事到头来也聩昏。

凭意气一时写下亲笔信，

奉孝的劝告不能不听。

这祢衡，

一是个舌辩书生并无安邦论，

二是他目光狭隘只堪作辞文。

遍读了《春秋》才知他荒唐论，

基业怎能托付此人？

某用人不拘小节亦不能将他任，

〔全场亮。郭嘉急上。

**郭　嘉** （紧接唱）逞舌辩的祢衡已然叩府门。

**曹　操** 终究来了。

**郭　嘉** 哎呀岳父，你若召他来见，少不得一顿气受；若是不见，他去外面，胡言乱语一番……

**曹　操** 哎呀！

〔幕后急唱：

天大地大名声大，

岂容旁人污蔑咱！

千不怕来万不怕，

只怕基业一朝砸……

**郭　嘉**（暗暗拭汗，低语）大大失言了……

**曹　操**（镇定捋髯）一见既无妨，再见亦无妨，看曹某亲笔，能值几何。嗯，召他前来。

**郭　嘉**（缓缓地）小婿就去传唤。

〔郭嘉欲去。

**曹　操**　且慢！引至中厅，待某更衣就来。

〔收光。

## 六

〔卯鼓声声，画外音：大将军召众将中厅议事！

〔全场渐亮。曹府中厅，画柱雕梁，威严异常。

〔郭嘉引祢衡上。

**祢　衡**（环顾厅阁）呀！

（唱）仲尼公他也曾责问季氏，

妄用礼乐将天子欺。

曹瞒季氏堪一比，

目无宗法无是非。

将军府画阁雕梁龙凤双绕好失礼，

只比得天子龙庭犹不及！

是可忍，孰不可忍也！

〔孔融紧随而上。

**孔　融**　正平，此乃将军府上，闲话休讲。

**祢　衡**　就是故国长安、未央宫上，违礼也要讲！

**孔　融**　你，糊涂啊！

**祢　衡**　是你糊涂，把我错荐了！唉，仲尼公，你也……

〔幕后伴唱：

子曰诗云呐，好糊涂，

祢衡见曹呐，太疏忽。

德者有邻呐，礼乐不顾，

不知社稷呐，是祸是福。

〔门官内白：众位将军到！

〔张辽、许褚、李典、乐进鱼贯而入。

**郭　嘉**　列位将军请！

**众　将**　郭参军请！

**孔　融**　列位将军！

**众　将**　见过孔大人！

〔祢衡一一走过众将，一语不发。

**许　褚**　哼！这人忒也地无礼了！

〔祢衡仿佛突然来了精神，挺身站到许褚身前。

**祢　衡**　你说我无礼？

〔孔融隔开二人。

**孔　融**　哎，正平，来见过虎贲将军，许褚许仲康。

**郭　嘉**　列位将军，这就是当今名士，祢衡祢先生。

**张　辽**　原来是祢先生，我等俱是行伍粗人，先生莫怪。（向诸将示意）

**众　将**　见过祢先生！

〔祢衡不理。

许　褚　愈发无礼！（紧袖口）
张　辽
李　典　（三人合）大将军召见我等，切莫意气用事。
乐　进
许　褚　唉！（拂袖）

〔中厅众人尴尬。
〔门官内白：大将军到！
〔曹操身着华服，耀武扬威，由程昱、荀攸、荀彧及一仆从簇拥而入。
〔仆从对郭嘉使眼色。
〔郭嘉一惊，竟是女扮男装的曹安阳。
〔祢衡忽然走到曹操身前，狠狠地将曹操上下打量一番。

郭　嘉　（低声暗叫）哎呀不好！

〔除祢衡外，众人施礼：参见大将军！

曹　操　（挥手）列公多礼，快快请起。

〔曹操冷眼盯着祢衡，缓步行至主位坐下，曹安阳侍立在侧。

曹　操　列公就座。
众　人　谢将军！

〔众人依次列坐，孔融拉祢衡入座，祢衡不肯。
〔众人坐好，围成半弧，祢衡长身立于中厅中央。
〔祢衡大笑三声，众人肃静。

曹　操　你因何发笑？
祢　衡　（来回踱步）哼哼，哼哼……
（唱）我笑这天地之间真辽阔，
却为何堪称人者恁不多？
曹　操　（唱）你笑这天地虽阔人不多，
这列坐的人才你又如何说？

祢　衡　呵呵！

（唱）人言你帐下贤能多，

量用斗来载用车。

眼见为实耳听虚，

劳驾当面来述说。

你一个个讲来我一个个看，

（盘膝坐中央）

只怕你风大闪了舌！

曹安阳　你……

曹　操　嗯……（拉女儿衣袖）

孔　融　（拭汗低语）唉……忒过分了。

〔众谋士侧目而视，众将怒按剑柄。

〔幕后伴唱：

祢衡素有奇言行，

曹操往日早见闻。

曹　操　（唱）见怪不怪将他忍，

看他乖戾有几分。

〔曹操瞥孔融一眼，忽然大笑，众人惊诧。

曹　操　有趣得很。

祢　衡　祢衡堂堂君子，一不灶下为厨，二不负版筑墙，有趣什么！

许　褚　呔！（按剑起身）我把你这长舌的狂生……

曹　操　仲康！

〔许褚归座怒视祢衡，手不离剑柄。

曹　操　右首，荀彧、荀攸、郭嘉、程昱。

〔祢衡起身，近前一一观看。

曹　操　荀氏叔侄与奉孝，足智多谋、善于用兵，堪比张良。（见祢衡默不作声）程仲德么，运筹帷幄，治国有方，不输萧何、陈平。

〔祢衡冷哼，摇摇摆摆走到左首。

**曹　操**　（随祢衡所至，逐一介绍）张辽、许褚、李典、乐进。四将骁勇善战，万夫莫当，若论将帅之道，赛过吴汉、铫期、马武、岑彭……就是你故交孔大人，也曾披坚执锐，与曹某共讨逆贼，嗯，怎道某帐下无人？

**祢　衡**　哎呀呀，失敬失敬，（嬉皮笑脸地靠近曹操）将他们比作（扳着指头）萧何、陈平、吴汉、铫期……敢问将军，是自比高祖，还是先皇光武？

**曹　操**　呀！

〔幕后急唱：

　　一语惊煞堂前人，

**祢　衡**　（接唱）我看你必有篡逆心！

**孔　融**　哎！正平，将军无非说个比方。

**祢　衡**　哦！好比方，可惜狗屁不通！

〔仓啷啷一片绷簧之声，众将纷纷扯出半截佩剑。

**曹　操**　退下……俗话说，观臣莫若主，若是曹某一时不察，走了眼，还请多多指教！

**祢　衡**　哎，何须多费唇舌，且说他（一指郭嘉），无非舞文弄墨、白辞念赋之流，若不是入赘曹府，焉能坐得参军之职！

**曹安阳**　（迈步向前）一派胡言！

**曹　操**<br>**郭　嘉**　（合）安阳！

**祢　衡**　你是何人呀？

**孔　融**　正平，这是将军的掌上明珠，安阳小姐！

**祢　衡**　哦！多有失礼，（以袖遮面，躬身一礼）见过曹小姐！

**曹安阳**　该当叫我郭夫人！

**祢　衡**　呵呵，郭夫人！果然是将军的女儿不愁嫁。

**曹安阳**　呸！无端狂生，黄口小儿！我父心慈，乃至其麾下，皆念你是当今名士，与你留足脸面。若再不识好歹，你也晓得我是将军的女儿，哼哼，要你见见我的手段！

**祢　衡**　（假意抱头）哎呀呀，（对曹操）圣人言：唯汝子与小人难养也！

〔满座皆怒。

**曹安阳**　放肆！（抬手追打祢衡）

〔幕后伴唱：

狂生平日闲话多，

今时不该惹巾帼。

〔郭嘉拦住曹安阳，拉曹安阳下。

**荀　彧**　（低声）唉！梦之不祥，全在此兆！

〔荀彧随郭嘉下。

**祢　衡**　哎呀呀，好厉害，好知礼的郭夫人！

**孔　融**　少说两句吧！

**祢　衡**　（忽见张辽，一指张辽）这一个么，堪用擂鼓鸣金，哈哈哈！

**孔　融**　（起身离座，拉扯祢衡）你偏要受那拔舌之祸不成？

**祢　衡**　去！（甩开孔融）曹府上下，尽是衣架饭囊、酒桶肉袋，虽生四肢，口吐人言，不能称其为人。大将军口口声声，称其人才，哼，当真瞎了眼了！

〔张辽拔剑跃出。

**孔　融**　张将军！

**张　辽**　（推开孔融）张辽一忍再忍，誓杀狂生！

**祢　衡**　五姓家奴，有何面目前来杀我？

**张　辽**　啊！

**祢　衡**　我来问你，你姓张不是？你先随丁原、董卓，后投吕布帐下，现如今，倒成了曹操门客，呵呵，今日你改六姓，拜我做干老子，我还不要呢！快快横剑自刎，莫在人前丢丑！

〔张辽气急，一时语塞。

孔　融　哎呀！

〔曹操离座，按住张辽持剑颤抖的手。

曹　操　张将军官拜都尉，全凭军前立功，曹某功赏过罚，何论出身？再者张将军，乃是汉室臣子，焉有一家一姓之说？

众　将　大将军莫再阻拦，我等将狂生剁为肉酱！

孔　融　（连连摆手）诸位将军息怒，息怒啊！

祢　衡　（扯开衣领，露出脖颈）来来来，谅尔等不敢！

〔众将持剑围住祢衡。

曹　操　慢！诸位将军稍坐，看他有何德能，咆哮厅堂！

〔众将退后。

祢　衡　你且慢着！（取出曹操亲笔信）祢衡腹内，尚有许多骂人的言语，要奉送与你这个，人前一套（撕信），背后一套（对折再撕），虚情假意（再撕），阳奉阴违（再撕），学尽宦官伎俩的——大、将、军！（将碎纸往空中一扬）

众　将　狂生求死！

祢　衡　（大笑）祢衡纵死，也是名士，尔等苟活，粪土一般！

〔曹操一颤。

曹　操　你当真不畏死么？

祢　衡　人不畏死，奈何以死惧之？只可惜一腔赤血，尽归这肮脏的尘土，我乃贵胄苗裔，偏偏死于你这穿华服的走卒之手！

〔曹操又一颤。

荀　攸　啊？主公！众位将军！暂请息怒……（向程昱递个眼色）

程　昱　祢衡，你何德何能？

荀　攸　是啊，将军问你有何德能，你再三地置若罔闻，莫不是无知鼠辈，并无德能？

祢　衡　我为鼠辈，尚有人性，似你这等蝼蚁小辈，还敢发威？哈哈哈……

（唱）荀郎孺子堂前惊，
祢衡之能汝不能。
三教九流无不晓，
识断地理与天文。
上可以致君为尧、舜，
德配孔、颜一脉承。
尔等宵小梦不醒，
助曹为虐留骂名！

程昱
荀攸　（忍无可忍，气急败坏）我等若带剑前来，必斩狂生！

祢衡　呵呵！杀人还需刀剑？

曹操　（冷静地）既然无所不能，我来问你，宫中要职，你可当得？

祢衡　宫中要职？

曹操　八月朔日，朝贺酒宴，宫内乐坊，尚缺一名鼓吏，（看一眼祢衡）众位可有异议？

众人　我等皆无异议！

祢衡　怎么，叫我击鼓？好好好，击鼓就击鼓！

曹操　啊？

〔全场暗。

〔一束光照在曹操身上，他正将华服一件件脱去，从身后抖开一件围裙，系在腰上。光区慢慢扩大，曹操面前是一方灶台，他抄起两把菜刀，在砧板上一阵剁，猛地将两把刀剁在砧板上。

曹操　祢衡狂行，无人不晓，奇言善辩，又得虚名。曹某一而再、再而三，欲将他逼出京外。命他擂鼓，分明是羞辱于他，他却慨然应允，唉，蠢材啊，蠢材！一个蠢材，闹得九州皆知，人心不古，大汉将亡！

〔曹操提刀又剁。

〔嘟噜噜一小串鼓声。另一表演区，光随鼓声渐亮。祢衡怀抱一面小鼓击打。

〔鼓声与刀声此起彼伏。

**曹　操**　（惨叫）啊！

〔鼓声、刀声戛然而止。

〔曹操捧食指，凝眉观看，放入口中吸吮，该表演区光暗。

**祢　衡**　哈哈哈……（笑声逐渐转哭）喂呀，长嗟乎！仲尼公，你害得我好苦！

〔全场亮。祢衡孤零零一人。

**祢　衡**　（唱）山河破败一片景，
笃信子曰并诗云。
实指望仲尼公将我指引，
又谁知曹操是确凿佞臣！
孔仲尼你不该扰我心神，
你不该说什么德者有邻！
你不该道我是朽木难斫，
你不该策动我曹府为臣。
眼睁睁窥得他不臣之心，
为鼓吏污了我清白之身！

〔祢衡痛哭。

〔孔丘内白：仁者不忧，知者不惑，勇者不惧。

〔孔丘峨冠博带，飘然而上。

**祢　衡**　（直勾勾盯着孔丘）你是孔文举，不是仲尼公。

**孔　丘**　（目不斜视）老夫，姓孔名丘字仲尼，鲁国陬邑人氏，先父叔梁纥，鲁侯驾前为臣，官拜陬邑大夫，先母颜徵在……

**祢　衡**　（打断）你忒啰嗦了！我来问你，还要不要礼制天下？

**孔　丘**　丘此一生，但求天下大同。

**祢　衡**　大同？大同不论礼制尊卑，不顾正朔，要将正统旁落于宦官之后乎？

**孔　丘**　有教无类，仁者爱人。

**祢　衡**　礼崩乐坏，夫子周游列国，不正为还天下礼制？

**孔　丘**　（山东方言白）饭都吃不上了，不挨个登门求饭，难道在鲁国饿死？

**祢　衡**　夫子疯了！

**孔　丘**　朽木不可雕也，粪土之墙不可圬也！

〔光遽暗，只闻祢衡嘀咕：疯了，俱都疯了……

〔一束光，碎纸片纷纷落下。

〔光下祢衡撕书。

〔幕后伴唱：

一部《春秋》俱撕毁，
知著焉能靠见微？
礼乐墙倒众人推，
大义已殁不轮回！

**祢　衡**　（将手中碎纸一扬，恨恨地）祢衡就是身首异处，也决不让曹操好过！

〔收光。

# 七

〔翻箱倒柜声。

〔光渐亮。一小片光区，宫内乐坊。

〔祢衡身侧是衣箱和一面小鼓，他在衣箱内翻找，拿出一件件华服，看来看去，俱摇头丢掉。

〔刘协内白：大八大八大八，仓才乙才仓……

〔汉帝刘协上。他身穿便装，只身一人，手舞足蹈地念着鼓点，沉浸其中，一见祢衡，惊诧，忙收敛，见祢衡对他视若不见，便好奇地走近。

**刘　协**　（拾起一件衣服）你在找些什么？

〔祢衡不理，继续翻找。

刘　协　（发现祢衡脚边一面小鼓）你是新任鼓师？

〔祢衡不理。

〔刘协捡起小鼓，脚踏衣箱，将鼓垫在膝上，以手击打鼓面，一小串清脆的鼓声。

祢　衡　（停下手中活）莫不是我顶了你的差事？

刘　协　顶就顶了，我，年纪还小呢。（将鼓放下）

祢　衡　（将鼓塞给刘协）八月朔日一过，差事还是你的！

刘　协　朝贺之日？

祢　衡　（自语）觐见天子……倒看曹操，以何面目叩见天子……（继续翻箱倒柜）是了，你在宫中，可常见曹操？

刘　协　常见的。

祢　衡　（拿起一件华服）曹操可曾欺压天子？

刘　协　此话从何说起？

〔祢衡一怔。

刘　协　他还年轻着呢，离不开曹操与众臣工，还需他们多加扶持呢。

祢　衡　荒唐！（丢掉手中华服）

〔刘协惊愕，转瞬恢复平静。

祢　衡　且不论你见识长短，凭你一口一个他……哎，要称天子、称陛下。

〔刘协窃笑。

刘　协　是是，当年李傕、郭汜之乱，天子被困洛阳，饥寒交迫，是曹操起兵迎驾。他一见天子，解剑去履，殿外叩拜，为天子奉上一碗肉糜……

祢　衡　小人伎俩！

刘　协　不对的，其时天子，已三月不知肉味，曹操他，是雪中送炭。

祢　衡　（痛苦地）区区小人伎俩，竟使天子失节，受制于曹操，唉，礼崩乐坏，狂澜难挽！

**刘　协**　（冷笑一声，从容地）仓廪实而知礼节，衣食足而知荣辱，方今天下大乱，民不聊生，田间陌上，饿殍遍野，你又怎好责怪天子，说他失节？

〔祢衡暗暗震惊，一时语塞。

〔幕后伴唱：

果不然贵胄生长在宫闱，
这少年衬得祢衡似泥堆。
小乐工谈吐从容气度伟，
这才是名士风流未衰微。

**祢　衡**　（嘟哝着翻箱底）小小年纪，不知深浅……（用力从箱底扯一件衣服）找到了！

〔祢衡扯出一件满是补丁的破衣。

〔刘协满是疑惑。祢衡看刘协一眼。

**祢　衡**　（用力抖抖破衣，披在身上）哈哈哈……

〔幕后伴唱：

都说曹操多奸巧，
祢衡自有巧妙招。

〔全场暗。隐约有鼓乐筵宴之声。

**荀　彧**　（内白）孔大人，你将祢衡错荐了！

〔一束光。宫内回廊。

〔郭嘉、孔融、荀彧垂首摇头。

**孔　融**　老夫此举，不合时宜，唉，后悔万分！

**郭　嘉**　但求祢衡与大人，尚能一同吃酒。

**荀　彧**　呵呵，他又死不成，还替他忧些什么。但求主公，宽宏大量，不至将声名抛却……

**孔　融**　荀令官……

**荀　彧**　为这无端的狂生！（拂袖）

〔鼓乐齐鸣，声势浩大。

〔全场光渐亮。皇宫正殿，朝贺酒宴。

〔刘协高居龙位，众臣以曹操为首，左右列坐。郭嘉、孔融、荀彧归座入列。

〔鼓乐渐弱。

**曹　操**　（举杯）微臣曹操，率众文武，向陛下觐酒一爵！

**众　臣**　臣等恭贺陛下，如月之升，如日之恒，大汉江山，松柏长茂！

**刘　协**　众卿免礼，与朕同进此爵，请！

**众　臣**　叩谢圣恩！

**刘　协**　大司空！

**曹　操**　臣！

**刘　协**　吩咐动乐，以助酒兴！

**曹　操**　（起身）陛下钧旨，乐坊奏乐！

〔隆隆鼓乐又起。

〔祢衡身穿破衣，随鼓乐节奏，手舞足蹈而上，行至一面大鼓前，抄起鼓槌，愤然击鼓，将节奏打乱。

〔鼓乐渐息，独闻祢衡沉重的鼓声。

〔鼓声节奏一转，变得哀婉凄绝。

〔一通鼓毕，朝堂众人，尽皆落泪。

〔祢衡亦为自己的鼓声撼动，黯然神伤。

**刘　协**　（拭泪）孟德！

**曹　操**　臣！

**刘　协**　此曲何名？

**曹　操**　恕臣不知……

**孔　融**　（起身施礼）臣启陛下，鼓曲名曰《渔阳三挝》。

**刘　协**　朕听鼓吏擂鼓，金声玉振，奥妙非常，召他上殿，朕当有赏。

**曹　操**　（看孔融一眼）遵命！

**郭　嘉**　（悄声对孔融）大人一时卖弄，祢衡性命堪忧……

〔孔融颓然坐倒，忽然扯下一块袍幅，啮破食指，在袍幅上疾书。

**曹　操**　传天子谕，召鼓吏上殿！

**祢　衡**　（一颤）来也！

（一抖袍袖，唱）

忽听得汉天子传下谕诏，

（兴冲冲绕过宫内回廊）

传谕我面见君登阁入朝！

（殿外撩袍，掩面，躬身入殿）

见天子行大礼驾前拜倒，

（跪倒在龙位前）

拜御驾诉衷情詈黜曹操！

（叩首）

草民祢衡，叩见吾主万岁，万万岁！

〔曹操看祢衡对刘协毕恭毕敬，目不正视，鄙夷地瞟孔融一眼。

**曹　操**　（离座抢先一步至殿前）大胆祢衡，今日朝贺，你身着破衣烂衫，成何体统？

**刘　协**　大司空！

**曹　操**　（向刘协叉手施礼）臣！

**刘　协**　不必计较，着祢衡平身。

**祢　衡**　谢陛下！

〔祢衡挺身站到曹操面前。

**祢　衡**　你说我破衣烂衫，不成体统？

〔曹操闭目不理祢衡。

〔祢衡解衣带，将破衣脱下，只剩贴身小衣。

〔满座皆惊。

**刘　协**　（不悦）祢衡，休得无礼！

**祢　衡**　陛下，欺君罔上，谓之无礼。祢衡袒露清白之躯，乃受之于父母，岂

是无礼？（正视刘协第一眼）呀！（不住发抖，指着刘协）

（唱）唬得我汗淋淋神魂不晓，

这不是小乐工曾与我闲聊？

怨什么礼乐坏臣行霸道，

当朝君溺鼓乐其乐陶陶。

他道那曹操是灵丹妙药，

为社稷除顽疾药到病消！

谁料想世间的事无常颠倒，

秉礼乐尽愚忠难保皇朝！

**刘　协**　祢衡，你口口声声，道自己清白，依你所言，何人污秽？

**祢　衡**　啊……

**曹　操**　世人道你巧舌如簧，原来徒有虚名！

〔曹操将破衣捡起，披在祢衡身上。

**曹　操**　（拍祢衡肩）莫再倔强了……

**祢　衡**　（一震，抖掉破衣）呸！朝堂上下，尽是污秽浑浊的小人！（怒视刘协，手指曹操）

（唱）你道他是栋梁辅佐宗庙，

说几位谋逆臣史上名标。

吴伯嚭惑夫差自毁城壕，

秦赵高乱宗室朝政早夭。

前朝的王莽贼大逆不道，

鸩杀了孝平帝篡位临朝。

光武帝复朝政功高显耀，

国不幸出董卓又遇曹操。

眼见你入圈套劫数难逃，

高祖爷立基业去如逝潮！

〔祢衡负手昂头闭目。

**刘　协**　你、你、你连朕也骂了……

〔曹操退回席中坐下。

刘　协　这、这、这……气煞我也！

孔　融　臣有表奏！

〔孔融扑倒在龙位前。

刘　协　（长出一口气）奏来！

孔　融　臣保荐祢衡，顺说荆州……

刘　协　（激动地）荆州！

孔　融　……顺说荆州刘表归顺。（将血书抖开，高高举起）

刘　协　呀！（一字一顿）荐、祢、衡、表……孔爱卿？

孔　融　（叩头）臣启陛下，开恩饶恕祢衡，容他戴罪立功！

刘　协　如此……（看曹操）大司空？

曹　操　（起身）陛下宽宏大量，本无责罚祢衡之意。

刘　协　正是。

曹　操　祢衡骂臣奸贼，本是污蔑之言。

刘　协　是啊！大司空国之栋梁，祢衡一介腐儒，观其言行，无非闭门造车……

祢　衡　（双目圆睁，浑身颤抖）昏君！

（唱）你妄想兴汉室痴心可笑，

论宗庙终易主供奉曹操。

他本是宦官后能服刘表？

曹　操　呀！

祢　衡　（紧接唱）

有志士哪把他放在心梢。

离恨天！

（面朝殿外跪倒）

我祢衡对天誓告，

虽一介寒儒生投汉不投曹！

刘　协　来呀！将祢衡叉出殿外，廷杖伺候！

郭　嘉　（跪在殿前）陛下开恩！

刘　协　休得讲情，将祢衡杖毙殿外！

曹　操　（不怒而威）嗯……

刘　协　呃……孟德意下如何？

孔　融　正平呀！（膝行至祢衡身边，拉起祢衡胳膊）你要将礼乐、性命，一旦抛却不成？

〔祢衡不语，回头看一眼曹操。

孔　融　你要忠君呐！

祢　衡　（推开孔融，起身）你乃仲尼苗裔，几时成了韩非的门徒？

孔　融　圣人语“仁”，仁爱天下，爱君爱民……

祢　衡　是了，你们孔氏一门，自来都是糊涂的，哈哈哈……

孔　融　正平！

曹　操　陛下！

〔曹操叉手，低头垂目，向刘协躬身施礼。

曹　操　臣请陛下，恩赦祢衡，容他顺说刘表，戴罪立功！

祢　衡　你敢将我当做门下走狗！

〔祢衡欲扑曹操，孔融、郭嘉、荀彧阻拦祢衡。

荀　彧　孔大人待你仁至义尽，何苦连累于他？

祢　衡　（挣扎）我与他忘年之交，当以死谢之！

〔全场定格。

〔光渐弱。一束光照着刘协。

〔画外，曹操声音再次响起：臣请陛下，恩赦祢衡，容他顺说刘表，戴罪立功！

刘　协　就依孟德。

〔全场暗。

〔暮鼓晨钟，交替迭响。

〔祢衡与曹操对坐，形成一点，光由此点慢慢晕开，全场光。

〔许都之南，郊外长亭。

祢　衡　万料不到，来此长亭送行，竟是将军。

曹　操　（斟酒）某将正平引为知己。

祢　衡　知己？（大笑）士为知己者死，祢衡荆州一行，不虚呀……杀鸡不用牛刀，将军买卖，果然做得好！

曹　操　杀正平？得荆州？孰轻孰重，正平你，当有些分寸。

祢　衡　（脸色一变）祢衡必死。

曹　操　正平誓死，不让曹某将荆州招降？

〔静场片刻。

曹　操　（忽然念诵）虽同族于羽毛，固殊智而异心……

祢　衡　啊？（念诵）配鸾凰而等美，焉能德比众禽？不想将军，竟然知晓此赋。

曹　操　呵呵，曹某非止庖厨、工匠、佞臣、奸贼，幼时也曾习得经纶，好些风雅。正平此赋，比贾谊、相如之赋，清丽脱俗，甚得某爱，正要请教……

祢　衡　呵呵，你为私欲，我为社稷礼乐，话不投机半句多！

曹　操　荆州如若归顺朝廷，得益者，乃社稷一统，与曹某私欲何干？

祢　衡　（怔住，片刻）哼，话不投机，半句也多！（起身欲去）

曹　操　（脸色大变）转来！

〔祢衡斜视曹操。

〔曹操从怀中取出写着《鹦鹉赋》的帛书，随手一抛。

曹　操　带上你的《鹦鹉赋》，往荆州去吧！

〔祢衡仰面闭目，浑身颤抖，长叹一声，转身离去。

祢　衡　（边行边唱）

　　蒹葭苍苍，白露为霜；

　　所谓伊人，在水一方……

**曹　操**　（看着祢衡远去的身影）好一首求爱之诗……

〔收光。

## 尾　声

〔幕后伴唱：

蒹葭苍苍，白露为霜；

所谓伊人，在水一方……

〔光渐亮。曹操书房。

〔郭嘉向曹操奏事，曹安阳伏在曹操膝下，为曹操捶腿。

**郭　嘉**　……在那鹦鹉洲头，黄祖一剑，祢衡身首异处，他的嘴，至死还在动呢。

**曹安阳**　呀！

**曹　操**　（黯然苦笑，抚女儿）祢衡终是死在他的舌箭之下，唉……

**郭　嘉**　长诩天资聪慧、目空一切，落得个飞蛾扑火。天下文士，当以祢衡为戒。

**曹安阳**　你好生听爹爹的话，也就是了。

**曹　操**　（盯着郭嘉）祢衡有功，多备金银财帛，送至祢家。

**郭　嘉**　啊？

**曹　操**　刘表屡屡斩我使者，又纵容部下，戕害天下名士……是可忍，孰不可忍也！

〔曹操忽然凶狠地站起来，致使曹安阳跌卧于地。

**曹　操**　即刻调动大军，讨伐荆州！

〔遽收光。幕后伴唱：

九州分分合，

天下奏征歌。

雅士投笔攻骑射，

运筹帷幄舞长戈。

〔黑暗中战鼓声起。

〔幕后伴唱：

红尘难勘破，

权谋枉自多。

生前身后事难说，

悲欢离合逝随波。

〔幕落。

〔剧终〕

# 欲与刀

编　剧：赵子月（戏文系 2011 级）

# 毕业大戏《欲与刀》创作阐述

## 一、选题原因与主旨阐述

剧本取材自《水浒传》（120回本）第43—45回“翠屏山”故事的相关情节。原著中描述，石秀与杨雄结识，住在杨家，杨雄的妻子潘巧云与和尚裴如海偷情，被石秀发现告诉了杨雄，杨雄醉骂潘巧云，潘巧云又反咬石秀调戏她。杨雄赶走石秀，石秀怒杀了裴如海，使得杨雄相信了自己。杨雄又在翠屏山怒杀亲妻，然后与石秀同赴梁山。

这个故事本身可谓家喻户晓，但很少有人思考一个问题：施耐庵在《水浒传》中前后写了两个关于“叔嫂”的故事——武松与潘金莲、石秀与潘巧云。为何在前面写了武松，后面又要写石秀呢？这是作者毫无新意的自我重复，还是另有缘由呢？

金圣叹从这里看出了问题。他认为，石秀杀潘巧云，大大不同于武松杀潘金莲：“武松之于金莲也，武大已死，则武松不得不问，此实武松万不得已而出于此。若武大固在，武松不得而杀金莲者，法也。今石秀之于巧云，既去则亦已矣，以姓石之人，而杀姓杨之人之妻，此何法也？总之，武松之杀二人，全是为兄报仇，而己曾不与焉；若石秀之杀四人，不过为己明冤而已，并与杨雄无与也。观巧云所以污石秀者，亦即前日金莲所以污武松者。乃武松以亲嫂之嫌疑，而落落然受之，曾不置辩，而天下后世，亦无不共明其如冰如玉也者。若石秀，则务必辩之：背后辩之，又必当面辩之，迎儿辩之，又必巧云辩之，务令杨雄深有以信其如冰如玉而后已。呜呼！岂真天下之大，另又有此一种巉刻狠毒之恶物欤？”大意是说：武松杀嫂，是因为嫂子害死了亲生哥哥，自己必须为哥哥报仇；而石秀杀潘巧云时，已然离开杨家，却对杨家的媳妇开了杀戒，全是为了证明自己的清白，而不是为了杨雄。武松遭受嫂子诬陷时，不曾置辩；而石秀遭受潘巧云诬陷，则要辩了又辩，要让杨雄深信其“如冰如玉”。

我一直不明白石秀、杨雄为什么一定要杀潘巧云？为什么杨雄要将妻子碎尸？只是为了证明石秀的清白，表达杨雄对误会石秀的歉意吗？“务令杨雄深有以信其如冰如玉而后已”；但金圣叹也分明感到，仅此不足以解释，天下为什么会“有此一种巉刻狠毒之恶物”？并在评点中暗示了石秀对潘巧云的爱慕。这让我对这个故事有了重新认知、解读的欲望。

二十世纪三十年代，出现了施蛰存的小说《石秀》。受此启发，剧本试图从新的角度去解释石秀的行为，对故事进行了大胆地改编：石秀爱上了潘巧云，迫于身份、地位等原因，不敢与潘相恋。看到潘巧云与裴如海在一起，又心生嫉恨，自己得不到，就自己亲手毁掉。

站在今天的角度来看，潘巧云其实是可怜的。年轻美丽，渴望爱情，潘巧云并没有错。对于她出轨的行为，显然是由于杨雄常年的冷落，即便是潘巧云有错，也罪不至死，更不能毫无人性地虐杀。潘巧云被杀的惨剧在于她遇到了石秀——敏感，偏执，嫉妒心极强的单身男人。

石秀相貌堂堂，有英雄气，潘对其有些许动心。潘洞察石的心思，自以为能掌握他。在与石秀的接触中，石秀的犹豫与胆怯，令潘丧失了耐心，便放弃了。潘与裴继续幽会，被石秀所嫉恨，石秀告知杨雄，杨雄醉骂潘巧云，气愤的潘倒打一耙，让杨雄赶走石秀，以了结此事。不料愤怒的石秀杀了裴，又怂恿杨雄一起搞出翠屏山惨案。石秀与潘巧云，两种不同的性格，互相推动、博弈，最终一起走向了罪恶的深渊。

依据这条思路，本剧试图从人性角度切入，更深层次地去探讨石秀等人物的心理变化，让人物更加真实、丰满，使人物的行为更容易被观众所理解。因此对故事情节依据人物的性格发展做出了改编。

## 二、相关题材与本剧创新

《水浒传》中的这段故事广为人知，许多剧种都将其作为素材，搬上了舞台。京剧、川剧、湘剧、徽剧、汉剧、桂剧、秦腔、同州梆子、河北梆子均有以《翠屏山》为名的剧目，川剧又有《巧云戏叔》。其中，尤以京剧和豫剧剧目最为有名。但是，这些剧作大多是停留在讲述一个完整的故事，完成舞台表演，只是将《水浒传》中的相关故事情节戏曲化、舞台化。而关于人物心理的剖析很少，大多还是表现潘巧云、裴如海勾搭成奸，石秀为兄弟杨雄仗义出手，杀了潘裴二人的情节。

剧本则试图从新的角度来重新讲述这个故事，使人物更加有血有肉，符合现代观众的审美和道德评判标准，更深地去探讨石秀等人物的心理变化。剧本不是照搬原著，不满足于将原著故事换成戏曲剧本的形式再写一遍。而是将故事打散，剔除与自己的表达没有关系的部分，将符合自己表达的部分进行整合、重构，如：把潘巧云诬陷石秀、石秀杀裴如海都做了暗场处理。剧本把一个老套的讲述兄弟情义的故事变成了一个探讨人与自身欲望关系的剧本，让一个旧题材脱胎换骨，变成了一个新的作品。同时，考虑到了舞台性，使本剧易于在戏曲舞台上表演。

## 三、人物性格分析

1. 石秀

相貌英俊，“自小学得些拳棒在身，一生执意，路见不平，便要去相助”，因此有了“拼命三郎”的绰号。“随叔父来外乡贩卖羊马，不想叔父半途亡故，消折了本钱，还乡不得，流落在此蓟州，卖柴度日。”寄居在杨家后，石秀对杨雄的情感是复杂的。既感激他的收留与帮助；又对杨雄产生了嫉恨。

在潘公的肉铺打工时，石秀出去买猪，回来发现“店门不开”，并且“肉店砧头也都收过了。刀仗家伙亦藏过了”，马上就联想到可能是因为自己做了几身新衣服，被老板怀疑贪污。于是马上“收拾了包裹，行李，细细写了一本清账”。对处于社会底层的石秀来说，清白是最重要的。因为除了清白名声之外，他一无所有。

《水浒传》中潘巧云出场时，通过石秀的视角，有一段描写：“黑鬒鬒鬓儿，细弯弯眉儿，光溜溜眼儿，香喷喷口儿，直隆隆鼻儿，红乳乳腮儿，粉莹莹脸儿，轻袅袅身儿，玉纤纤手儿，一捻捻腰儿，软脓脓肚儿，翘尖尖脚儿，花簇簇鞋儿，肉奶奶胸儿，白生生腿儿。”从这段描写中不难看出，石秀的目光是充满欲望的窥探。

到杨家之前，石秀几乎从没跟女人接触过。一方面是由于时代环境因素；另一方面，他出身低微，有自卑心理。但他毕竟是正常男人，所以对女人既好奇又抗拒。潘巧云的出现，唤醒了石秀压抑已久的欲望，使石秀的抗拒心理逐渐松动，从而对女人产生向往。面对潘有意无意地挑逗，石秀又喜又怕，心慌意乱。但他难以下定决心。

石秀、潘巧云有别于武松、潘金莲。潘金莲是武松的亲嫂子，这种不伦之恋很难被人接受。即使武松喜欢潘金莲，碍于伦理道德还是会拒绝。当然，石秀也会面临伦理道德问题，但潘巧云毕竟不是其亲嫂，他与杨雄也只是萍水相逢的朋友。石秀的障碍主要还是由于他作为底层人强烈的自尊心，对清白名声的看重。阻挠石秀的是他自己，他始终过不去自己这个槛儿。

石秀对潘巧云有占有欲，一直在压抑与释放、清白与欲望中煎熬。在发现潘巧云、裴如海的关系后，石感到自己被潘玩弄，自尊心受到强烈打击，他的嫉恨由杨雄身上转移到潘裴身上。不在放荡中变坏，就在压抑中变态。在长期的压抑、煎熬与挣扎中，屠夫石秀的心理逐渐变态，由杀猪转为了杀人。在捉奸态度上，石秀比杨雄还要积极。杨雄第一次听石秀说起此事，石秀的态度就是“似这等淫妇，要他何用！”，杨雄也不过是说“这贱人怎敢如此！”在石秀的策划之下，翠屏山血案发生了。

2. 潘巧云

潘巧云是屠夫潘公之女，因家贫无奈而入勾栏做舞女。被杨雄看中，买来做妻。原本感念杨雄替其赎身，想要开始新生活。不料杨雄性格怪异、喜怒无常，经常夜不归宿、酩酊大醉。正在潘巧云爱情的欲望被压制的时候，裴如海出现了。潘被其吸引，与其私会。潘多次劝裴带自己走，裴却只愿维持现状，搪塞敷衍。石秀相貌堂堂，有英雄气（一人打跑众庄客，救了杨雄），潘对其有些许动心。潘洞察石的心思，自以为能掌控石秀。在与石秀的接触中，石秀的犹豫与胆怯，令潘丧失了耐心，便放弃了。与裴继续幽会，被石秀发现后告知了杨雄。杨雄醉骂，气愤的潘倒打一耙，让杨雄赶走石秀，以了结此事。不料石秀杀了裴，又怂恿杨雄一起搞出翠屏山惨案。

3. 杨雄

蓟州押狱兼行刑刽子手，绰号“病关索”。由于常年与监狱犯人和死囚打交道，性格古怪，喜怒无常。三十多岁未娶妻，其职业不讨女人喜欢，每个月有二十多天值夜班，剩下几天还经常喝得烂醉。嘴里吐着酒气，手上沾着人血。在勾栏中见到潘巧云，花钱买来做老婆。不能满足潘对爱情和美满婚姻的向往。被石秀所救，二人结拜为兄弟。在石秀告发潘裴后，他疏忽大意醉骂了潘，打草惊蛇。潘反诬石秀，杨雄大怒将石赶走。在石杀了裴后，杨受石怂恿，一起实施了翠屏山计划。

## 四、戏剧结构和场次安排

戏剧结构，是指剧作者对作品内容各部分之间的组织和安排，剧作者在创作实践中，根据反映生活和表现主题的需要，必须考虑如何组织材料，如何设置人物，如何展开矛盾冲突，如何斩断动作，如何组织场面，何处该渲染，何处该轻轻描写。

戏曲作为舞台艺术，受到舞台时空的限制，它不可能像小说那样舒展缓慢，娓娓道来。而只能选取矛盾冲突最尖锐、最典型、最集中的那一刻。本剧的几场戏都是着力表现几个人物之间的冲突或人物的内心冲突，将次要情节放在幕后或通过人物简单交待。

剧本序幕是写翠屏山惨案发生后，两个轿夫发现潘巧云尸首。这样安排，一方面奠定了全剧阴郁的总基调；另一方面，传统戏曲都是按时间顺序编排场次，本剧从内容上说，有别于传统剧目的表述，所以在形式上也就以结局开场，区别于传统剧目，与最后一场石秀杀嫂形成呼应。

第一场写石秀与潘巧云在误会中相识。石秀来到杨雄家肉铺中，潘巧云把石秀当成了雇来的伙计。而石秀被潘巧云的美貌所吸引，误以为潘巧云是来买肉的顾客。潘巧云便与石秀开起了玩笑，石秀又羞又喜。得知潘巧云的身份后，石秀失落万分。一场相识所引起的美好想象，在顷刻间成为了妄念。在一场误会中故事正式开始了。

第二场至第四场主要是写石秀对潘巧云由爱慕、压抑转为嫉恨的过程，这一过程也是潘巧云对石秀由爱慕转为厌恶的过程。第二场借梦境将石秀对潘巧云的欲望表现出来，而梦醒之后的现实里石秀却又不敢正视自己的欲望。潘巧云看出石秀还不如裴如海有胆量，不能带给自己想要的感情时，对其印象开始变坏。第三场写了裴如海来杨家借做法事之名，与潘巧云私会。潘假借诵经告知裴自己想跟随石秀离开，裴不愿意。石秀偷窥发现二人，心头火起，跑到厨房中剁猪肉，做肉来招待裴如海。裴如海尴尬离开，潘巧云话语间暗讽石秀。这一场让潘巧云认识到石秀不仅胆小怕事，而且嫉妒心极强。而石秀则认为潘巧云水性杨花。两人的嫌隙加深。第四场叙石秀观看一舞女舞蹈，点其陪宿，石秀不小心将女子手指划破，看鲜血涌出，屠夫石秀感到异样地快乐。裴如海与潘巧云私会，二人一起撕掉潘巧云给石秀做的衣服。石秀彻夜难眠，下定决心告知杨雄。这一场主要是写石秀在极度抑郁和苦闷中，找到了一种宣泄的途径，而嫉妒则将他引向更深的罪恶。

第五场是“杨雄醉骂潘巧云”，其重点不是杨雄的醉骂，而是写潘巧云与裴如海在石秀揭发、杨雄知情的前后，二人各自不同的反应。潘巧云决心在这种情况下进行反击，反诬石秀。这个决定已然显示了潘的性格，其接下来的行为可不必赘述，所以第五场结尾就是石秀被赶出杨家，而潘巧云向杨雄哭诉石秀调戏自己的情节则做了暗场处理。第六场即翠屏山惨案，与原著不同的是，原著中石秀证明自己清白后，一直在旁怂恿杨雄杀了潘巧云，最终是杨雄动手杀妻。剧本则是石秀逼着杨雄杀妻，杨雄最终把刀交给了石秀，石秀杀了潘巧云。石潘二人之事，最终了结。

## 五、戏曲化

戏剧冲突与戏剧动作密切相关。戏曲的动作是以“唱念做打”的程式化表演方式呈现于舞台的。在创作过程中，本剧尽最大可能将叙述转化为程式化的戏曲动作，运用多种表演手段，将剧本舞台化、戏曲化。

无论是动作，还是唱念，都是剧情的一部分，因此它的音乐性、舞蹈性、节奏性是统一于戏剧性的。戏曲表演中的舞蹈与纯舞蹈不同，其不同在于舞蹈的抒情、造型和描绘的功能，统统必须服从戏剧性的要求。戏剧动作被夸张而舞蹈化，以符合音乐歌唱的韵律，且舞蹈的动作力求符合剧情的需要。这样，就使得戏曲可以把细腻的抒情、严密的说理、情节的铺叙，激烈的交锋等等各种戏剧场面统统纳入音乐和舞蹈的世界。戏曲化的音乐舞蹈，要求表现出人物的性格和特定情况下的感情。戏曲表演不论是舞、是唱，都是在抒发剧中人物在特定情景下的思想感情。

在唱词创作上，注意到了使唱词具有动作性，使角色能在舞台上边歌边舞。在第一场设计了潘巧云让石秀整理房屋，其中有一段唱词是二人边扫地边对唱，让两个人物都能在舞台上动起来。此外，第二场石秀的梦境中、第四场舞女舞蹈以及第六场潘巧云被杀，都留下了动作编排的空间。唱词安排上，尽力让唱词“用在刀刃上”，让唱词出现在不得不唱之处。念白则是依据角色，京白、韵白皆有，将戏曲的特色融入剧本。唱念安排也力图做到合适、合情、合理。

剧本始终紧紧把握石秀和潘巧云二人的心理变化过程这一核心，在二人心理变化之处不惜笔墨，而对潘巧云诬陷石秀、石秀杀裴如海等情节都做了暗场处理，避免成为原著的转述，而是真正创作一篇新的戏曲剧目。

2011级戏文系　赵子月
指导教师　颜全毅

**时　间：**北 宋

**人物表：**

石　秀

潘巧云

杨　雄

裴如海

潘　公

轿夫二人

舞女若干

# 序　幕

〔幕启。翠屏山下，轿夫甲焦急地来回走动，走到舞台一侧时，站住向远处眺望。轿夫乙蹲在一旁。

**轿夫甲**　（边说边走，焦急地）这天都黑了，他两口子怎么还不下山?

**轿夫乙**　是啊，这烧香都烧一天了。

**轿夫甲**　咱上去看看吧。

**轿夫乙**　这……杨节级嘱咐了，让咱在此等候啊。

**轿夫甲**　那你等着吧，我看看去。（转身欲走）

**轿夫乙**　（站起）哎，别丢下我啊。（追上）

〔二人在舞台上绕场。

**轿夫乙**　你等等我啊。

**轿夫甲**　快点吧。

〔二人先后停住。

**轿夫乙**　（弯腰喘气）可算到了，累死我了。

**轿夫甲**　怎么一股子腥味啊?

**轿夫乙**　（使劲闻）哎哟，真冲鼻子！（捂鼻子）

〔两人寻找气味来源。

**轿夫甲**　（定睛，用手指）你瞧那树上挂的是什么?

**轿夫乙**　（顺着手指看去）哎哟！谁这么败家啊？把猪下水都挂树上，这不糟践东西吗！

**轿夫甲**　（巡视四周，定睛，惊恐）兄弟，那好像不是猪下水?

**轿夫乙**　不是？那是什么?

**轿夫甲**　你瞧！

〔灯灭。轿夫甲乙齐喊："杀人啦！"

〔幕落。

## 第一场

〔幕启。杨雄家潘公的肉铺里。舞台中央偏后放着一个木桌架，上面挂着猪肉、下水等。旁边放着一桌二椅。

**潘　公**（从桌架下钻出，念）

潘公我今年六十八，
开个肉铺把财发。
女儿孝顺女婿好，
无忧无虑我笑哈哈。

大中午天也热了，我呀，收拾收拾吧。（收拾刀具、案板等物）哎？我那围裙呢？（绕着桌架寻找）奇怪，我刚还看见了呢。（低头不经意看见围裙围在腰上，一拍脑门）嗨！（解下围裙）真是老糊涂喽！我女婿说的对，是该雇个伙计了，这生意靠我自己个儿可应付不来。哎？我那女婿怎么还不回来？

〔杨雄出现在上场门附近，转身向后，做出"请"的手势。石秀背着一捆木柴，腰间系着柴刀，肩上挎着包袱卷，在杨雄身后上场。杨雄握住石秀手臂，二人一起走到台中。杨雄帮石秀卸下木柴和包袱卷。

**石　秀**　如此宽敞的店铺，胜过俺家茅屋百倍！

**潘　公**（迎上去）回来啦。（猛然看见杨雄身后的石秀）这位壮士是？

**杨　雄**　他是我刚刚结拜的兄弟，姓石名秀，绰号拼命三郎。今日若不是他出手相救，只怕我是回不来了！

**潘　公**　这怎么回事啊？

**杨　雄**　今日办完公事，我行在长街之上，那帮祝家庄客狗胆包天，竟要勒索我的钱财，我便与他们厮打起来。奈何他们人多势众，眼看我就要吃打了，多亏石秀兄弟他拔刀相助，才将那帮贼人驱散，救了杨雄啊！

**潘　公**　多谢叔叔拔刀相助啊！（指着柴刀）拔的是这把刀吧？

**杨　雄**　岳父啊，我这兄弟孤身一人，流落此地，卖柴度日，无依无靠。您这肉铺之中，恰缺一名帮手，不妨将他留下，帮您打点生意如何？

**潘　公**　好哇！我正愁没个帮手呢。不知叔叔可愿干这屠宰牲口的活计？

**石　秀**　先父曾是操刀屠户，我自小吃那屠家饭，这屠宰的营生，甚是熟悉。

**潘　公**　（拍拍石秀肩膀）真壮实！那就这么定了！你们兄弟二人先歇息歇息，我去打酒买菜，一会儿呀，咱们好好喝他一顿！

〔潘公下。杨雄请石秀坐到椅子上。

**杨　雄**　贤弟先在此处，歇息一番，稍后我带你到后院家中安歇。

**石　秀**　多谢兄长。

**杨　雄**　（看到桌架）我这岳丈，年纪老迈，又忘了这生意尚未收拾停当，便出门去了。

〔杨雄走到桌架边收拾，拿起案板刀具，经过石秀身边时，不经意看到石秀腰间还系着柴刀。把案板刀具放在桌上。

**杨　雄**　贤弟，快将柴刀收起，以后不必打柴，也就无处可用了。

**石　秀**　哦哦，忘记了。（解下柴刀，放到桌上）

**杨　雄**　（拿起一把菜刀递给石秀）以后要用这个了。

〔石秀缓缓捧着接过菜刀。

**杨　雄**　从今日起，你我弟兄二人，朝夕相伴，开怀畅饮。

**石　秀**　推心置腹，形影不离。

〔杨雄、石秀同声大笑。画外音打断了二人的笑声："杨节级，大人让您快快赶到，不得延误。"

**杨　雄**　贤弟，哥哥我要去衙门走上一遭，公务缠身，不得相陪。劳烦贤弟在此照看，待我回来，定与贤弟一醉方休。

**石　秀**　哥哥自去便是，小弟自当照看。

〔杨雄下。石秀站起，环视房屋。

石　秀　兄长家中店铺便这般宽敞，不知后院是何等风景？唉！为何他人，事事顺通，偏俺石秀，寄人篱下，惹人耻笑。

（唱）天不庇护地不佑，

花自飘零水自流。

何日披挂将军胄？

娶妻荫子再封侯。

〔潘巧云上。

潘巧云　饭菜都凉了，怎么还不回来呀？爹爹……（猛然看到石秀，背躬）哟！哪儿来的壮小伙呀？长得还挺俊秀。八成是爹爹雇来的伙计吧。（对石秀）嗨，我说，掌柜哪去了？

石　秀　（回头看到潘巧云，惊呆，唱）

好一幅香艳艳美人图画，

三郎我心头慌半身酥麻。

潘巧云　（拿手绢在石秀面前一晃）愣什么神啊！掌柜呢？

石　秀　（慌张）哦哦，我家掌柜出门去了。

潘巧云　你是他新雇来的伙计吧？

石　秀　正是，在下石秀。哦，大姐可是要来买肉吃？

潘巧云　（背躬）这傻小子，还不知道我是谁呢？我呀，逗他玩玩。（对石秀）是呀，（模仿石秀韵白）要买肉吃。

石　秀　（忙走到桌架后）大姐要称多少？

潘巧云　老掌柜不在，我还是去别家看看吧。

石　秀　（忙去阻拦，走到潘身边又退后，拉开一定距离）大姐，掌柜不在，还有我嘛。

潘巧云　你？你手艺不行。我要的肉呀，你切不来。

石　秀　大姐小看俺了。

潘巧云　那好呀，你给我割两斤精肉，切作臊子，不许有半点肥肉。

石　秀　大姐稍等片刻。（走到桌架后，开始切肉）

**潘巧云** 这傻小子！（偷眼看石秀）长得还挺英俊。也不知他手艺如何？（坐到椅上）

**石　秀** （用手臂擦额头上的汗，唱）

今日里砧板摇手抖刀晃，
石三郎向来是手起刀扬。
这肉儿似娇娘香肌玉骨，
直惹得魂出窍意乱神慌。

**潘巧云** （不耐烦）弄得了没有呀？

**石　秀** （慌张，擦汗）快了快了。

**潘巧云** （偷笑）快点吧你！

**石　秀** （将肉用纸包包好，系上细绳，拿起走向潘巧云）大姐，肉切完了。

〔潘巧云站起，刚要伸手去接，石秀却慌忙将肉放到桌上，转身匆匆走开。

**潘巧云** 傻小子，还不敢离我近了！（故意装作要走）

**石　秀** 大姐！（忙追潘巧云）

〔潘巧云站住，回头。石秀停住脚步，看到潘的脸，又走近一步。

**潘巧云** 什么事呀？

**石　秀** 结……结账。

**潘巧云** 你倒不傻，等着。（一手拿纸包，一手很费力地在怀里摸钱包）哎，我不方便，你自个儿拿。（靠近石秀）

〔石秀忙退步，摆手，低头。

**潘巧云** （笑，背躬）瞧把他给吓的。我再逗他一逗。（装作不小心，将纸包掉在地上）哎呀！

〔石秀看到肉掉在地上，急忙蹲身去捡。

**潘巧云** 瞧你系的好纸包！还没动呢，这绳子先断了。得了，甭捡了。

**石　秀** （回神，站起）我再去切便是了。（转身欲走）

**潘巧云** 回来！肉呀，我不吃了。可我这衣服，都沾上油污了。你说如何是好啊？

**石 秀** 哪里来的油污么？

**潘巧云** 刚才纸包掉地时，沾在衣服上了。

**石 秀** 大姐休要玩笑。

**潘巧云** 谁跟你玩笑？不信，我脱下来你瞧瞧。（欲脱衣）

**石 秀** 使不得！使不得！（以手遮眼，背身）

**潘巧云** （大笑，模仿石秀）使不得！使不得！哈哈哈！

〔石秀缓缓放下遮眼的手，看着潘巧云，也傻笑起来。

**潘巧云** 得了，衣服我自个儿洗就是了。可我家这店铺，归你收拾。

**石 秀** 你家的店铺？

**潘巧云** （意识到说漏了，捂嘴）呃……对呀，我家的。这店铺是我租给潘老伯的，我是房主。

**石 秀** 这倒不曾听说。

**潘巧云** （佯怒）你们弄得满屋血渍，遍地油污。快快给我收拾干净！

**石 秀** 这……

**潘巧云** （推石秀）快去吧你！

〔石秀犹疑着走近桌架，拿起抹布。潘巧云指挥石秀擦桌子，他刚擦几下桌子，潘巧云又让他擦椅子，他刚擦几下椅子，潘巧云又让他拿起扫帚扫地。潘巧云指挥完坐到椅上。

**潘巧云** （唱）累坏了痴痴美郎君，
笑煞了娇娇俏妇人。
情潮滔滔欲发问，
石郎你可曾配成婚？
比翼双飞相见晚，
可恨虚度二十春。

〔潘巧云回身看到石秀扫地，走到桌架旁，拿起另一把扫帚，开始在另一侧扫地。石秀偷眼看到，潘巧云也偷眼看石秀。两人背对，一人站一边，边扫地边退步靠近。

**石　秀**　（边退边唱）小娘子玉体轻摇，

**潘巧云**　（边退边唱）小官人体壮身高。

**石　秀**　（边退边唱）急盼美人投怀抱，

**潘巧云**　（边退边唱）郎君何不揽蛮腰？

**石　秀**　（停住，唱）有心无胆实可恼，

**潘巧云**　（停住，唱）早嫁婚约绳系牢。

〔二人默默边扫边退，不小心撞到一起，都下意识转身，看到对方，又羞又喜。石秀忙转回身。

**潘巧云**　（唱）秋心难锁春意闹，

〔潘巧云按住石秀肩膀，将其转过身来。二人相对。

**石　秀**　（下定决心状，唱）温柔乡里暖寒袍。

〔石秀张开怀抱，潘巧云向石秀依偎。杨雄内喊："贤弟！"二人慌张分开。

〔杨雄上。

**杨　雄**　贤弟！我回来了！（看到潘巧云）娘子也在。

**石　秀**　（惊诧）娘子？（失落低头）

**潘巧云**　（惊诧）贤弟？（生气昂头）

**杨　雄**　贤弟久等了。来，（将石秀拉到潘巧云面前，石秀紧张地低下头）见过你的嫂嫂。

**潘巧云**　（生气）什么嫂嫂，我年纪比他小多了。

**杨　雄**　哎？我是他的结拜兄长，你是我的夫人，他自该叫你一声嫂嫂。

**潘巧云**　（对石秀）叫我巧云。

**杨　雄**　这成何体统？（对石秀）贤弟最是看重礼义。

**石　秀**　（吞吞吐吐）是……是啊。

**杨　雄**　见过你的嫂嫂。

〔石秀艰难张嘴，被潘巧云打断。

**潘巧云**　叫巧云便是了！

杨　雄　休得胡言。我家贤弟岂能如你妇人一般，不晓事理。

〔灯灭，只剩两束定光打在石秀和潘巧云身上。

石　秀　（犹豫半晌，艰难地）嫂嫂！（气愤、失落）唉！

〔潘巧云生气地咬着嘴唇，甩手绢，跺脚。

〔幕落。

# 第二场

〔幕启。舞台中央放着一桌，桌两侧各放一椅。杨雄内喊：“我去值守夜班，贤弟早些休息。”石秀内答：“我送兄长前去。”片刻，潘巧云小心翼翼上，走到下场门附近眺望。

潘巧云　（向上场门）出来吧！

〔裴如海谨慎上。潘巧云生气地坐到右侧椅子上，跷起二郎腿。

潘巧云　不是告诉你了吗？这些天就别来了。

裴如海　（凑近，赔笑）我也不想来，只是这两条腿，不听使唤，径自走来了。

〔潘巧云转身背对裴如海，在另一边跷起二郎腿。

裴如海　（凑到另一边，赔笑）云妹莫要生气，下次我小心些便是。

〔潘巧云站起，走到一旁。

潘巧云　我那叔叔，就住在家中，你这胆子，也太大了点儿吧！

裴如海　（嬉皮笑脸）什么叔叔，不就是他杨雄从路边捡回来的小喽啰嘛！

潘巧云　（生气地）呸！小心他打烂你的秃脑袋！

裴如海　（不屑地）哼！我倒想见识一番！

潘巧云　（唱）海和尚你休要虚夸大胆，
　　　　　　　石叔叔他勇猛威壮如山！

驱贼人一展刀剑，
有胆识英姿翩翩。
且不提掷果河阳潘郎面，
更配着高强武艺十八般。
你若敢胡诌乱侃，
他定将你——

**裴如海** 怎么样？

**潘巧云** （唱）一刀擲翻！（做刺刀的动作）

**裴如海** （害怕地）哎哟哟！（躲开）

**潘巧云** 哼！怕了吧？

**裴如海** 你这般护着他，莫非你们二人……

**潘巧云** 胡说！（走到一旁）
（唱）与石郎情意投共抚琴瑟，
只恨那杨老贼剪断情歌。
贼杨雄手沾血只好酒色，
裴小官又是个胆小佛陀。
天遣来石三郎英姿落落，
却又是无缘分叔嫂相隔。
牵牛织女情脉脉，
何不携手跨银河？
抛开了无情天意，
打破那玉律金科。
如潮春意断心锁，
古池泥沼长新荷。

**裴如海** 云妹莫要生气，是我胡说，云妹恕罪、恕罪。

〔石秀上，做开门状。

**裴如海** （吃惊地）哎呀！门响了，想必是你那叔叔回来了！云妹告辞，俺跳窗去了！

**潘巧云** 还不快走！

〔裴如海踩到桌子右侧的椅子上，迈步蹲到桌子上，发出声响。潘巧云坐到右侧椅子上。石秀听到声响，走到桌子右侧，侧耳倾听。

**潘巧云** （清嗓子）咳咳。

**石　秀** （紧张）原来是……是嫂嫂呀。适才听得，门窗响动……

**潘巧云** 嗨，是大头鱼吃了猫啦！

**裴如海** 喵——

**石　秀** 哦哦，小弟告辞。

〔石秀从桌右侧绕到桌后，回到左侧。与此同时，裴如海从桌上跳到桌前，与潘巧云匆匆下。

**石　秀** （唱）月光如雪难入睡，
送走兄长把屋回。
羡慕他杨雄拥高楼官位，
更有那美娇娘朝夕伴陪。
思想起巧云她千娇百媚，
好比那香醇醇美酒一杯。
原想是郎情妾意成双对，
哪料得无缘叔嫂难相随。
遇美人愿成佳配，
奈何我言轻位卑。

已近而立之年，家未成，业未立。真是苦恼呀！

（唱）荷叶被雨裹，
柳丝任风搓。
叹平生匆匆行客，
伤过往半世漂泊。
既将我生得是英俊姿色，
却为何投落在柴门村郭。
尝尽了人情冷漠，
受够了屈辱折磨。

叹浮生一如那苇风萧索，
惜桃花无春风却是为何？
仰头问天天不应，
俯身叩地地不说。

〔石秀以手撑头，做睡觉状。灯暗。潘巧云飘上，喊：三郎！三郎！

**石　秀**　（站起）巧……嫂嫂。

**潘巧云**　（命令）叫我巧云！

**石　秀**　（紧张）巧、巧云。

〔潘巧云将手绢扔到地上。石秀想去捡，又停住。潘巧云示意石秀帮自己捡起手绢，石秀犹豫，潘巧云伸手，石秀急忙捡起手绢放到潘手上。从天而降一飘带，落在潘巧云肩上，潘将飘带一端扔给石秀，石秀握住。潘拉动飘带，石秀缓缓走近。杨雄突然横在二人之间，怒目圆瞪，逼向石秀。石秀慌乱间发现柴刀在手。潘不停怂恿：砍！石秀犹豫半天终于砍倒杨雄。潘消失，石秀慌张中想掩盖杨雄尸体。

**潘巧云**　（内喊）怕事鬼！

**潘　公**　（内喊）杀人犯！

〔石秀慌乱蹒跚。责骂声越来越大，越来越杂。干冰起，灯渐亮。石秀从桌上惊醒，擦汗。潘巧云上，做敲门状。

**潘巧云**　叔叔，天亮了。

**石　秀**　（紧张）嫂嫂何事？

**潘巧云**　我来给你送新衣裳了，开门吧。

**石　秀**　（开门）多谢嫂嫂。（欲拿衣）

**潘巧云**　（躲）叔叔只想拿走新衣，却不把我让进屋去。

**石　秀**　这……

**潘巧云**　跟你闹着玩的。给你衣服。（递衣服）

〔石秀接过时触到潘的手，慌张躲开。

**石　秀**　（唱）一触冰肌怕又喜，
　　　　　　　肤如凝脂手柔荑。

**潘巧云**　叔叔到正屋中喝杯早茶吧。

〔石秀恍惚中跟着潘巧云，绕桌一圈。桌子右侧放杨雄的毡笠。

**潘巧云**　（停住）叔叔进屋吧。

〔石秀猛然看到毡笠，清醒过来，惊慌失措。潘巧云看出，将毡笠扔到桌下。

**潘巧云**　他不在家。

〔石秀逃下。

**潘巧云**　（生气地）真是个怕事鬼！

〔幕落。

## 第三场

〔幕启。舞台中央放着一桌，桌两侧各放一椅，桌后放一帐。桌上杂乱放着菜刀、砧板、账目等。潘公收拾桌上杂物。

**潘　公**　（念）备下佳肴玉馔，
　　　　　　　收起杂乱一摊。
　　　　　　　关了杀生买卖，
　　　　　　　迎接佛祖神仙。

〔潘公拿砧板下。石秀拿竹竿赶猪上。

**石　秀**　（赶猪）哎，那边走！嗨，这边来！（站定）潘老伯真是精明，这外县猪崽，甚是便宜，此次又要大赚一笔。（赶猪入圈，放下竹竿，看桌上）为何刀具砧板，俱都收了？定是见我手头宽裕，做了新衣，疑心我私吞钱账，想要赶我出门。唉！人无千日好，花无百日红。

〔潘公匆匆上。

**潘　公**　叔叔可算回来了，我有话跟你说。

**石　秀**　我也有话，要对老伯言讲。（拿起账目）还请老伯细细核对，若有半点差错，天诛地灭！

**潘　公**　叔叔何出此言？

**石　秀**　小人离乡数载，今欲回家走上一遭，特地交还账目，明日一早便行。

**潘　公**　叔叔准是看我收了店铺，以为要关张散伙。误会啦！你哥哥他近来有些不适，心中难安，今日要请报恩寺僧人做法事，肉铺暂时关张。老头年迈，还需叔叔帮忙招待。

**石　秀**　（背躬）原是我误会了。（对潘公，惭愧地）自当照看。

〔石秀帮潘公将桌上物品都收拾走，二人齐下。潘巧云与背着包袱的裴如海从右侧上。

**裴如海**　（将包袱放到椅上）今日光明正大，从前门进来。

**潘巧云**　快些准备你的法事去吧！

**裴如海**　我活得好好的，怎么成了我的法事？是你家杨雄的法事！

**潘巧云**　你跟他都死了才好！

**裴如海**　你好跟你那叔叔日夜相伴。

**潘巧云**　反正你不敢与我日夜相伴。

**裴如海**　我哪里是不敢？我只是不想惹出祸端！

**潘巧云**　原来你把我当成祸端！

**裴如海**　哎呀！云妹莫要误会，我只是……

〔石秀系围裙、持菜刀匆匆上。裴如海拉开与潘巧云的距离。

**潘巧云**　叔叔来了。这是师兄裴如海，原是裴家绒线铺里小官人，出家在报恩寺中，他拜我父做干爷，因此称他师兄。听他请佛念经，竟有这般好听声音！

**石　秀**　（背躬）听得此言，必有蹊跷！我需偷偷观瞧，一探究竟。（对裴）有劳大师，我将桌子搬走，好叫大师做法。

〔石秀搬桌，躲入帐后。裴从包袱中拿出钵，用嫩枝沾钵内水洒水。

**裴如海** 你这叔叔也是个凡人嘛！（逼近潘）哪有潘安之容？

〔潘躲。

**裴如海** （逼近潘）怎知武艺高强？

〔潘躲。

**裴如海** （逼近潘）何处胆识过人？

〔潘走开。

**裴如海** 依我看来，无非是个面乎乎的大倭瓜！

**潘巧云** 强过你这长耳朵的大冬瓜！

**裴如海** 有了石叔叔，丢了海哥哥！

**潘巧云** 怎么，你还吃醋啦？那你带我走啊，只要你一点头，我就立马收拾行李，随你远走高飞！

**裴如海** 又来了！我来问你，走去哪里？这一走，身败名裂不说，若是被捕，还要受刑。你我如今，幽会相伴，还说什么远走高飞？

**潘巧云** （轻蔑地）怕事鬼！

**裴如海** 我是怕事鬼，你去找那不怕事的叔叔去吧！（放下钵，拿出木鱼）

**潘巧云** （若有所思）叔叔……怕事……（黯然神伤）

（唱）一句话凉风袭心中寥落，
如鸡鸣惊醒了梦里南柯。
石秀他声声嫂嫂浇情火，
巧云我难为织女漫投梭。
小毡笠直把他心胆吓破，
又岂能指望他一亲芳泽？

**裴如海** （拿着木鱼）云妹，适才是我口气重了些，你莫要伤心难过呀。

〔潘坐到椅上，侧对裴。裴凑近潘。石秀自帐后出。

**石　秀** （唱）见此景不由得心生怒火，

淫和尚与巧云耳鬓厮磨。

（搬桌）嗯哼——

〔潘裴慌忙分开，裴忙敲木鱼。

**石　秀**　海大师做得好法事！（将桌搬回中央）

**潘巧云**　（站起）叔叔不忙了？

**石　秀**　不及大师与嫂嫂繁忙！

〔潘尴尬走到一边。

**石　秀**　老伯差我来问大师，要吃什么斋饭？

**裴如海**　粗茶淡饭即可。

**石　秀**　哎？岂能亏待大师！我去备饭，大师自便。（下）

**裴如海**　（凑近潘）云妹，我虽不能带你远走，却能剪烛西窗，同温枕席。

**潘巧云**　只能做那奸夫淫妇，见不了这朗朗青天！

〔石秀端碗上。

**石　秀**　饭来了！（将碗放桌上，气哄哄地站一旁）

**裴如海**　多谢。（看碗）哎呀，这、这、这……

**潘巧云**　（看碗）怎么是肉呀？（看石秀，背躬）不只是怕事鬼，还是个妒忌鬼！

〔幕落。

# 第四场

〔幕启。舞台中央置一透明幕布。舞台勾栏之中，舞女群舞。舞罢，舞女下。石秀内喊：“果然一幅好景象！”石秀持酒壶上。

**石　秀**　巧云、潘伯前往报恩寺还愿，去找那淫和尚！杨雄公差在外，留我一人看家。听闻巧云乃是杨雄自勾栏之中买回，俺还不曾进过勾栏，便来见识一番，果然一幅好景象！

〔内喊：石官人要点哪位姑娘陪宿？

**石　秀**　当然是最娇媚的！

〔内喊：最娇媚的当属潘小云！

**石　秀**　（惊诧）潘巧云？

〔内喊：潘小云！

**石　秀**　就是她了！

〔内喊：石官人点潘小云留宿。

〔石秀走到幕布后，影子清晰可见。潘小云在幕布后缓缓上，走近石秀引诱他。石秀由羞涩到半推半就，最后将潘搂入怀中，用酒壶给潘灌酒。潘拿出苹果和小刀，削皮。石秀接过苹果和刀子把玩，用刀子扎起一个小果子，送到潘嘴边。灯忽灭，影子骤然消失。画外女音："啊！"红光亮。舞台右侧此时置一灶台。石秀持小刀从幕布后跑出。

**石　秀**　（唱）听闻佳丽一声喊，
不由三郎乐心田。
手把刀儿心微颤，
人血更比猪血鲜。

〔红光灭，定光打在石秀身上。

〔舞台中央，一束定光，杨雄出现。

**杨　雄**　贤弟啊，我原以为你是品行端正、谦谦君子，却为何去到花街柳巷？

**石　秀**　我、我、我，我只是想去见识一番。

**杨　雄**　这等肮脏所在，有何见识？

**石　秀**　（鼓着胆子）你……你也曾去过，凭甚训斥于我？

**杨　雄**　胡言乱语！

**石　秀**　你若不去，怎将巧云买来做妻？

**杨　雄**　呀呀呸！你这忘恩负义的狗奴才！

**石　秀**　我不是奴才！

**杨　雄**　你吃我的、穿我的、住我的，你就是我的奴才！

**石　秀**　我不是奴才！

**杨　雄**　你如今所有，哪个不是我给你的？你这狗奴才！

**石　秀**　（又急又气）你、你、你！（把小刀掷向杨雄）

〔定光灭，杨雄大笑着消失。

〔一束定光，裴如海大笑着出现。

**石　秀**　你这淫僧，来此作甚？

**裴如海**　哈哈，我是淫僧，你是淫棍，彼此彼此。

**石　秀**　你……你胡说！我虽出身卑贱，确也知晓礼义。怎与你这淫僧一样？

**裴如海**　你我皆英雄，难过美人关。

**石　秀**　你本是僧人，却不顾清规戒律，与有夫之妇勾搭成奸，真真无耻！

**裴如海**　你也不差，你敢说对巧云毫不动心？我有清规戒律，你也有那伦理纲常，你对嫂嫂心生邪念，败坏人伦，才是无耻！

**石　秀**　天杀的淫僧！（奔向裴如海）

〔定光灭，裴消失。

〔一束定光，潘巧云出现。

**石　秀**　（紧张地）嫂嫂。

**潘巧云**　三郎，你我心意，彼此皆知。

**石　秀**　巧云，我……我有口难开！

**潘巧云**　你怕什么？

**石　秀**　你我叔嫂，人言可畏。

**潘巧云**　杨雄非你亲兄，巧云非你亲嫂。三郎是男，巧云是女，年纪相仿，情投意合，有何惧怕？

**石　秀**　我……我怕。

**潘巧云**　你真不像我心中的三郎。

**石　秀**　你说与我情投意合，却为何还与杨雄、裴如海纠缠？

**潘巧云**　杨雄虽不解风情，却能给我衣食。如海虽胆小怕事，却敢与我同枕而眠。你能给我衣食么？

**石　秀**　我……不能。

**潘巧云**　你敢与我同眠么？

**石　秀**　我……不敢。

**潘巧云**　待你能给我衣食，敢与我同眠，我自与杨雄、如海断绝关系。我心里最为中意的，还是石郎你啊！

〔定光灭，潘消失。

**石　秀**　（唱）恍惚间三人现将我逼问，
言辞里存情义唯有巧云。

〔石秀恍惚走向舞台右侧的灶台，看到案板刀具，拿起菜刀剁肉。

〔灯光亮。潘巧云捧着衣服、剪刀与裴如海上。裴鼠头鼠脑、东张西望。石秀发现，侧耳偷听。

**裴如海**　你家叔叔不在吧？

**潘巧云**　在又如何？

**裴如海**　咱们到别处去吧。

**潘巧云**　不去！

**裴如海**　你家那叔叔好生厉害。那日给我吃肉，眼里竟透着杀气。

**潘巧云**　眼神就把你吓到了？

**裴如海**　非是我胆小，只是若被他发觉，还不吃一顿好打！

**潘巧云**　他敢！你怕他作甚，无非是个捡回来的小喽啰。

〔石秀惊诧状，欲过去又停住。

**裴如海**　这话是我说过的嘛！你曾说他是武艺高强，威壮如山呀。

**潘巧云**　哼！他呀，比你还胆小。我原以为他多么正经，谁成想是个伪君子！跑到烟花之地，还把姑娘的脸割伤了。真是个大倭瓜！

〔石秀生气状，欲过去又停下。

**裴如海**　可这大倭瓜，一副凶神恶煞的模样，确是让人惧怕。

**潘巧云**　装模作样！

**裴如海** 他的绰号，拼命三郎。

**潘巧云** 自夸而已。

**裴如海** 杨雄遇劫，石秀相助，打散贼人，却是不假。

**潘巧云** 夸大其词。

**裴如海** 如此说来，他是虚张声势？

**潘巧云** 佯装威武，胆小如鼠，心胸狭隘，道貌岸然！

〔石秀持刀欲上，又咬牙停住。

**潘巧云** 他这无能鼠辈，连我给他做的新衣都不敢穿。也罢，今天我就剪了它！

〔裴如海帮忙扽着，潘剪衣服。

〔灯光灭，定光在石秀。

**石　秀** （唱）一番话美梦成空尽虚渺，
剪新衣情义断绝一笔销。
压不住心头怒火冲天冒，
（欲持刀过去又停）且住呐！
（唱）自古是智者杀人须借刀。

〔石秀怒将菜刀剁立在砧板上，下。定光在菜刀上。

〔幕落。

## 第五场

〔幕启。舞台中央一桌二椅，一个屏风右侧放着大柜子。红灯启，潘巧云与裴如海着新婚红装上。

**潘巧云** （唱）天做媒来地为妁，

**裴如海** （唱）娇娘小官配婚合。

**潘巧云** （唱）眼看着红烛映烁，

**裴如海** （唱）耳听得如蜜情歌。

**潘巧云** （唱）携手共享新婚乐，

**裴如海** （唱）鸳鸯成双美事多。

**裴如海** 啊！娘子！

**潘巧云** 啊！夫君！

**裴如海** 哈哈，云妹可曾记得，幼时你我，常常如此玩耍？

**潘巧云** 年幼之时，常常这般戏耍，谁知后来，却与他杨雄穿了红装，拜了天地。

**裴如海** 哎？你我这不也是拜堂成亲么？

**潘巧云** 你曾许诺娶我，却出家做了和尚。

**裴如海** （唱）你须知天降灾荒难逃躲，

眼看那饿殍死尸遍山坡。

我遁空门，你入瓦舍，

俱都是为了存活。

**潘巧云** 母亲饿死，父亲卧病，你出了家，我一个弱女子又能如何？勾栏之苦，你怎晓得？

**裴如海** 寺庙之苦，你也不知。

**潘巧云** 半点朱唇，万人尝过。

**裴如海** 晨钟暮鼓，青灯古佛。

**潘巧云** 迎来送往，空烂樵柯。

**裴如海** 金刚华严，般若波罗。

（唱）再相逢你与我如柴遇火。

**潘巧云** （唱）美娇娘带不走胆小佛陀。

这拜堂游戏何日才能成真？

**裴如海** 云妹，那石秀如今搬去前院肉铺住了，你我夜夜相会，恩爱有加，却还要怎样？

**潘巧云** 你带我远走……

**裴如海** 又来了！

**潘巧云** 堂堂正正拜天地，不是这般戏耍。

**裴如海** 不晓事理！

**潘巧云** 胆小如鼠！

**裴如海** （讨好地念）

自幼里青梅竹马，
天造的绿叶红花。
叫声娘子休泪下，
看我英俊大冬瓜。

**潘巧云** （娇嗔地）花言巧语！

**裴如海** 娘子，来来来，与我拜堂。

〔潘裴跪拜。杨雄醉上。

**杨　雄** 可恼啊可恨！这潘巧云，难改娼妓心性！

（唱）听罢了石贤弟一番言讲，
狗男女相拥在我的新床。
潘巧云忘恩负义良心丧，
悔不该做了东郭救豺狼。
裴如海色胆包天自狂妄，
淫和尚怀中抱着风尘娼。
三郎他苦劝我不可鲁莽，
杨雄我压不住火气高扬。

〔杨雄做踹门状。红光灭。

**裴如海** 呀！

**潘巧云** 想是那杨雄回来了。

**裴如海** （惊慌失措）这……这……这可如何是好？

**潘巧云** （东张西望，看到柜子，走去开柜门）快躲进来！（开柜门）

〔裴如海躲进柜子。潘关柜门。杨雄蹒跚进屋。

**潘巧云** （扶）哟！怎么又喝成这样了？

〔杨雄甩开潘的手。

**潘巧云** （忍气，再扶）谁给你灌的酒啊？

〔杨雄再甩。

**潘巧云** （忍气，三扶）快坐下吧。

〔杨雄三甩。自己走到椅子前坐下。

**潘巧云** 我去端茶。（欲走）

**杨　雄** 淫妇！

**潘巧云** （愣住，掩饰慌张）我去端茶。（欲走）

**杨　雄** 荡妇！

**潘巧云** （又怕又气，忍）我去端茶。（欲走）

**杨　雄** 娼妓！

**潘巧云** （生气地）夫君酒醉，莫要说话！（到屏风后）

**杨　雄** 休要管我！（咳嗽）端茶来！

〔潘巧云端茶从屏风后出。潘巧云帮着杨雄喝水。

**杨　雄** 哎呀！烫杀我了！

**潘巧云** 慢着点喝。

**杨　雄** 你这淫妇，想要烫死夫君不成！

**潘巧云** 酒醉胡言！

**杨　雄** 奸夫淫妇，人人得而诛之！

**潘巧云** 醉酒胡说！

**杨　雄** 无耻荡妇，忘恩负义。

**潘巧云** 我去端盆水，你擦擦脸。（到屏风后）

**杨　雄** 快些！

〔潘巧云端盆出，帮杨雄擦脸。

**杨　雄** 哎呀！烫杀我了！（举手便要打潘）

〔潘躲开。

**杨　雄** （放下手）我困倦了。

**潘巧云** （小心地走近杨雄）我扶你进屋歇息吧。

〔潘扶杨到屏风后。裴如海推开柜门。

**裴如海** 哎呀，大事不好！被那杨雄发现了！（跳出柜子，脱鞋脱衣，换上僧衣）这……这……这可如何是好？

〔潘巧云出。

**裴如海** 云妹，事情败露，如何是好呢？

**潘巧云** 休要惊慌！杨雄醉酒，辱骂于我，并非清醒之时，杀气冲冲前来，想必是他不愿打草惊蛇，却一时疏忽说漏了嘴，可见事情尚能挽回。

**裴如海** 如何挽回？

**潘巧云** 此番定是那石秀告密，需让杨雄不信石秀之言。

**裴如海** 这个天杀的石秀！

**潘巧云** （唱）小石秀不顾及痴情一场，
现出了真面目歹毒心肠。
我本愿不相扰无事一样，
他却是狠心人不输豺狼。
到如今相安共处成虚妄，
瞬时里胸中愤懑沸水扬。
你既是挑起事端搅风浪，
我何必装聋作哑不声张？
石三郎莫怪我将你诬谤，
只怨你不懂那惜玉怜香。

**裴如海** 云妹可有主意？

**潘巧云** 你先回去，看我把他石秀扫地出门！

**裴如海** 我先回去了。（慌张下，鞋子掉）

**潘巧云** （拿起鞋子）哎，回来。（看鞋，量尺寸）这鞋与石秀的鞋子相仿。哼，石秀你就等着卷铺盖走人吧！

〔灯灭。追光，石秀踉跄上，摔倒。行李被扔出。

石　秀　（唱）风吹雨打蹒跚步，
　　　　　　　衔冤挟恨遭驱逐。
　　　　　　　一无所有本凄苦，
　　　　　　　清白名声也被污。
　　　　　　　受尽诬陷难倾诉，
　　　　　　　蛇蝎不及妇人毒。
　　　　　　　不共戴天把仇复——

〔石秀拿起行李，柴刀掉出，拿起）

石　秀　（唱）唯有柴刀是手足。

〔幕落。

## 第六场

〔幕启。

〔舞台中央一棵大树，石秀身背包袱，站在树旁。

石　秀　（念）杀了淫僧证清白，
　　　　　　　将那实情俱道来。
　　　　　　　今日惩治恶毒妇，
　　　　　　　血溅翠屏莫徘徊。

〔杨雄上。

杨　雄　贤弟，为兄来了。

石　秀　（走近）可曾将那淫妇带来？

杨　雄　已将她骗至山下。前日贤弟杀了淫僧，早已证明清白，见这淫妇，有何必要？

石　秀　淫僧已死，死无对证。今日要借那淫妇之口，将我的清白道出。

杨　雄　贤弟，你的委屈，为兄知晓，先前听信淫妇之言，将你赶走，实在糊涂。你要与她当面对质，为何偏偏约在这荒凉之地。

**石　秀**　兄长不知，这等淫妇，若不吓她一吓，难以问出实情。兄长快将淫妇带上山来。

〔杨雄下。石秀从包袱中拿出柴刀、绳子，躲到一边偷窥。

〔杨雄引潘巧云上。

**杨　雄**　这边来。

**潘巧云**　这翠屏山，山也荒，庙也小，夫君为何偏偏在此烧香？

**杨　雄**　许愿在此，还愿亦当在此。那报恩寺庙破僧少，你也常去烧香嘛。

**潘巧云**　那边树林，漆黑一片，我心生惧怕，夫君还是自己去吧。

**杨　雄**　不做亏心事，何来惧怕？来，随我前来。

**潘巧云**　夫君前去，我在此等候便是。

**杨　雄**　当初我许下的是姻缘之愿，如今还愿，理当你我二人同去。

**潘巧云**　实在劳累，不能前行。

〔杨雄拉潘走到树旁。

**石　秀**　淫妇！

**潘巧云**　（吃惊地）石秀！

**石　秀**　待俺将你这淫妇捆上！（将潘绑在树上）

**潘巧云**　（对杨雄）夫君，这……这是何故？

**杨　雄**　淫妇休要装傻！你与那淫僧勾搭成奸，反诬贤弟，着实可恨！

**潘巧云**　我与海兄，并无奸情。

**石　秀**　兄长，似我所言，这等淫妇，实在无耻，死到临头，还妄想欺瞒！（拿出染血僧衣）

**潘巧云**　海哥哥！（哭）

**石　秀**　（拿出鞋）你以此鞋，诬我调戏，说我欲图不轨，将鞋子落入你的房中。淫僧恰有另一只鞋，分明配成一双，这鞋乃是淫僧所穿！与你通奸的，是他裴如海！

（唱）淫妇她无话可讲，

　　身颤抖惊惧慌张。

观脸色早已是铁青模样，
闻哭声恰似那待宰羔羊。
她一如山阴公主太放浪，
我正是窦娥扫尽六月霜。

**杨　雄**　事到如今，你有何话说！

**石　秀**　兄长无需多问，似这等淫妇，留她何用！

**杨　雄**　（拉石秀到一边）贤弟已证明清白，将这淫妇放回，为兄一纸休书，了结此事。

**石　秀**　（背躬）这杨雄怕了，看我使出手段。（对杨雄）兄长万万不可！放回淫妇，杀死淫僧之事，必定败露。到时官府抓捕，小弟丧命事小，连累兄长事大。歹毒淫妇，必告兄长意欲杀妻，你是衙门之人，知法犯法，丢官职，进监牢，名誉扫地，吃下这天大官司！

**杨　雄**　这个……我与她夫妻一场，多年恩情，料她不会如此狠心。

**石　秀**　这淫妇良心丧尽，拿这出墙红杏，报答你的赎身之恩，还有何事做不出来？若不是小弟我及早发觉，恐怕她就要谋杀亲夫，霸占财产。

〔杨雄吃惊状，掏出匕首，愤怒走向潘巧云。

**潘巧云**　（哭叫）奴婢一时失足，还请夫君念及夫妻恩情，留奴婢一条性命。

〔杨雄拿匕首划破潘的脸，潘惨叫。

**杨　雄**　淫妇日后，不得出门！

**石　秀**　（唱）见血流人心大快，
只一刀难遂心怀。
递上柴刀手莫摆——

〔石秀把刀递给杨雄，杨雄摆手。

**石　秀**　（唱）一试刀锋如劈柴。

**杨　雄**　（拉石秀到一边）我已将她毁容，囚在家中，她便不能告发，贤弟大可放心。

**石　秀**　兄长糊涂！淫妇最重相貌，今日你坏她容貌，她必怀恨在心，他日必趁看守不牢，逃出告发，你又罪加一等！

**杨　雄**　（又气又恨，对潘）淫妇！休要哭叫！

〔石秀递给杨雄柴刀，杨雄接过。

**潘巧云**　（唱）如花笑靥血泪染，

身世浮沉怒问天。

惊恐交加有仇怨，

自古薄命是红颜。

**杨　雄**　（缓缓举刀，背躬）唉，休要脏了我的手呀！（把刀递给石秀，走到一旁）

**石　秀**　（缓缓接刀，唱）

枉称作刽子手虚有名望，

老杨雄太无能躲在一旁。

声声求饶成绝唱，

走近前来看端详。

只见她提心吊胆周身晃，

早吓得花容失色面已僵。

脸儿煞白沾血迹，

正如梅花映雪霜。

娇柔身躯紧捆绑，

泣不成声泪千行。

手把柴刀观此状，

怜爱之情涌心窗。

思想起初见时心神激荡，

她与我秋波送共扫厅堂。

只恨那美景易逝杨雄闯，

后又见怀抱淫僧在卧床。

扒下衣服解衣带，（扒下潘的衣服）

露出玉肌沁人香。

〔杨雄见石秀扒下潘的衣服，吃惊。

**石　秀**　（唱）此等美女天上有，

可恨不是我妻房！

不念旧情将我谤，

逼我杀人案一桩。

此时不可把她放，

斩草除根中山狼。

杀人屠猪实一样，

何必犹豫又惊慌？

都说是道高一尺魔一丈，

看今朝三郎仇恨血来偿！

（举刀）待俺剖心挖腹，看看你那蛇蝎心肠！

**潘巧云**　（哭喊）夫君饶命！

〔石秀停住，杨雄转身。

**潘巧云**　（哭喊）叔叔饶命！

〔石秀看一眼杨雄，意识到“夫君”并非指自己，手起刀落。

〔灯灭。潘的叫声。

〔红灯启。石秀颤抖着，踉跄着。潘巧云舞着。舞罢二人倒地。

〔幕落。

〔剧终〕

# 李瓶儿

（京剧）

编　剧：郑媛文（戏文系 2011 级）

# 毕业大戏《李瓶儿》的创作阐述

## 一、创作主旨阐述

李瓶儿是明代四大奇书之一《金瓶梅》中的人物，她曾是花子虚的妻子，并在花子虚病逝后与西门庆结合。纵观李瓶儿的一生，不同于潘金莲，她的爱情和婚姻生活中充满坎坷、悲情，而对于这个在道德伦理上饱受非议的人物的思考，正是本剧创作的灵感来源。本剧在一个虚构的空间中架构李瓶儿在阴间的生存状态和生活轨迹，试图放大原著中李瓶儿的真善美来给予这个人物美好而幸福的结局。寻求真爱是李瓶儿在本剧中的行为目的，也正是在她寻求真爱的过程中，逐渐展现男权社会中女性的怯懦和被动。本剧的情节是由原著引发的想象，人物虽与原著同名同姓却有着不一样的定位和展现。本剧充满生活情趣，注重体现对于真爱和善美的追求与向往，摒弃了原著的糟粕，但吸取并发展了原著的精华。

## 二、题材的理解与评析

1. 题材来源综述

本剧题材来源于中国第一部文人独立创作的长篇白话世情章回小说——《金瓶梅》。不同于原著，本剧在情节和人物设定方面均有较大创新。通过精简和甄选原著中的故事和事件，本剧的戏剧冲突更加集中、激烈，人物的情感符合逻辑且丰富饱满。

《金瓶梅词话》中李瓶儿先是嫁给花子虚。而后在与西门庆的一次偶遇中，两人一见倾心。李瓶儿虽与西门庆情投意合，却并未改嫁入西门府中。花子虚因病去世，李瓶儿无依无靠。郎中蒋竹山趁机大献殷勤，李瓶儿误中圈套与之结合。生活看似平静却又掀波澜，西门庆忘不掉李瓶儿的绵绵情意，李瓶儿舍不了西门庆的温存俊朗，两人最终结为伉俪。

2. 题材类型评析

本剧定位为古代爱情题材。剧中人物虽都是原著中的人物，但故事情节大都为虚构，所以本剧应属原创京剧大戏。因本剧主要围绕李瓶儿的爱情故事来写，所以应为爱情戏。经以上两方面综合考虑，本剧应为古代爱情题材。

3. 与同类题材剧作的对比

可搜集到关于李瓶儿的戏曲剧本少之甚少，因此，本剧的主要来源是《金瓶梅词话》以及各类古代爱情题材的剧作。在为本剧题材做准备时，曾阅读除原著外的其它古代白话小说，如《十二楼》《水浒传》等；大量戏曲剧本，如《典妻》《膏药章》《死水微澜》等；与李瓶儿相关的学术论文，如《论李瓶儿嫁给西门庆后性格转化之因》（周悟拿著）、《从叛逆到皈依——谈李瓶儿形象》（孙丕文著）等；背景知识相关书籍，如《中国鬼戏》（许祥麟著，天津教育出版社出版）。这些作品及论著虽然和本剧题材没有直接关系，但通过阅读和学习，丰富了相关的背景知识，也对于剧本中情节和人物有了更精准的把握。

## 三、阐述剧作法理论在本剧中的具体运用

1. 结构第一。本剧遵循李渔“结构第一”的原则，在构思立题时力争结构严谨。例如，本剧开场是在地府中判官审判李瓶儿，结尾则是在地府中李瓶儿即将魂飞魄散时得到判官的特赦，与西门庆双双转世成人。开头和结尾的相互呼应使整个剧本更加完整且有感染力。在此基础上，本剧深入考虑细节，把整部剧中人物的相互关系，故事发展脉络，起承转合，安排得较为清晰妥当。

2. 密针线。本剧本遵循李渔戏剧理论中“密针线”原则，情节结构紧密。本剧在李瓶儿地府寻真爱的过程中间接展现了李瓶儿阳间的一生。将李瓶儿如何一步步在感情上受挫，又如何一步步挣扎着走向新生的过程分析得有理有据，使得因果相承，清晰透彻。而且本剧开场和尾声两段刑场场景使得剧本总体前后照应，更让全剧浑然一体，贯彻了“密针线”原则。

3. 脱窠臼。本剧遵循“脱窠臼”原则，在花子虚、西门庆和官哥见面的这场戏中，三个人物的调笑，使整个场景妙趣横生，更让剧本显得别具一格。在内容方面，本剧从现代人的眼光出发，摆脱陈套，追求新奇，重视创意，创造出一个不一样的有女性自主意识的，有血有肉的李瓶儿。如此，本剧较为合理地运用了李渔的“脱窠臼”戏剧原则。

## 四、剧本分场概括

亚里士多德的《诗学》中提到“美取决于体积和顺序”，对戏曲剧本而言，顺序就是戏剧的“起、承、转、合”，本剧共分为五场：

第一场是“起”，李瓶儿初入地府，判官对她审问和拷打。李瓶儿为了免受酷刑之灾并证明自己追求真爱的决心，同判官签下血书契约。这场戏为全剧的发展埋下伏笔，同时为后面李瓶儿的寻爱过程留下悬念。

第二场表现为“承”，讲的是西门庆、花子虚和官哥三人已到阴间成鬼，李瓶儿扮作孟婆让三人相见并通过对话引出三人与瓶儿间的关系。三人喝罢瓶儿煮的药粥后昏倒并听从瓶儿摆布。

第三场与第四场表现出戏剧结构中的“转”。第三场，瓶儿扮作歌妓试图了解西门庆、花子虚的真实想法并告诉官哥、西门庆和花子虚，她与判官的约定。第四场，瓶儿设定一系列情境考验三人真心。丛林遇狼群，官哥的奸诈暴露无遗；刀山表真心，花子虚虚情假意的伪装被识破。

第五场是“合”的大团圆结局。李瓶儿未能完成与判官的约定，在即将魂飞魄散之时，西门庆出现在李瓶儿面前，并愿意同李瓶儿一起魂魄消逝。判官被西门庆的真心感动，特赦两鬼转世成人。

## 五、创作感悟

在本剧的具体创作中，曾遇到了很多困难。例如对古代生活方式，敬语称呼等了解甚少，为此不得不通过上网和阅读相关书籍来积累知识，力求在细节上符合史实。另外，在创作过程中，大戏指导老师给了许多帮助和指导，不仅为剧作构思反复斟酌提议，还帮助寻求本剧主题，解决创作过程中遇到的种种困难。困难和希望并存，历练与挑战同在。《李瓶儿》是学生本人用心完成的毕业作品，虽然还存在不足，但不断地努力和对于更好的追求会使之更加完善。通过这次的毕业作创作，本人受益匪浅，对剧本创作也有了全新的认识，希望在以后的学习工作中能得到进一步发展。

2011级戏文系　郑媛文

指导教师　谢柏梁、陈云升

**时　间：**宋代

**地　点：**阴曹地府

**人物表：**

李瓶儿——已入地府，生前是花子虚前妻，西门庆的妻子，官哥的母亲。

西门庆——已入地府，生前是李瓶儿的丈夫，花子虚的兄弟，官哥的父亲。

官　哥——已入地府，生前是李瓶儿和西门庆的儿子。

判　官——地府官员，与李瓶儿定下血书契约。

黑无常——判官手下。

白无常——判官手下。

众小鬼——地府衙役。

# 第一场　游地府

〔幕启。

〔舞台上烟雾缭绕，小鬼身影渐现，排成两列，面目狰狞。判官坐在队伍尽头。李瓶儿上。

**判　官**　李瓶儿入殿。

**众小鬼**　威武——（拖长音）

**判　官**　为何而死，报上八字！

**李瓶儿**　病疾而终。

**判　官**　看你丧葬隆重，定是在阳间享受过荣华富贵之人。拉到后庭，杖打六十！

**李瓶儿**　大人为何打我？

**判　官**　阳间不受罪，阴间流血泪！你在阳间享尽荣华，现在该还了！拉下去！

**李瓶儿**　大人有所不知！奴在阳间一生坎坷，临死之时还遭人唾骂。请大人明察！

**判　官**　你的一生，我非亲见，你怎么证明你是苦命之人？拉下去，打！

**李瓶儿**　大人！

（唱）瓶儿自有瓶儿苦，
三十余载皆为奴。
侍奉三夫屡遭妒，
终得一子又失独。
阳间不得诉艰苦，
来到地府得救赎。
判官在上听奴述，
字字滴血证无辜。

**判　官**　打住！这是地府！不由得你来将理申诉！侍奉三夫！这和荡妇有什么区别？

**李瓶儿**　大人在上，容奴解释。

**判　官**（唱）在你面前两条路，
一明一暗两前途。
要不然认打认罚投阳处。
再不然寻爱伸冤幽魂孤。
伸冤难在阳间宿，
认打早得转世珠。
看你心诚多叮嘱，
二选其一签血书。

**李瓶儿**　啊！
（唱）两条路，
两前途。
难选择，
心踌躇。
受尽鞭打被人诬，
称我害人媚眼狐。
无人理解无人助，
谩骂连天清誉无。
曾几时辩解不敌众人口。
曾几时夜半难眠意难抒。
曾几时心负重担难忍辱，
曾几时难舍尘世告凡俗。
如今将身来地府，
不顾身后祸与福。
只愿冤情拨云雾，
饶是做鬼心意足。

**判　官**　好！血书签下，你当在七七四十九日前找到你阳间真爱，否则，你转世不得，做鬼不能，消失于荒芜。

〔判官、小鬼下，李瓶儿孤独跪在舞台中间。

**李瓶儿** 真爱？

〔判官幕后回答：寻得真爱同转世，时至无果化成灰。你好自为之。

〔切光。

## 第二场 逢故人

〔舞台上依旧烟雾缭绕，奈何桥旁，西门庆上。

〔李瓶儿扮孟婆，在桥旁做煮粥状。

**西门庆** （念）县霸变成饿死鬼，
地府才是把家回。
本是享受富与贵，
奈何心愿与命违。
我乃清河县一霸，西门庆是也！在地府行走数日，未曾吃得一顿饭，如今我已疲惫不堪，走不动了！在此歇歇脚，若遇同行，抢他个馒头吃！

〔官哥上。

**官　哥** （念）小小身躯本娇贵，
奈何白猫把命摧。
不曾唤母先梦碎，
更待还阳家中归。
我还是个娃娃，小名唤作官哥，是我爸爸西门庆的大儿子，可惜未满周岁便到了地府。临死前数日不曾进食，如今真是又饿又渴！咦？那有个人在煮粥！

〔花子虚上。

**花子虚** （念）姓花爱花住花堆，

前世无能美梦飞。

财散妻离家业毁，

若能重生必夺魁。

我乃花府主人，花子虚是也。生前好友抢妻，害我家破人亡，如今到地府，正是投胎报仇的好地方。只是，这腹中空空，眼冒金星，谈何报仇！

〔官哥走近李瓶儿。

**官　哥** 好香的粥呀！我能喝一碗吗？

**李瓶儿** 这里只有一碗了，你拿去喝吧。

〔花子虚、西门庆闻着香味跑过来。西门庆拿起碗就要喝，官哥夺下。

**官　哥** 这是我的粥！

**西门庆** 你说这是你的粥，你叫它看它答应不答应。

**官　哥** 你这是明抢。

**花子虚** 别伤了和气，这样吧。你们对诗，我来裁判，如何？

**官　哥** 这样才公平。

**西门庆** 也好，对就对。老子读书不多，对付个小娃娃还是绰（他念成zhuo）绰有余。

〔花子虚捧着碗。

**花子虚** 小娃娃，你先来。

**官　哥** 独坐幽篁里。

〔西门庆挠头，花子虚转身要把粥一饮而尽。西门庆拉住花子虚衣服。

**西门庆** 好你个使诈的饿死鬼，我们对诗，你自己喝粥！

**官　哥** 把粥还给我！

**西门庆** 老子临死前被潘金莲那婊子压干榨净，还没顾上吃口饭就来到这，这粥就该给我喝。

**李瓶儿** 莫非他就是西……（猜测，被花子虚打断）

**花子虚** 我临了才明白被友人陷害，妻子跟人跑了，我生了大病，临死时连个记遗嘱的人都没有。这粥，我最需要。

**李瓶儿** 那么他是花……（被官哥打断）

**官　哥** 我被一只大白猫活活吓死，连母乳都没喝几口，你们比我多活这么多年，就不能让我这个小饿死鬼尝尝粥的滋味！

**李瓶儿** （惊讶）官哥？我的儿！

**西门庆** 古话说，孔融六岁能让梨，你这年龄虽不及孔融，但让碗粥还是绰（他念zhuō）绰有余。

**花子虚** 老兄，那字念chuò，我看你也没什么文化，这粥里的学问可大着呢。待我品一口，给你娓娓道来。

**西门庆** 我没文化？在阳间时，我是清河县一霸！西门庆是也！

**花子虚**<br>**官　哥** （合）西门庆?！

**花子虚** 你就是山东省……（官哥打断）

**官　哥** 东平府……（花子虚打断）

**花子虚** 清河县……（官哥打断）

**官　哥** 东大街……（花子虚打断）

**花子虚** 105号院……（官哥打断）

**官　哥** 西门府……（花子虚打断）

**花子虚** 邮编100086?

**官　哥**<br>**花子虚** （合）的那个西门庆?

**西门庆** 就是老子！怎么？连你们俩也知道我？（洋洋得意）

**李瓶儿** 确是西门庆无疑。

**官　哥** 爹啊！我可找到你啦！

**西门庆** 饭可以乱吃，爹可不能乱认！你看清楚了！我儿子可不是你这个穷酸破落样！

**花子虚** 好啊，你个西门庆！我终于找到你了！

**西门庆** 你认识我？我可不认识你！

**官　哥** 爹！我就是那未满周岁，被白猫吓死的小官哥呀！

**西门庆** 啊！这……

**花子虚** 你先一边呆着（对官哥），我可算是找到你了！

**西门庆** 你是谁？

**花子虚** （唱）想当年日夜里把酒言欢，

不曾知挚友情难敌金山。

戏吾妻取吾财脸色不变，

今日里地府见再续谎言。

哎呀呀！（哭）

想起我无人葬尸生蝇卵，

想起我无人陪死不心甘。

心不甘，多仇怨，

气不疏，受熬煎。

**西门庆** 你到底是谁！

**花子虚** 我就是你那拜把子兄弟——花子虚！

**西门庆** 啊！（惊呆状）

**李瓶儿** 是了！

（唱）阴间里重逢故人，

不相识记忆无痕。

命无常忘却仇恩，

缘未尽难解难分。

说不清兴衰命运，

道不明悲喜人心。

自做主挪转乾坤，

只求得清白一身。

〔李瓶儿走向三人，三人未认出是李瓶儿。

**李瓶儿** 你们三人想必是饿极了吧，不必争抢，我这里又煮出许多。

〔三人接过碗，做喝粥状。

**李瓶儿** 判官让我找到能理解我的人，你们三个前世都是我的挚爱，可谁是真正地爱我呢！

**西门庆** 这粥真香呀！怎么眼前晃晃悠悠，头也昏昏沉沉。

**花子虚** 我这是要……（晕倒状）

**李瓶儿** （挥手）倒！

〔西门庆、花子虚、官哥三人倒地。

**李瓶儿** 你们三人生前乃是我真爱，如今成鬼，虽本无交集但为辩理伸冤，判官特赐我法力掌控你们三人。（对三人）你们，我自有安排。

〔幕落。

## 第三场　识故人

〔幕启。

〔舞台上是一桌三椅，右侧是一张带着帷幔的床，李瓶儿半卧在床上休憩。

〔花子虚、西门庆勾肩搭背醉态上。

**花子虚** 大哥，自那日我们吃了白粥昏昏睡去，好像有什么总也记不得了。不管了！今天玩得真尽兴，这地府倒比阳间还自在。

**西门庆** 谁说不是呢，这地府之中貌美者甚多，咱只消享乐便是。

**花子虚** 叫个弹曲的姐儿，吃两杯酒再回家吧。

**西门庆** 兄弟尽管在此休息，家里那金莲小贼妇还盼我呢。这都是阴间人了，还黏着呢。

〔李瓶儿坐起，轻叹。

**李瓶儿** 阳间旧情地府续，他心里还是念着五娘。

**花子虚** 西门大哥，难得今宵酣畅，何不痛快到底。就在这听几支曲儿吧。

**西门庆** 兄弟开口，咱就再吃几杯花酒，（向李瓶儿）姐儿，劳烦您弹一曲。（向门外）小二，上几碟精细菜蔬，一壶金华酒。（幕后应一声“好嘞”）

**花子虚** 又劳哥哥破费。

**西门庆** 你我兄弟二人，酒食同用，金银同享，就是那裤子么，同穿一条也无妨。

**花子虚** 大哥痛快！

〔官哥扮小二上，张罗酒菜。李瓶儿坐起，默默对镜贴花，时不时向他们瞄一眼。

**李瓶儿** 今天怎么不是铭二哥来端茶送水？

**官　哥** 回您的话，铭二哥有事出去了，遣我在这侍奉您。

**李瓶儿** 你是后厨的？看着怪眼生的。

**官　哥** 回您的话，后厨徐大伯前儿个看我昏倒在街上怪可怜的，领了我到这来。

**李瓶儿** 徐尖嘴倒是个好心人。（冷笑）下去吧。

**官　哥** 请两位爷慢用，您咳嗽一声我就进来服侍着。

**西门庆** 小油嘴儿，怪伶俐，（拿出几文钱抛在桌子上）爷赏的。

**官　哥** （连连鞠躬）谢谢爷，谢谢爷！

〔官哥下。

〔李瓶儿、花子虚、西门庆三人围桌坐下，李瓶儿抱琴。

**西门庆** 姐儿，你弹一曲与我们听吧。

**李瓶儿** （唱）俏冤家出类萃拔，

翠裘寒残阳西斜。

自别后思念泪下，

怎叫人不想冤家。

**花子虚** 姐儿真是弹得一手好琵琶，大哥喝酒。

**西门庆** 你自饮便了。

**李瓶儿** （唱）倚遍危楼十二栏，

春残遍地踏红花。
燕子莺儿怕待看，
相思病儿伴年华。

**西门庆** 这倒是勾想起一位故人。

**李瓶儿** （唱）重门日里常遮掩，
对镜自视披薄纱。
扮作娇娘苦心煞，
点朱唇，贴黄花。
娇声唤君人羞煞，
四下静谧无人答。
记得那百种恩情，
君与我如隔天涯。

**花子虚** 姐姐与我共饮这杯相思酒，浇一浇这春情红面颊。

**李瓶儿** 官人同饮。（两人举杯）

**西门庆** 姐儿这般相思苦，是为何人？

**李瓶儿** 自然是为那个心上人。

**西门庆** 这人定是青年才俊。

**李瓶儿** 非也。

**西门庆** 哦？那人定是达官富贾？

**李瓶儿** 非也。

**西门庆** 哦？那人定是痴心执念无疑！

**李瓶儿** 非也！

**西门庆** 既不年轻才俊，亦不高官显赫，连心都不专一，有什么可牵挂的！不如随了我吧，亲亲姐儿。

**李瓶儿** 你？你！就是你！

**西门庆** 我怎的招惹你了？

**李瓶儿** （欲言又止）官人这福，奴家无缘消受。

**西门庆** 哈哈，只要姐儿一心随我，我定会全心爱你。

**李瓶儿** 我怎不一心随你，想当初……（被花子虚打断）

**花子虚** 大哥，休言嫁娶，今日我们一醉方休。

**李瓶儿** 这位官人，（向花子虚）你在阳间可曾有妻室？

**花子虚** 确有一房，不提也罢。

**李瓶儿** 敢是那妻子容貌不美？

**花子虚** 不是。

**李瓶儿** 敢是那妻子人心不善？

**花子虚** 不是。

**李瓶儿** 敢是那妻子不懂风情？

**花子虚** 不是。既然姐儿这般问我，我就说与你听。

（唱）姐儿与我诉衷情，
我将话儿道姐听。
吾妻并非貌不美，
贤惠持家心真诚。
这门亲事非我愿，
百般柔情不再生。
虽是夫妻心不合，
日思夜想我那痛断人肠、美煞众生、温温婉婉的小青青。

**李瓶儿** 敢问官人这青青又是何人？

**花子虚** （唱）说青青，道青青，
想起青青梦方醒。
豆蔻年华两相伴，
免冠之年互定情。
本欲结为连理枝，
却怨苍天忒无情。
恩怨隔开有情人，
误会岔开两相逢。
日渐颓废心意冷，
难忘青青迎娶瓶。

**李瓶儿** 是了，官人这般有情，真是难得，这可苦煞你的瓶儿了！

**花子虚**　哎！缘未尽，两相逢。缘分尽，两前程。

**西门庆**　姐儿，你为何害得这相思病？

**李瓶儿**　一言难尽，只为寻那阳间时的真情，才落得这般田地。

**花子虚**　姐儿可否诉说一二，兄弟俩也可以尽点薄力。

**李瓶儿**　（唱）丧子病痛断阳寿，

初到地府判官留。

斥奴爱情不忠守，

三嫁夫君血泪流。

判奴转世为犬狗，

奴家不肯长跪求。

判官最后开了口，

容我寻爱重回头。

**西门庆**　姐儿生前身居何地？

**李瓶儿**　这……不知当讲不当讲。

**花子虚**　这有何妨，直说便了。

**李瓶儿**　奴家在东平府清河县。

**花子虚**　清河县？

**西门庆**　姐儿可否道出姓名？

**李瓶儿**　这……

（唱）眼见得故人相识，

却也是焦虑深深。

不知如何报名姓，

换得奴家泪满襟。

**花子虚**　姐儿好端端的为何流泪？

**西门庆**　莫不是有苦难言不成？

**李瓶儿**　（唱）心中愁怨结成恨，

苦寻许久终成真。

万千滋味心头存，

期期艾艾把字吞。

**花子虚** 姐儿莫怕，直说便了。

**李瓶儿** （唱）紧紧逼问心头紧，

迟迟不说嗓哑喑。

字字好似炭火烬，

灼人体肤痛欲昏。

**西门庆** 姐儿?

**李瓶儿** （再三犹豫）奴家就是瓶儿！（脱下外衣露出旧服）

**西门庆** 瓶儿? 六娘!

**花子虚** 瓶儿? 吾妻!

**李瓶儿** 正是奴家，找得好苦呀！（哭状）

**西门庆** 这……却不知说什么好!

**花子虚** 大哥，你为何唤她六娘?

**西门庆** 这……你过世之后，我迎娶了她，排行第六，唤作六娘。

**花子虚** （惊讶）为何我不知?

**李瓶儿** 你先到地府，怎知阳间事。

**花子虚** 大哥！确有此事?

**西门庆** 确有此事。

**花子虚** 此话当真?

**西门庆** 当真。

**花子虚** 当真?

**西门庆** 此话当真！确有其事。

**花子虚** （大怒）敢是你——我的亲大哥，占了满箱金银不说，还勾引吾妻！哦！是了！现在终于想起了喝粥之前的事情！我恨你，痛煞我也!

**李瓶儿** 还是先念金银后念妻室。

**花子虚** 你个贼淫妇！休要多说！这占财霸妻之仇，我必要报!

**西门庆** 你还想打一架不成?

**李瓶儿** 今日与你二人相见，乃是我的安排。这些恩怨情仇暂且不言，我有要事相告。

**花子虚** 休言要事，就是天大的要事，也挡不住我报仇雪耻。

**西门庆** 好兄弟，你冷静冷静，先听瓶儿的。

**花子虚** 听不得奸夫淫妇叙春情！

**西门庆** 六娘，你讲。

**李瓶儿** 判官曾说，只要我能找到真爱，两人便可以转世成人。

**花子虚** （换了一副嘴脸）真的？瓶儿。（雀跃）

**西门庆** 我爱你，六娘。

〔官哥急上，打开房门，扑通一声跪下。

**官　哥** 亲娘在上，受孩儿一拜。

**李瓶儿** 你又是谁，来这搅事？

**官　哥** 我的亲娘嘞！

（唱）夭折孩儿倍想娘，
地府寻找路茫茫。
别了爹爹和亲娘，
摸爬滚打泪双行。
还记得乳汁喷香，
还记得银锁霓裳。
还记得温暖胸膛，
还记得童谣悠扬。
现如今双亲在场，
望爹娘疼儿照常。

**李瓶儿** 官哥儿？看起来不大像。不过，那日我用白粥迷倒三人后，官哥的确不知去向，或许是这地府的时日比阳间快，官哥长大了不成？

**官　哥** 妈妈，你看我这手臂上的疤。

**李瓶儿** 啊！这确是那白猫雪狮子在官哥身上留下的抓痕。官哥，我的儿！

**官　哥** 妈妈！

**西门庆** 小熊孩子，你也想要转世成人。

**李瓶儿** 你怎能这般讲话，官哥儿阳间早早夭折，阴间里又几经波折、受苦受难，你好狠心！

**西门庆** 娘子，休要这般挖苦于我，这贼孩子的心，我一看便知。

**官　哥**　爸爸，你怎么能这样说我。（可怜状）

**李瓶儿**　官哥，我的儿，你受苦啦。（欲抱住官哥，被花子虚抢过，抱住李瓶儿，被李瓶儿推开）

**花子虚**　你们一家团圆，我也要转世成人。大家如今都是鬼，再没阳间的旧情。有机会，公平竞争！

**李瓶儿**　竞争？你想得美！阳间是你们男人做主，阴间我们四人谁转世成人，我说了算！

**花子虚**　（点头哈腰）这是自然，这是自然，好瓶儿，这真情不难寻，它就在眼前呀！（指着自己）

**西门庆**　子虚老弟，休要在这丑态百出了，瓶儿自有瓶儿的主张，无论谁随瓶儿转世，都要好好照顾她。

**李瓶儿**　（唱）耳听得西门庆义正词严，
心中石已融化滋润心田。
旧情人还一子三人难选，
倒不如巧设计探得情缘。
虽戏谑虽残酷手掌大权，
真情假假情真还问苍天。

**官　哥**　（委屈状）妈妈，你还爱我吗？（向李瓶儿）

**西门庆**　小贼娃，休要百般讨好，真金不怕火炼，真心不怕试验。

〔灯渐暗，幕后唱响起。

〔幕后唱：

一妇嫁两夫，
处处皆生情。
白头偕终老，
生者不忘情。
死后为鬼魅，
地府念旧情。
巧设探心计，
人命换真情。

## 第四场　探真情

〔幕启。

〔舞台上是一片树林，远处是飘渺山景。舞台右后方挂一薄纱帘。幕后是鸟鸣莺啼。

〔李瓶儿上。

**李瓶儿**　（唱）难！难！难！
三人日夜缠。
都是亲人难决断，
忘不了的旧情一一复燃。
叹！叹！叹！
真心总相瞒。
机会面前多伪善，
看不惯的怒火心中点燃。
怨！怨！怨！
心柔处情牵。
动情之时难明辨，
得不到的真情音讯杳然。
且看！且看！
且看三人如何把情义献。

〔李瓶儿退到薄纱帘后。花子虚、西门庆、官哥上。

**花子虚**　自那日与李瓶儿相见，我思量甚多，这便是：
（念）心怀悔意求宽恕，
愿随瓶儿踏征途。

**西门庆**　兄弟，你这决心表早啦！听我的：

（念）忘却那困难重重，
便只顾风雨兼程。

**官　哥**　爹爹，你有没有文化！看我的：

（念）世上只有妈妈好，
妈妈你要待我好。

**西门庆**　幼稚！（向前眺望）看，这树木繁茂，刚才还见瓶儿在这林中，现在却不见了踪影。

**花子虚**　不知瓶儿为何引我们到此密林。

**官　哥**　为了考验我们呗。妈妈，我一定是最爱你的。

**西门庆**　这……教我说什么好呢。

（唱）想生前瓶儿与我结姻缘，
两情悦长相厮守合家欢。
也曾想白头偕老情意绵，
也曾是情比玉瑕比金坚。
到如今死后成鬼人心变，
验什么真情假意野心瞒。
倒不知何时何地吐真言，
也不知藏甚瞒谁混过关。

**花子虚**　你还想蒙混过关？

**西门庆**　我不是说我！

〔李瓶儿从帘后探头。

**李瓶儿**　亲达达，我也是毫无办法！

**官　哥**　这也太没悬念了，我最弱、最小，歹人来了不伤娃娃，洪水来了有你们挡着、护着。我肯定是要和瓶儿妈妈走了。

**花子虚**　你这小东西，还没开始就盘算着谁输谁赢，心眼倒不少。

**西门庆**　我说过我要护你了吗？自作聪明。

**李瓶儿**　（唱）云遮月，风渐起，
黑丛林里出稀奇。
两眼绿光寒意起，

总有一人要别离。

〔鼓点由慢变快，幕后动物叫声响起。灯渐暗。

**花子虚** 怎么说黑就黑了？

**西门庆** 天色已晚，何处安身才好？

**官　哥** 看那是什么？

〔三人观望片刻，大惊失色。

**花子虚** 两只绿眼睛，发着光。

**西门庆** 这叫声？

**官　哥** 看那儿！

**西门庆** 是群狼！

**花子虚** 这……（不住颤抖）

**西门庆** 别怕，别跑，屏住呼吸！

**官　哥** （唱）群狼围困魂魄散，

如何将命保周全。

汗如雨洒心慌乱，

自祈多福望平安。

〔官哥神情慌乱，在林中乱跑。

**西门庆** 官哥，快过来，别跑。（追赶官哥，企图抓住他）

**花子虚** 你们别抛下我不管啊！（四处张望）

〔狼的嚎叫声加强，花子虚不知所措。

**花子虚** 我的亲娘啊！放过我吧，不想死啊！（退到一棵大树旁）树！你为什么挡住我的去路！（忽然灵机一动）树！树！爬树！（欲爬到树上）

〔西门庆追上官哥，一把抱住。

**西门庆** 官哥！官哥！你这是送死，越跑狼越追。

**官　哥** （大声嚎哭）爸爸！我不想死……（啜泣）

**西门庆** 傻孩子，我不会让你死的，我保护你。

**李瓶儿** （唱）临危护子大丈夫，
勾起往事泪轻拂。
春情万千一幕幕，
心有偏倾却踌躇。

**官　哥** 好爸爸，孩儿曾经说过的、做过的，请您原谅。

**西门庆** 傻孩子，这算什么，你永远是我的孩子。

**官　哥** 那，爸爸，你能把大灰狼赶走吗？

**西门庆** 这……你是说？

**官　哥** 把它们引开。

**西门庆** 这……

**花子虚** 什么？官哥，你疯啦，这可是你亲老子。

**官　哥** （默念）只要我能活就行。

**李瓶儿** 官哥，看不出，你小小年纪竟然有这般坏心肠。

**花子虚** 西门庆，虽然你我是对头，可是，你要三思呀！

**西门庆** 这……哎！

**官　哥** 爸爸，你去把狼引开，然后再回来，咱们三人都安全。

**李瓶儿** 官人别去！

**西门庆** 好！就这么办！（圆场，狼嚎叫声忽强忽弱）

〔官哥反方向跑，停下回头张望。

**官　哥** （唱）人不为己天诛灭，
转世成人可休歇。
尚未转世被狼灭，
可怜我那亲爹爹。

**李瓶儿** （唱）可怜你那亲爹爹，
恶狼咬中骨肉缺。
可怜你那亲爹爹，
追引恶狼不曾歇。
皮开肉绽浑身血，
咬紧牙关躲浩劫。

官哥！你好一个狠心的小娃娃！

（唱）小小年纪心暴虐，

放弃官哥心意决。

判官大人，带走官哥吧，也怪我教子无方，白费了他这一块材料。现在看来，他不配转世做人。

〔两小鬼上，追逐官哥。

**官　哥**　这是什么鬼？

〔小鬼将官哥打晕，拖他下场。

〔灯渐亮。西门庆、花子虚圆场，树林逐渐撤走。

**西门庆**　（站定）贤弟，我那官哥儿，哪里去了？我什么都记不得了。

**花子虚**　大哥，我也头脑昏昏，不用担心，他该是到别处去了。待咱们走出这山坳，再寻不迟。

**西门庆**　这是什么地界？

**花子虚**　待我上前看看界碑。是了！此处便是刀山火海。

**西门庆**　这未曾见得刀山火海呀。

**花子虚**　这……

〔幕后唱响起。

〔幕后唱：

平日里风轻云淡，

在那时却现刀山。

遍地白刃寒光闪，

剜下心尖祭谎言。

蒙蔽实情难心安，

阳间作恶阴间还。

是真是假山上断，

是死是活自量掂。

**花子虚**　大哥！咱还是快离开这是非之地吧。

**西门庆**　也好，这上刀山可是要死人的。（转身，站定）

〔舞台左侧出现红色雾气。

**西门庆** 啊！这是！

**花子虚** 火海！这是要让我们死啊！

**西门庆** 这……这可如何是好？

〔李瓶儿从帘子里探出头。

**李瓶儿** （唱）刀山火海非吾愿，
奴家只想得真言。
真情假爱须考验，
纵使无果也心甘。

**花子虚** 前是刀山，后是火海，大哥，咱们只有死路一条了。

**西门庆** 想我阳间虽谋财害命，但在地府的这些时日，我整日悔过，找到那些亡灵，尽我所能帮他们转世。正所谓：
（念）阳间欠债阴间还，
悔过当初心熬煎。
从此向善无二心，
只盼德貌两成全。

**花子虚** 大哥，你要是问心无愧，咱们就往前走着。

**西门庆** 走！大丈夫，即便过去错过，悔过，也无畏现在！

**花子虚** 大哥威武！（语气一转）可是大哥，我有点怕。

**西门庆** 怕什么，敢做敢担当。

〔两人走走停停。

**花子虚** （唱）刀山平地无二般，
昂后阔步走向前。
抛去无数烦心事，
越过刀山盼平原。
哎哟喂！什么扎了一下脚。（低头看）是！是……是刀尖。

**西门庆** 怎么？贤弟开始细思过往，心存愧疚了？

**花子虚** （强装淡定）我有什么可悔的？没什么，我的脚下并无刀刃。

**西门庆** 那咱们走着。

**花子虚** 走着。

〔两人刚走两步。

**花子虚** 哎哟喂！我的脚！

**西门庆** 又怎么了？

**花子虚** 脚下好像被割破了皮。

**西门庆** 抬脚我看看，定是这刀山显灵了。

**花子虚** （强装无事）不用，大哥，咱们走着！

**西门庆** 这地上怎么红了一片。

**花子虚** 大哥眼花了，并不是血。

**西门庆** 我未曾提到是血呀。咱们走着。

**花子虚** （咬紧牙关）走着。

〔两人走路。

**花子虚** 哎哟喂！我的妈呀！

**西门庆** 兄弟，你这是何苦呢，阳间曾做过什么歹事，你但说无妨，何必忍痛前行。

**花子虚** 我就不说。

**西门庆** 要是你认了错，刀刃自然伤不到你，你这般忍痛，也是活该，连个认错的态度也不端正。

**花子虚** 我本无错，想我阳间过往，无非是散了些金银、吃了些酒肉、会了些姐儿。这对不起谁？

**西门庆** 你说这对不起谁？

**李瓶儿** 对不起我！

**花子虚** 我不觉着对不起谁。

**李瓶儿** 刀尖就应刺穿你的脚！

**花子虚** 哎呀！刀尖把我的脚都刺穿了，痛煞我也！

（唱）拿刀刺我血流淌，

是谁这般将我伤。

阳间从未悔断肠，
自己做事自担当。
平素无人结仇怨，
为何今日剑弩张。
天地明鉴善心肠，
从未无故将人伤。

**李瓶儿** （唱）伤！伤！伤！
好一个磊落坦荡，
好一个天理昭彰。
好一个腰板英朗，
好一个自己担当。
十余载独守空房，
谁人心疼谁补偿。
每日里愁断柔肠，
谁人心知谁思量。
美其名曰互礼让，
娶过家门便分床。
不图温存厌夜长，
知礼也应懂怜香。

**西门庆** 喔！原来是因情生怨。哎！瓶儿，你是我内人，怎么还与他纠缠不清？

**李瓶儿** 待会再和你算账！

**西门庆** 我真是引火烧身，不如溜之大吉！

〔西门庆趁李瓶儿不备，偷偷下。

**花子虚** 那你说怎么办？

**李瓶儿** 要想随我转世，你最起码要承认阳间太对不起我。

**花子虚** 可是……当真能转世吗？

**李瓶儿** 当真。

**花子虚** （卑躬屈膝）亲亲瓶儿，我这厢向你赔不是了。

**李瓶儿** （看到他这副嘴脸心生厌恶，继而笑脸相迎）官人早知足下受难，何不早些赔个不是。

**花子虚** 我思想觉悟不够，我认错！我检讨！我发誓！我要一生一世对你好！

**李瓶儿** （冷笑）为时已晚！拉下去吧，你不配与我转世成人。

〔两小鬼上，拖着花子虚下。舞台空空，西门庆不知所踪。李瓶儿独自在刀山，雪花飘落，寒风起。

**李瓶儿** （唱）雪飘零风渐起，
漫漫长夜浊泪滴。
争什么高低，设什么计，
到头来心底空空无所依。
证什么情爱，得谁怜惜，
云天雾地里空着红嫁衣。
问天问地谁人将真情寄，
问心问己何时燕约莺期。

〔灯渐暗。

## 第五场　双转世

〔幕启。

〔舞台上烟雾缭绕，小鬼身影渐现，排成两列，面目狰狞。判官坐在队伍尽头，两个无常伴其左右。李瓶儿上。

**李瓶儿** （唱）时限已到未圆愿，
人心不古难梦圆。
子虚弃奴缘消散，
官哥狠心耍滑奸。
西门官人讯杳然，
未及试探别无言。

落魄忧愁天地暗，

只身来在地府前。

**判　官**　李瓶儿入殿。

**众小鬼**　威武——（拖长音）

**判　官**　李瓶儿，期限已到，你可寻到真爱?

**李瓶儿**　判官在上，奴……不曾寻到真爱。

**判　官**　按照血书契约，今日便是你魂散魄消之日。我亦无能为力。

**李瓶儿**　判官在上，奴……奴心甘情愿。

**判　官**　无常!

**两无常**　在!

**判　官**　拉她下去，喝了销魂散。

**两无常**　遵命。（向李瓶儿走去）

**李瓶儿**　判官在上，容奴再说最后一句话。

**判　官**　你时限已到，莫要申辩了。喝了销魂散，阴阳两界里你都不复存在。

**李瓶儿**　啊！那我何时才能再成人?

**判　官**　天机不可泄露，拉下去。

**李瓶儿**　（唱）人世终归阴，

鬼死不留痕。

阴阳此别过，

一消泯伤痕。

来去皆一瞬，

过往不留痕。

万世生不息，

恩怨心底沉。

此番一去了，

再难转成人。

别了人间事，

别了冤苦魂。

别了重重情，

别了艳风尘。

别了！别了！

**判　官**　时辰到，上路吧。

〔两无常带着李瓶儿走。西门庆急上。

**西门庆**　大人手下留人！

**判　官**　你是何人？胆敢搅乱这地府的公堂！不想转世了吗？

**西门庆**　小的正是为这转世而来。

**判　官**　轰出去！什么货色，也敢说要转世。

**西门庆**　判官大人！您听我说——

（唱）此番擅闯为瓶儿，

大人在上怒勿生。

小的名叫西门庆，

前世也曾与瓶逢。

相逢又曾起深情，

情浓之处爱渐明。

结为伉俪数春秋，

共赏风雨与月明。

虽都成鬼仍心倾，

望大人明察，召瓶儿入殿，把这来龙去脉细细听。

**判　官**　你现在说什么都晚了。你走吧！

**西门庆**　求判官大人让我见瓶儿最后一面吧。

**判　官**　来人啊！把他给我轰出去！

**西门庆**　大人！我和瓶儿是真爱啊！

**判　官**　真爱？这之前你去哪了！谈何真爱！

**西门庆**　小的委实有苦衷呀！大人，求求你让我见瓶儿最后一面吧。

**判　官**　（思考片刻）也好！你去找吧，她在去销魂殿的路上。

**西门庆**　谢大人！小的这就去寻瓶儿。

〔西门庆急下。

**判　官**　来人！

**小　鬼**　在。

**判　官**　你报上这西门庆的底细。

**小　鬼**　喳！西门庆，清河县人氏，阳间里自称是清河县县霸，曾官任千户。

**判　官**　说他和李瓶儿的事！说重点！

**小　鬼**　（声音颤抖）西门庆娶李瓶儿入门并唤她为六娘，只因李瓶儿是她第六房小妾。起初李瓶儿刚过门时，西门庆还故意凉她几天，后来只因李瓶儿百般讨得西门庆欢心，才亲热起来。后来李瓶儿为西门庆诞下一子，小名官哥，但这小儿被五娘潘金莲设计害死，不足一岁。

**判　官**　了然，看来，这李瓶儿还是为西门庆家立过功的人。

**小　鬼**　官哥是西门庆的长子，这李瓶儿也是有福气生，没福气养。大人，这西门庆到了地府之后却有不同。

**判　官**　有何不同？

**小　鬼**　一来亡灵入府哭三天，他没有。

**判　官**　坚强！

**小　鬼**　二来亡灵处处贼心留，他没有。

**判　官**　磊落！

**小　鬼**　三来亡灵记牢阳间仇，他没有。

**判　官**　大气！

**小　鬼**　四来亡灵欺弱好恶斗，他没有。

**判　官**　善良！

**小　鬼**　这西门庆在阳间无恶不作，在咱这怎么变化这么大？

**判　官**　这就叫士别三日当刮目相看。

**小　鬼**　大人，您说他是好人吗？

**判　官**　要是今后无论人鬼都像这般一心向善，倒也是好人胚子。（沉默片刻）你觉得李瓶儿和西门庆是真爱吗？

**小　鬼**　小的不敢胡言。

**判　官**　不如试他一试，如何？

**小　鬼**　大人的意思是？

**判　官**　我自有安排。

**小　鬼**　大人，那李瓶儿来了。

〔李瓶儿被黑白无常押上，身上戴着枷锁。

**黑无常**　快点走！磨磨唧唧！

**白无常**　慢点走！我就要她慢点走。

**黑无常**　你这不是抬杠吗？

**白无常**　我说让她慢点走，哪抬杠了。

**黑无常**　咱们这是公务，办完事好回去领赏。

**白无常**　（恍然大悟）不早说！快走！（推了一把李瓶儿）快走，听见没。

**黑无常**　你这……哎。

**黑无常**　兄弟，想这李氏女子也是奇怪，非要和大人赌什么找到真爱，结果可倒好。

**白无常**　哎！真爱难寻，难寻真爱呀！最后落得这魂消魄散的下场，委实可怜。

**黑无常**　谁说不是呢，咱这地府可没多少鬼魅有这般下场。哎……

〔幕后唱：

只言它风轻云淡，
却也无半点波澜。
虽是这步步留恋，
看着那裙儿翩翩。
不及抚婆娑泪眼，
朱唇紧褪了红颜。
告别处思绪万千，
怎能无有情愫牵。

〔西门庆急上。

**西门庆**　二位官人！二位官人！（无常转身）官人稍等！

〔西门庆追上无常和李瓶儿。

**西门庆** 瓶儿，终于找到你了。瓶儿！

**李瓶儿** （痴痴地）你来做什么？

**西门庆** 我来……我来是……

**李瓶儿** 你走吧。

**西门庆** 不，瓶儿，我来是为了和你在一起。

**李瓶儿** 和我一起魂飞魄散吗？

**西门庆** 不，是和你一起转世。

**李瓶儿** 这就到了销魂殿，马上我就要消逝了，你走吧。

**西门庆** 瓶儿，你听我解释。

**黑无常** 解释什么？磨磨唧唧，赶紧走！

**西门庆** 大人，您就容我说完这几句吧。

**白无常** 我们这是在执行公务，你这是妨碍我们执行公务，小心我到判官大人那儿告你。

**判　官** （对着黑白无常说，声音空旷）给他个解释的机会。

**两无常** 喳。（对西门庆）有话快说，有屁快放。

**西门庆** 谢谢官爷，谢谢官爷。

**李瓶儿** 你解释吧，我不会听，也不会信。

**西门庆** 瓶儿，你原来可是最相信我的话。

**李瓶儿** （唱）说什么盟誓，

道什么情痴。

阴阳两隔言情在，

魂飞魄散背道驰。

休再言两心不离，

爱无悔同生死坚若磐石。

你我就此别过！

**西门庆** 瓶儿！你……你好绝情。

**李瓶儿** 绝情之时便是情浓至极之处，只可惜我就要不复存在了，情又有何意义。

**西门庆** （唱）生也是为情，

死也是为情。
绝情之际生赴死，
情浓之时死复生。
万物似那般朦胧，
天地也杳然无踪。
徒留下这对情种，
两相疏离两相融。
心随灵自由驰骋，
天地人飘渺成风。
吹散吹散吹散，
恰似在蒙蒙烟雨中。

**西门庆** 大人在上，小的愿随瓶儿一起消逝。

**判　官** 此话当真？

**李瓶儿** 不……别！

**西门庆** 当真。

**李瓶儿** 不要……

**判　官** 当真？

**西门庆** 当真！

〔李瓶儿晕倒。西门庆扶起。

**判　官** （对西门庆）有个条件，看你答不答应。

**西门庆** 大人在上，但说无妨。

**判　官** 阴阳两界皆说你是多情之人，你可愿割舍别家情爱，只伴瓶儿一生一世？

**西门庆** 这，博爱广交乃本性使然。纵使我洒爱无数，但每一份情都真挚无瑕。

**判　官** 真爱唯一，你自己定夺吧。

**西门庆** （唱）句句听来字字真，
此刻才知瓶儿心。
以为博爱显豪绅，

不知家妇痛断魂。
真爱唯一爱挚真，
拈花只为泄思春。
家中六房各殷勤，
唯有瓶儿喜临门。
娶瓶原为鸳鸯枕，
只盼再得一美人。
日久生情不愿分，
今日才知心纯真。
从此往后难再分，
只为瓶儿献良辰。

〔西门庆倒下欲和李瓶儿一同等待发落。

**判　官**　拿笔来！我这就实现你们的心愿！

〔李瓶儿转醒。

**李瓶儿**　官人不值得为奴家魂飞魄散。

**西门庆**　真爱没有值不值，闭上眼睛，在我怀中休憩吧。

**白无常**　西门庆、李瓶儿，两人领旨。因西门庆、李瓶儿两人情憾天地，故判两人转世成人，冰释前嫌，好生在人间为善，点化痴男怨女，搭桥牵线，令有情人终成眷属。接旨。

**西门庆**　（吃惊）官爷，这不是念错了吧。

**白无常**　你接不接，我还有事呢。

**西门庆**　接接接！瓶儿，瓶儿，醒醒。

**李瓶儿**　嗯？

**西门庆**　咱们可是转世成人了！

**白无常**　快接旨谢恩吧。

〔西门庆扶起李瓶儿。

**西门庆**
**李瓶儿**　（合）谢判官大人隆恩，奴家（小的）一定与人为善，牵线搭桥，让有情人终成眷属。

〔舞队上，程式化舞蹈。幕后唱响起。

〔幕后唱：

情感天地神明鉴，
真情终得聚团圆。
重返人间人为善，
点化情痴牵情缘。
有情有爱心不老，
岁岁年年意缠绵。

〔收光。

〔剧终〕

# 男人河

编　剧：钟秋（戏文系 2011 级）

# 毕业大戏《男人河》的创作阐述

中国是一个多民族国家，古老的历史积淀，独特的文化心理与生存方式，是维系每个少数民族存在和发展的基础。作为湖北人，也是土家族的后代，将土家族文化搬到戏曲舞台上展示，一直是我的愿望。土家族聚居于湘西、鄂西、四川一代，在长期的历史发展中形成了绚丽多姿的文化内涵与独特的风俗习性。以土家族生活为题材，反映三峡地区土家族生活的民俗风情成为我创作《男人河》的最初原因。《男人河》是一部关于男女情感的大戏，故事在兄弟二人渡河中展开。为了决定舵主的接班人，在男人河上，两个男人展开了一场意义非凡的较量：闯鹰嘴岩。老大虽然闯过了鹰嘴岩，赢得了舵主，得到了小妹八茶，但在他眼里，小妹只是小妹，没有爱，尽管八茶爱他。老大在看到镇上的莲玉妹子后，就陷入了情网。因为闯滩失败，覃老二也只能将对八茶的爱深埋心底。“爱我的人我不爱，我爱的人不爱我”就成为了覃老大、莲玉、覃老二、八茶四人间复杂的情感纠葛。该剧同样也是一部关于人生选择的大戏。覃老大因闯滩成功成为了舵主，但在爱情面前，覃老大放弃了舵主的位置。覃老二在看到哥哥心有所属后，重新点燃了征服鹰嘴岩的希望，他一直都在努力。我们选择了什么，就决定了我们基本的人生走向。“为了爱情放弃事业”和“为了爱情坚持事业”也正是我想通过该剧传达出的两种人生选择。

戏曲大戏《男人河》改编自湖北作家叶梅的中篇小说《撒忧的龙船河》。之所以选择将这部中篇小说改编成戏曲大戏，原因有三条。第一，叶梅以优美、细腻的文笔，描绘出鄂西儿女的生存状态和巴楚山水的风貌。这给我进行戏曲改编，提供了一个很好的物质基础。第二，戏曲创作重视对人物的生动塑造和对人物多层次多角度的分析。小说中的覃老大彪悍英武，覃老二内向文弱，二人都具有人物个性。在人生选择方面，二人都有可贵的原始驱动力，这对于我去研究两个人物有了很好的方向指导：人物动机决定人物行动。第三，在原小说《撒忧的龙船河》中，叙事角度为全知叙事，是典型的第三人称客观视角。时间跨度大，戏剧性不够激烈都成为我剧本改编面临的问题。戏曲具有程式性的特征：在故事场景的选择方面，每一场的地点都要固定；人物上场下场都必须有理由，有交代；人物的激烈矛盾必须在统一密闭的空间中展开。

说到该剧的剧作技法方面，我主要运用了三条创作方法。

第一，关于剧作法的运用，我受到了李渔《闲情偶寄》中剧作法的影响，遵循结构第一的原则，同时又参考了“立主脑”“减头绪”“密针线”等一套剧作法理论，力求该剧结构谨严，情节紧凑。其中“立主脑”是建立剧本结构最重要的环节，这部戏的“主脑”是覃老大、莲玉、覃老二、八茶四人的情感纠葛。李渔曾说：“古人作文一篇，定有一篇之主脑。主脑非他，即作者立言之本意也。传奇亦然。”该剧的主线为：覃老大、莲玉、覃老二、八茶四人的情感纠葛。该剧的辅线为：覃老大、覃老二兄弟二人面对事业、爱情所做出的或主动或被动的选择。这种选择直接决定了兄弟二人的命运走向。在布局谋篇上，我力求做到有主有次，详略得当，主辅线相交，使情节做到起承转合，使情感逐渐走高。

第二，戏剧冲突是构成戏剧情境的基础，是展现人物性格，反映生活本质，揭示作品主题的重要手段。《男人河》中的戏剧冲突是强烈的。第一是人与自然的冲突。覃老大因为征服了男人河而当上了舵主，陷入了与八茶的情感交集。覃老二征服男人河失败，被迫忍痛割爱。第二是人物自身的内心冲突：在面对舵主之位和莲玉的纠结选择中，覃老大很矛盾。在得知哥哥已有心爱的人时，能否争取八茶也让覃老二相当痛苦。第三是人与人之间的矛盾冲突。覃老二喜欢八茶，八茶喜欢覃老大，覃老大喜欢莲玉。这种复杂的情感关系成为了四个主人公之间的最大冲突。

第三，《男人河》有着引人入胜的人物关系和情节设置。覃老二暗恋着八茶，八茶心仪的是覃老大，覃老大却钟情于莲玉，这是一个极易出戏的矛盾冲突架构和情感关系链。在原小说《撒忧的龙船河》中，叙事方式为全知叙事，叙事角度是典型的第三人称客观视角。它从覃老大寿终正寝后七天七夜的鼓点与跳丧之中杂糅着展开，讲述了覃老大与两个女人之间的恩恩怨怨。整个故事延展的时间跨度大，时代感强，从三十年代直到改革开放后的今天。《男人河》采用以因果序列为主导叙事线索的方法，情节在这种叙事链上不断产生、延续和发展，满足着观众对原因和结果的双重期待。剧本的主干情节清晰透明，并按照时空顺序来建构和组织，使整个故事成为一个高度缝合的系统。

接下来，我谈一谈从小说到戏曲大戏，我得出的有关如何改编的具体想法。

戏曲大戏《男人河》与原小说《撒忧的龙船河》相比，它略去了些许忧伤而多了一些强悍之力。仅就剧名而言，我想传达的是一种充满男子汉血性的阳刚之气。两个被收养的孤儿长大之后同时爱上了舵主的女儿八茶。如果在豪门，或许就以千金抛绣球来决定终身了；如果是读书人，自由选择的余地则更大。但他们都不是，他们只是生存在一条叫做男人河的岸边。男人河，顾名思义，是男人的河，也是最能凸显男人生存价值和生命意义的河。为了决定八茶的婚姻归属，在男人河上，两个男人也是两兄弟之间展开了一场意义非凡的较量：闯鹰嘴岩。因为在这里，能闯得过它的人才是真正的男人，也只有闯得过鹰嘴岩，才能成为这条河上的舵主，并且拥有八茶。最终老大闯了过去，不仅成了新任舵主，而且成为了八茶的丈夫。老大虽然得到了八茶，但在他眼里，八茶只是小妹，不是爱人。老二爱八茶，却偏偏闯不过鹰嘴岩，自然也就没有资格得到八茶。老大爱的是另一个女人，一个叫莲玉的女子。

大戏中的男人，主要是覃老大和覃老二。大戏中男人的价值，也是通过男人河这条河来体现。作为男人，覃老大成了人中之人，覃老二却成了人外之人。这种区别，只是在说明他们命运选择间的差异。他们本都是男人河上的孤儿，也可以说是男人河的精魂。凭着一身的豪勇和技艺，覃老大做了男人河上的新舵主，于是他就具有了互相矛盾的双重身份。作为舵主意味着力量和特权。他的命运不仅属于个人，也属于这条河流，属于龙船寨，属于那里的土家族后裔。这样的男人，沉稳、朴实，有责任心和使命感。同时，又极具男性魅力，当然不乏女性的爱慕。他与小镇上的女子莲玉，相遇于河边相恋在河上，都是自然性情的表现。他们相别于河畔，就是因为他是舵主，他便做不了自己的主。舵主的规制与自然的恋情，无法两全。事实上，当他决定和莲玉私奔的时候，他犹豫彷徨，他的价值，应该体现在男人河上，离开了男人河，他只能是一个窝窝囊囊的汉子。世俗的约定、权威的压制以及内心的困惑，在这样境况下的覃老大，能够做些什么？选择八茶是一种无奈。好在，最终他迈向了奔向自己幸福的道路，于男人河，他是有愧疚的，但于他自己，他抛弃了世俗规制，他选择忠于爱情，忠于自己。

相比于老大，老二面临的则是事业与爱情的双重失落，以致他最终选择了做一个人外之人——梯玛。显然，他的价值已经不在这条河上了。这一选择对于覃老二来说是相当痛苦和不易的。因为这条河，并不仅仅是一条自然意义上的河，它的生存意义或者说文化意义似乎更为重要。投身它，即是投入这样一个文化的生存水圈，投入一个民族的认同之中；而离开它，则意味着对生存权利以及生存信仰的某种放弃。作为一个男人，老二也一样强悍，一样充满青春活力。这条河的男人们想得到的东西，他一样想得到。为了八茶，他不惜要与老大一争高低。在自然的检验面前，他失败了，没能闯过鹰嘴岩。这一失败，就意味着他在争夺八茶的过程中丧失了主动。失败固然痛苦，但这是一个男人的失败，失败就意味着承担。他把对八茶的爱折叠起来，小心翼翼地珍藏在心底。但是，当他得知老大和莲玉的爱情后，他又重新燃烧起了希望之火，再一次拥有了攻克鹰嘴岩的决心。一旦成功，他就拥有了成为八茶丈夫的资格，得到有情人终成眷属的美好结局。

第五场是大戏的高潮场次，它涉及的情节有：覃老大、莲玉私奔；覃老二为了八茶再次征服鹰嘴岩；覃老二闯鹰嘴岩没有成功；莲玉落水。其中，覃老二闯滩没有成功直接决定了覃老二未来的命运，莲玉的落水也让覃老大和莲玉的爱情岌岌可危。可以说，在第五场，我力求将围绕覃老大、莲玉、覃老二、八茶四人的情感冲突达到最顶峰，选取什么样的事件去推动也成为我在创作过程中遇到的最大难题。在小说中，作为男人的另一半，八茶和莲玉的形象都刻画得不是很详细，似乎他们都是作为一种男人的陪衬而存在。如何在大戏中安排莲玉、八茶的戏份，如何展开莲玉、八茶、覃老大之间的三角关系，也是我创作中面临的挑战。

《男人河》展现的是一幅具有地域文化特征的土家族风情画卷。神秘的男人河在群山之间蜿蜒伸展，它既凶险狰狞又温柔恬静。河道两岸回荡着船工铿锵有力而又苍凉的号子。更引人注目的是这里独特的民俗形式，图腾崇拜和巫术文化。男人河上，一代人只能有一个舵主，于是新老舵主的交接仪式就显得格外庄重。就在新任舵主覃老大从八爷手中接过舵靶，和着浑厚的鼓点节拍，人们跳起了摆手舞，以独有的方式来表达自己的喜悦和祈福消灾的祝愿。闲云野鹤般的梯玛，在土家人生活中历来有着显赫的地位，他们被认为是沟通神介与人间的信使。险恶的地理环境既成就了山里人的坚毅，也成为了山里人思想的制约，“指腹为婚”“龙船寨里的男人不允许娶外乡女子”在部分情节中均有反映。

因为原小说过度散文化，戏剧冲突较少，这给我在改编的过程中带来了不小的难题。从第一场的争舵主之位，到第二场的老大遇见真爱，再到第三场老大、莲玉、八茶之间的情感纠葛，我尽量将矛盾冲突集中，人物情感聚焦，一步一步把人物逼到死角，让他们做出进退两难的抉择。我想，这样做既是为了吸引观众看下去，也可以让观众的情绪随着故事的起伏而变化，达到一种情感上的共鸣。毕业大戏的创作过程是艰难的，但在这个过程中，让我真正认识到了戏曲大戏的创作方法和如何运用剧作技法让故事变得更加好看，生动。我想，这些训练会使我在今后的文学创作中取得更大的进步。

2011级戏文系　钟　秋
指导教师　郝荫柏

**时　间：**现代

**地　点：**龙船寨

**人物表：**

覃老大——男人河舵主，20岁。

覃老二——覃老大的弟弟，19岁。

莲　玉——张老板的女儿，19岁。

八　茶——八爷的女儿，18岁。

八　爷——男人河前任舵主，40岁。

张老板——莲玉的父亲，杂货店老板，40岁。

叔　公——八爷的弟弟，39岁。

大　妈——八爷的妹妹，38岁。

# 第一场

〔偏僻、荒凉的龙船寨有一条河，叫男人河。一群善良、淳朴的土家寨民生活在这里。

〔幕缓缓地拉开了。天幕处是一片苍翠、茂密的山林。一棵遮天蔽日的千年古树覆盖半个舞台。一条条枯藤缠绕在树干上。树下有一低矮的树墩。树墩前流淌着一条河，它叫男人河。

〔覃老大、覃老二拿着木桨，分别从舞台两侧划船上场。鼓声阵阵。

**覃老大** （唱）江上搏浪里斗大显身手，
锣声密鼓声稠端午赛舟。

**覃老二** （唱）男人河鹰嘴岩终点望守，
挥战旗闯险峰力争上游。

**覃老大** （唱）龙船寨选舵主龙争虎斗，
观八方定航舵拔得头筹。

**覃老二** （唱）拼全力斩急流瞻前顾后，
夺头名当寨主绝不罢休。

〔幕后伴唱土家民歌，覃老大、覃老二划桨跟唱。

（唱）跳撒叶儿荷，
山里人自有山里人的乐。
跳撒叶儿荷，
日子越过越红火。

〔一股激浪声响起，覃老二没有把握好重心摔倒。覃老大趁着急浪到达鹰嘴岩，拿下金舵手，站在舞台中央。

〔场暗。两束光分别给覃老大、覃老二。

**覃老大** 老二，你怎么样？

覃老二　我……

〔幕后八爷的声音。

八　爷　看见了?

覃老大　（吃惊，看着手中的金舵手）看见了！八爷。

八　爷　记住了?

覃老大　记住了!

八　爷　你可接得起?

覃老大　喏。

八　爷　我把八茶也交给你了。

覃老二　八茶?

覃老大　喏……

八　爷　我走了。

覃老大　八爷！您去哪?

（唱）爹娘丧命这河上，
八爷喂我食饭汤。
恩重如山永不忘，
不辱使命泪千行。
八茶是八爷的小太阳，
八茶对我非比寻常。
我从未对她有非分之想，
这乱点鸳鸯让我好惊慌。

〔覃老大下。

覃老二　（惊）八茶!

（唱）舵主之位我争抢，
天公没有好心肠。
八茶妹子是我的心头痒，
如今成了我的兄嫂娘。

〔八茶兴奋地拿着衣服和山茶花上，激动地喊老大的名字。

八　茶　老大，老大。

覃老二　他刚走。

八　茶　（看见老二瘫坐在地上，赶紧扶他起来）来，试试我刚做的衣服。

覃老二　这衣服，你做的？

八　茶　（帮覃老二穿）来，试试。

覃老二　（穿好衣服）嗯，不长不短正好。

八　茶　老二的衣服就是好做，这老大的，我总是拿不准，不是松了就是紧了。

覃老二　（失落）谢谢妹子，不，嫂子！

八　茶　嫂子？你喊啥？

覃老二　刚刚八爷把你许给大哥了。

八　茶　（惊讶转而害羞）什么？这……

覃老二　你不是一直喜欢大哥？

八　茶　我……

（唱）树林中比翼鸟成双入对，

我与大哥情深深竹马青梅。

常臆想和大哥早日婚配，

我爹爹知心意体贴入微。

覃老二　（塞给八茶一串银镯子）给你。

八　茶　哇，好漂亮的镯子。

覃老二　给你买的，本来准备……

八　茶　准备什么？

覃老二　准备在你生日的时候给你。

八　茶　老二，你真好，我的好兄弟。

覃老二　兄弟？

八　茶　老二，你是我最亲最好的兄弟。

覃老二　难道你看不出我对你的意思？

八　茶　什么意思？

覃老二　（急忙）就是……就是我要你当我的婆娘！

**八　茶**　（慌张）老二，不许胡说！你知道，我的心早就给了老大。

**覃老二**　你的心给了他，我的心给了你。

（唱）藤缠树，山恋云，

老二我只爱妹一人。

**八　茶**　（唱）今生今世无缘分，

愿来生来世情更深。

〔老二、八茶下场。

〔幕落。

## 第二场

〔幕启。

〔乡镇集会。

〔覃老大背着箩筐上。

**覃老大**　（唱）新任舵主来集场，

来把盐巴换米粮。

日本小鬼炮声响，

局势紧张人惊惶。

〔张老板上。

**张老板**　老大，你来了！

（唱）水路受阻陆路挡，

鬼子进城好嚣张。

门可罗雀无人赏，

没货没钱好心伤。

**覃老大**　哟，有些日子没见，张老板怎么愁眉苦脸？

**张老板**　还不是叫那小日本给闹的。

**覃老大** （摇头）张老板，我还是要老两件儿。

**张老板** 那就八包米，外加两提布。

**覃老大** 张老板，好像上次还差我两包米？

**张老板** 好说，有账有账。莲玉啊，把账本拿来。

〔莲玉拿账本上。

**莲　玉** 来了，我的好爹爹。

（唱）老爹爹算不了账，
凡事都得我帮忙。
新账老账分开放，
否则乱账一箩筐。

**张老板** 来来来，莲玉，这是龙船寨新任的舵主覃老大。

**覃老大** 这是莲玉妹子？几年没见，我还真认不出来了。

**张老板** 她呀，总闹着要念书，我就送她到宜昌府去，一去就是好几年。

**莲　玉** （害羞）覃大哥好。

**覃老大** 唉，莲玉妹子好。

（唱）姣妹生得一只花，
面如白米粉糍粑。
大哥有心亲一下，
又怕糍粑烫嘴巴。

**张老板** 莲玉啊，如今这世道不太平，少往街上跑。

**莲　玉** 不去就是了。

〔日本兵的炮声响。

**张老板** 老大啊，想跟你商量个事儿，如今这镇上不太平，我想叫莲玉去富春寨里的姨妈家躲躲。

**莲　玉** 我去姨妈家，那您了？

**张老板** 我留下看店。

**莲　玉** 您一个人在这，我怎么放心？

**张老板** 这街里街坊的，互相有个照应。

**莲　玉**　可是……

**覃老大**　那个寨子我常去，就离我们寨子四五公里。

**张老板**　那就好，那就好。我看你覃老大是个老实的汉子，就把莲玉托付给你了。

**覃老大**　好，您放心。

**张老板**　这是路费，请你拿着。

**覃老大**　（婉拒）这您就见外了，我的船啊，从来拖货不拖人。

**莲　玉**　爹爹。

**张老板**　莲玉啊，我这肩不能扛，手不能提，那小日本也不能拿我怎样。倒是你，要是让小日本掳了去，叫我怎么活得下去！

**覃老大**　张老板，时候不早了，我看这天气，晚上估计有暴雨。

**张老板**　快走快走。莲玉，你好好跟着覃老大，到了寨子给我捎封信。

**莲　玉**　那爹爹保重，等过了这个风头我就回来！

**张老板**　好好好。

〔张老板下。

〔覃老大拉着莲玉走上船。

〔幕后叔公声音：女人不上船，是男人河不成文的规矩，历来的舵主都得遵守。

**覃老大**　开——船——咯。

〔覃老大抽起青黄篙直插水底，双脚抓拿住船舷猛然一撑。

**覃老大**　（唱）山重重，树青青，
路弯弯，水灵灵。
吊脚楼上歌对碰，
男人河边飞腾龙。

**莲　玉**　（拿着伞）老大，为什么叫它男人河？

**覃老大**　（唱）鹰嘴岩峰狰狞外，
高山中断清江开。
男人掌舵翻江海，

女人赛歌庆归来。

**莲　玉**　哎哟，这船怎么东倒西歪？

**覃老大**　你坐着，我下水看看。

〔覃老大解开裤带，穿着内裤下水。

**莲　玉**　（见状害羞，连忙遮起了眼）你怎么不穿裤子？

**覃老大**　这水上水下的，穿着裤子还不得把裤裆擦烂了。

**莲　玉**　你快点，大姑娘在这呢。

〔覃老大将船靠岸。

**覃老大**　天色暗了，我们去岸边歇息一晚。

**莲　玉**　这荒郊野岭的，有狼怎么办？

**覃老大**　有我呢。

**莲　玉**　（带着哭腔，唱）

避战乱我欢喜上了哥船，
哪曾想路漫漫河水急湍。
男儿身我立马蒙眼羞看，
这黑夜有猛兽叫我如何心安。

**覃老大**　你别哭，要不，明天送你回去就是。

**莲　玉**　谁说要回去了！

〔覃老大将一捆乱蓬蓬的稻草展开，铺成一张床的模样，然后将一团上衣做成个枕头的形状。

**覃老大**　你就在那边将就一夜吧。

**莲　玉**　（不情愿）嗯。

〔莲玉在稻草铺上辗转反侧，冷得浑身哆嗦。

〔一声巨雷锐利地炸响，开始下暴雨。

**莲　玉**　老大，下雨了，船跑了。

〔覃老大“嗖”地站起来，冲向舞台左边。

**覃老大**　你别怕，我去追船。

**莲　玉**　老大小心！

（唱）大雨滂沱船绳断，
雷声炸响船身翻。
大哥给妹安全感，
顶天立地好儿男。
他勇敢力大心又善，
瞻前顾后攻困难。

〔覃老大从舞台左侧上，莲玉迎上去。

**覃老大**　我信了你的邪！船是找回来了，但是被剜了个洞，粮食也冲走了。

**莲　玉**　（愧疚）真不好意思，让我爹再补你几块洋钱。

**覃老大**　呵！生不带来死不带去，要那么多钱干嘛。

**莲　玉**　你流血了，我看看。

**覃老大**　这点血算啥。

〔覃老大嘴里吸一口气，把衣服脱了，撕成两半，猛地捂在伤口上，系紧。

**莲　玉**　老大！

（唱）覃老大身强力壮有力量，
棱角分明性格刚。
鼻梁笔直气血旺，
双目坚定神飞扬。
我心跳急促似小鹿乱撞，
神魂颠倒好紧张。

**莲　玉**　（扒拉着火堆四周散乱的树枝）啊！

**覃老大**　怎么了，怎么了？

**莲　玉**　扎了根刺。

**覃老大**　疼吗？我帮你挑。

（唱）莲玉手细如葱管，

皮肤白皙似玉兰。
一条乌黑大长辫，
撩拨嗓子眼发干。
娇娇女生姿顾盼，
温润如玉静姗姗。

〔覃老大摸了摸自己燃烧的脸，然后全力去吮吸那点鲜红。

**莲　玉**　你吮疼我了。

〔莲玉慌张地抽回手。

**覃老大**　是吗？爷们劲儿大，弄疼你了。

〔覃老大喘息着抱住了莲玉。

〔巨雷锐利地炸响。

〔莲玉更紧地抱着覃老大。

〔舞台顶部红布慢慢落下，遮住了覃老大和莲玉。

〔音乐起。

**莲　玉**　你要娶我，娶我，老大。

**覃老大**　客家妹子，我的亲亲呢！

**莲　玉**　你要娶我，娶我……

**覃老大**　客家妹子，亲亲呢……

**莲　玉**　你要……

**覃老大**　我要让你坐了花船坐花轿，坐了花轿坐花船！

〔幕落。

# 第三场

〔幕启。

〔敲锣打鼓声，喜气洋洋。

〔叔公上，大妈搀扶着八茶跟上，八茶头盖红布。

**叔　公**　今天是个大喜的日子。

（唱）人逢喜事精神爽，
即刻要嫁幺姑娘。
她欲做新娘朝暮想，
只盼老大早归乡。
红衣一袭眼闪亮，
梨靥双涡美梳妆。
天公酬得佳人望，
嫁个智勇好婿郎。

**八　茶**　老大回来啦?

**叔　公**　不急不急，他二弟去接他了。

**八　茶**　（唱）花布盖我头，
喜字呈吉祥。
笑迎亲朋往，
新人暖新房。
大婚成愿望，
小家是天堂。

〔覃老大、莲玉、覃老二从舞台左侧上。

〔大妈迎上去。

**大　妈**　老大，你可算回来了。叔公和长辈们说今天是好日子，寨子上已经准备好你和八茶成亲。

**叔　公**　老大啊，今天可是你的好日子。

**莲　玉**　老大，这……怎么回事？

**覃老大**　（喘息）莲玉，你听我说……

**八　茶**　（把红盖头掀开）她是谁？

**覃老大**　她是……

**莲　玉**　坐了花船坐花轿，坐了花轿坐花船。老大，这是你说的。

**覃老大**　莲玉，你听我解释。

**莲　玉**　解释？新娘子就在我眼前，你有什么好说的！

〔莲玉转身向舞台右侧跑。

**覃老大**　莲玉！

〔覃老大追莲玉。

**八　茶**　老大！你回来！

〔八茶气急败坏地向左侧跑。

**覃老二**　八茶，八茶。

〔覃老二追八茶下。

**叔　公**　这算怎么回事儿，好好的，弄成这样？

**大　妈**　哥哥追姑娘，弟弟追新娘，我可有点糊涂了。

**叔　公**　都是不听话的崽子，不打不成器。

〔叔公、大妈下。

〔覃老大抱着浑身湿透的莲玉从舞台左侧上。

**覃老大**　我亲亲的妹子哟，你头发也散了，鞋鞋也掉了，你弄疼了我的心咯！

〔莲玉瘫软在覃老大的怀里，嗷嗷地哭出声来。

**莲　玉**　你让我去死，你让我去死。

**覃老大**　我怎么能让你去死？我的亲亲，我要你欢喜，要你笑啊。

**莲　玉**　你有婆娘，为什么还要我？你个强盗，棒老二！

**覃老大** 这里面有误会。

**莲　玉** 误会？那妹子带着红盖头，是误会？

**覃老大** 她叫八茶，只是我的亲妹子。

**莲　玉** 亲妹子？你要了我就要娶我，不然叫我怎么出去见人。

**覃老大** 你就是我的心肝，我亲亲的妹子，我们相好一辈子。

**莲　玉** 带我走吧，回镇里，爹爹会把店子给我们。

**覃老大** 莲玉，我不能跟你走。

**莲　玉** 难道你不爱我？

**覃老大** 不是，当了这个舵主，就得担起全寨人的生计。

**莲　玉** 舵主就这么重要？是你自己想当这个舵主，本来男人河就是大家的。你们龙船寨死守着这个鹰嘴岩，你当这个舵主，有什么好？

**覃老大** 你说有什么好，当这个舵主，就可以走我的船。原以为你喜欢我，我喜欢你，就能成亲，可……

**莲　玉** 我……

〔莲玉晕了过去。

**覃老大** 我的乖乖，你都着凉了。

〔覃老大抱着莲玉下。

〔八茶上，覃老二在后。

**八　茶** （哭腔）她是谁，为什么抢我的男人？

**覃老二** 看得出哥是真在乎她。

**八　茶** 老二，你没安好心。你给老大下的什么药？你明明知道，老大在鹰嘴岩前对着八爷点的头，知道我喜欢的不是你。

**覃老二** 八茶，老大说过，他只是把你当妹子看，你别执迷不悟。

**八　茶** 不，我不是他的妹子，我是他的女人，他的女人。

〔覃老大上。

**覃老大** 八茶，这事太突然，我有话同你讲。

**覃老二** 哥，到底是怎么回事？

**八　茶**　你好好给我讲，你和她不是真的。

**覃老大**　我跟她是真的。

〔八茶突然爆发出一阵苦涩的大笑。

**八　茶**　哈哈哈哈。

（唱）你招人喜爱我不怪，
　　你摸摸良心，
　　我哪点比不上你那小乖乖。

**覃老大**　八茶，你别怪我，我心里放不下她。

**八　茶**　你要喜欢你就喜欢吧，我不怪你。你可以娶她，但她只能做小！

**覃老大**　那样，她不会答应的。

**八　茶**　那她要怎样？

**覃老大**　八茶，我把屋里的东西都留给你，你就让我走吧。

**覃老二**　哥，你疯啦！

**八　茶**　你中了哪门子邪？

**覃老大**　你别这样看我，我没中邪，没说胡话。我得去看看莲玉。

〔覃老大下。

**八　茶**　我要杀了她，杀了那个可恶的城里婆娘。

（唱）你到河里呢，水老倌扯住你的腿吆。
　　你到山上呢，妖精拖住你的腿吆。
　　你到屋里呢，吊颈鬼抱住你的脑壳哟。
　　你看了我的男人瞎眼睛，你亲了我的男人烂舌根。

**覃老二**　八茶，别做傻事儿！

〔幕后大妈声：要留住男人的心只有一个办法，就是为他生一个儿子。

**八　茶**　（重拾希望）儿子！儿子！

〔八茶、覃老二下。

〔幕落。

# 第四场

〔幕启。

〔八茶带着一把刀，来到莲玉的房间。

〔莲玉坐在床上。

**莲　玉**　我知道你会来。

**八　茶**　你真喜欢他？

**莲　玉**　我爱他！

**八　茶**　你得走！

**莲　玉**　我会走的。

**八　茶**　（把刀扔到了莲玉面前）你不怕我动手？

**莲　玉**　你恨我入骨，我心知肚明。你要是杀我，早就动手了。

**八　茶**　你能看穿人的心思？

**莲　玉**　老大，他不爱你。

**八　茶**　你也看到了，老大和我结合，是父母之命、媒妁之言、宗族之规。就算不是我，也轮不到你这个外乡女子。

**莲　玉**　这龙船寨再好，也只是个寨子。我爹爹答应我，等我带老大回镇，店子就归我们。

**八　茶**　你真没弄明白，老大为什么一直留在龙船寨？

**莲　玉**　不过是想当他的舵主。

**八　茶**　你错了。

**莲　玉**　我哪里错了？

**八　茶**　你压根就没对过。

**莲　玉**　你……

**八　茶**　实话告诉你，我已经有了老大的种。

**莲　玉**　（猛然一惊，向后退了三步）老大的种！

**八　茶**　我劝你识相点，男人，一旦有了孩子，你看他是认你，还是认他的亲生孩子？

**莲　玉**　你骗我，老大，他不是那样的人。

**八　茶**　男人，你还不明白？你，也就是他的下酒菜，两句情话就把你蒙得晕头转向。

**莲　玉**　他不会的，他不会这样对我。

**八　茶**　（上前）我劝你快点走，等到了明天，我的这把刀就翻脸不认人了。

〔八茶下。

**莲　玉**　（唱）虚情假意蒙双眼，
甜言蜜语绕耳边。
如今，我是打掉牙往肚子里咽，
无枝可依苦不堪言。

〔幕落。

## 第五场

〔幕启。

〔叔公坐在舞台中央。

〔覃老大上。

**覃老大** 叔公，我不娶八茶。

**叔　公** 命相看了，菩萨请了，村里的男女老少都来了。你是想让叔公难堪，还是想坏了龙船寨的风水?

**覃老大** 那莲玉妹子，已经是我的人了。

**叔　公** 可是那女人，是外乡人。八爷把舵把子交给你，就由不得你的性子。龙船寨的规矩是铁打的。

**覃老大** 要是龙船寨的规矩是娶不得外乡人，那就请您老人家另挑舵主吧。

**叔　公** 寨子里百十条性命都掌握在你手里，你……成亲吧。

〔叔公下。

**覃老大** （唱）两情相悦私定婚，
心心相印好一生。
纲常规矩乱方寸，
指腹为婚急坏了人。

〔覃老大下。

〔莲玉上。

**莲　玉** 回头是岸须趁早，
情路坎坷人飘摇。

〔覃老大拿着莲玉留给他的信，上。

**覃老大** 莲玉，你好残忍!

（唱）还记得男人河上生死相许，
哪曾想这情关曲折离奇。
猛然间极羞愧难以启齿，
只望见她眼泪汪汪恐怕人知。

莲玉，你让我找得好苦。

**莲　玉**　不要再来见我。

**覃老大**　这是什么胡话？

**莲　玉**　老大，别在这假惺惺了，我念你老实忠厚才和你好。哪知道你早就和别的女人有了孩子。

**覃老大**　什么？孩子？

**莲　玉**　你还在装什么？八茶把一五一十都告诉我了。

**覃老大**　她说了什么？

**莲　玉**　她说，她已经有了你的孩子！

**覃老大**　（转身大笑）哈哈哈，这八茶是啥子话都说得出口！八茶是我的亲妹子，八爷又对我恩重如山。我怎么会做出对不起八爷和八茶的事来。

**莲　玉**　你果真没做？

**覃老大**　我发誓，如果我做了对不起莲玉的事，就被天打五雷轰！

**莲　玉**　（上前，用手绢盖住覃老大的嘴）我不许你这样说自己。老大，我们逃吧。

（唱）寨里月色凄又冷，
急风大呼乱人神。
痴心的人儿休怨恨，
比翼双飞去私奔。

**覃老大**　私奔？

（唱）美好姻缘无人认，
事到如今无计伸。
我和她山穷水尽，
为爱情奋不顾身。

〔覃老大跪地，磕了三个响头。

**覃老大** 叔公、八茶、老二，我对不起你们。

**莲　玉** 老大不要负我。

**覃老大** 我要你坐了花船坐花轿，坐了花轿坐花船。

〔覃老大拿篙撑船。

**覃老大** 莲玉，快上船。

〔覃老大接莲玉上船。

**莲　玉** 出发咯！

（唱）阿哥阿妹最潇洒，
似那蜜蜂和鲜花，
鲜花围着蜜蜂啊。
蜜蜂生来恋鲜花，

**覃老大**
**莲　玉** （合唱）我们俩，红尘做伴海角天涯。

〔覃老大、莲玉下。

〔幕后叔公声：命里有时终须有，命里无时莫强求。

〔八茶上，拿着老大的信。

**八　茶** 老大，你回来呦，老大。

〔覃老二拿木桨上。

**覃老二** （唱）八茶我本不该痴想，
大哥却有了新爱娘。
久久等待有希望，
老天有眼热心肠。
待我怒把鹰嘴岩闯，
门当户对地久天长。

〔覃老二拿木桨渡河，唱土家民歌。

（唱）跳撒叶儿荷，

隔河望到幺妹儿。
幺啊妹儿，
那个妹呀，那个妹呀，
妹上坡。
红带带儿扎裹脚，
情妹，哥哥我跳起个撒叶儿荷。
打撒叶儿，唱撒叶儿，
跳起个撒叶儿荷。

〔八茶看见老二，连忙挥手。

**八　茶**　老二，老大走了！

**覃老二**　什么？大哥走了？

**八　茶**　这是他留给我的信。

**覃老二**　信上写的啥？

**八　茶**　他说，“我走了，这家就留给你和老二了，我来生再报答你们”。
（唱土家民歌）撒忧哇撒忧哇——
那就，红笔上的账嘞，
红笔来勾销；
黑笔上的账嘞，
黑笔来勾清；
许愿上的账嘞，
还愿账才明。
没有老大，我还不如去死。

〔八茶冲向河边，覃老二及时抓住八茶。

**覃老二**　我的妹妹哟，你怎么这么不珍惜自己。
（唱）哥哥真心好福气，
二女都把性命依。
八茶，你放心，不把哥哥捉回来，我一辈子不见你。

〔覃老二下。

**八　茶**　老二，老二！兄弟俩都是驴脾气，认定的事情都没有商量的余地。

〔八茶下。

〔覃老二上。

**覃老二**　（唱土家民歌）老二我打从哪里来？
我从男人河上来。
路上遇到何物叫？
斑鸠声声叫苦苦，
既来之我不怕苦；
再问我从哪路来？
我从龙船寨上来。
路上遇见何物叫？
猛虎声声叫吼吼，
既来之我不怕吼；
再问哥郎哪路来？
我从八茶心中来。
路上遇见何物叫，
白鹤声声叫痴痴，
既来之我不怕痴。

〔覃老大和莲玉从舞台右侧上。

**覃老大**　（唱）山路十八弯，
水路九连环。

**莲　玉**　（唱）山歌串对串，
水声翻滚翻。

**覃老大**　（唱）十八弯弯出了土家人的金银寨，

**莲　玉**　（唱）九连环连出了土家人的珠宝滩。

〔远处，猿猴叫声。

**覃老大**　巴东三峡巫峡长，

**莲　玉**　猿鸣三声泪沾裳。老大，这会儿应该快到镇子了。

**覃老大**　不知道我的叔，我的弟，我的妹……

**莲　玉**　你的妻就在你身边。

**覃老大**　对，我的妻，就在我身边。

**莲　玉**　要对我好！

**覃老大**　一辈子对你好！快看，鹰嘴岩。

**莲　玉**　就是那个危险的岩峰？只有闯过了它才能当男人河的舵主？

**覃老大**　对！闯过了鹰嘴岩才能成为男人河的舵主！

〔雷声、雨声音效。

**莲　玉**　老大，打雷了。

**覃老大**　（唱）这雷声轰隆隆惊天动地，
这雨声哗啦啦电卷风驰。
我的心如陀螺颠三倒四，
多想这大雨洗清我的一走了之。

〔覃老二从舞台左侧上，划桨。

**覃老二**　（唱）这男人河让我的情水深火热，
这鹰嘴岩让我的命一波三折。
此时此刻，这一切，该结束了！

〔覃老二划桨，奋力闯向鹰嘴岩。

〔雷声更大，雨声更响。

**覃老二**　冲！冲！冲！

〔覃老大与此同时也在奔向鹰嘴岩，他发现了老二。

**覃老大**　老二！老二！

〔覃老二没有听见，冲向鹰嘴岩。

**覃老二**　冲！冲！冲！

**覃老大**　老二！小心！

〔覃老二的船撞向鹰嘴岩，船被打翻，覃老二落入水中。

**覃老大** 老二，老二。

〔覃老大跳入水中，向老二的方向奋力游去。

**覃老二** 救命啊，我的头！

**覃老大** 我来了，老二。

〔莲玉在船上吓得惊慌失措。

**莲　玉** 老大，老大。

〔风声、雨声、雷声、人声相互交错。

〔覃老大抓住覃老二，向岸上游去。

〔莲玉没有把握住重心，跌进了河里。

**莲　玉** 老大，老大，救命啊。

〔覃老大把覃老二拖上岸，老二昏迷。

〔覃老大转身发现自己的船翻了，莲玉不见了，又跳进河里。

**覃老大** 莲玉，莲玉，你在哪儿？

〔莲玉抓着河里的水草，拼命呼救，但浪太大，淹没了她的声音。

**莲　玉** 我在这，我在这。

**覃老大** 莲玉，莲玉，你在哪儿？

〔大浪又一次袭来，模糊了覃老大的视线。

**覃老大** （大声呼叫）莲玉，莲玉。

〔覃老大游往莲玉的方向，莲玉被水草缠住了脖子。覃老大把莲玉救回岸上。

〔覃老大面对躺着的莲玉和老二，精疲力竭且绝望至极。

**覃老大** 莲玉，老二，你们醒醒，你们醒醒！

〔覃老大使劲压莲玉和老二的肚子。

〔覃老二口中喷水，咳嗽了几声。

**覃老大** 天无绝人之路，人有旦夕祸福。老二，我是大哥。

〔覃老二清醒了过来，看见是老大，连忙抓住老大的衣服。

**覃老二** 老大，老大，我可找着你了，快，跟我回去见八茶。

**覃老大** 快看看莲玉？

〔覃老二意识到身旁躺着莲玉，又连忙松开了手。

〔覃老大抱起莲玉。

**覃老大** （大声喊）莲玉，莲玉，我是老大，你快醒醒！

**覃老二** 莲玉妹子，你快醒醒！

〔莲玉没有反应。

**覃老大** 莲玉，莲玉，你别吓我。

（唱）千辛万苦把好日子挨到，
费尽心思把困难熬。
两情相悦谁知晓？
花好月圆把命抛。

莲玉，你快醒醒，我要让你坐了花船坐花轿，坐了花轿坐花船。

**覃老二** 大哥，事不宜迟，这浪越来越大，咱们得赶快把莲玉送回去。

**覃老大** 你说得对，咱们快走。

〔覃老大抱着莲玉和覃老二下场。

〔幕落。

# 第六场

〔幕启。

〔覃老大抱着莲玉和覃老二上场。

**覃老大** 老二，你去喊郎中。

**覃老二** 好嘞。

〔八茶见老大，冲上。

**八　茶** 老大，老大，你回来了，我知道你不会离开我的。

**覃老大** 八茶，快打盆热水。

〔八茶见状，由喜转悲。

**八　茶** 是她?

**覃老大** 莲玉溺水了，快帮帮忙?

**八　茶** 我……

**覃老大** 快救救她，我求求你!

〔八茶惊讶地看着老大。

**八　茶** 你……我……

**覃老大** 她死了，我也活不了了!

**八　茶** 你别急，别急!

〔八茶下。

〔覃老大把莲玉放在床上，给莲玉按摩。

〔覃老二领着郎中上。

**覃老二** 郎中来了，老大，快让郎中给莲玉看看。

〔郎中给莲玉把脉。

**郎　中**　肺内吸入大量水，使她缺氧窒息。

**覃老大**　（*激动*）还有救吗？郎中，你可得救救她啊。

**郎　中**　看她气血微弱，面部无色，嘴唇发青，如果醒来，就还有得救。如果醒不来，就……

**覃老大**　就怎么样？

**郎　中**　听天由命。

**覃老大**　让我来照顾她。

**覃老二**　大哥，我们就在屋外候着。

〔覃老二、郎中下。

〔覃老大紧紧握着莲玉的手。

**覃老大**　（唱）你柔情似水倩影留，
我携手与你对凝眸。
前世有约今生走，
魂梦飞有情难酬。
为了你，我甘心不当舵手，
只愿你，睁开眼不锁眉头。

莲玉，你快醒醒。

〔八茶拿着盆上。

**八　茶**　快，给莲玉妹子擦擦，我帮她换套衣服，这都湿透了。

**覃老大**　唉，麻烦你了。

**八　茶**　快转过身去。

**覃老大**　唉。

〔八茶给莲玉擦背，帮她换了一身衣服。

**覃老大**　八茶，我对不起你。

**八　茶**　别说什么对不起。

**覃老大**　八茶，都怪我。

**八　茶**　要怪，也怪我没有这个命。

**覃老大** 世间的事情，阴错阳差，原难预料。

**八　茶** 老大，我有一句话要问你，你必须真心答复我，不能有丝毫隐瞒。

**覃老大** 我据实以答，绝不瞒你。

**八　茶** 你有没有那么一刻，喜欢过我。

**覃老大** 实不相瞒，与你订婚，是奉了八爷之命。至于和莲玉私奔，又是形势所迫。

**八　茶** 你没有正面回答我的问题。

**覃老大** 到了今天，我才知道真正爱的是谁。

**八　茶** 是莲玉。

**覃老大** （唱）她负气出走我焦躁，
昏天黑地尝煎熬。
如果一生再见不到，
我就白来世上这一遭。

**八　茶** 你我成亲那天，当看到你追她，便知你内心的情爱所系，只是我还痴心妄想，若是与你成亲之后，能拉你回心转意。

**覃老大** 八茶，我一直把你当妹子看。可是我对莲玉，确是刻骨铭心的相爱。

**八　茶** 刻骨铭心地相爱!

**覃老大** （唱）八茶有恩不能忘，
这份情意是荣光。
几世修的福气旺，
只可惜，有缘无分多少痴狂。

**八　茶** （唱）自你走后我常想，
爱情两字难商量。
单相思念念不忘，
没缘分成不了一双。
你喝碗热茶，别也病倒了。

〔八茶把茶递给覃老大。

**八　茶** 我去帮老二包扎。

〔八茶下。

〔莲玉动了动头，覃老大喜出望外。

**覃老大** 郎中，郎中，她醒了，她醒了。

〔郎中上。

**郎　中** 这女子，像是听懂了你的话，你接着叫。

**覃老大** 莲玉，我是老大，我是老大。

**郎　中** 你接着喊。

**覃老大** 莲玉，莲玉，我要让你坐了花船坐花轿，坐了花轿坐花船！

**郎　中** 给她唱歌，就唱你们山里的歌。

**覃老大** （唱土家民歌）土家跳起撒叶儿荷，
山里人自有山里人的乐。
土家跳起撒叶儿荷，
日子越过越红火。

〔莲玉睁开眼，非常虚弱。

**莲　玉** 老大，是你吗?

**覃老大** 是我，我的小乖乖。

**莲　玉** 这是哪?

**覃老大** 你在我家，我们回来了。

**莲　玉** 我不要回你家，不要……

**覃老大** 你是我们龙船寨的媳妇。

**莲　玉** 龙船寨的媳妇?

**覃老大** 对。

**莲　玉** 真是苦了你了。

**覃老大** 我们的好日子，就要到了。

**莲　玉** 我们的好日子，只怕我等不了了。

**覃老大** 晦气话，你会好的。

**莲　玉** 老大，我想对你说几句话。

**覃老大** 我在，你说?

莲　玉　叮咛嘱咐，千言万语留不住。

（唱）我与你并肩看彩霞。

你与我缠绵走天涯。

我感谢有你的心里话，

有情相守才是……

覃老大　莲玉，你不会死，不会死。

（唱）碧草青青花盛开，

彩蝶双双久徘徊。

千古传诵深深爱，

老大永把莲玉揽入怀。

莲　玉　（唱）龙船寨一别恨如海，

促膝谈心无疑猜。

历尽磨难真情在，

天长地久不分开。

〔莲玉断气。

覃老大　莲玉，莲玉！

覃老二　都是我，都是我，不然莲玉妹子也不会溺水。

八　茶　是我是我，是我怂恿的你，错都在我。

覃老大　别说了，人已经没了。

〔覃老大抱起莲玉，向舞台前方走去。

（唱土家民歌）举头望白云，云遥遥，

低头观海潮，水滔滔。

云遥遥，水滔滔，

云水难相交。

〔覃老大抱莲玉下场。覃老二、八茶下场。

〔幕落。

# 第七场

〔幕启。

〔覃老大带着白色包袱上。

**覃老大** （唱）悬崖陡，马群跑，乃登天之道。
水流急，浪涛涛，不似平地逍遥。
我要走了，到一个谁都不认识我的地方。

〔八茶拿着热壶上。

**八　茶** 老大，喝茶。

〔覃老大接过茶碗一口喝了。

**八　茶** 老大，你这是要?

**覃老大** 我要走了。

〔八茶掂了掂覃老大收拾的白色包袱，痛快地放声大笑。

**八　茶** 你覃家几代汉子，在这河上都是响当当的人物，到了你这一辈也不能坏了名声。你既是欠了那女子的情分，当骡子当马自然该还，你要想走，甩手甩脚走就是，我八茶不说半个不字。

〔覃老二上。

**覃老二** 老大，你这是?

**覃老大** 我要走。

**覃老二** 老大，你不能走，你不要去给人家当骡做马，离了龙船寨，就不是大哥你了。

**覃老大** 老二，你不要搓磨我的心了。

**八　茶** 老二，你让他走吧。（对覃老大）你想走就走，想回来再回来。我和老二替你守屋看船，你放宽心地走。

〔八茶从腰间掏出两块叮当作响的银元，一把揣到老大怀里。

**八　茶**　你带了去救个急。

**覃老二**　大哥，该走的不是你，是我。

**覃老大**　你往哪里走?

**覃老二**　我要去学梯玛。

**覃老大**　老二，你……

**覃老二**　老大，你注定是人中之人，我却只能做人外之人，我是决定要去的，你不用劝我了……

**八　茶**　老二，是我对你不好吗?

**覃老二**　不要说了！老大，你这几件衣服就给我了。

（唱）命中有时终须有，

命中没时莫强求。

这鹰嘴岩，我是闯不过了。你是男人河的舵主，以前是，现在是，将来也是。

**覃老大**　老二，你不能走。

**覃老二**　哥，八茶，我来生再报答你们。

〔覃老二拿着老大的包裹，向舞台右侧走去。

〔幕后唱：

跳撒忧儿荷哇，

麒麟乃兽中之王，

凤凰乃百鸟之君。

龙乃鱼之长，

龟乃虫之尊。

卵胎石化千百种，

世上万物人最能。

〔剧终〕

# 眉　娘

（新编茂腔大戏）

编　剧：孟诺楠（戏文系 2013 级）

# 毕业大戏《眉娘》的创作阐述

《眉娘》改编自莫言的小说《檀香刑》，刻画了一个在高密这样充满生命力却又略带神秘色彩土地上发生在“大脚西施”孙眉娘和她的“干爹”县令钱丁、亲爹孙丙、公爹赵甲身上的故事。

首先，我想先阐述一下我之所以选择改编这部长篇小说来创作这出大戏的原因：

从原书故事内容来看，莫言以1900年德国人在山东修建胶济铁路、袁世凯镇压山东义和团运动、八国联军攻陷北京，慈禧仓皇出逃为历史背景，用摇曳多姿的笔触，大悲大喜的激情，高瞻深睿的思想，活灵活现地讲述了发生在“高密东北乡”的一场可歌可泣的运动，一桩骇人听闻的酷刑，一段惊心动魄的爱情。这样的一段故事本身就充满着神秘感，十分引人入胜；从人物来看，全书有五位主人公，而女主角只有一个孙眉娘，而孙眉娘身边的男人与她错综复杂的关系也是十分具有戏剧性的点；从结构上来讲，书中的五位主人公每个人都有自己单独的章节，将五个人的故事讲述的十分详尽。这就为这部大戏的创作提供了多种思路。而最终，我选择了以“孙眉娘”的视角来创作这部大戏，因为在戏曲舞台上，有关于塑造一个“奇女子”的戏本身就十分具有看点。基于以上几点，我选择了改编《檀香刑》这部长篇小说来创作这出大戏。由于依照的是一部长篇小说，所以，我第一步要做的就是确定好一条贯穿全剧的线索。戏曲讲究一人一事，既然我选择了以“孙眉娘”为第一主角，那么，我就需要将孙眉娘的一个成长、变化的过程说清楚。在经历了一个删繁就简的过程之后，我基本上确定了一条主线，那么接下来我便对剧本剧情做一个详尽的概述。

孙眉娘从小没了亲娘，跟着爹爹孙丙在戏班子里摸爬滚打，爹爹孙丙和戏班子里的当家花旦另成家，眉娘更是无人管教。随着年龄的增长，孙眉娘渐渐出落成了一个标致的美人，美中不足的就是，因为没有娘亲，所以没人给她缠足，最后落得个天足。天足也成了孙眉娘被人嘲笑的借口，当然十里八乡的女人们最不能接受的就是孙眉娘长着一张狐媚的脸，确切地说，是比她们都漂亮的脸。眼看着眉娘到了婚嫁的年龄，可是，没人愿意给她说亲，最后终于订了卖狗肉的赵小甲。孙眉娘在出嫁的路上遇到了新官上任的钱丁，二人一见钟情。眉娘这张漂亮的脸蛋儿在和新任县太爷钱丁初次相遇的路上，就给这位风度翩翩的县太爷留下了深刻的印象。正当二人沉浸在“一见钟情”的喜悦当中之时，县太爷夫人打断了这次美好的“意淫”。钱夫人是曾国藩的外孙女，家教极好，温柔端庄，贤良淑德，但也是一个长着七巧玲珑心的女人。自己的丈夫现在是什么情况，她一眼就能看出来，钱夫人不动声色地结束了这次“奇遇”。同时，凭借女人的直觉，立刻抓住了孙眉娘天足的短板。眉娘嫁到夫家，丈夫赵小甲是个有些痴呆的傻子，相貌品行远不及钱丁，更别说夫妻之事。孙眉娘在这寂寞的夜里更加想念钱丁。而钱丁与钱夫人也只是相互敬重，并无其他感情，所以，钱丁对眉娘也是相思甚疾。最先按捺不住的是钱丁，他主动提出要让夫人给乡民们设座讲德。钱夫人看出了钱丁的小算盘，讲德是假，借机再见眉娘是真。但是钱夫人并未明说，还是答应了下来。钱夫人为了警醒钱丁，同时又为了警告眉娘，于是现场来了一次观脚。当钱夫人露出她那三寸金莲时，确实让孙眉娘感受到了自己和名门之后的差别，而钱丁也明白了夫人的用意，于是这场讲德草草结束。孙眉娘自知配不上钱丁，而自己又是有夫之妇，于是她想尽办法想要忘记钱丁。孙眉娘找到了马神婆，求得一剂方子，可这药还没来得及喝下，钱丁又出了新花样。钱丁在城门楼下设了一架大秋千，孙眉娘自小长在戏班子里，身上的功夫极好，这秋千就像专门给她设的一样，眉娘秋千炫技，钱丁一睹芳容。眉娘始终无法忘记钱丁，但又捉摸不透钱丁的心思，便借着给县太爷送高密特产的狗肉、黄酒的名义来试探钱丁。眉娘因为想要用裙子遮住自己的大脚的缘故，险些摔倒，钱丁顺势扶住了她，就在二人接触到的一瞬间，天雷勾动地火。就在二人忘乎所以的时候，钱夫人带来了一条惊天动地的消息，同时也撞破了二人的奸情。因为德国兵当街调戏孙丙之妻，孙丙一怒之下打死了这个德国兵。眉娘替自己的亲爹求情，钱夫人冷眼观望，而此事有牵扯到德国人，钱丁陷入了两难的境地。眉娘为了救父向钱丁献计，来一个偷梁换柱，用一个烧焦的死刑犯换下孙丙，给德国人一个交代。没想到钱夫人也赞同这个想法。眉娘和钱夫人一起说服的钱丁。眉娘正想向钱夫人道谢的时候，钱夫人表明了自己的态度，自己只是也很不满意德国人在这里的所作所为，觉得像孙丙这样的敢于反抗德国兵的人不应该就此丧命而已。不管怎样，孙丙的命算是保住了，眉娘送他远走他乡。没想到的是，孙丙参加了义和团，而且又回到高密县，煽动乡民参加义和团，这一次孙丙被袁世凯扣押，经过调查，此孙丙竟然就是那个被“烧死”的孙丙。袁世凯为了防止上次的事情再发生，也为了给德国总督一个交待，便从京城刑部大堂请来首席刽子手赵甲来给孙丙上刑，不光上刑，还要孙丙受着刑活到胶济铁路开张运行。这赵甲就这样回乡了。让眉娘没想到的是，赵甲竟然是自己的公爹。眉娘本以为事情迎来了转机，可是，谁曾想这个赵甲就是个杀人机器，这个人只在乎三件事：慈禧老佛爷、银子和儿子赵小甲。眉娘恨透了赵甲，他不光不念亲情，还要用眉娘的亲爹孙丙来发一笔死人财。眉娘还是不想放弃，可是这时候钱丁也无能为力了。孙丙被上了檀香刑。在一个风雨交加的夜里，孙丙女儿要结束自己的生命，就算是死，也不能让袁世凯和德国人如愿。另一头，钱丁也知道自己不会有好结果了，倒不如有尊严地赴死，于是动了杀了孙丙再自杀的念头。正当钱丁准备动身的时候，钱夫人来到了钱丁的房间，请钱丁先亲手了结了自己的性命。钱夫人说明了自己当初想救孙丙，是因为不满意德国人的作为，而如今，孙丙是被袁世凯抓住，赵甲又是慈禧太后派来的人，自己不愿意看着夫君反抗朝廷，但她也知道钱丁去意已决，所以，只能先请钱丁杀了自己。钱丁最后含泪用白绫勒死了钱夫人。钱丁体贴眉娘，不愿让她担上弑父的罪名，于是钱丁杀死了孙丙。之后眉娘和钱丁相拥共赴黄泉。

如果小说中人物的个性魅力是第一个吸引我改编的原因，那另外一个就是小说整体传达出的虽然不修边幅、离经叛道却又十分感染人的原始野性的生命力。

故事中的孙眉娘并不是一个“荡妇”，她虽然仰慕钱丁，但是她也有自己的价值判断，她明白自己是有夫之妇，而且自己的大脚也根本比不过钱夫人的三寸金莲。所以眉娘自发主动地想要纠正自己的感情，只不过钱丁又在这时给了眉娘希望，而钱丁也确实是对眉娘有意。甚至还说出了“大脚好，大脚才是金元宝”这样的话，钱丁有可能是为了得到美人才说的，可这却直击眉娘内心，眉娘获得了前所未有的认同。于是更觉得眼前的人比赵小甲好上千倍万倍。眉娘嫁给赵小甲带给她的是羞辱感，而钱丁带给她的是认同感。这份认同感让眉娘可以不顾世人的眼光。可是这样的幸福很快就被打破了。其实就在当时的大背景之下，又有几个人能真正地活得幸福呢？眉娘一人之力终究是挣脱不开封建的枷锁，眼睁睁地看着自己的亲爹受刑却无能为力，原本可以借力的人，比如钱丁，比如赵甲，都让她希望破灭。当这些重压都涌向她的时候，死亡才是最好的选择。

在剧中，另一位我十分喜欢的人是钱夫人——一位名门小姐，大家闺秀。她就好像是眉娘的对立面，在当时人们的眼中，这就是一个完美的女人，既贤良淑德，又懂得把握分寸，还能心系家国大事，而在孙眉娘眼中，最重要的是这位夫人拥有一双完美的小脚。就是这样一个女子，在撞破自己夫君与眉娘的奸情之时，还能站在一个更高的角度去替眉娘的亲爹求情，不禁让人被这个女人的胸怀和格局所打动。但是她也是悲哀的，无论是在大家还是小家当中。而她最后选择死在自己的丈夫手中，心中念念不忘的还是清王朝的统治，她是因为不愿意看见自己的夫君反抗这个末日王朝才去死的。看到这，又让人觉得这是一个何等无情的女人！

其实在最开始的初稿之中，是没有钱夫人这个人物的，而我的剧本看上去虽然内容丰富，形式感很强，但是更多的像是在堆砌事件，没有完整地塑造出人物形象。在交上初稿之后的几个月的时间里，在田志平老师的指导下，我先是捋出了主线，受到李渔《闲情偶寄》的剧作法的影响，遵循结构第一的原则，同时又参考了“立主脑”“减头绪”“密针线”等一套剧作法理论，将事件集中在主要人物身上。其中“立主脑”是建立剧本结构中最为重要的环节，李渔曾说：“古人作文一篇，定有一篇之主脑。主脑非他，即作者立言之本意也。传奇亦然。”作者作为传奇的初心，只为“一人一事”而作。此“一人一事，即作传奇之主脑也”。也就是说，“传奇”的“主脑”就是一部戏中的主要人物和中心情节。孙眉娘和钱丁就是这出戏中的主要人物。他们二人对爱情的选择则是这出戏的中心情节。倘若两个人毫无瓜葛，那么孙丙早早就死在钱丁手中了，也便没有了之后的事情。但如果真的是这样，那高密的土地上便少了这场可歌可泣的义和团运动，便少了这桩惊心动魄的檀香刑，更少了这段惊心动魄的爱情。

在创作过程中，我曾遇到过许多困难，其中最让我费脑筋的是如何将这出戏中的内容与形式感相匹配。在我眼中，莫言笔下的高密东北乡是一方神秘感十足的土地，有颠轿，有秧歌，还有“猫腔”，这种神秘感也是吸引我创作这出大戏的一个重要原因，但我也正是因为太过于注重在剧本中呈现这些东西，导致剧本形式感远大于内容。田志平老师及时地指出了我这方面的问题，在之后的修改过程中，我也有努力去纠正，去充实剧本，使得两者取得平衡。可以说，在最终的稿子里这个问题得到了改善，但尽管如此，可能还是有些不尽人意的地方。另外，对于结尾的创作不是很理想，李渔曾阐述过“凤头”“猪肚”“豹尾”的“理想结构”，并且莫言的原书还使用了这种“公然炫技”的结构模式，但显然我这个“豹尾”很不响亮，“余味”不足，收尾仓促，虽然想营造出一种悲壮激昂之感，但是却没能充分完成戏曲抒情的功能。剧本整体来说，相比第一稿有了明显的进步，但是由于我个人能力的限制，没能使剧本达到最好的状态，如果以后还能有机会对这出戏进行“二度创作”，希望到时能不留遗憾。

以上是我对于《眉娘》这部戏的创作阐述，有比较满意的地方，也存在着一定的遗憾，我认为创作是一个没有止境的过程，剧本所能发挥的“潜能”也是无止境的，我自己觉得这部戏是我在这个年龄段对这个故事的一个青涩的描写，我相信在将来当我再次翻看这部大学时期的毕业作的时候一定会对这个故事有自己更深的理解，我也希望借由这个剧本来引领我之后的创作道路。生活是创作最好的来源，希望我可以用心领悟生活，把生活的滋养融入到今后的创作中，积淀自己作品的厚度。

同时也恳请各位老师多提宝贵的意见，帮助我继续修改。

2013级戏文系　孟诺楠

指导教师　田志平

**时　间：**1900年。

**地　点：**高密东北乡。

**人物表：**

孙眉娘——孙丙之女，赵小甲之妻，生得妖娆妩媚，天足，人称“大脚西施”。

钱夫人——知县夫人，曾国藩的外孙女，贤良淑德的封建女子，有一双完美的三寸金莲。

钱　丁——高密知县，风流倜傥。

孙　丙——孙眉娘之父，高密县义和团领导者。

赵　甲——前任刑部大堂首席刽子手，赵小甲之父。

赵小甲——卖狗肉的，赵甲之子，孙眉娘之夫。

邻里乡亲、丫环、媒婆、一众衙役、秧歌队等龙套。

# 第一场　路遇新任

〔眉娘坐八抬大轿，一媒人领队，从舞台右侧上，一路吹打，花轿两侧走十字秧歌。

〔轿夫颠轿。

**众轿夫**　（唱）迎亲要颠轿哟，

〔秧歌队伍模仿颠轿。

**众轿夫**　（唱）不颠不热闹哟！

〔秧歌队伍向四面八方甩绸子。

**众轿夫**　（唱）号子嘛喊起来哟，

**秧歌队**　嘿！嘿——嘿！嘿嘿！

**众轿夫**　（唱）嘿嘿嘿嘿一二哟！

（念）穿新衣，戴新帽，

大姑娘今天上花轿。

**秧歌队**　（念）大姑娘今天上花轿。

**众轿夫**　（念）没了亲娘裹小脚，

小甲占了这如花貌。

**秧歌队**　（念）小甲占了这如花貌。

**众轿夫**　（念）赵小甲，咧嘴笑，

讨个媳妇儿来睡觉。

**秧歌队**　（念）讨个媳妇儿来睡觉！

〔秧歌队继续走十字步。

**孙眉娘**　（唱）句句话像尖刀扎在心上，

俺也想去觅得如意君郎。

偏生这双大脚无人缠绑，
都只因娘亲她早去仙乡。
俺与流言常相傍，
权当做是疾风一阵过穿堂。

〔四衙役鸣锣开道，从舞台左侧上。

〔钱丁骑马随后从舞台左侧上。

〔钱丁身后是钱夫人的轿子，钱夫人以面纱遮脸。

〔轿子后面是四衙役。

〔一行人由牌坊外进到牌坊内。

**四衙役** 高密县令新官上任，闲人避让！

**乡邻们** 哎呀呀，县官大老爷！

〔人群混乱，稍后安静站立，远远观望。

〔钱丁下马。

**衙役甲** 大人，您怎么下来了？

**钱　丁** 前方缘何喧闹？

**衙役甲** 回大人，原是有人今日娶亲。我这就让他们避让！

**钱　丁** 且慢。本官今日乃新官上任，路遇此等喜事，待余封赏，以立声望。

〔钱夫人下轿，来至钱丁面前。

**钱夫人** （唱）莲步轻移风拂柳，
下马停车问缘由。

**钱　丁** 啊，夫人怎么下轿来？

**钱夫人** 不知何事耽搁了行程？

**钱　丁** 夫人，实因路遇婚嫁喜事，余以为借此封赏以立声望。

**钱夫人** 大人周到行事，实乃这一方百姓之福。

**钱　丁** 将那新人唤来。

**衙役甲** 小的遵命。（小跑到花轿前面）孙家眉娘，大老爷有请！

**孙眉娘** （下轿）见俺做甚？

**衙役甲** 过去便知。

**孙眉娘** （眼珠一转）走就走。

（唱）从小在戏班子摸爬滚打，
最喜那谭记儿智勇双佳。
眉娘俺不比那记儿差，
泰然自若把架势拿。
大脚把那大步跨，
让俺去会会这官府獠牙。

〔眉娘跟随衙役甲走至钱丁跟前。

〔衙役甲让眉娘跪下，趁机占眉娘便宜。

〔眉娘打掉衙役甲的手，低头跪下，用裙子遮住自己的大脚。

**衙役甲** 大人，人我给您带来了。

**钱　丁** （对衙役甲）嗯，你下去吧。（对眉娘）大嫂贵姓？

**孙眉娘** 回大人，民女免贵姓孙，名唤眉娘。

**钱　丁** 孙眉娘，好名字！适闻今天是你大喜之日，本官封赏纹银五两，以示祝贺。

**孙眉娘** 民女不敢当。

**钱　丁** 有何不敢，官民本是一家。

**孙眉娘** 那民女就恭敬不如从命了。

**钱　丁** 哈哈哈，好，好。来人啊，包五两纹银过来。

（唱）今日我新官上任精神爽，
遇上那新婚喜事兆头祥。
唤那眉娘来领赏，
乡邻把那甜头尝。
借此机会树声望，
立志把那好官当！

〔衙役乙手拿红绸包好的银子上。

〔大家看见那一包银子，交头接耳，议论纷纷。

衙役乙　大人，银子。

钱　丁　（指示给孙眉娘）礼轻情意重，望大嫂见谅。

〔衙役乙把银子交给眉娘。

孙眉娘　（接过银子）民女不敢。得大人赏赐是民女荣幸。

钱　丁　哈哈哈，大嫂快快请起。

〔眉娘站起来，大家跟着站起来。

〔眉娘抬头，与钱丁四目相对。

〔舞台中心一束红光，四周灯光灭。

孙眉娘　（惊诧）（唱）就像那百年枯井清泉冒，

钱　丁　（惊诧）（唱）就像那久旱甘霖遍地浇。

孙眉娘　（唱）心口怦怦小鹿跳，

钱　丁　（唱）脚下绵绵凌空飘。

〔二人同时迈步更靠近对方，钱丁伸手触碰眉娘，眉娘下意识躲开。

钱　丁　（唱）世间怎有这如花貌，

孙眉娘　（唱）世间怎有这伟身条！

〔灯光移至眉娘脚部。

孙眉娘　（回神，惊慌拽裙子）

（唱）这双脚且配不上这般仪表，

孙眉娘你莫要将他挂心梢。

媒　婆　新娘子，再不走可就真误了吉时了！

〔瞬间舞台白光全亮。

〔媒婆走至眉娘跟前拽下眉娘手中的盖头给眉娘盖上。

〔钱丁下意识想去阻止，但也只是伸了一下手而已。

媒　婆　新娘子这边。（扶眉娘上花轿）起轿！

〔轿夫抬起轿子。

〔一衙役走到目不转睛地看着眉娘的钱丁面前。

**衙　役**　大人，请您上马，夫人已经先行到了县衙。

**钱　丁**　（接过马鞭）驾！

〔孙眉娘一行人从右走到左下。钱丁从左走到右，一直回头看眉娘下。

〔灯灭。

**幕后音**　一拜天地，二拜高堂，夫妻对拜，送入洞房！

〔舞台左侧灯亮。

〔赵小甲同孙眉娘手扯绣球，坐在床沿。

〔眉娘用手肘碰碰小甲，小甲无动于衷，眉娘又碰碰他。

**赵小甲**　你这个女子，你老是碰俺做什么？

**孙眉娘**　（生气地一把扯下盖头）赵小甲，你是真傻还是假傻！

**赵小甲**　好好的你骂俺干啥！（委屈地）俺今个儿成亲，俺爹说他会来，俺爹说他要瞅着俺洞房，可俺等到现在，俺爹也没来，你们都欺负俺！

〔眉娘生气地脱鞋躺下。

**赵小甲**　你这是在干什么？

**孙眉娘**　睡觉！

**赵小甲**　哦。（脱鞋）你往里边去点儿。

〔眉娘没有反应，小甲跨过眉娘睡到里侧，眉娘翻身背对小甲。

〔舞台右侧灯光亮，县衙后堂，烛光摇曳。

〔钱丁一会儿站一会儿坐，魂不守舍。

〔敲门声。

**幕后音**　夫君，时候不早了，早些休息吧。

**钱　丁**　（猛然站住，略显慌张）啊，夫人，余还有些公事要处理，夫人先歇息了罢，不必等余。

**幕后音**　大人勿要劳累过度。

**钱　丁**　多谢夫人关心，夫人小心夜凉。

**幕后音**　那为妻先睡下了。

〔眉娘翻来覆去睡不着，起身下床出屋。

〔钱丁听到脚步声消失之后，开门出屋。

**孙眉娘** （唱）一轮明月当头照，

可怜我新婚之夜悲寂寥。

**钱　丁** （唱）寂寥望月明月皓，

皓月当空心绪飘。

**孙眉娘**
**钱　丁** （同唱）思绪飘飘忆今早，

路遇貌比韩子高/新婚美娘娇。

**孙眉娘** （唱）想到此心生懊恼，

回身向那屋里瞧。

新婚之夜睡大觉，

痴傻汉怎懂这个中风骚！

**钱　丁** （唱）媚眼如丝身窈窕。

孙家眉娘太妖娆！

我虽有贤夫人擅操家教，

怎奈何情趣缺缺寡风骚！

**孙眉娘**
**钱　丁** （同唱）多想将钱老爷/俏眉娘亲一亲、抱一抱，

抛却世俗筑爱巢！

**幕后音** 喵呜，喵呜！

**孙眉娘** 呀，为何俺又因他烦恼。

〔两人对月哀叹，回屋。

〔灯灭。

〔灯亮。

# 第二场　讲德观脚

〔衙门后堂。

〔钱夫人处，一桌二椅。

**钱　丁**　夫人，如今你我二人来到这高密县，又适逢时局动乱，夫人乃名门之后，这一县之治，少不了要夫人操心。

**钱夫人**　妾身女流之辈，怎可插手政事。

**钱　丁**　夫人言重了。谁人不知曾国藩曾大人治学严谨，夫人既是曾大人的外孙女，在这高密县论礼德约束，还有谁比夫人更合适？

**钱夫人**　既然如此，大人想要妾身怎么做？

**钱　丁**　余考虑良久，不妨就在这衙门后院的前厅设座开讲，效仿孔圣人贤德之举。

**钱夫人**　且听大人安排。

**钱　丁**　（喜）夫人早些休息，剩下之事余来安排。

**钱夫人**　大人慢走。（起身送钱丁出门）

〔钱丁下。

**钱夫人**　（唱）听罢夫君一席话，
不由心痛似刀挖。
他当我辨不出话中真假，
我道他不知我心乱如麻。
他那边满心欢喜计定下，
只为那貌美如花女娇娃。
我这厢五味杂陈应承下，
只因那三纲五常妇人家。

来这高密几日，夫君的想法我也略知一二。为人妻者，当以夫为重；

为父母官者，当以家国大事为重。还望我那夫君早日明白。

〔灯光灭。

〔灯光亮。

〔衙门后堂前厅。聚集了一众百姓。孙眉娘在其中。

〔舞台中央摆着桌案座椅，桌子两旁各站一名衙役。钱丁坐在左侧。

**钱　丁**　请夫人。

**衙役甲**　有请夫人！

〔追光，钱夫人戴面纱和一丫环上。

**秧歌队**　（念）钱夫人，不寻常。
生在京城大院墙。
面纱下面把脸藏，
三寸金莲步轻扬。

〔钱夫人在丫环的搀扶下走到舞台中央。

**钱夫人**　（唱）从睡房到前厅走这一路，
不由得怪夫君好生糊涂。
为官不为民做主，
只为自己图舒服。
名为劝德实探路，
探得眉娘从哪出。
眉娘生得似无骨，
勾得大人骨头酥。
孙眉娘偏生少块裹脚布，
落得个大剌啦啦是天足。
有心把她来羞辱，
警醒大人莫失足。

〔灯光亮。

钱　丁　夫人，这边请坐。（做手势）

钱夫人　多谢大人。（在丫环的搀扶下落座）

钱　丁　大家静一静。今日设座开讲，一是效仿孔圣人杏坛讲学之举，二是，在下为官之道，讲究德法共治，本官到任数日，深感我高密百姓淳朴善良，违法乱纪者少之又少，故而请夫人来讲讲这礼德之事。

〔百姓鼓掌起哄。

钱夫人　大人，这德乃立人之根本，是也不是?

钱　丁　正是。

钱夫人　立人即树人，可是否?

钱　丁　夫人说得对。

钱夫人　树之本在根，大人，请问这人之本在何处?

钱　丁　这……愚夫不知。

钱夫人　哦?大人不知?

钱　丁　（惭愧地笑）确实不知。

钱夫人　大人是不知还是不说?

钱　丁　（看看周围）不知不知。

钱夫人　这一树之本在于根，那一人之本则在足。

钱　丁　夫人此言差矣啊……

钱夫人　（打断钱丁）如何差矣，妾身女流之辈，自是不必像大人一般胸怀天下，这缠足裹脚，刺绣女工便是分内事。

钱　丁　（紧张）夫人呐，余看这天要变脸，今日就到这里吧。

钱夫人　（冷漠）大人呐，这艳阳高照，何来天要变脸?

钱　丁　（紧张）夫人呐，余看你精神疲惫，今日就到这里吧。

钱夫人　（冷漠）大人呐，妾身精神正好，哪来的神态疲惫?

钱　丁　（紧张）这这这……

钱夫人　（冷漠）大人要是没有什么事，那妾身就请人观脚了。

钱　丁　这脚怎么可以随便给外人看!

钱夫人　女子便无妨。（冲丫环使眼色）

丫　环　姐姐嫂嫂，哪位愿意前来观脚?

〔百姓骚动。

丫　环　（用手指）就这位嫂嫂吧！（走回钱夫人身旁）

〔丫环搀扶钱夫人站起身。

〔孙眉娘走向台中央。

〔钱丁站起身。

〔三人面光。

钱夫人　（提起裙子，露出小脚）近前来看端详。

孙眉娘　（双手紧紧向下拽着自己的裙子）好一对三寸金莲！

钱　丁　（唱）不提防夫人她道高一丈，
这一讲问得我猝不及防。

钱夫人　（唱）大人莫把苦果酿，
切勿暗地耍花枪。

孙眉娘　（唱）趁这般赶紧地断了念想，
这双脚配不上那美髯在堂。

〔灯光亮。

钱　丁　夫人，刚刚衙役来报，从京城送来曾大人家书一封，想必有事告知夫人。今日讲德观脚就到此为止吧。

钱夫人　哦？外祖父的家书？即是如此，那今日就到此为止。

〔百姓下。

〔钱丁回看眉娘一眼，和钱夫人下。

〔孙眉娘痴痴地看着钱丁和钱夫人。

〔灯光灭。

# 第三场　觅方寻蛇

〔灯亮，台中一棵大柳树。

〔眉娘上。

**孙眉娘**　近日俺总是做事懒怠，心中没个主意。睁眼闭眼都是那钱大老爷。俺一个妇道人家，本不应该想这些杂七杂八之事，况且俺一双大脚，也配不上那貌比潘安的大老爷。故今日里俺偷偷和那马神婆约在这柳树之下，求一秘方，解了俺这心魔。

〔马神婆东张西望鬼鬼祟祟上。

**孙眉娘**　（悄声）马婆子！马婆子！

**马神婆**　（吓一跳）哎哟，（拍心口）赵家大嫂，你可吓俺婆子一跳。

**孙眉娘**　（有些着急）神婆，神婆，方子带来了吗？

**马神婆**　（神秘一笑）妥妥当当地给您带来啦！（从怀里掏出一张黄符递给眉娘）

**孙眉娘**　（接过黄符看了看）这方子怎么个使法儿？

**马神婆**　你把那人的名字写在这黄符纸上，然后用火烧成灰，就着蛇血冲成一碗，喝下去，保证你忘得干干净净，利利索索！

**孙眉娘**　此话当真？

**马神婆**　我婆子活这么大，骗你干什么？不过，赵家大嫂，你这又是何苦，这方子可不是一般人受得住的，为谁你也不值当这么糟践自己啊！

〔孙眉娘在黄符上写字，然后折好交给马神婆，马神婆将黄符烧掉，并念念有词。

〔孙眉娘将黄符烧成的灰烬收好。

**孙眉娘**　马婆子，你只管给俺方子。

**马神婆**　好好好，俺也不多管你这闲事。（欲走）

**孙眉娘** 且慢，不知这蛇血又从何处取得？

**马神婆** 蛇喜阴暗，你就去那墙角树根找找吧。记住，一定是要用新鲜的蛇血冲服方才奏效！（说完下）

**孙眉娘** （唱）为解除这心中魔障，

遍寻得这一纸良方。

将那心上人写在纸上，

让火苗来烧个精光。

若要就此断了念想，

还差蛇血和成一碗汤。

俺把李家的柳树访，

又跨步来到张家的后墙。

没留神撞到了砖头上，

疼得俺心里一阵慌张。

俺这般值当不值当？（叹气）

哪里还容得俺细思量！

〔孙眉娘继续埋头寻蛇。

〔一个巡逻兵敲锣上。

**巡逻兵** 四月四，清明节，城门底下立秋千。

秋千架，高又大，荡得好来有赏钱。

**孙眉娘** 官爷，官爷，您刚才喊的可是真的？

**巡逻兵** 我骗你干嘛！

**孙眉娘** 那不就是明天？

**巡逻兵** 可不嘛。钱大老爷亲自剪彩！不跟你说了，这全县的百姓还等着我通知呢！

〔巡逻兵敲着锣下。

〔孙眉娘追着巡逻兵下。

〔灯光灭。

# 第四场　秋千炫技

〔灯光亮。

〔城门前，立着一座又高又大的秋千架，在秋千一侧放着一把椅子。

〔百姓站在两侧，孙眉娘也在其中。

〔秧歌队舞秧歌。

**秧歌队**　四月四，清明节，城门底下立秋千。
秋千架，高又大，荡得好来领赏钱。

**衙役甲**　有请大人剪彩！

〔钱丁穿官服上，身后一名衙役举着托盘，上放一把剪刀。

〔钱丁走到秋千前，拿起剪刀剪彩。

**钱　丁**　（放下剪刀）与民同乐！哈哈哈哈！

〔百姓欢呼。

〔钱丁坐在椅子上。

**衙役甲**　谁愿意上来给大人表演个荡秋千？

**孙眉娘**　（大声）俺来！

〔钱丁身子一动，目不转睛地盯着眉娘。

〔孙眉娘站上秋千，花式荡秋千。

**钱　丁**　（唱）看着那可人儿走上秋千架，
不由我怒放心花。
原以为不会再将她牵挂，
却睁眼闭眼全是她。
夫人曾设巧计劝余勒马，
奈何余却不忍将情根掐。

今日借这秋千架，
好好看看这女娇娃！

〔衙役乙上，对钱丁耳语。

**钱　丁**　（大惊失色）你是说夫人马上到府衙了？

**衙役乙**　是的，大人。

**钱　丁**　快快！

〔钱丁起身要走，又回身看看眉娘，欲言又止，钱丁下。

〔孙眉娘站在秋千上看着钱丁下，孙眉娘从秋千上下。

〔二道幕拉上。

〔孙眉娘站在舞台中央。

**孙眉娘**　（唱）大人心眉娘我捉摸不定，
既已来却又走这是何情？
莫不是这秋千看不尽兴？
又或是眉娘未笑脸相迎？
左思来右想去不得要领，
倒不如去府衙探个光明！

〔孙眉娘下。

〔灯光灭。

# 第五场　送肉探情

〔灯光亮。

〔钱丁所在书房设置一桌一椅一屏风。县衙大门外两衙役站岗，钱丁在书房内办公。

〔孙眉娘手挎食篮上，走至衙门口。

**孙眉娘**　（唱）二两黄酒热狗肉，
来到县衙门外头。
酒肉都只是借口，
俺要把那大老爷求一求。
求求他，解了俺这相思苦，
求之不得真难受。
求求他，知心的话儿讲一讲，
他一言能解千百愁！

〔孙眉娘走上前被二衙役拦住。

**衙役甲**　（色眯眯）站住——（拖长音）孙大脚，你来这衙门做什么？

**孙眉娘**　关你屁事，俺要见大老爷！

**衙役乙**　（掀开孙眉娘盖好的食篮）额的娘咧！高密狗肉热黄酒！

**孙眉娘**　（打掉衙役的手）还不快去禀告大老爷，凉了这吃食儿，小心挨板子！

**衙役甲**　脚大脾气大，等着！

〔衙役甲进衙门。

〔衙役甲站书房外。

**衙役甲**　禀大人，孙眉娘求见。

**钱　丁**　哦？进来说话。

**衙役甲** （进门）大人，那孙眉娘要见您。

**钱　丁** 所为何事？

**衙役甲** 那孙眉娘提着黄酒狗肉，说是给您的。

**钱　丁** （略一思索）哎呀，瞧我这记性，余确是想尝尝这高密二绝，不曾想赵家大嫂亲自送与我来！快快有请！

**衙役甲** 是。

**钱　丁** 慢着。

**衙役甲** 大人何事？

**钱　丁** （钱丁走到衙役甲跟前）这有二钱银子，你们兄弟二人也该去讨点吃食儿。

**衙役甲** （高兴却推辞）大人，不可！

**钱　丁** 犒劳弟兄有何不可？

**衙役甲** （开心地接过银子）谢大人！

〔衙役甲出门，钱丁重新坐下。

**衙役甲** 孙大脚，进去吧！（对衙役乙）大人给咱们二钱银子，咱哥儿俩也去喝两杯！

**衙役乙** 那咱走吧！

〔二衙役下。

**孙眉娘** 孙眉娘啊，孙眉娘——

（唱）你纵有千般柔情万般好，

媚眼如丝身逍遥。

终究盖不住一双脚，

斗大的两只似镰刀。

只怪娘亲升天早，

打小眉娘无人教。

**钱　丁** （唱）一听是眉娘我心花怒放，

但愿是她与我一般心肠。

我连忙将那衙役赏，

让他们快快退两旁。

酒肉眉娘不可挡，

今日好事要呀嘛要成双！

哈哈哈！

〔眉娘准备离开，钱丁出衙门迎接眉娘。

钱　丁　赵家大嫂！

孙眉娘　（惊讶转身）大人！

〔两人迎面，几欲碰上，忽然止住，眉娘准备行礼。

钱　丁　快免了！劳大嫂亲自送来这酒肉（上下打量眉娘），钱某多谢了。

孙眉娘　（有些窘迫）大人这是哪里话！大人不嫌弃便是。

钱　丁　喜欢还来不及，何来嫌弃！大嫂，外头日头怪毒，快里面请。

〔钱丁领眉娘进衙门书房。

〔二人进屋，钱丁欲接过食篮。

孙眉娘　大人这怎么能行。

〔眉娘欲将食盒放在桌子上，但是钱丁紧紧盯着眉娘，眉娘拽自己的裙子，挪不开步。

〔眉娘想将胳膊伸长一些，结果食盒险落地。

〔两人同时去接，双手碰在一起，四目相对。

钱　丁　（目光下移）好一双大脚！

〔孙眉娘难堪低头，用裙子遮。

钱　丁　为何要遮，大脚好，大脚才是金元宝！天足才有天然之趣！

孙眉娘　当真？

钱　丁　岂能有假！

〔钱丁若有所思。

钱　丁　大脚好，大脚荡得秋千高！

〔二人深情凝视。

〔全场红光，二人交欢，舞蹈表现，着重于眉娘足部。

**孙眉娘** 大老爷，您就不怕外人的闲话？

**钱　丁** 这有何妨，只对外人道你是我的个亲亲的干女儿！

〔眉娘笑，二人继续。

**钱　丁** （唱）不理那德国绿毛气焰盛，
高密县酒醉在翰墨厅，
胯下是一汪春水任横纵，
手捧是孙家眉娘好面容。
余与你如鱼得水颠鸾凤，
黄酒狗肉无限情！

〔秧歌队上。

**秧歌队** （念）县衙内，好风光，
美人捧在手中央。
狗肉铺，煮肉忙，
邻里乡亲都捧场。
霎时间，风转向，
市集闹出事一桩。
孙丙妻，小桃红，
嫁来孙家做后娘。
这一日，似往常，
出门来瞧花衣裳。
谁曾想，被调戏，
当街挺尸把命丧。
夫孙丙，气血旺，
高高举起榔头棒。
吼一声，震天响，
德国兵身死没商量。

这一闹，了不得，
消息马上传四方。

〔钱夫人上。

**钱夫人** （敲门）大人!

〔灯光瞬间换白光。

**钱　丁** （慌张）啊！夫人何事?

**钱夫人** 大人，急事。

〔钱丁与眉娘眼神交流，眉娘裹上衣服躲在屏风后。

**钱　丁** （整理衣衫开门）夫人有何急事?

**钱夫人** （上下打量钱丁）大人没有听说?

**钱　丁** 余一直在这书房办公，未曾听说什么大事。

**钱夫人** 那孙眉娘之父孙丙当街杀死一名德国士兵，这事连袁大人都惊动了，大人却还不知？袁大人在胶州监修铁路，这是袁大人的亲笔书信。（递信给钱丁）

〔钱丁飞快地看完书信。

〔孙眉娘惊慌地从屏风后出来，衣衫不整。

**钱夫人** （冷眼）大人，金屋藏娇啊，出了这么大的事，大人竟还有心思寻欢作乐!

**钱　丁** （紧张地整理衣服）夫人，到底是怎么回事?

**钱夫人** （冷笑）哼，风流女儿亡命爹。大人，你准备怎么处理?

**钱　丁** 此乃命案，况且袁大人限余三日捉拿元凶，当然是以命抵命。

**钱夫人** 以命抵命?

**孙眉娘** （跪下哭喊）大人不要啊!

**钱　丁** 眉娘，你这是做什么?

**钱夫人** 大人，这孙丙是孙眉娘的亲爹，您说她做什么?

**钱　丁** 哎呀呀，这可怎生是好?

**钱夫人** 大人刚还要秉公执法，以命抵命，怎么转眼就变了呢?

**孙眉娘** （转对钱夫人）夫人乃名门之后，眉娘自知不如。俺那爹爹虽是莽撞，但不会无故伤及人命，还请夫人高抬贵手！

**钱　丁** 对对对，这件事必另有隐情，夫人可是知道？

**钱夫人** （不理孙眉娘）那孙丙之妻当街被德国兵调戏，孙丙堂堂七尺男儿，怎会忍气吞声。

**孙眉娘** （唱）白日出门遭厄难，
德国鬼子太不堪。
当街把那良家妇女来作践，
人命这般不值钱。
俺爹血性男儿汉，
信奉那一命当用一命还。
打死那绿毛不检点，
为妻报仇行得端！

**钱　丁** （唱）千不该，万不该，孙丙不该太莽撞，
千不应，万不应，不应有女唤眉娘。
若是普通人命事，
定让嫌犯无处藏。
偏是那德国兵来把命丧，
行凶的还是个血性儿郎。

**钱夫人** 大人又错了，救孙丙不是因为他是孙眉娘的爹，而是孙丙打死的是德国兵。

**孙眉娘** 夫人，您说救孙丙？

**钱夫人** （不理孙眉娘）大人，自从这德国兵要修建胶济铁路，我高密百姓何曾过过一天好日子？这孙丙也算是为高密百姓出了口恶气，所以，一定要救。

**钱　丁** 如何救？

**孙眉娘** （若有所思，一拍手站起来）俺有一计。

**钱　丁** 快快说来。

**孙眉娘** 俺问你，袁大人，见过俺爹没有？

**钱　丁**　唉，袁大人怎会见过你爹。

**孙眉娘**　这不就结了。

**钱　丁**　怎么结了？

**孙眉娘**　这县牢里可有死囚？

**钱　丁**　有的。

**孙眉娘**　这孙丙就是个名号，你能叫孙丙，俺能叫孙丙，他也能叫孙丙。

**钱　丁**　你是说……

**孙眉娘**　对！就是要偷梁换柱！

**钱　丁**　唉，不可，不可。虽说袁大人与孙丙从未谋面，但他的眼线遍布各处。

**孙眉娘**　那烧焦了的又如何辨认？

**钱　丁**　哦，烧焦？

**孙眉娘**　缉拿孙丙之时，孙丙不从，只能火攻！

**钱　丁**　这……能瞒过去？

**孙眉娘**　难道那袁大人和绿毛鬼还有火眼金睛不成！

**钱　丁**　这……恐怕不好吧。

**钱夫人**　大人，妾身觉得此计甚好。

（唱）大人你莫要拿不定，
细听妾身说分明。
绿毛鬼子欺人甚，
蛮不讲理横着行。
虽说人人都怨恨，
却又无人敢发声。

**孙眉娘**　（唱）偏偏俺爹有血性。
做了那天也不怕地也不怕的出头人。
眉娘把那情来请，
无关血缘与亲情。
大人今日饶孙丙，
明日青史留美名！

**钱　丁**　余再想想，再想想……

**钱夫人**　大人事发紧急，莫再多虑。

**孙眉娘**　（眼珠一转，心里有些活泛）大人，还有什么好想，您要是非得抓俺爹，那您干脆抓俺吧。

（唱）今天俺就把话撂，
俺爹不能进监牢。
一想他要把刑受，
眉娘浑身似火烧。
跟爹搭台把场跑，
烧饼包子热油条。
爹的好处一件件，
爹的孬处脑后抛。
若爹晚年能安好，
儿愿替爹进阴曹！

〔孙眉娘唱完“扑通”给钱丁跪下。

〔钱丁赶紧扶起眉娘，眉娘抹眼泪。

**钱　丁**　（唱）你二人所言有理据，
真真切切无有虚。
孙丙确实不亏理，
我又何必抓他急。
暂且饶他这一次，
换得那一方百姓感念余！

余这就亲自去办。（下）

**孙眉娘**　（对钱夫人跪下）夫人大德，眉娘谢过。

**钱夫人**　我并非帮你，我恨你还来不及。（下）

**秧歌队**　（念）孙大脚，生得好，
天生妩媚多妖娆。
三天两头县衙跑，
有事知县来撑腰。

小甲头上长绿草，
蒙在鼓里多可笑，多可笑！

〔灯光灭。

## 第六场　赵甲归乡

〔舞台中央一张桌子，四把椅子，右侧有锅灶。

〔孙眉娘收拾桌椅，赵小甲煮肉。

〔赵甲乘轿上，轿子后面两个衙役抬着一把紫檀镶金太师椅。

〔赵甲下轿。

**赵　甲**　（唱）四十年京城风雨，
老汉我行端坐直。
遵太后谨奉懿旨，
让杀东绝不砍西。
太后亲赠太师椅，
地位尊无人能敌。
如今我重归故里，
奉命展刑部英姿。
誓不负太后期许，
檀香刑制胜出奇。
（走进小甲）你，就是小甲吧？

**赵小甲**　（盯着赵甲看）爹！爹！

**孙眉娘**　（背对小甲）又犯疯病，谁是你爹！

**赵小甲**　俺爹回来啦！

**孙眉娘**　你说什么？

〔赵小甲拉眉娘。

**赵小甲**　这是俺爹！

〔眉娘看见了干瘪的赵甲，略显不屑地站着。

**赵小甲** 爹，你看，这是俺娘给俺找的媳妇儿！

〔赵甲上下打量孙眉娘。

**赵　甲** （对着抬椅子的衙役）将那太后御赐的紫檀镶金太师椅放下来。

〔二衙役放椅子。

**赵　甲** 小心点，磕着碰着，打断你们的狗腿！回去告诉你们老爷，就说老汉我回来了。

〔二衙役应声，下。

**赵　甲** 媳妇，见到公爹，不拜见一下？

**孙眉娘** （懒懒地）眉娘拜见公爹。

**赵　甲** （皮笑肉不笑地）这块玉佩虽算不上上等，可也是宫里的东西，我就与你做个见面礼儿。

〔赵甲从身上拿下一块玉佩，递给眉娘。

**孙眉娘** （双手接了，两眼放光）谢谢公爹。

**赵小甲** 爹呀，你还走不？

**赵　甲** 爹不走，爹这次回啦，还等着小甲给爹养老送终呢！

**赵小甲** （欢呼）俺爹回来啦！爹，你吃狗肉不？咱家的狗肉县太爷可喜欢了，眉娘每天都给大老爷送！

**赵　甲** （斜眼看着眉娘）媳妇，这大老爷的钱收还是不收？

**孙眉娘** （故作镇定）当然收。

〔钱丁上。

**钱　丁** 想那孙丙，实乃不识好歹，当初偷梁换柱保他一命，偏他又去那曹州学了什么义和拳，曹州府镇压义和团，孙丙如今又沦为阶下囚。此事传到了袁大人耳中，袁大人特请来京城有名的刽子手，孙丙定是难逃一劫，余只盼眉娘莫要怪余。

**赵小甲** （首先看见钱丁）大老爷！

〔眉娘神情激动，伸手准备招呼，可是看见赵甲，又没动。

〔眉娘的举动，赵甲看在眼里，二人目光相对，赵甲意味深长地看着眉娘。

**钱　丁**　（看见眉娘，不知所措）眉……啊，赵家大嫂，今日怎么还没去衙门送肉？夫人还在家等着呢。

**孙眉娘**　回大人，今早公爹归家，便耽误下了。

**钱　丁**　（打背供）余料定眉娘已经出门，谁知……唉，这叫余如何开口。

**赵　甲**　见过大人。

**钱　丁**　（回神）赵大人一路舟车劳顿，余改日再来拜访。

**赵　甲**　大人，不必了，误了太后的大事就不好了。

**孙眉娘**　公爹这次回来有什么要事在身？

**钱　丁**　啊，没什……

**赵　甲**　老夫奉太后旨意处决本县一名名唤孙丙的囚犯。

**孙眉娘**　（试探地笑着）那孙丙不都烧成焦炭了？

**钱　丁**　（着急）赵大人，这公事咱们还是去县衙说吧！

**赵　甲**　（气定神闲地坐到太师椅上）这太后御赐的太师椅搬来搬去的倒是不便，就在这说吧。

〔眉娘一脸疑惑地看着钱丁。

**钱　丁**　（轻声）不知大人有什么主意？

**赵　甲**　那孙丙搞义和团，这可是大罪，凌迟都不为过，不过，老佛爷吩咐了，这刑罚得新，老夫特意给他准备了檀香刑。

**孙眉娘**　（惊吓）公爹，您说什么，义和团？

**赵　甲**　（不理孙眉娘）大人，听说这孙丙还打死过德国兵，最后偷梁换柱让他逃了。在您的治下，发生这样的事，您难辞其咎啊。

〔孙眉娘腿软倒下，赵小甲扶住眉娘，钱丁想上前却又止步。

**赵小甲**　眉娘，你咋啦？

**赵　甲**　这檀香刑用法奇特，还望大人能多多理解，这香油、檀木还有二百两银子及早送来才是。

**钱　丁**　赵大人，您这是狮子大开口啊！

**赵　甲**　这檀香刑所用的是上好的檀木在香油锅中煮七七四十九个时辰，这檀木煮好以后从犯人的肛门处插入，由一侧锁骨处穿出，这可不能有半点偏差，为了能让犯人续命活到日子，这香油中还得加入各种滋补药材。老夫向大人要的每一样都有用处啊。

**孙眉娘**　（爬向赵甲）什么活到日子？

**赵　甲**　媳妇啊，你怎么这副样子？

**孙眉娘**　那孙丙是俺亲爹！

**赵　甲**　（面带笑意）原来如此，那公爹可更要慎重施刑了。

**孙眉娘**　（哭腔）什么活到日子？

**赵　甲**　活到老佛爷定下的日子。

〔孙眉娘哭着爬向钱丁。

**钱　丁**　赵家大嫂，余实在是无能为力，袁大人下令，要让孙丙眼看着胶济铁路开通，为此，老佛爷特意派了赵大人前来施刑。

**孙眉娘**　（泣不成声）求求大老爷救救俺爹！

〔钱丁表情难过地别过头。

〔孙眉娘又连哭带爬地到赵甲面前。

**孙眉娘**　公爹，您救救俺爹！

**赵　甲**　媳妇，你这是什么话，老夫奉的是太后老佛爷之命，老佛爷说杀他就得杀。

**孙眉娘**　（唱）太阳一出红彤彤，
好似大火烧天东。
胶州湾发来德国兵，
都是红毛绿眼睛。
欺儿霸女行蛮横，
为修铁路掘坟茔。
俺亲爹是那勇孙丙，
打死了绿毛德国兵。

一举惹怒了德司令，
无奈往那曹州行。
学来神拳骨气硬，
回到高密逞英雄。
刀砍斧劈叉子捅，
仇人相见眼睛红。
到后来，
俺亲爹敌不过炮火铳，
进了牢房受酷刑。
这时候，
爹的孬处抛脑后，
好处件件记得清，
儿随你走村过店把戏唱，
青衣花旦小桃红。
想起你教儿学猫腔，
流水身段把子功。
现如今，
父女阴阳难相逢，
只因俺公爹要给他上檀香刑！

〔眉娘猛地站起来。

**孙眉娘** 俺是不会让你们得逞的！（说完跑下）

**赵　甲** （双手举至眼前，前后翻看，自言自语）这双手呀，砍下的头可比高密一年产的西瓜还要多喽。钱大人，东西还是要抓紧啊。

〔钱丁甩袖子，下。

〔灯灭。

## 第七场　绑孙上刑

〔灯光亮。

〔秧歌队打义和拳，领头的是孙悟空和猪八戒。

**幕后音**　（念）有孙丙，不平凡。
曹州学来了义和拳。
搬来了孙猪两大仙，
扒铁路，杀汉奸，
驱逐洋鬼保平安。
学了义和拳，
刀枪不入体，益寿又延年。
学了义和拳，
四海皆兄弟，吃饭不要钱。
学了义和拳，
皇上要招安。
一旦招了安，
个个做大官。
封妻又荫子，
分粮又分田。

〔突然一阵枪击声，孙猪二仙倒下。

**幕后音**　眉娘，眉娘！救救俺！
**孙眉娘**　（跑上，摇晃倒地的孙悟空）爹！爹！

〔其他人将孙猪二仙拖下，眉娘跟下。

〔灯灭。

**幕后音**　（念）赵甲狮子大开口，

雪花银子进腰兜。
他就似那食人兽，
杀人从来眉不皱。
恰赶上一个好由头，
甭管是谁他都下手。
眉娘眼泪湿衣袖，
县太爷左右都发愁。
谁种的因，谁担的果，
到头来也说不清个缘由！

〔灯亮，
〔县衙，一桌一椅，钱丁来回踱步。

**钱　丁**　（唱）一时间血气凝滞在胸口，
欲出气却又是没个缘由。
孙丙太不识好歹，
今日又成阶下囚。
当初是偷梁换柱把命保，
他不知珍惜命又丢。
如今是神仙菩萨也难救，
任谁来把人情求。
袁大人电报亲定刽子手，
刑部大堂名声留。
行刑一把手，
死人财也收。
最滑稽不过是与孙丙喝了亲家酒，
眉娘终日服侍在他膝下头。
最可笑是造化弄人人苦受，
真叫余坐也发愁，立也发愁。
来人啊，去库房领二百两银子送去赵家。

**幕后音**　是，大人。

〔钱丁倚桌捶胸站立。

〔灯光灭。

〔灯亮，赵甲和小甲摆香案。

〔赵甲、赵小甲杀鸡。

**赵　甲**　皋陶公在上，受赵甲一拜。（往脸上抹鸡血）

**赵小甲**　（模仿赵甲）皋陶公在上，受俺赵小甲一拜。（往脸上抹鸡血）

**孙眉娘**　（上）你们这是做什么?！

**赵小甲**　（兴奋地）俺给你讲……

**赵　甲**　小甲，皋陶公在上，不可多言。（叩拜上香）

〔赵甲从旁边的锅中捞起一根削尖的木头。

**赵　甲**　这檀香刑的妙处，就在于能让犯人看着自己腐烂生蛆。小甲，走吧。

〔二人出门。

〔孙眉娘将桌案上的东西甩翻在地。

**孙眉娘**　（唱）老头子整日里装神弄鬼，
赵小甲一根筋不辨是非。
这俩人还真是天生一对，
俺反倒是多余白嫁一回！（冷笑）

〔灯灭。

〔灯亮，校场，孙丙被绑在一根木桩上。

〔赵家父子给孙丙上檀香刑。

〔乡邻从舞台两侧上。钱丁也在其中。

**钱　丁**　赵甲！

**赵　甲**　大人有何吩咐?

**钱　丁**　没有我的命令，谁让你上的刑！

**赵　甲**　这檀香刑讲究个时辰，大人迟迟不来，小人只好自作主张了。

**钱　丁**　（愤怒）这里你说了算还是我说了算！

**赵　甲**　（平静地）太后老佛爷说了算。

**钱　丁**　你！

**赵　甲**　老佛爷既然相信老夫，咱就不能让她老人家失望。钱大人，这上等参汤你可带来了？

**钱　丁**　（瞪着眼睛说不出话）来人啊！

〔一衙役端着碗上。

〔小甲接过碗，准备喂给孙丙。

**孙眉娘**　慢着！

〔众人回头看她。

**孙眉娘**　俺来。

〔孙眉娘在众人的注视下走到孙丙跟前，接过参汤，喂给孙丙。

**孙眉娘**　爹呀爹，你怎么就不识抬举。既然走了，为何还要回来！

〔孙眉娘喂完孙丙，猛地给钱丁跪下。

**钱　丁**　眉娘，你这是干什么？

**孙眉娘**　大人开恩，眉娘愿代父受刑。

**赵　甲**　我的个聪明媳妇，他也是泥菩萨过江，自身难保啦。

**孙眉娘**　（回头看赵甲，跪着挪向赵甲）公爹，公爹，俺求求你，你放过俺爹。

**赵　甲**　我也不想啊，只是我放过他，谁放过我呀，哈哈哈。

**孙　丙**　好孩子，别求他们！

**孙眉娘**　（突然爆发，嘶吼）滚，你们都滚！

**钱　丁**　大家都散了吧。

〔围观的没有人动。

**钱　丁**　大家回吧。

〔依旧没有人动。

**钱　丁**　（掏出枪对着天空打了一枪）滚！

〔人群散去。

〔眉娘抱着孙丙的腿跪在地上，背对观众。

〔灯光灭。

## 第八场　共赴黄泉

〔灯光亮。

〔县衙，一桌一椅。

〔钱丁在书房来回踱步。

**钱夫人**　（上）大人，主意打定了吗？

**钱　丁**　什么主意？

**钱夫人**　大人不要装糊涂了，杀了孙丙，不就是大人定下的主意。

**钱　丁**　夫人，你是如何得知？

**钱夫人**　妾身是怎么知道的已经不重要了，当初是妾身劝大人救下孙丙，为的是一方百姓；如今孙丙再次落网，已是无力回天，大人却要丢下百姓，赌上性命。看来这孙丙救错了。

**钱　丁**　夫人不必多言，夫人只是不想看余与朝廷作对罢了。

**钱夫人**　妾身既是曾家后人，便不能对不起朝廷，妾身既然劝不得大人，那妾身就以命回报朝廷吧！

**钱　丁**　（大惊失色）夫人你这是说什么，为的这末日王朝？

**钱夫人**　大人已经是抱了必死的心，覆巢之下，焉有完卵。与其被株连而死，倒不如自己死得干净。万幸，钱家无后！（拿出白丝带，递给钱丁）

**钱　丁**　不！

**钱夫人**　大人，妾身主意已定。既是想死，方法便有很多种，大人管得了一时，管得了一世？不过身体发肤，受之父母，妾身还是想完整的离开。

〔钱丁接过白丝带，手颤抖地缠在钱夫人的脖子上，泣不成声，将钱夫人勒死。

〔灯灭。

〔风雨交加，电闪雷鸣。

〔孙丙被绑在木桩上。

〔眉娘依旧跪着不说话。

〔小甲在草棚下打瞌睡。

〔孙丙周围四个衙役站岗。

孙　丙　（声音颤抖）闺女。

孙眉娘　爹，你说。

孙　丙　杀了我。

孙眉娘　不！

孙　丙　不能让他们得逞！

孙眉娘　你是俺爹呀！

孙　丙　他们就等着看爹的洋相。

〔赵甲端着碗上。

赵　甲　亲家公，咱们好歹亲戚一场，别让我不好交差。（给孙丙灌下参汤）

孙眉娘　赵甲，你个畜生！

赵　甲　哈哈哈哈，我的个风流媳妇，你欠下的风流债你老子替你还喽！

〔孙眉娘瞪着赵甲，浑身颤抖。

赵小甲　爹，俺冷。

赵　甲　咱们回家添衣裳！

（对衙役）看好了，出了问题，你们拿命都赔不起！

〔衙役们应声。

〔赵家父子下。

〔钱丁上，丢了魂似的靠近孙丙。

衙役甲　大人您做什么？

**钱　丁**　尽职。

**衙役甲**　大人您留步。

**钱　丁**　你们都下去吧。

**衙役甲**　小的们不敢。

〔钱丁走到眉娘跟前，扶起眉娘。

**钱　丁**　余，对不起你！

**孙眉娘**　（茫然地看着钱丁）你说什么？

〔钱丁突然掏出一把刀，刺向孙丙。

〔衙役们惊慌失措，乱作一团，最后丢下水火棍，跑了。

〔钱丁把手里的刀递给眉娘。

**孙眉娘**　（哭得撕心裂肺）爹！爹！

**钱　丁**　（唱）檀木原是雅人种，
秋来开花血样红。

**孙眉娘**　（唱）亭亭玉立十八丈，
树中豪杰林中雄。

**钱　丁**　（唱）檀板清越配情种，
梨园子弟唱升平。

**孙眉娘**　（唱）有谁见檀木橛子把人钉，

**钱　丁**<br>**孙眉娘**　（合唱）末日王朝缺德刑！

**钱　丁**　眉娘，这弑父的罪名你担不起，余替你。

〔眉娘怔怔地看着手中的刀，钱丁抱住眉娘，眉娘举起刀，从后背刺死了钱丁。

〔眉娘抱住钱丁，不让他滑落。

〔黄光渐亮。

**孙眉娘**　（唱）太阳一出红彤彤，
好似大火烧天东。

俺只愿，
俺与钱丁和孙丙，
从此阴阳不相逢！

〔孙眉娘自杀。

〔剧终〕

# 木钗情

编　剧：朱格（戏文系 2013 级）

# 毕业大戏《木钗情》的创作阐述

## 一、创作主旨阐述

本剧以明朝末年为大时代背景，展现市井街头的生活群像。通过一只木钗，缔结妖人良缘，着重表现鹿小欸和阿莱二人的爱情喜剧，刻画鹿小欸和阿莱的人物性格。若能把配角也稍作展现，便不算废笔。鹿妖小欸出身贵族，却厌恶望族金玉其外，败絮其中，渴望江湖天高地阔，一展拳脚；阿莱出身贫寒，生活潦倒，偶尔小偷小摸，却豁达洒脱，心地善良。二人于京郊茶寮一见如故。本是人妖殊途，不曾想阿莱顺手牵羊惹了祸，从此姻缘寄钗上。

《木钗情》通过一波三折的情节安排，一方面将人物命运层层展开，另一方面则希望通过二人的磨难，使得他们彼此理解，相互慰藉。也希望观者一笑，才不废了时间。

在基调方面，《木钗情》从一开始将故事发生地确立在京郊——你来我往，市井之流遍地的地方，目的是加重鱼龙混杂之感，展现小人物的生活状态。也是早早说明，本戏的核心便是这些有小聪明的小混子。他们虽命如蝼蚁，但绝非等闲。

另外，阿莱只身闯妖窟，以历险为主，制造不同的麻烦，无论有意无意总能解决困难，是想以此说明我的观点——红尘儿女江湖客，随时自在随时乐。也以此加重了故事的荒诞和浪漫。

## 二、题材的理解与评析

1. 题材来源综述

《木钗情》取自《聊斋》的《狐嫁女》。

人类闯入陌生的妖怪世界，是新鲜的。在黑泽明的《梦》中，妖怪的世界是多姿多彩、颜色鲜艳的，而人类世界因为现实而显得颜色单一、结构简单。

《木钗情》同样如此。

重承诺，守规矩，是无论生活在何处都要遵守的。鹿小敛本是被困在鸟笼子里的人，但他的心却在江湖上，随风而来，随风而去。阿莱随性不羁，率意而为。但二人为了承诺，都愿将个人生死置之度外，实属不易。这与《狐嫁女》中的书生可谓是不谋而合。私以为这守承诺，讲义气，才是最潇洒的。一切自由起自规则，也终会回到规则中去。

2. 题材类型评析

《木钗情》是《聊斋》中《狐嫁女》改编的鬼怪戏，通过借助《聊斋》以及近现代学者对这一题材的研究资料，结合其他艺术门类中的认知，以及在不脱离历史真实的境况下，进行了主观的丰富。例如，加入一些更有戏剧性的成分，如巧合。使其更具戏剧性，更具舞台感。而人物面对困境，也不发愁，不叹息。这便是我认为的，可爱坚韧的人物性格。

3. 开放式结局留足遐想空间

本剧希望能以言有尽而意无穷的形式表现最终人物结局。第七场阿莱误以为鹿小敛已死，鹿小敛却起死回生，一边哼着阿莱哼过的歌儿，一边畅想未来，二人欢笑落幕。虽是一句未说，但相信人人都能晓得二人美好的生活即将开启——有诗可和，有歌可依，月下再非独酌——蕴含了新的希望。

## 三、阐述剧作法理论在毕业作中的具体运用

1. 铺垫、反转

在情节方面，第一场用美貌老板娘辛婆婆引入，增添神秘性；第二场老板娘便迅速跳反，留足悬念。

在人物设置方面，阿莱起初受辛婆婆诱骗，可谓是憨傻有余；关键时刻，却十分机智，迅速捕捉到辛婆婆的弱点，将其一举击破。

2. 程式、虚拟性

由于场景较碎，以阿莱上路为例，均用打圆场和唱词凸显出来，减少场景。

3. 重复、对比

本剧设计了一只木钗作为道具。一是要借此传情，二是作为一把通关钥

匙。无论是打开人妖两界的壁垒，还是解决敌我双方的麻烦，都以此作为关键。

对比手法则运用到表现人物身上，通过阿莱和鹿太子，鹿太子和小鹿精，小鹿精和煤疯子的对比，展现同一人物的性格不同面——他们都有性格弱点短板，但关键时刻，也不失为长处。

## 四、剧本分场概括

第一场在于铺垫。通过两位差爷之口，使小人参精蒙上神秘的色彩，引出鹿小欸和阿莱京郊相遇，完成人物建制，建立关系。鹿小欸初遇阿莱，便被这明朗少女的性格吸引。她无拘无束，放浪形骸，正是从小在勾心斗角中长大的鹿小欸所羡慕的。二人一见如故。临别之时，阿莱转送顺来的礼物给鹿小欸，正是众人求而不得的小人参精。鹿小欸见阿莱心直口快，全无心机，不由担心。他借木钗传情，则是隐晦的保护，护阿莱周全。

第二场和第三场为发展段落。第二场辛婆婆找到阿莱家，欲找被她盗走的小人参精。不曾想已被全然不知情的阿莱送给了鹿小欸。辛婆婆诱骗阿莱入妖窟，取宝物。第三场阿莱初入鹿宅，遭小鹿精耍弄，煤疯子怀疑。阿莱本以为求救无望，但小鹿精贪嘴爱吃，与阿莱不谋而合。阿莱又天真烂漫，如孩子一般。二人交往十分有趣。

第四场为纠葛段落，第五场承接前面，解决纠葛。鹿小欸深夜旧病复发，得阿莱照顾，趁此表白。少女阿莱纠结徘徊，心事一时难解。深知自己误会阿莱的煤疯子热心开导，助阿莱与鹿小欸修好。煤疯子看来凶恶，还要做一番媒婆的活计，增添趣味。阿莱欲表白心事，却不想辛婆婆趁虚而入，上门夺宝。这一棒不仅没有打散鸳鸯，反而让两人相知相体谅。

第六场和第七场为高潮段落。鹿小欸献计阿莱，二人一番策划欲将辛婆婆诱来。但一切计划赶不上变化快，二人计划破功，鹿小欸似是重伤而亡。这边厢阿莱乃烈性女子，虽是节节败退，仍不肯就擒。辛婆婆爱美貌，阿莱利用此弱势将她击溃，用木钗送她到不毛之地，救得鹿小欸。

## 五、创作感悟

《木钗情》改编自《聊斋》的《狐嫁女》。但《狐嫁女》的故事相对简单，起伏较少，为了使故事一波三折，又加入了一些新的元素。但新的元素，往往会产生不接地气儿、难以编圆的麻烦。创作过程中，也因此几度找不到方向，多亏老师因病施药，任我放松写作，才让我渐渐认清故事方向。

喜剧创作过程中，最困扰我的莫过于如何让人物的台词有意思，而又不至于似是贫嘴，又臭又长。在观摩了《坐楼杀惜》《白蛇传》《大·探·二》等戏，电影《青蛇》，电视剧《隋唐演义》《射雕英雄传》《笑傲江湖》之后，学到了许多，解决了如何理解古人的烦恼，如何均衡欲望的问题。并且，我深刻认识到，无论是用舞台，还是用镜头，作品最终在情感，在故事。如何巧妙地讲述，如何动人，是非常重要的。这个过程使我对我的戏曲剧本创作有了新想法和新思路。创作过程的艰辛与喜悦带给我前所未有的体悟，相信是我将出校门，学校赠与我的最后一笔财富。

2013级戏文系　朱　格
指导教师　马　琳

**时　间：**明朝末年

**地　点：**京郊茶亭

**人物表：**

阿　莱——女，17岁，父母已故，偶尔小偷小摸。

鹿小歀——男，看来不过二十出头，鹿王子，贪恋江湖自由。

小鹿精——男，5岁的模样，鹿王子的儿子。

煤疯子——男，人到中年，鹿王子的家臣。

辛婆婆——女，三十岁左右，人间是茶楼老板娘，实际上是靠吃掉小妖以保青春的老妖精。

以及捕头贾爷，捕快洪爷，小混混几人。

## 第一场

〔明末北京郊外，歇脚茶亭，散放四五张桌子，几位客人有一搭没一搭闲聊着。

**茶　客**　老板娘结账。

**辛婆婆**　（内白）来啦！

〔辛婆婆轻快上。

〔辛婆婆摇着扇子，往来其间，不时寒暄两句。

**辛婆婆**　（念）买卖不算账，

打仗不带枪。

耳听八方响，

嘴抹三遍糖。

客间殷勤转几场，

财源达三江。

京郊你来我又往，

好把身份藏。

哟，洪爷，好久不见您，进京呢！

〔茶客贾捕头上，洪捕快手拎一个食篮，跟在后面。

〔辛婆婆热情迎上。

**洪　爷**　老板娘有礼。

**辛婆婆**　洪爷客气了，快请坐，快请坐。欸，这位差爷面生，怎么称呼呀？

**洪　爷**　这是捕头贾爷，久慕老板娘貌美赛西施，适逢我哥俩进京献宝，特来一观，还望老板娘见谅。

**贾　爷**　老板娘好姿色！（嗅）身上还有一股香气……

**辛婆婆**　（用扇挡出距离）二位爷真是深谙咱们经商迎客之道——这一样货，

百样卖，嘴甜似蜜卖得快。

**洪　爷**　咱们贾爷快人快语，老板娘莫见怪。烦请老板娘来两碗茶，咱们歇歇脚。

**辛婆婆**　好嘞，两碗茶！我再送您二位一碟新出锅的油炸小麻花。

〔洪爷拱手示意。

〔辛婆婆摇曳而下。

**洪　爷**　哥哥，您可谨言慎行，莫招是非啊！

**贾　爷**　我不过是说出心里话。那老板娘又美又香，任是谁都想亲近的。

〔鹿小欸上。

**鹿小欸**　（唱）人生在世春前酒，
转眼乌头换白头。
权门弟子雨入酒，
说是风流实下流。
山河兴废供搔首，
壮志难酬踏青楼。
不如江湖多广阔，
明朝散发弄扁舟。

（忙掩口鼻）咳咳……店家，雪岳山毛尖一壶，蜜饯一碟。

〔鹿小欸左右环顾，全无空桌。

**鹿小欸**　两位差爷，借你们二位的光，可好？

**贾　爷**　出门在外，都是一家人，随便坐！随便坐！

**鹿小欸**　那就多谢二位了。

〔鹿小欸落座。

**洪　爷**　先生听口音，不像中土人士，可是从边疆而来？

**鹿小欸**　（心虚）正是正是。在下鹿小欸，游历江湖，爱看个热闹。

**贾　爷**　可你这身子骨忒差劲了些！我见过的边疆男儿，那都是拳拳带风的呀！

**鹿小欸** 在下自幼多病，少见风雨，自然是不一样的。

**洪　爷** 男儿本色在骨不在皮。先生千里而来，想必坚韧着呢。

**鹿小欸** 过奖了。二位差爷看来风尘仆仆，不知有何贵干？

**贾　爷** 咱们哥俩儿本是日暮镇的官差。这位洪爷书读得好，习武也是少年英豪。我嘛，不才（拱手）有“金瓜老贾”的名号。前几日咱们镇上的大师得了个宝贝，让咱哥俩儿上京献宝去……

**洪　爷** 哥哥，这位先生是边疆人士，想必对中土之事也并无兴趣。

**鹿小欸** 在下虽不涉世，也乐得听来打发时间。

**贾　爷** 不知你知不知道，依着咱们中土风俗，见到人参精，得赶紧给他脚上拴根红线。这小子狡猾，一转眼跑没了，只能靠红线寻。

**鹿小欸** 有所耳闻 。

**贾　爷** 一日夜起，大师见到后院枝头挂了一根红绳。顺着红绳找去，看见一个白胖的小孩在后山泉眼中洗澡，脚上就系着这根绳子。大师索性给他打回了原形，这么一看，可不就是一个刚刚成形的小人参精嘛！

**洪　爷** 哥哥，天色已晚，咱们还是早些上路，加盖入京通牒吧。

**贾　爷** 我看这天色还早，你急什么？说来也奇异，大师说这是妖精法师系在小人参精脚上的。咱们傻小子，那根本看不见。不过小人参精真有奇效，咱们哥几个一人分了一杯洗澡的泉水，这身上有劲儿多了！

**鹿小欸** 可惜啊，这等奇景在下没见到。若是有幸饮上一杯，这废物身子，想必也不治自愈了。

**洪　爷** （背，鹿小欸）哥哥，言多必失！还是少说两句吧！

**贾　爷** （嘟囔）又不是什么见不得人的事儿，说出来咱们都长见识！

**鹿小欸** 捕快大人多虑了。鹿某乃一介散客，说出去的话没人会听。只是，花枝叶下犹藏刺，人心怎保不坏毒。

**贾　爷** 我就是直肠肠不会拐弯弯！俗话说出门靠朋友，同桌共饮就是有缘！

**洪　爷** 在下明白先生的意思了，多谢！哥哥，我们速速赶路吧。

〔洪爷拎着食篮欲走，贾爷跟在后面，二人下。

**贾　爷** （声音渐小）俏娘子倒的茶我还没喝到，平白拿了茶钱……

〔辛婆婆端茶上。

〔鹿小欸躲闪，背过身去。

**辛婆婆** 茶来了……（惊）哟，人呢？

（唱）我这厮，端茶再上失欢畅，

想问那，废物捕头在何方？

三日前，我错把人参放，

为寻他，苦设局在路旁。

追——

〔辛婆婆放下茶碗茶壶。

**辛婆婆** 爷，您的雪岳毛尖……

〔辛婆婆转身欲下。

〔鹿小欸难以控制，咳嗽起来。

〔辛婆婆若有所思，回过身来。

**辛婆婆** （唱）定睛注目茶客面，

一双鹿角在额边。

定是我的对头变，

再三来把麻烦添。

呸！不要脸的鹿王子，摇身变一个边疆书生，坏了我的好事。罢罢罢，先追要紧——

〔辛婆婆下。

〔幕后传来追赶声。

〔阿莱跑上。几个小混混追在后面。

**小混混** 臭丫头，偷东西敢偷到我们头上来！

**阿　莱** 有钱难买我乐意！正所谓靠山吃山，靠水就吃水嘛，靠你们这些偷抢拐骗的，我自然就还你们了。

**小混混** 臭丫头，你胡说什么呢！

**阿　莱** 京郊偷猪城中卖，我不过是礼尚往来。你偷他的，我就偷你的嘛。

**小混混** 你这小丫头牙尖嘴利，看我们不狠狠教训你！

〔几人抓阿莱，阿莱均逃脱。

**鹿小欸** 住手！咳咳……几位好汉，若是这位姑娘欠你们钱的话，在下替她还了。

**小混混** 这丫头欺人太甚，不卖了她不解恨！

**阿　莱** 岂有此理！

〔几人动起手来。鹿小欸替阿莱挡难，一招制胜，几人倒地不起。

**鹿小欸** 几位好汉，这算是我替这位姑娘赔的。

〔鹿小欸扔钱。

〔几个混混捡钱逃窜下。

**阿　莱** 真是大快人心！

**鹿小欸** 姑娘，在下身上银两不多，这钱给你，望姑娘以后少行偷盗之事。

**阿　莱** 你别以为救了我，就可以教训我了。

**鹿小欸** 咳咳……在下并无此意，只是姑娘一个女儿家，行走江湖，多有不便。

**阿　莱** 天生人，天养人。阿莱就算是险中求口饭，也要自由自在，心安理得。

**鹿小欸** 好一个天生人天养人，姑娘真性情，不妨坐下一叙。

〔二人落座。

**鹿小欸** 我看阿莱姑娘年纪轻轻，莫不是遇到何困窘之事，才在江湖游荡？

**阿　莱** （唱）世事艰辛难预测，
独自少欢歌。
红尘儿女百年客，
漂泊又如何？

**鹿小欸** （唱）一句话，我心动，
何须千言诉情衷。
姑娘真乃奇女子。

**阿　莱**　说够我了，说说你吧。

**鹿小欸**　在下鹿小欸，说来话长。来日方长，日后我再慢慢告诉姑娘。

**阿　莱**　说来话长便长话短说。不过，你不想说，阿莱自然不会强人所难。

**鹿小欸**　哈哈哈，多谢！我看姑娘灰头土面，不如向老板娘行个方便，梳洗一番。

**阿　莱**　我看那边有两碗水没人喝，就用它洗洗吧。

〔阿莱取水洗脸。

**鹿小欸**　（唱）有道是，珠围翠绕命沦丧，
更有那，锦衣玉食胜砒霜。
莫不如，知己相随心舒爽，
舒心畅，不负山光接水光。

**阿　莱**　洗净了土，真是舒服，真是爽快！

〔鹿小欸这才回身去看。

**鹿小欸**　（唱）茶亭晚色风云上，
顾盼却似朝阳光。
双目含情两相向，
弯月星辰逊一方。
姑娘长得好生标志啊。咳咳……

**阿　莱**　那是自然！你快些喝点水润润嗓子吧。

〔鹿小欸喝罢，仍在顺气。

**阿　莱**　鹿公子，来的路上，我顺了两个官差的点心，想必都是好东西做的。你身子不好，就吃了压压惊吧。

〔阿莱取出一木盒。

**鹿小欸**　莫非是日暮镇那两位差爷？

**阿　莱**　正是他俩！

**鹿小欸**　那这……可不是寻常的谢礼啊。

**阿　莱**　既是上京献宝的东西，自然是不寻常。

**鹿小欸** （背）她性格爽直，知道得越少，自是对她越好。

**阿　莱** 说话若背人，准是防盗贼！

**鹿小欸** 在下是感慨，他二人都是仗义之人，若是因此落罪……

**阿　莱** 你不必担心，那位洪爷聪明机灵，口灿莲花，他见到这场面，自然会想办法对付。只是那县丞没什么好果子吃罢了。（喜不自禁）

**鹿小欸** 阿莱姑娘似乎对县丞颇有怨意。

**阿　莱** 这事儿说来话长。来日方长，日后我定会慢慢告诉你。

**鹿小欸** 哈哈，姑娘好生机灵。

**阿　莱** 脸也洗了，脚也歇了，阿莱就先告辞了。

**鹿小欸** 姑娘稍候。

（唱）一语稍候话心性，
前路茫茫难同行。
殊途相遇实万幸，
投桃之情难言明。
可叹我七尺男儿一身病，

在下想借姑娘头上的木钗一用。

〔阿莱取下木钗，递给鹿小欸。

**鹿小欸** （唱）唯借木钗来传情。

虽不便多说，但姑娘日后若是遇到麻烦，手握此钗，念我的名字，便可摆脱困境，去到想去的地方。

**阿　莱** 这宝贝好！

**鹿小欸** 不过……此法只能用三次，姑娘莫要肆无忌惮。

**阿　莱** 哎，我又不是日日去偷，阿莱就多谢公子了！

〔阿莱下。

〔光灭，暗转。

## 第二场

〔深夜，阿莱家外。

〔阿莱拎两根咸菜、一条肥肉上。

**阿　莱**　我回来了！

（唱）小阿莱，走街串巷最有用，
好街坊，送我咸菜把饥充。
虽说是，阿莱自小陷困窘，
又适逢，父母早亡家空空。
幸好我，双手有力跑得动，
乐悠闲，荆钗布裙逗小虫。

〔阿莱进门。

〔阿莱取镜照面，抹去脏污。

**阿　莱**　（闻）什么美味？这般香哇！

〔阿莱掀开桌上的笠罩，随手扔到一边。

**阿　莱**　可谓是——

（唱）容颜不过身外物，
有吃有喝才是福。

〔阿莱大快朵颐。

**阿　莱**　美味美味！若是再有一坛酒，真是做鬼也风流！

〔辛婆婆拎酒坛上。

**辛婆婆**　阿莱姑娘，可还合口味？

**阿　莱**　可惜鸡出了满月！若是不足月的，这鸡崽非得嫩掉牙齿啊！（连忙捂住自己的饭菜）你是何人？！

**辛婆婆** 哟，姑娘真是貌美！可惜是个人，不然我吃了你，不知该年轻几分，貌美几成啊？

**阿　莱** 出去出去！

**辛婆婆** 阿莱姑娘，吃了人家的饭菜，哪有轰人走的道理啊？

**阿　莱** 吃人家的嘴软！阿莱啊阿莱，你真是贪嘴误事啊！

〔辛婆婆坐在一旁。

**阿　莱** 这般好菜待我，有话就快些直说吧！

**辛婆婆** 姑娘干脆！此番前来，我是想向姑娘寻个东西？

**阿　莱** 我这家徒四壁，看好啥就搬走吧！

**辛婆婆** 我来问你，今日偷了日暮镇两个差爷的人，可是你？

**阿　莱** 是我又如何？

**辛婆婆** 那食盒里的东西，现在何处？

**阿　莱** 我早拿它送人了。

**辛婆婆** 送给谁了？

〔阿莱打量辛婆婆。

**阿　莱** 萍水相逢的人，谁记得住他的姓名。

**辛婆婆** 阿莱姑娘，好菜无酒，真是可惜啊。

**阿　莱** 就是个走江湖的书生嘛！

**辛婆婆** 果真是他！

**阿　莱** 你莫要诈我，我当真不记得他是谁。

**辛婆婆** 姑娘多虑。久闻阿莱姑娘仗义，这厢求姑娘一事。

**阿　莱** 不去不去！人都不记得了，哪儿找去？

**辛婆婆** 我话未出口，姑娘怎知是何事？

**阿　莱** 你连连盘问，定是找我寻他一寻。

**辛婆婆** 姑娘好生聪慧！

**阿　莱** 那是自然！

〔阿莱洋洋自得，自在吃喝。

**辛婆婆** 可我一介弱质女流，不比姑娘神采飞扬，跋山涉水找一个无名之人，实属艰难。

**阿　莱** 你莫要如此说话，听得人心里酸溜溜的。

**辛婆婆** 姑娘不是这副身子，自然不知这心酸之处。

**阿　莱** 多吃多喝，总会结实一些的。

**辛婆婆** 若是有用，我也不必日日进补了。

〔辛婆婆假哭。

**阿　莱** 罢了！我帮你便是！

**辛婆婆** 此话当真？

**阿　莱** 君子一言，快马一鞭！

**辛婆婆** 他狡兔三窟，你如何找他？

**阿　莱** 闲事少管！

〔阿莱摸钗。

**阿　莱** （背唱）木钗寻路不难问，
饭罢上路不伤神。

**辛婆婆** 姑娘直爽，让人佩服，可叹我——
（唱）青春芳华若耗尽，
孤苦伶仃命难存。

**阿　莱** 你少哭些吧！

**辛婆婆** 多谢姑娘，就不多叨扰了。

〔辛婆婆欲下。

**阿　莱** 留步！留步！

**辛婆婆** 又有何事？

**阿　莱** 先将酒给来！

〔收光，暗转。

## 第三场

〔鹿小欸家。

〔小鹿精跑跳上，煤疯子拎剑走在后面。

**小鹿精** 上月阿爹带回的蜜饯儿还有没有啊？

**煤疯子** 他还没离家，你就吃干抹净了。

**小鹿精** 如此……那十日前，阿爹带回来的葱油饼，还有没有了？

**煤疯子** 你当时说那得趁热吃，不多时就吃光了，晚饭都没吃下呢。

**小鹿精** 如此……那前日阿爹带回来的糖瓜，总还剩一两个吧？

**煤疯子** 那晚你怕别人偷吃，抱着睡觉，这几日天热，昨儿起来都化了。

**小鹿精** 唉……我真真的是有些想念阿爹了。

〔煤疯子忧虑重重。

**小鹿精** 他不过在外面玩耍得忘了时日，煤叔叔不必过于担忧了。

**煤疯子** 不成，我这就得出门找他去。

**小鹿精** 煤叔叔莫急莫慌。阿爹走的时候，可是千叮咛万嘱咐叫你“三思而行”“三思而行”。

**煤疯子** 三思而行，三思而行。

**小鹿精** 不如这样，咱们打发打发时间，我来把煤叔叔昨日教我的剑法舞一舞，叔叔指导一二如何？

**煤疯子** 我空看着，可是眼馋啊。咱们不如就过个几招！

**小鹿精** 徒儿领命！

〔小鹿精与煤疯子拆招。

〔阿莱上。

**阿　莱** 哎，这玩意真有用嘿！

（唱）路迢迢，乘风踩云把路赶，

得托付，把这宝物用一番。
求日月，天蓬诸神法力显，
千万要，护我取物少辛艰。

〔阿莱在院外徘徊。

**阿　莱**　好剑法！

〔煤疯子剑指阿莱。

**煤疯子**　哪里来的妖精，敢在这里鬼鬼祟祟！

〔阿莱推开剑头。

**阿　莱**　何来妖精？路过贵宝地罢了，别这么喊打喊杀的。
**煤疯子**　鹿府宅院，岂是你随意流连之处！
**阿　莱**　是鹿小欸的宅院？
**煤疯子**　你是何人？
**阿　莱**　我正是来找他的。这是他交给我的信物。

〔煤疯子接钗一观。

**煤疯子**　他近日不在，择日再来吧。
**阿　莱**　阿莱真真是有救命的事，还求大爷行个方便！
**小鹿精**　我们可都是妖精，你不怕在此被吃了不成？
**阿　莱**　（恍然大悟）怪不得鹿小欸法术变得如此之好。
**小鹿精**　（悄声）她闻此不惊也不逃，莫不是——
**煤疯子**　傻的？
**阿　莱**　你们是何物修炼而成？
**小鹿精**　你猜它一猜。
**阿　莱**　虎？

〔小鹿精摇头。

**阿　莱**　豹？

〔小鹿精摇头。

**阿　莱**　猜不出来了!

**煤疯子**　我本是太上老君炉中一块煤，太君一日酒醉踢翻丹炉，便落于人间。幸得鹿王搭救。

**阿　莱**　俱是鹿精啊……若人来修炼，辛不辛苦?

**煤疯子**　只需七七四十九年饮雨水，八八六十四年饮雪水，九九八十一年不吃不喝……

**阿　莱**　罢了罢了，吃得太素，我怕是不习惯。

**小鹿精**　傻姑娘，我来与你玩个游戏。你若赢了，我便让你进来等。

**阿　莱**　哼！放马过来啊，傻小子。

〔小鹿精掏出一张纸。

**小鹿精**　这张纸，你若扔得比我远，便是你赢。

**阿　莱**　小事一桩！我先来。

〔阿莱大力一扔，纸落于脚下。

**小鹿精**　你看我的。

〔小鹿精将纸团成纸团，随手一扔，滚不见了。

**阿　莱**　再来！再来!

〔小鹿精掏出一张纸。

**小鹿精**　这张纸，看你如何将它变作两半?

**阿　莱**　这还不简单。

〔阿莱将纸撕成两半。

**小鹿精**　你看我的——

〔小鹿精舞剑劈开。

**阿　莱**　反正都是做两半，有什么高低之分。

**小鹿精**　好！那再来一局。

**阿　莱**　你若赢了，前边便都不算数。

**小鹿精**　那你可要屏气凝神了。

〔小鹿精捡一片树叶。

**小鹿精** 这片树叶，你若吹得比我远，便算你赢。

**阿　莱** （作谦让状）你年纪小，你先吹。

〔小鹿精将树叶吹远，三人俱看不见了。

**小鹿精** 这位姐姐，恕不远送。（拱手）

**阿　莱** 我孤苦伶仃来到这里，本以为不必受人的气了。没想到，妖精更欺负人！

〔阿莱耍赖。

**小鹿精** 人都会做饭吧？

**阿　莱** 我不仅会做，还会吃呢！

**小鹿精** 你所言非虚，我便做主留你了！

**阿　莱** 你？！

〔阿莱犹豫。

**小鹿精** 叫你去还不快去！我可是妖精，小心我把你变作一棵树，种在咱们院子角落里，一点太阳都晒不到，每夜还有虫子咬你……

**阿　莱** 去就去嘛！又这么喊打喊杀的。

（唱）一番戏弄心内撞，
忆儿时事件桩桩。
那年夏日吵嚷嚷，
阖家举杯庆端阳。
爹娘懒卧牙床上，
唤儿端去开胃汤。
切小肚，铺鸡丝，码在面上，
佐丝汤头是生姜。
炝泥螺，酱河蚌，几壶清酿，
两碟小菜放一旁。
停食废箸胃口养，

托盅掀盏嗅茶香。

思往事，想近况，

肚饿难忍泪两行。

〔阿莱下。

**小鹿精** 你休要偷吃！

〔小鹿精追下。

〔光灭，暗转。

# 第四场

〔深夜，月明星稀，煤疯子和阿莱坐于堂内，闭目养神。

**阿　莱** （唱）听谯楼更夫把初更敲定，

莫忧愁宝物还前路不明。

软床高枕才尽兴，

听得阵阵赞叹声。

〔阿莱闭目养神。

〔更声响。

〔煤疯子看一眼阿莱。

**煤疯子** （唱）听谯楼更夫把二更敲定，

实担忧我一家老小鹿精。

怕丫头图害了我俩性命，

待老夫三更后来看分明。

〔更声响。

〔阿莱动了几下，煤疯子佯装睡去。

**阿　莱** （唱）听谯楼更夫把三更敲定，

小阿莱急生这夺宝之情。

休贪恋富贵一梦，

〔阿莱欲寻找，不安走动。

**阿　莱**　（唱）真愧对救我的情。

〔阿莱沉沉睡去。煤疯子侧目看她。

**煤疯子**　（唱）听谯楼更夫把四更敲定，

我假寐把她的心儿来听。

大丈夫竟欲使宝剑刺定，

〔煤疯子悔恨不已。

**煤疯子**　（唱）由此后切记得三思而行。

〔鹿小欸虚弱踉跄上。

**鹿小欸**　煤疯子……小鹿精……

〔煤疯子闻言推门而出，阿莱跟在后面。

**鹿小欸**　竟是你，又见面了……

〔鹿小欸说罢晕倒在地，二人合力将他扶入内堂。

**煤疯子**　劳请姑娘照顾，我先去烧些热水。

**阿　莱**　我啥也不会啊！

**煤疯子**　姑娘莫慌，这是老病，歇个几日便可。

〔煤疯子下。

〔鹿小欸梦中呓语，口口声声喊的是娘。阿莱为他擦汗，哼歌哄他入睡。

**鹿小欸**　（呓语）阿莱……

**阿　莱**　我在我在。

**鹿小欸**　扶我起来。

**阿　莱**　你身上染着病，还是躺着吧。不然煤疯子见到，又要冲我喊打喊杀了。

**鹿小欸** 他若委屈与你，我必替你讨回来。咳咳……

**阿　莱** 你都快烂成一摊泥了，还逞什么英雄。

〔阿莱扶鹿小欸起。

**鹿小欸** （背唱）山回路转又遇上，
好似良药愈旧伤。
分分合合两相望，
表白心迹切莫慌。
姑娘怎会来此？

**阿　莱** 当然是来寻你……

**鹿小欸** 寻我？（背）姑娘千里相随，难道我们二人是一样的心？

**阿　莱** 寻你那宝盒。你可知，那宝盒里面是何等宝贝？是一株千年小人参精哇！

**鹿小欸** 如此说来，姑娘只是来向我讨小人参精罢了？

**阿　莱** 正是。你把它还予我吧。

**鹿小欸** 当日是你说答谢于我，若是讨回它去，那恐怕是要换个谢礼了。

**阿　莱** 你尽管开口，我天涯海角都给你找来。

**鹿小欸** 又是去偷？

**阿　莱** 去借，去贷，总行了吧。

**鹿小欸** 实不相瞒，我真心想要的，莫偷，莫贷，只在股掌之间。

**阿　莱** （糊涂）听不明白。

〔鹿小欸伸出手，阿莱亦学，鹿小欸握住阿莱的手，二人十指紧扣。

**鹿小欸** 这叫同心扣，据说两手交握，便永不分离。

**阿　莱** （唱）一时情急欲嗔怪，
两手紧握霞染腮。

**鹿小欸** 阿莱姑娘，实不相瞒，自那日见你，你的一颦一笑，豁达洒脱，便难以忘怀。

**阿　莱** 不不不，你别说了！

**鹿小欸** 在下所言，句句肺腑！

**阿　莱**　句句肺腑？！哎呀呀，那更麻烦啦！

**鹿小欸**　窈窕淑女，君子好逑。本就人之常情，有何麻烦？

**阿　莱**　（唱）田中无你地一块，

有心生花无处栽。

**鹿小欸**　（唱）农夫心急也无奈，

春后日长慢慢来。

**阿　莱**　（唱）人妖殊途可无奈，

有情也被无情埋。

**鹿小欸**　（唱）人鬼尚将命格改，

化蝶翩翩入梦来。

**阿　莱**　（唱）我……

〔鹿小欸扶伤哀嚎。

**阿　莱**　莫要使苦肉计诈我。

**鹿小欸**　我今日不会诈你，明日亦不会。往后日日年年，永不欺瞒你一分。

**阿　莱**　花言巧语，嘴甜似蜜是无赖！近日事多，改日再与你答复吧！

**鹿小欸**　愿你我下次相见之时，得姑娘答复。

**阿　莱**　再说再说！天色已晚，鸟虫俱眠，我也要困了！告辞！

〔阿莱不安逃下。

〔灯光灭，暗转。

# 第五场

〔阿莱匆匆上。

**阿　莱**　（唱）上楼阿莱心意惬，
下楼却把心事结。

〔阿莱掬水洗脸。

**阿　莱**　（唱）何来胆色两相悦，
千愁万绪叹息接。

〔煤疯子端药上。

**煤疯子**　阿莱姑娘，怎地面色泛红，可是身体有恙？

**阿　莱**　不碍事的，不碍事的！我饮口水便好了！

〔阿莱抓起碗，一口灌下。

**煤疯子**　姑娘！这是药哇……

**阿　莱**　这……（抓耳挠腮，急欲想招）人早晚是要生病的，早治早好！

**煤疯子**　姑娘如此心不在焉，有何劳心之事，煤疯子可为你分忧一二。

**阿　莱**　我……我说不出口！

**煤疯子**　那你便悄悄与我说来。

〔阿莱左右看罢，附于煤疯子耳边，悄悄说道。

**煤疯子**　（大惊）什么？

**阿　莱**　你莫张扬！

〔阿莱前后看看，拉煤疯子到另一旁，又说起来。

**煤疯子**　哈哈，这是好事哇！姑娘忧愁作何？

**阿　莱**　（唱）虽说是裙布荆钗也珍爱，

却也是难比豪门万贯财。

**煤疯子** （唱）与其是门当户对不相爱，

不如是千里姻缘莫相折。

**阿　莱** 话是这么说，可我……

**煤疯子** 姑娘呐——

（唱）人生百年梦一场，

顺遂心愿又何妨？

顾全当下多思量，

顺其自然莫心慌。

**阿　莱** （唱）顺其自然话易讲，

落到头上实心慌。

**煤疯子** （唱）祸福相遇皆缘起，

怎知欢悲从何依？

身强体健何处觅，

不比病痛似藩篱。

**阿　莱** 这么说来，鹿小欸虽锦衣玉食，饶是没什么意思。

**煤疯子** 姑娘有所不知，我家王子的日子，是过得不好了些。

（唱）少时生母已命丧，

生父信谗弃儿郎。

陈疾旧病日日长，

奄奄一息似羔羊。

乌飞兔走缠病掌，

露来霜往药作常。

〔煤疯子以袖拭泪。

**阿　莱** 大丈夫，怎的说哭就落起泪了？

（唱）一语说罢我心怏怏，

他朝不虑夕卧病床。

他与我同病相怜性情仿，

更觉得过意不去愧难当。

难怪他羡江湖广，

快意滋味何曾尝？

先生，劳烦您帮我探探他醒了没？

**煤疯子** 姑娘想开了？

**阿　莱** 鹿小欸他过得如此差劲，本姑娘定是要救他一救，帮他一帮！

**煤疯子** 姑娘通透，一两句话就能说清，实在可喜。

**阿　莱** （施礼）阿莱谢过先生了。

〔煤疯子大笑下。

**阿　莱** 思来想去啊——

（唱）古来人妖不相扰，

有缘相逢在城郊。

虽知定会行崎道，

且喜我俩两心交。

我啊，神采奕奕稍欠头脑，

他啊，手不能提却善文韬。

哈哈！真是天生一对，地造一双！

〔短兵相接声传来，吵吵嚷嚷。

**小鹿精** （内白）不好了，不好了！

〔小鹿精跑上。

**小鹿精** 那辛婆婆打上门来了！

**阿　莱** 那我们快些避避去吧！

**小鹿精** 胆小如鼠！

**阿　莱** 你爹重病缠身，你不足黄口，我啥也不会。不逃，白白送命啊？

**小鹿精** 阿爹重病复发，若跋山涉水，他势必……

**阿　莱** 婆婆妈妈！势必如何？

**小鹿精** 势必疾不可为，一命归西啊！

**阿　莱** 呸呸呸！

（唱）小鹿精，一语石破惊天籁，
可真是，风波未平噩耗来。
我心忧，小欸重伤是难改，
更可叹，老少无计空徘徊。
实在是，老弱残病真无奈，

〔阿莱忧心忡忡，见水中映着自己的脸，不禁计上心来。

**阿　莱**　有了！
（唱）不如我，调虎离山来引开。

〔阿莱作势要走。

**小鹿精**　莫鲁莽！莫鲁莽啊！

〔光灭，暗转。

# 第六场

〔鹿小欸房，外厅之内。
〔鹿小欸倚桌而坐，整顿衣裳。
〔小鹿精拖拽阿莱上。

**阿　莱**　我心意已决，你们谁都不用再劝！
**小鹿精**　你什么都不会，出去也是添乱。
**鹿小欸**　（思索）调虎离山，倒不失为一步妙计。
**小鹿精**　你们一个两个，都疯了不成！

〔幕后吵吵嚷嚷声传来。

**小鹿精**　我去探探局势！

〔小鹿精下。

**阿　莱**　皆因我盗木盒，才招致祸端，我定是要将其解决的。

**鹿小欸** 你盗的本就不是她的。她不过是觊觎小人参精的修为，想要暂固青春罢了。

**阿　莱** 她爱美至狂，小人参精万万不能落在她手里！

**鹿小欸** 且是放心，我早已送他回归山林。这会子，不知跑哪里玩去了。

**阿　莱** 我实在想不透，既然我俩有约在先，她又为何追到你家里来？

**鹿小欸** 她不过是借你探一探。众妖皆知我久病缠身，家里病残老弱。我若食了小人参精，定是久病痊愈，她便不来。我若无有，她得了小人参精，再将我等拆吃入腹，定是法力大增。

**阿　莱** 真怪我榆木脑袋！竟轻信了她！

**鹿小欸** 嗟悔无及，此时自责也于事无补。

**阿　莱** 她最是狡猾，一抓住人的把柄，便顺杆爬。

**鹿小欸** 那她是抓了你何等把柄，才让你替她走一遭？

**阿　莱** （念）我那日路见不平，把贼来打，

得邻里送肉送菜，快活归家。

她摆下油鸡和烧腊，

还殷勤倒酒与端茶。

吹嘘阿莱义气高，最胆大，流氓土匪都不怕，

一顿奉承一番夸。

**鹿小欸** 你便上当了？

**阿　莱** 我便上当了！

〔鹿小欸大笑。

**阿　莱** 真是窝气！

**鹿小欸** 你莫生气，莫心慌！待我脑筋转一转，好好想一想。

**阿　莱** 嗨！我真想一剑劈死这个大骗子！贼婆娘！

**鹿小欸** 好阿莱！灵阿莱！一语点醒梦中人！

〔鹿小欸动动眼珠，双手一拍，计上心来。

**鹿小欸** 为今之计，唯有把人参精交给她，方能缓燃眉之急。

**阿　莱** 可人参精你都放走了，莫不是要凭空抓来一只吧！

**鹿小欸** 姑娘深明大义。

**阿　莱** 呸!

（唱）骂一声鹿小欸良心丧，

你好狠的心肠。

可怜那小人参精修行一场，

你不该义气伤，下井投石，为求自保昧心肠。

**鹿小欸** （唱）劝阿莱休得如此鲁莽，

气冲冲埋怨我于理不当。

我世代善化作别人的模样，

不细查无有人辨得出荒唐。

**阿　莱** （唱）听一言不由得叹我鲁莽，

我……

〔阿莱握住鹿小欸的手。

**阿　莱** （唱）不该冷言冷语将你伤。

**鹿小欸** 阿莱姑娘也是急糊涂了罢了。

**阿　莱** （羞涩）你方等我一会儿。

〔阿莱私下查看，确认无人。

**阿　莱** 适才你我话别，我允诺下次见你，便给你答复。

**鹿小欸** 此时虽不能供我俩闲庭信步，花前月下，但两杯淡茶，一汪月光，纵外有奸贼，也余愿足矣。

**阿　莱** 我可不懂什么花前月下，只会对酒当歌。

**鹿小欸** 有酒可饮，有歌可和，岂不快哉?

**阿　莱** 你莫要打岔，听我细说。

**鹿小欸** 是我扰了你，你说便罢。

**阿　莱** 一日我在茶楼做活，听到一风尘三侠的故事，你可听说过?

**鹿小欸** 红拂出尘迷，绿沙入水柔。

**阿　莱** 其中一段，红拂女夜奔李靖，自陈道：妾侍杨司空久，阅天下之人多矣，无如公者。丝萝非独生，愿托乔木，故来奔尔。

**鹿小欸** （一同）丝萝非独生，愿托乔木，故来奔尔。

〔二人无语对视，脉脉含情。

〔打打杀杀声渐大。

**小鹿精** （内白）不好啦！不好啦！

〔小鹿精跑上。

**小鹿精** 那辛婆婆已打进一道门，朝这儿来了，你速速避避吧！

**鹿小欸** 当断不断，非君子所为。你再去一探。

〔小鹿精跑下。

**鹿小欸** 扶我更衣梳头。

**阿　莱** 我才刚同你表白了心迹，你还要弃我，是要做负心郎不成？

**鹿小欸** 且小声些。

**阿　莱** 我偏要大家都听到——我就是喜欢你，就是要与你共春乏，解秋困，同冬眠，夏日午后吃凉粉，俩人一同打个盹，夜间纳凉蹬蹬腿！

**鹿小欸** 乐意之至！阿莱只需助我一臂之力，此日可待矣！

**阿　莱** 非保你平安不可？

**鹿小欸** （唱）你扮作一副无辜样，
献上木盒假投降。
无论她张牙舞爪是何状，
你赔笑一旁莫惊慌。
待她打开木盒将我放，
趁其不备，我一剑刺她心中央。

〔鹿小欸挥剑，复咳嗽起来。

**阿　莱** 你可曾想过，你身体羸弱，自是抵挡不了的。她若是要取你性命，易如反掌。

**鹿小欸** 那是自然的。

〔阿莱作势要打。

**阿　莱**　负心郎！负心汉！

**鹿小欸**　济世之道，成事之窍，本就兵行险招。

**阿　莱**　我不要行事了！她纵是打进屋来，还能取了你性命不可？

**鹿小欸**　若是她吸我元气，吃了我，以资寿命……

**阿　莱**　（急打断）我看她敢！

**鹿小欸**　你当如何？

**阿　莱**　我……我……我自是要先将她碎尸万段，再随你赴死的！

**鹿小欸**　哎呀呀，有了阿莱姑娘此番话，我鹿某就算是送了性命，九泉之下也笑出声了……咳咳咳……

〔阿莱打鹿小欸。

**阿　莱**　尽是生生死死的，胡说八道！

**鹿小欸**　你真是勇气有余，脑筋不足！（轻敲阿莱脑袋）她打到此处，定是精疲力竭。见你一个弱女，不免有些松懈。若我趁其不备，进而攻之，可是事半功倍！

〔小鹿精跑上。

**小鹿精**　阿爹，事不宜迟啦！

**鹿小欸**　（唱）错时机，非气得牙咬坏，
纵万般，莫纵那虎狼豺。
莫不如，凝气神打无赖，
当一回，好巾帼女英才。

**小鹿精**　阿爹！

**鹿小欸**　阿莱！

**阿　莱**　好！
（唱）今日里，坦坦荡荡同陷阵，
又何必，犹犹豫豫放悲声。
莫不如，凝气神打无赖，
当一回，好巾帼女英才。
只是，你得学一招我的当家本事！

**鹿小欸**　愿闻其详。

**阿　莱**　打不过便脚底抹油，逃跑再说！

〔灯暗，不远处火势渐旺。

〔叫嚷声打斗声渐强，又弱。辛婆婆脚步声传来。

〔灯暗，暗转。

# 第七场

〔鹿小欸里屋，屋内一片杂乱。阿莱坐于桌旁，桌上一只木盒。床榻无人，落着帘子。

**阿　莱**　（唱）自小混迹江湖上，

打滚谋生，诈狼骗羊，从未慌张。

如今鹿郎是鱼网，

胆战心惊，七上八下，实心惶惶。

〔辛婆婆急上。

**辛婆婆**　小美人，你我又见面了。

**阿　莱**　哼！老骗子！

〔辛婆婆抓宝盒，阿莱假意藏。辛婆婆一把夺来，阿莱一旁赔笑。

**辛婆婆**　休要笑得如此瘆人！（背）如此轻易，恐防有诈。（对阿莱）你打开来！

**阿　莱**　（佯装镇定）若一会儿有什么磕了碰了的，可和我没关系。

**辛婆婆**　你代我打开便是。

**阿　莱**　那我可打开了？

**辛婆婆**　少啰嗦。

**阿　莱**　（唱）莫不是我哆哆嗦嗦把马脚放，

她如此这般为哪方？

**辛婆婆** 莫要拖延时间！早了事你我都方便。

〔阿莱不得已将木盒打开，辛婆婆反复检查，毫无破绽，放心接过小人参。

〔辛婆婆吞人参。

**阿　莱** 你莫嚼啊！

**辛婆婆** 慌里慌张作甚？

〔阿莱观察辛婆婆一番。

〔辛婆婆觉法力难控，先是一晃，又故作镇定。

**辛婆婆** 你在此把守，老娘内帐稍运功去。

〔辛婆婆入帐。

**阿　莱** （唱）霎时不由心内颤，
忐忑心情又一番。
难忍遍遍把她探，

〔阿莱于帐外偷看。

**辛婆婆** （内白）我劝你莫玩花样！

**阿　莱** 我……我心里七上八下，如何玩得花样！
（唱）鹿小欸到底是怎布机关？

**辛婆婆** （内白）你是何人？！

〔辛婆婆大惊，从帐中上。

**鹿小欸** （内白）我便是向你来索命的人！

〔鹿小欸帐内追出，上。

〔辛婆婆与鹿小欸一番搏斗，二人势均力敌。

**辛婆婆** 哟，那会儿帐子里黑，没看清楚，原来是咱们鹿王子。
（唱）把你三魂七魄扫，
不比吹灯难分毫。

**鹿小欸** 你坑害的老小，足够送你去见阎王爷的！

（唱）剑光闪闪向贼啸，
恨难捉贼祭英豪。

〔二人再斗一番，二人势均力敌。

**辛婆婆** 鹿王子久不出仕，劲头虽然软，招式倒是溜。

**鹿小欸** 不比辛婆婆老当益壮。

**辛婆婆** 哼！

〔辛婆婆来势汹汹，鹿小欸渐渐败下阵来，辛婆婆欲一剑封喉，阿莱捡剑挡上。

〔鹿小欸倒于桌椅上。

**阿　莱** 鹿郎！刁婆娘，蒙阿莱，闯鹿宅，趁人之危，刺我情郎，拿命来！
（唱）咬牙关等待此刻，
这一剑刺穿妖婆。
连环招来把命锁，
休使计再要逃脱。

〔阿莱左右阻挡，辛婆婆剑实难下。

**辛婆婆** （唱）待我与你算算账，

〔二人一番争斗，辛婆婆似耍弄般逗弄阿莱。

**辛婆婆** （唱）生吞活剥作补偿。

〔阿莱被逼节节败退。辛婆婆一个用力，轻易挑飞阿莱的剑。阿莱摔在地上。

**阿　莱** 哎呀呀！气人的阿莱！成事不足，败事有余哇！

〔阿莱不管不顾扑上，辛婆婆避开。

**辛婆婆** 莫弄脏了我的裙子！

**阿　莱** （唱）自知武艺她更强，
多亏自小滚泥塘。
市井哪来道理讲，

偷完小偷盗流氓。

坏女人，看我不抓破你的脸蛋！

〔阿莱在地上一番打滚，弄得辛婆婆浑身都是。

**辛婆婆** 你这臭丫头！

（唱）全无章法难招量，

小小丫头似发狂。

扯头发，撕衣裳，

一双拳头挥得忙。

〔二人接连打斗。辛婆婆压制阿莱。

〔阿莱拔钗做武器。

**阿　莱** （唱）握钗知翻盘有望，

〔辛婆婆招招逼近，阿莱趁机将钗插她头上。

**阿　莱** （唱）速与你天各一方。

〔辛婆婆难以自控，踉跄下。

**辛婆婆** 这是何物？！

〔辛婆婆声音渐小，似是越行越远。

**阿　莱** （唱）路迢迢，乘风踩云前途远，

夜漫漫，寻路问道恐艰难。

送你去个无人，无妖，寸草不生，寸木难长的好地方！（忽然想起）呀！

鹿郎——

〔阿莱将鹿小欸抱在怀中，见他气息奄奄，危在旦夕。

**阿　莱** 我定会救你！

（唱）阿莱欲把人参盗，

熬汤续他命一条。

阿莱若是回得早，

对酒当歌乐滔滔。
若是阿莱回不了，
鹿郎遗体葬京郊。
坟头种上结缘草，
周遭栽满续情苗。
阿莱化作相思鸟，
也到坟前醉几遭。

〔阿莱痛哭。

**鹿小欸**　（气息奄奄）我都与你说了，休得鲁莽……
**阿　莱**　呀！好你个鹿小欸——
**鹿小欸**　旧疾在身，还请姑娘不要见怪才是。
**阿　莱**　非要见怪！偏要见怪！

〔鹿小欸为阿莱拂泪，阿莱将他扶起。

**鹿小欸**　木钗还能一用，敢问阿莱姑娘，将作何用处？
**阿　莱**　待我想想——

〔阿莱思量。

**阿　莱**　若以后打不过你，便用它逃回家去！
**鹿小欸**　那我便——
（学阿莱唱）嗟叹世事艰辛难预测，
独自少欢歌。
可定使尽解数，想透计策，
讨你乐呵呵。

〔二人嘻嘻哈哈，快快乐乐。
〔灯暗，笑声不绝。

〔剧终〕

# 画　圣

（京剧）

编　剧：柳逢霖（戏文系 2013 级）

# 毕业大戏《画圣》创作阐述

## 一、创作意图

中国美术界历来有“吴带当风，曹衣出水”的说法，用以表现人物服饰的作画方式。其中“吴带当风”指的就是被誉为“画圣”的吴道子，他曾为后人留下《送子天王图》及《十指钟馗图》等优秀作品。吴道子素来是笔者最为敬仰的历史人物之一，而且近年来日益被提及的“工匠精神”也成为笔者创作《画圣》大戏的缘由。

大戏题材来源于2012年由海涛执导的人物传记电影《画圣》。原作剧情主要讲述了唐代安史之乱后，隐居了多年的老年吴道子，让怀才不遇、追名逐利的青年懂得了什么叫放弃的故事。《画圣》是中国第一部再现吴道子艺术风格及创作成就的影片，融入了许多传统元素及诗意氛围，蕴含着一种超然物外的禅学理念。对于现今物欲横流的浮华世界具有一定程度的揭露及批判作用，不失为一个优秀的题材。

原作电影的节奏很慢，细节令人印象深刻，整部影片就像一幅水墨画，一气呵成，巧夺天工。真实、艺术地再现了吴道子执着与探索、艰辛与辉煌的艺术生涯，生动、精准地刻画了吴道子的创作风格和那个时代的人文环境，展示了盛唐时期中国美术发展史的阶段性印记。

而观望现今社会，许多人追名逐利，为博得浮名不择手段，沉溺于虚妄的世界不能觉悟。故而大戏《画圣》旨在强调放下执念、放下虚荣的名利观，表现了“万般浮华皆为空”而“真艺术”和“大自在”却能永存的主题思想。

笔者有感于原作电影颇富传奇性的情节、充满禅意的镜头语言，以及一代画圣的气节和对艺术的忠诚、对浮名的蔑视，故而将其改编成此作品。

## 二、人物解析

大戏《画圣》的情节，主要围绕少年画师唐安洲，以及隐居画圣吴道子两个人的人生选择呈双线展开。

作为主角之一的唐安州，为追逐名利，替当朝太上皇唐玄宗寻访一代画师吴道子。当唐安州路经青羊小镇，在客栈卖弄画技之时，被一位正在捉鸡的疯癫老头嘲讽，起初唐安州倍感受辱，但过后他却发现被老头用酒喷过的画作，格外又增添了几分气韵，唐安州甚觉奇妙。随后，在与客栈小二的对话中，唐安州无意中发现这位疯癫老乞头正是画圣吴道子，遂起了拜入名师门下的念头。

另一主角——画圣吴道子，在安史之乱之后化名胡癫子，一直隐居世间，自诩山野村夫，每日饮酒作画，不为名利所动，过着看似逍遥自在的日子。但是，在唐安州几次三番拜访后，爱才心切的他也有了收徒之心。

唐安州既想要拜师求艺，又希望能带画圣回京城复命。然而，早已摒弃荣华富贵的吴道子对归京并无兴趣。太上皇赏赐的非有诏不得画的金牌，对吴道子而言不过是个枷锁，至高的殊荣也早已被他埋葬。所以，尽管唐安州多次苦言相劝，但均无结果，于是，他与人密谋，妄图从红绛的身世入手，借以胁迫吴道子随他归京。

而本作中的女主人公——客栈掌柜红绛，是吴道子亦友亦女的知己。在唐安州以落款之事强逼吴道子承认身份之时，她以三言两语便为吴癫子解了围，令唐安州为世人所嘲笑。然而其叛将之女的身份最后被杨拓泄露了，为了不连累吴道子，她被逼无奈，自尽身亡。

在这三人的纠葛中，剧作还穿插了因赌成性的客栈小二杨拓。他为利所趋将吴道子和红绛身份的秘密告诉了唐安州，并怂恿唐安州刨坟求真，甚至引兵丁来青羊镇抓吴道子。最后，因唐安州倒戈，他得到报应，被兵丁捉走。

在电影的基本剧情下，笔者更加着重强调戏曲剧本中人物性格的刻画，突出人物的挣扎、困惑与求而不得的苦恼，从而起到渲染悲剧气氛的作用。

## 三、改编方式

大戏《画圣》属于人物传记类作品。剧种选用京剧，以安史之乱后的暮年吴道子作为切入点，不仅展现了吴道子的经历，更展示了吴道子和唐安州的挣扎与内心纠葛。而且在戏中，笔者还加入了神仙道化的成分，设置了行僧这一人物形象。通过行僧的两次出场，及他与主人公的辩法，在结局处他对唐安州、吴道子的点拨和救拔，更加深刻地展现了浮华为空的主旨思想，在一定程度上起到警醒世人的教育作用。

在戏中，笔者保留并放大了电影对于禅学的阐释，以禅理晓人生。通过吴道子与唐安州的对峙，向观众展现二人的悟道过程。吴道子自以为离开宫廷，肆意作画便是一身自在，但却并没有参透“大自在”的内涵，故而他才会为唐安州指点画作，还会动了收徒的念头。而唐安州，却一时看不破吴道子的追求，觉得登堂入室、流芳千古便是人生所求，殊不知画画贵在神韵气魄。不论是民间画钟馗、门神、送子观音，还是宫廷画皇帝、贵妃，只要笔下有气韵，就是掌握了绘画的精髓，就是成功的画师。二人一系列行动线索，皆因执念而起，皆因放下而终。

在情节设定方面，笔者在原作电影的基础上进行了大幅度调整，将结构打散、重组，去除了一些多余情节。删除了原作电影中唐安州刻印、杨拓为吴道子落款以及胡癫子带唐安州去墓地的剧情，将之合并改编。直接由杨拓作为知情人士，将胡癫子的真实身份告诉唐安州，并由红绛之口道出吴道子身亡一事，免去了不必要的情节拖沓，使剧情更加紧密，富含逻辑性。作品中还添加了“杨拓盗信”的情节。旨在交待剧情并提高全戏的舞台表演力度，为演员及导演提供可发挥的空间。

在人物设置方面，大戏《画圣》删除了杨拓女儿的角色设定，因为该人物对于全剧的发展并没有起到任何直接的推进作用，实属无关人物。为使情节合理，并且突出整部剧的禅意，笔者尝试在剧中加入一些中国戏曲中神仙道化的色彩，增设一个行僧的人物形象。在序幕中提出预言，并在结局部分再次出场，让其点醒陷于执念中的主人公。行僧的设定，灵感来源于《邯郸记》的吕洞宾形象，不过不同于传统的神仙道化剧，这里的行僧主要在剧中起到加深作品禅理思辨性的作用。

在结局部分，笔者也同样进行了改编。原因主要有以下两点：其一，原作结局以吴道子自断手臂，官军无功而返告终。然而在原作结局中，主人公唐安州的行动线索却不甚明晰。其次，由于电影中的断臂情节有些血腥，存在破坏前面几场营造的雅致气氛的嫌疑，故而不宜且不易在舞台上表现。因此笔者在大戏中对其进行了删减。而原作中主人公行动线索不明晰的开放式结局，虽然有令人意犹未尽之感，但若交代不清便也会使观众充满疑虑。所以，笔者在改编大戏中将结局设定为二人双双悟道的场面。唐安州悟到“放下执念，浮华是空”的哲理，而吴道子则悟到“大自在”的真谛。以起到着重点明禅意、升华全剧主题思想的作用，进而与序幕遥相呼应。

在唱词方面，笔者还是想要跳出之前创作丑戏时轻快调笑的风格，因为《画圣》的整体风格有种富含历史性的厚重感，以及文人的笔墨气，因此笔者在全剧的唱词中加入了一些诗词和典故。之前读了一些南戏和元杂剧的剧本，受到了很多启发，在创作过程中，笔者又模仿借鉴了《1699桃花扇》以及《铁冠图·刺虎》等昆曲名作，着力将这次大戏的唱词写得更为雅致，也算是对于自身唱词功力的挑战。

## 四、戏曲特色的突出

剧作家洪深在其《电影戏剧的编剧方法》第七章中提出：“预示未来，又可以分‘预作伏笔’和‘制造空气’两项。”伏笔是文学创作中叙事的一种手法，就是上文看似无关紧要的事或者物，对下文将要出现的人物或事件预先作的某种提示或暗示，或者说是前文为后文情节埋伏的线索。因此，笔者在序幕埋下伏笔。由行僧及吴道子对于人生、浮华的辩法，借行僧之口，道出何为“大自在”，引出吴道子接下来将要面对的劫难。正好与结局处行僧再次出现，吴道子真正悟道形成对比，并进行呼应。

不仅如此，笔者还在剧中设定了“金蝉脱壳”的情节。戏曲中常见的金蝉脱壳计大致上有两类，一类是找替身相代，一类是留下实物。故而笔者在剧中一开始便交待了吴道子流落民间、生死不明的情节。为制造金蝉脱壳的障眼法，在第三场借红绛之口，向唐安州交待，吴道子早已身亡的消息，形成递进。并且在第五场，通过唐安州夜半掘墓的情节，使障眼法真相大白。吴道子之墓中埋的并非画圣尸骨，而是御赐的“非有诏不得画”的金镇纸。这一则代表吴道子宫廷画师的身份早已不存在，二则也表现出吴道子对于艺术自由的一种追求，不图名利，只为大自在的精神态度。起到进一步突出吴道子人物性格的作用。

最后，幕后伴唱的画外音内容往往起到画龙点睛的作用，升华演员表达的情感，利用这种艺术形式可以烘托剧情的发展，和观众产生共鸣。这在戏剧中是不可缺少的，如京剧《花蕊》中，女主人公花蕊出场时的伴唱就是如此，唱词表达了花蕊的美丽，为后面的剧情做铺垫。因此，笔者在剧中也加入了幕后伴唱的形式，在序幕处和第三场的伴唱具有交待剧情的作用，而第五场的伴唱则有烘托气氛、表现主人公心理活动的作用。

## 五、结语

创作《画圣》大戏的过程是一个充满着挑战和艰辛的过程，因为要将原作电影的情节进行较大的压缩和改编。为了把故事讲“圆”，使情节合理化地衔接，就必须加入很多新的构思。这样才能把时空跨度大的电影搬上戏曲舞台。而且我在创作剧本的几个月间，还查阅了大量的史料和典故，剧中引用的诗词，我也全部查找了创作的时间，努力做到剧本中不存在史实方面的硬伤。

同样，这也是一个充满着愉悦和满足感的过程。“一分付出，一分收获”，这部大戏作品，经过我不断地打磨、修改，已经达到甚至超出了我最开始预期的效果。所以，现在再看剧本，觉得自己所做的一切都是值得的。

特别是在重新翻阅大一时的唱词念白课作业时，我深深地感受到在校四年间，唱词念白的功力，甚至想象力、舞台空间感等都有了很大的提升。仔细看来，个人的许多收获在戏曲作品的创作中均得到了体现。

非常感谢老师及同学们在我创作的每一个成长阶段为我提出的宝贵建议。我会将大家对我的鼓舞与支持铭记在心，今后也将不断地努力创作出更多、更优秀的作品。

2013级戏文系　柳逢霖
指导教师　颜全毅

**时　间：**唐朝

**地　点：**青羊镇

**人物表：**

胡癫子/吴道子——老生

红　绛——青衣

唐安州——小生

杨　拓——文丑

行　僧——老生

丁　香——花旦

肉铺老头——老丑

老头妻子——老旦

四兵丁

# 序　幕

〔舞台上白纱幕布垂下，幕后旁白配以动画效果，投影在幕布上。古琴曲伴奏。

幕　后　天宝十四年，安史之乱，盛唐画士散落民间。时逢马嵬哗变，贵妃自缢，一时惊破霓裳羽衣曲。乾元元年，叛乱初定，玄宗思念贵妃，不得相见，唯有内教博士吴道玄，画技以假乱真，方能了其心愿。故而朝廷密派画师，民间寻访画圣吴道玄……

〔白纱幕布升起，推光，吴道子蓑衣老翁扮相，划船上。

吴道子　（唱）泛舟泛舟江上嘞，
　　垂钓垂钓柳成行。
　　十年隐姓避风浪，
　　乡野草莽将身藏。
　　饮酒挥毫通身畅，
　　自在逍遥天一方。
　　回首青山无尽处，
　　波影轻叠水潋光。

〔行僧上，站在舞台后方的台阶上。

行　僧　阿弥陀佛，施主，你日日垂钓江边，可有什么收获无有？

吴道子　（提起鱼竿，看）唉，空空如也呀。

行　僧　施主，小僧今日便要启程，云游四方，临别之际，我特此前来，赠你一物。

吴道子　哦？你要给我酒喝？

行　僧　非也。

吴道子　那你要给我肉吃？

**行　僧**　非也。

**吴道子**　这也不是，那也不是，你这个人无趣，无趣呀！

**行　僧**　老先生，我来问你，泼天的富贵你不想要么？

**吴道子**　哦？泼天的富贵？哈哈！那是过眼云烟，聚之即来，挥之即去呀。

**行　僧**　那功名利禄又待如何？

**吴道子**　功名么，功名就是枷锁。束手束脚，我不要，我可不要哇！

**行　僧**　老先生，若是得到功名，便能出入宫中，如履平地，翻手云、覆手雨，得意得紧呐！

**吴道子**　出入宫中，如履平地？（笑）我看呐，你本是个糊涂僧人。

**行　僧**　为何糊涂？

**吴道子**　如今我已然褪去那富贵枷锁，乡野陋巷，清静自在。你这和尚又要把它强加给我，你难道不是糊涂僧人吗？

**行　僧**　哈哈，依我所见，老先生你虽去枷锁，未必自在。

**吴道子**　子非鱼，安知鱼之乐？你这和尚不是我，你又怎么知道老头我自在还是不自在呢？

**行　僧**　六根清净，了无挂念，方能进退无碍，妙观察智，大悲大喜大自在。

**吴道子**　糊涂僧人说胡话，不理你了，不理你了。

**行　僧**　阿弥陀佛，那我就赠你一句箴言，务必牢记……

**吴道子**　我不听，我不听……（假装捂住耳朵，却还凑近行僧）

**行　僧**　心本无生因境有，前境若无心亦无，阿弥陀佛，阿弥陀佛……哈哈哈……

〔行僧下。

# 第一场

〔客栈场景。唐安州骑马上。

**唐安州** （唱）策马江山踏遍，
奉旨寻访民间。
我觅雁迹，过天堑，
涉长河，越苍山。
一无所获眉难展，
皇榜在手急煎煎。
悔当初效曹刿毛遂自荐，
曾不料落得个寝食难安。
再将那无量前途细观瞻，
我定要封官晋爵金枝攀。
使将此行视一难，
使尽解数愿达全。

小生唐安州，年少多才，犹擅笔墨丹青，时人皆唤我小长康。如今内乱初平，太上皇久卧病榻，思念爱妃，我奉旨踏遍大江南北，今日到这青羊镇上，不知可否寻到那吴道玄。（环视四周）哎！此下天色已晚，我不免寻个住处歇息片刻，再做计议。

（四处寻找，回头看见红绛的客栈）啊呀！好！好一处世外的桃源呐！

（唱）只见那竹扉才轻掩，
露花翠瓦挨朱檐。
苔晕淡墨将春碾，
榴花烧却若霞烟。
那搭儿，抬眼看，
好一似竹里幽馆，金谷旧园。

〔唐安州下马，用扇子敲门。

**杨　拓**　来了来了来啦！

〔杨拓上，开门。

**杨　拓**　公子，您是打尖还是住店呐？

**唐安州**　小住几日。

**杨　拓**　如此，公子您随我来呀！

**唐安州**　（唱）转首花障移疏影，
香径斜穿垂柳荫。
古井闲凉好幽静，
茵墀生香绕层层。
翠鸟衔灯明光衬，
绮窗楼上挂黄昏。
消几番韶华正好，妙人心境，
敢问得谁人府宅，何逊多情？

〔杨拓带领唐安州进入客栈大堂。

**杨　拓**　公子，您好眼力。我们这儿啊，可是文人雅士的地界，我们家掌柜的吩咐了，若是途经此地的文人，能给小客栈留下几幅墨宝，便能食宿全免。

**唐安州**　哦？有这等好事？

**杨　拓**　正是。（打量唐安州）我看公子您气度不凡，不知您，可否精通笔墨？

**唐安州**　精通笔墨？（不羁地笑）哈哈哈，小生世家门第，自幼临遍前人字画，未至弱冠，出入宫中，奉旨作画，你道我可否精通笔墨？真真辱煞人也！

**红　绛**　公子莫要见怪……

〔红绛同丁香上，立于垂纱帘后。

**杨　拓**　（朝红绛行礼）掌柜的。

红　绛　身在陋巷，难免不辨贤愚。红绛不才，怠慢贵客。如此甘愿抚琴一曲，权作赔礼。丁香……

丁　香　奴婢在。

红　绛　为公子奉上笔墨香茶。

丁　香　是了！

〔红绛坐下弹琴。

〔丁香从垂纱帘后捧笔墨等出来。将笔墨纸砚放在案上。端出铜盆，供唐安州净手。

丁　香　公子请。

〔唐安州净手，拿起笔，欲在纸上落笔，然而停顿。

唐安州　哎！拘泥一方，不似风雅人也！（负手转向垂纱帘，在帘上落笔）

（唱）咱便画，画一个瑶姬敛黛倾蝉鬓，

罗敷临窗抚瑶琴。

行云流水笔墨畅，

通体自恣舒闲情。

丁　香　哎哟！小姐！你看那公子画得多好哇！

〔红绛从纱帘后走出来。

红　绛　（唱）则见他，

挥笔自如纵驰骋，

成竹在胸溢骄矜。

唐安州　（唱）此番画，画得我酣畅淋漓若酩酊，

旷襟抒怀百趣生。

好欢喜人也！

红　绛　公子绘得绝妙丹青，今日得此墨宝，实乃红绛之幸。

〔幕后鸡叫声先起，吴道子轰鸡醉上。

吴道子　掌柜的，给我来壶南烧春。

〔杨拓拿酒壶和小菜上。

**杨　拓**　先生，今日客栈来了贵客，您吃完了就走吧。

〔吴道子夺过酒，仰头就喝，然后用炒黄豆喂鸡，满室鸡叫。杨拓阻止。

**唐安州**　（看吴道子）如此雅舍，为何竟有这般粗陋之人？

**杨　拓**　这人是一癫子，越老越像顽童，公子，您甭理他。

**唐安州**　（拿出一锭银子）如此，微薄心意，拿去为他置些酒菜，请了出去吧。

**红　绛**　公子宽宏大量，红绛在此谢过。

**吴道子**　（看到唐安州的画）呦！一幅新画。

〔吴道子走到垂纱帘看画。

**吴道子**　掌柜的，我问你，这是何人画作呀？

**红　绛**　乃是……

**吴道子**　用墨折中规矩，运笔曲折周到，虽无纤毫之失，却形满无神。哼，不过画匠尔尔！

**杨　拓**　您可别胡说八道哇，人家唐公子乃是宫廷画师，高才大德呀！

**吴道子**　那老朽失礼了。

〔含住一口酒，喷在画上。唐安州拔剑愤起。红绛拦住唐安州。

**红　绛**　公子不要动怒，他素来疯癫，今日贪杯，言行不端，还望公子包涵。

**吴道子**　画由心生，这幅画火气忒旺，就该给它消消火。

**唐安州**　辱我画者，便是辱我！你实实地不知好歹！看剑！

〔唐安州刺向吴道子，红绛拦在吴道子身前。杨拓拉住唐安州。四人在场上配合锣鼓点对峙。

**红　绛**　公子，你不要忘怀了，你入得店中，此画现已为我所有，论存论毁，自然由我做主。

**唐安州**　哦？由你做主？！

**红　绛**　正是！公子你不要僭越了。

〔唐安州负气收回宝剑，背身而立。

**红　绛**　杨拓。

**杨　拓**　小的在。

**红　绛**　为唐公子备间上房。

**杨　拓**　是了。（转向唐安州）唐公子，您且随我来吧。

〔杨拓提灯引唐安州下，唐安州拂袖而去。

**吴道子**　（韵白）红绛，这是当年你爹爹写下的家书，因你年幼，不便收存，如今，我将它重新交付与你。

**红　绛**　家书……

〔红绛接过鱼形盒子，抱在胸前。

**红　绛**　身在红尘，漂泊零落，不能由己。霎时起，霎时落，犹若浮尘芥子，思想起来，不免垂泪伤嗟。

**吴道子**　何须伤嗟？顺其自然，方能清静自在。

**红　绛**　好一个清静自在。先生你可知今日所为，险些破了这份清静。

**吴道子**　哈哈哈，莫怪，莫怪，我老了，实实情难自禁。

**红　绛**　先生就不怕那位公子再做纠缠？

〔吴道子起身，再去看唐安州的画。

**吴道子**　良材美玉，等之可惜。灵气甚足，只欠通透。

**红　绛**　先生动了心思，不愿再做那隐逸之士了么？

**吴道子**　他那身狂傲之气，叫我想起一些陈年旧事。

**红　绛**　先生莫非……

**吴道子**　哈哈哈，知我者，红绛也。

（唱）离了琼楼抛官俸，
自视得道喜满膺。
攀林长啸纵驰骋，
唯有一事意难平。
身虽自在心不定，
空余画技传何人？

糊涂原非趱行僧，
谁知天命在冥冥。
百年之后，无有后继之人，可怜呐，可怜……

〔收光，吴道子并红绛下。

## 第二场

〔唐安州在台上作失眠之态。坐也不能，卧也不能。遂起身，表示起床。举着烛台下楼，谁知楼梯老旧，发出声音，反复几次，唐安州怕别人听见，环顾四周，甩袖子，埋怨楼梯。

**唐安州** 可恼！可恼！
（唱）偷下楼难掩这心慌意乱，
避人目再把那纱屏细观。
少扬名哪堪辱难眠辗转，
咽不下满腔怨懊恼万般。（走近画屏，用烛光照映）
灯烛光映着那白日画卷，
啊呀呀，是哪番好光景浑若天然。（擦眼睛）
妙哇，妙！
（唱）三分墨深深浅浅，
被黛色晕晕染染。
远山天晴雨初霁，
美目潋滟惹人怜。
霭霭氤氲雾光现，
好似那，瑶姬飞临画中眠，瑶姬飞临画中眠。
实不该忒鲁莽言行轻谩，
怎奈何心头火一触即燃。
喏喏喏，只一口酒，墨就分出三色，非但有神，气韵兼备。那老先生所言不假，是小生我么……哎！今日失态了，失态了。（秉烛看画）

幕　后　（更鼓声）天干物燥，小心火烛喽……

〔杨拓提灯笼上。

杨　拓　今日赌场闲逛，
满身钱财输光。
平生一大爱好，
不摸骰子心慌。
（推门进客栈，看大堂）见堂内隐隐有灯烛之光，莫非是贼人潜入店内？（向大堂）谁在那儿？

唐安州　嗯哼。

杨　拓　原来是唐公子呀。

唐安州　啊，小二哥，我来问你，你可知今日那含酒泼画的老先生是谁么？

杨　拓　唉，公子，他就是我们镇上的一个癫子，平日里画上一两笔，混口酒吃。您呐，可别跟他置气呀。

唐安州　哦？他倒是个画师么？

杨　拓　他呀……（转眼珠思索，赔笑）哎哟，不好说，您叫他画个门神爷灶王爷什么的，一两个钱儿他也给您画。

唐安州　小二哥，不知客栈内可有他画的神像么？

〔唐安州拿出一锭银子，在杨拓眼前晃一下，不等杨拓抢就收走。杨拓扑空，讪笑。

唐安州　不妨拿来与我看上一看。

杨　拓　有有有，我们青羊镇二三十户人家，家家的神像都是他给我们画的。

唐安州　哦？有这等事？

杨　拓　（对观众）哈哈！钱财来得容易，能解燃眉之急。哎，不过还真是奇怪，像他这么个公子哥，反复打听那癫子做什么？

〔杨拓去拿画。

杨　拓　唐公子，您来看，这是他前日画的门神爷，还没来得及贴出去。

〔唐安州接过画，打开看。惊讶，将画扔在地上。

**唐安州** 这，这，这真的是那老先生的手笔么？

**杨　拓** 正是。

**唐安州** 啊呀！

（唱）一霎时瞠目结舌，如梦方醒，
分明是曹衣出水，吴带当风。
这笔锋，纵看大唐无二家，
这俊逸，才高灵动气更清。
莫非他匿身乡野将名隐？
莫非我苍天不负有心人？
休惊慌，且谨慎，
细细盘问探分明。

**杨　拓** （对观众）这公子一看到画，怎么一言不发了？我说，唐公子，唐公子，这画……

**唐安州** 画的好哇！画的似曾相识。

**杨　拓** 似曾相识？哎呀！莫非？！

**唐安州** 小二哥，你先前言道，你家掌柜喜爱结交文人墨客。

**杨　拓** 正是。

**唐安州** 那可曾见过内教博士吴道玄？

**杨　拓** 吴道玄……（对观众）啊呀！不好！是这公子会读心，还是秘密藏不住？

**唐安州** 小二哥？

〔唐安州拿出第一块银子摆在桌子上。

**杨　拓** 这……我不太清楚……

**唐安州** 那你可知画这门神爷的老先生尊姓大名？

〔唐安州拿出第二块银子摆在桌子上。

**杨　拓** 这个……

〔唐安州拿出第三块银子摆在桌子上。

**杨　拓** 只知道姓胡。

**唐安州** 姓胡么？这般名姓，我是不信的呀！

（唱）自古胡姓多杜撰，
恰似无意信口言。
店家行径藏跷蹊，
言语支吾装痴癫。
且劝他休得将我来蒙骗，
不思量我慧眼擅将真假辨。

**唐安州** 来来来，小二哥，我有一样东西，你且看上一看。

（唱）笑吟吟包裹灯下展，
明晃晃榜文手里拈。
有道是，项伯亚父差一念，
高堂陋巷是两端。

如此，小二哥，我再问你，你当真不知那老先生姓甚名谁么？

〔唐安州拿出钱袋。

**杨　拓** 小人……

**唐安州** 太上皇有旨，如若寻到那吴道玄，报与朝廷，必会封官加爵，步步高升。到那时飞黄腾达，指日可待！

**杨　拓** 飞黄腾达？指日可待？

**唐安州** 正是。还是你甘愿一生为奴，受人驱使？

**杨　拓** 一生为奴，实在不甘。哎，左思右想，唐公子，那是京城来的贵人，吉人天相，要是攀附他，也定有好处可捞。只可惜我们家掌柜的那样的身世，一旦东窗事发，便如泥菩萨过河。像我这么个小人物，乱世之中，为求自保，我也不得不狠下心肠。罢！唐公子，事已至此，我就干脆实话对您说了吧！这胡癫子，就是您苦苦寻访的吴……（点到为止地示意）

**唐安州** 哈哈！如我所料。

**杨　拓** 唐公子，此事说来话长，三言两语一时也交待不清，不妨寻个僻静的地方，听我为您一一道来。

〔收光。幕落。

# 第三场

〔肉铺老头提一扇排骨上。

**老　头**　一尾鱼，三斤肉，
三斤羊肉换泥鳅。
脸皮厚，不怕羞，
说的是卖画疯老朽。
谁知此事过不久，
肉铺闹鬼好犯愁。
一犯愁，哎哟哟，
悔煞我当初轰他走。
提扇排骨去赔罪，
求幅钟馗把宅守，把宅守！

〔老太抱一坛酒上。

**老　太**　老头子，你慢点走！
都怪你平时太小抠。
除去三斤排骨肉，
再提上一坛杜康酒。

**老　头**　哎，我说你这老婆子，可真是糊涂了！三斤羊肉白白地给了，还买酒做什么？又要花银子，老头儿我心疼，心疼！

**老　太**　三斤羊肉那是赔礼，这酒才是画钱。那癫子喝了酒才能作画，你这老头，不懂市场行情，就知道瞎嚷嚷！快去吧！快去吧！

〔老太推老头下。

〔幕启。老头家肉铺，胡癫子画画。老头老太热情地拿酒拿吃的上。

**吴道子**　这酒里兑水了？

**老　头**　不敢不敢。

**吴道子**　啧啧啧，抠门啊！抠门啊！

〔唐安州上。

**唐安州**　（唱）临了门神旧墨稿，

拂遍圣旨万千遭。

早仰慕画圣神笔，

却不曾亲见挥毫。

何不先拜师求教，

结成个师徒深交。

一来习得画中韵，

二来京城好相邀。

〔唐安州欲进肉铺，被老头拦住。

**老　头**　哎哎哎，今个我们家肉铺不营业。您还是……

**唐安州**　我乃当朝世家之后，意欲拜会那作画的老先生。还望行个方便。（拿出银子给老头）

**老　头**　哎哟，公子您请啊，请啊！（迎唐安州进去）

**唐安州**　学生唐安州特来拜会。前日承蒙先生指点，学生看了先生画的神像，十分仰慕，特来就教，还望先生收我为徒。

**吴道子**　倒有些像我年轻时的模样！收你为徒，也不是不可……

〔吴道子画画，唐安州帮他拿颜料碟。

**唐安州**　先生还未落款！

**吴道子**　我没有款。

**唐安州**　学生观得先生的书画，心内了然，连夜刻了这枚方印，还望先生落款。

**吴道子**　哦？

〔吴道子拿过印章，看一眼，冷笑。

**吴道子**　这不是我的名字。

**唐安州** 先生画技超凡，纵观大唐上下，唯有内教博士吴道子，方能穷尽丹青之妙。先生如此神笔，俊秀飘逸，不是吴道子，还是何人？

〔吴道子及众人愣。

**吴道子** （大笑）哈哈！可笑可笑！

（唱）我还道佳公子拜师蹊跷，

疯老朽哪堪你千里迢迢。

原来是庸人自扰，

你错把愚贤混淆。

来来来，

你走你的阳关道，

我过我的独木桥。

你要功名请自便，

我将利禄一身抛。

**唐安州** 先生啊！

（唱）先生此身陷陋巷，

恰似明珠暗无光。

战乱初平兵马定，

如今江山归李唐。

宫室内外无乱党，

特迎先生回朝堂。

本应开怀荣华享，

如此忧虑为哪桩？

学生此番前来接先生回京，终身侍奉，先生还有什么顾虑呢？

**老　头** （对吴道子）哎哟！你走了狗屎运！这么个公子哥，你可要大富大贵了！

**唐安州** 还望先生随徒儿回京。

**吴道子** 我没有你这样的徒弟。收徒之事不要再提了。

**唐安州** 先生！

**吴道子** 你不是诚心拜师。

**唐安州** 学生诚心拜师，莫非先生恐学生辱没师门，故而不肯收徒么？

**吴道子** 你学的是画，拜的也是画。却不知那师门，尽是虚名！反倒辱没了你的名声。

〔红绛同丁香上。

**丁　香** 今个怎么这么热闹啊？我们瞧瞧去！

**老　头** 哎哟！红绛姑娘！你有所不知，那公子要接这癫子回京城去呢！

**红　绛** 这是为何？

**老　头** 说什么吴倒子吴正子的，我看这老朽就是个癫子……有那么大的能耐？

**丁　香** 小姐！

**唐安州** 此处还有一人，能够证明，你就是吴道子！

**红　绛** 公子所说之人莫不是红绛么？

**唐安州** 正是！掌柜这般妙人，客栈内文人雅士络绎不绝，定能见过那吴道子。

**红　绛** 吴道子？倒是有过几面之缘。

**唐安州** 就是这老先生！（指吴道子）

**红　绛** 他么？不过是疯癫之人。堂堂内教博士，岂是这般模样？

〔吴道子喝醉酒，歪倒一旁。

**丁　香** 公子刚到镇上，有所不知，三年前，那吴道子已然仙逝了呀！

〔唐安州跌坐。

**唐安州** 仙逝了么？

**红　绛** 正是。

**吴道子** 生前荣华富贵，死后孤坟一座，说什么流芳千古？自欺欺人！

〔吴道子带众人下，独留唐安州在台上，追光。

〔幕后传来小孩的群唱顺口溜。

**幕　后** （群唱）世家子，唐安州。

自视风雅却眼拙。

寻常巷陌疯老朽，
哪能登堂赴雅舍。
认错人，还疑惑，
画圣早就阴阳隔。
民间寻访无所获，
两手空空真受挫，真受挫！哈哈哈……

## 第四场

〔幕启。吴道子在临江居所独坐垂钓。

〔红绛泛舟上。

**红　绛**　（唱）波影绰绰，
清藕菱歌，
歌不尽寻常院落，
轻掩柴扉阖。
先生！先生！开门来呀！

**吴道子**　哦哦哦，是红绛来了，快快进来，快快进来！

〔红绛下船，提食盒，进入室内，拿出酒壶和酒杯。

**吴道子**　（看到酒）妙哉！妙哉！
（唱）金齑玉脍，香醪佳酿，
效阮籍醉饮无妨。
哪堪言，解忧无门愁云障，
醉乡深处寻杜康！

〔吴道子饮酒，叹气。

**红　绛**　先生今日为何闷闷不乐？

**吴道子**　（刚要说，住嘴，叹气）罢了，罢了……

**红　绛**　先生愁闷，莫不是今日那公子……哎，先生既然如此爱才，不免将真名实姓告诉与他，倒也了却一桩心事了哇！

吴道子　哎，不可，不可。我若承认是吴道子，非有诏而不得画，犯下欺君之罪。青羊镇家家户户的百姓必当受到牵连。还有你……若是此事暴露，我便对不住你父亲临终嘱咐。嗨！不如不认的好，不认得好！我自画我的，山高皇帝远。

红　绛　先生神功妙笔，本不该后继无人，不如暗自收下了这个弟子，去往他乡，另寻生路。

吴道子　精诚所至，金石为开。不是我不肯收徒，而是他，并非诚心求教。他拜的是内教博士吴道玄，却不是我——青羊镇上的老癫子。他自称吴道玄之徒，便能登堂入室，换得荣华富贵。他并非真心学画，力求无人之境。哎，可惜呀，可惜……

红　绛　先生……

吴道子　以他的才学，是个习画的佳才。点拨一二，不出三年，便堪称海内画师第一人。蕴玉之石，不理其璞，可惜，可惜呀！

〔红绛笑，为吴道子斟酒。

红　绛　忧心烦事，暂且放下，不如纵酒高歌，反而清净自在。

吴道子　说得有理！

〔斟酒，二人同饮。

〔红绛拿起酒壶，晃一晃。

红　绛　呀！酒壶之内……已然空空如也。

吴道子　饮而不醉，死而不老，真乃人生憾事。

红　绛　有道是，醒也空空，醉也空空。纵有七窍玲珑心，不若旁观眼更明。

〔红绛将酒壶抛到江里。吴道子上钩的鱼跑了，吴道子举起鱼竿，查看空鱼钩。

吴道子　亦是空空如也。生也空空，死也空空。既然空空，何必纷争？

〔红绛敬酒。

红　绛　先生。

**二人合** 干！

〔追光，客栈内，杨拓暗上。

**杨　拓** 等不及，等不及，
怀抱金锭穿锦衣。
可恨老头吴道子，
瞒天过海性不羁。
掌柜也来添一笔，
我火烧心头干着急。
转念心中生一计，
你落下井来我更投石。

〔杨拓把红绛房间的门闩拨开，四处看一看，没看到红绛身影，放心了。

**杨　拓** 前天瞧见掌柜的偷藏信件，我远远地看那字迹，倒像是（捂嘴）……若是如此，嘿！待我盗出那封家书，献给唐公子，到那时，作茧自缚，吴道子也只能乖乖就范了。（四处翻找）

〔杨拓回头，目光锁定一个柜子。杨拓觉得书信可能藏在那个柜子里。但看到柜子有锁，想办法开锁，拿到信。展开。

**杨　拓** （读）红绛吾儿……

〔杨拓高兴，正是他想找的信。

**杨　拓** 哈哈！

〔杨拓不小心把笔筒碰掉了。

**丁　香** 小姐，您回来了吗？

〔杨拓怕丁香过来，立刻把信藏好，暗下。
〔丁香上。

**丁　香** 小姐，小姐？（看红绛不在）

〔雷声响起。

丁　香　哎哟！外面下起雨来了。小姐她还没回来。（看见伞）看这竹伞放在墙角，想是她匆匆而行，遗漏下来。我呀，我给小姐送伞去！

〔丁香拿伞出门。突然发现什么似的，停下来。

丁　香　哎？前面不是杨拓和唐公子吗？这么晚了，他们是要干什么去呀？

〔丁香悄悄跟在后面偷听。

丁　香　刨坟？掘墓？吴道子？哎呀！大事不好！我得赶紧禀报小姐去了！

〔丁香下。

## 第五场

〔幕启。

杨　拓　公子！天黑地暗，您可要小心着行走哇！

〔唐安州撑伞上，杨拓在前面提灯笼上。

唐安州　（唱）风势猛，
惧天公。
心惴惴无端恁惊恐，
轰隆隆电闪雷如弓。

杨　拓　泥泞湿滑，小心脚下！

唐安州　（唱）瓢泼雨，
似山洪。
颤颤冷气层层涌，
树摇山动气汹汹。

杨　拓　公子，这边走！

唐安州　（唱）谁知我夜半赴荒冢，
此行难辨是吉凶。

举伞儿，

遮面容。

处处神明鉴端正，

亏心不敢觑高空。

**杨　拓**　公子，就快到了。

〔幕后传来一阵雷声惊天霹雳。唐安州跌坐。

**唐安州**　罢了，罢了，还是不去的便了……

**杨　拓**　公子，小人已将实情都告诉你了，难道你就甘愿被他们蒙在鼓里吗？

**唐安州**　小生……

〔唐安州欲走，杨拓扯出他的袖子。二人在舞台上“拉锯”。

**唐安州**　哎！（甩袖子）刨坟掘墓断不是君子所为！小生做不出来。

**杨　拓**　公子，真真假假您一看便是，千万不能功亏一篑啊！

**唐安州**　吴道子未曾身死？

**杨　拓**　未曾身死。

**唐安州**　那墓中又是谁的尸骨？

**杨　拓**　墓中没有尸骨。

**唐安州**　啊呀！

（唱）无凭无据怎对峙，

心内挣扎添惑疑。

挖坟掘墓违规矩，

归去又恐智欺愚。

思来想去无头绪，

不由捶胸且长吁。

**杨　拓**　公子，实不相瞒，小人还有一件事情未曾交待。

**唐安州**　哦？你还有何事？

**杨　拓**　公子，您看这是什么？

〔杨拓从怀中拿出鲤鱼木盒，递给唐安州，并提灯撑伞。

**唐安州** （取信，读信）红绛吾儿，离散经年，征战半生，不料遭人暗算。帝王神威，不敌妃嫔软语。外戚专权，难容忠君臣子。非是拥兵自重，实则举步维艰，不能自保。惟愿吾儿，得先生庇佑，乱世自处，平安康乐。父罗如山手札。啊呀！

**杨　拓** 公子。

**唐安州** 这是叛将罗如山的手书哇！

**杨　拓** 正是。

**唐安州** 那红绛……

**杨　拓** 就是叛将罗如山之女。

**唐安州** 此事与我又有何干？你这般求荣卖主，用心何在？

**杨　拓** 公子你有所不知。罗如山起兵叛乱，全家满门抄斩，有一小女下落不明。那书信中的先生正是吴道子，是他将我家掌柜的带出京城，安顿在此。

**唐安州** 竟有此事？

**杨　拓** 公子您看！（指墓穴）这墓中……

**唐安州** 呀！

（唱）这墓中有何机密，
他主仆各执一词。
手拿这铁钎三尺，
浑噩噩全然不知。

**杨　拓** 眼见为实，耳听为虚。您还是开棺，亲眼看上一看吧！

**唐安州** （接唱）非是我不顾全千古声誉，
不探查怎轻信一面之词。

**杨　拓** 量小非君子，无毒不丈夫。我做小人，您当君子。公子，您且看来！

〔杨拓拿过铁钎掘坟。

（伴唱）真亦假，假亦真，
真假难辨是分明。
莫焦躁，且思忖，
万事哪能不留痕。

亲眼得见方能信，
谣言扰人令智昏。
开棺死人来对证，
迂腐礼义难为凭。
规矩本是人所定，
嘴皮两片扭乾坤。

〔红绛同丁香上。

丁　香　唐公子！唐公子！万万不可做那刨坟掘墓之事啊！

红　绛　（唱）闻说掘墓东南岭，
速速阻截分秒争。
耳听得风声雨声，
不由人心惊胆惊。

丁　香　公子！不能掘墓啊！公子！你可千万不能掘墓啊！

〔丁香前去阻拦，被杨拓推开。

杨　拓　去你的吧！

丁　香　杨拓！你这小人竟敢背离主家，暗中唆使！

红　绛　呀！
（唱）原来是小人作梗，
还猜忌魑魅横生。

〔红绛冲上前，和杨拓交手。

红　绛　（唱）说什么，礼义廉耻，忠心耿耿？
你全不顾，旧日盟约，主家恩情。
我待要拼，拼的个雷霆震震，
誓惩你这通天罪名。
从此无人效侯景，
万夫守全节和名。

〔红绛一巴掌把杨拓打到一边，雷声霹雳，唐安州看到了什么东西。

红绛上前欲抢，被唐安州推开。

**丁　香**　小姐。

〔唐安州站起来，进入疯癫状态，手拿金镇纸，凝视。

**唐安州**　（读镇纸上的字）非有诏不得画，好一个非有诏不得画！哈哈哈，这不是当年太上皇御赐的金镇纸么?

〔红绛惊惧。

**杨　拓**　公子。（走上前为唐安州撑伞）

**唐安州**　吴道子啊，吴道子，你叫小生我寻得好苦哇!

（唱）说什么疯癫嗜酒人窘困，
说什么死后凄凉葬孤坟。
这镇尺险将我疑心镇，
幸得开棺验真身。
可知我，
饮露餐风觅讯，
望遍山高河深。
寻迹还无绪，
走访更无门。
拜师不能忍气性，
寸寸棱角尽磨平。
只教我，
忿忿啮齿难消恨，
愠愠懊恼枉热忱。

你们二人竟将小生蒙在鼓内，哈哈，可笑！实在可笑！

**丁　香**　公子，你刨坟掘墓理应告官!

**唐安州**　哈哈，你要去告官么！那我便要交出那叛将之女，朝廷要犯！（亮出木鱼盒子的家书）

〔红绛惊。

**红　绛**　（唱）一霎时有如那风声鹤唳，

见家书猛激起千层涟漪。

**丁　香**　小姐！

**红　绛**　（唱）早知晓人生如梦，

应料得朝不保夕。

世事险恶藏龃龉，

怎为小人步步逼。

**唐安州**　本不愿说，都是你们咎由自取。我请先生入宫，并无加害之意。你们却处处为难，实是可恨！

**杨　拓**　掌柜的，如今已是大势所趋，您呐，就劝劝吴道子，干脆让他跟着唐公子回去得了。

**红　绛**　（癫狂地）哈哈哈，枉费他一番好意，想要收你为徒。称你是个习画的佳才，只是秉性驳杂，并非诚心求教。若是稍加指点，便是天下画师第一人。你却如此费尽心机，不求正途。

**唐安州**　我万般求索，只是为了寻他回京作画，以抚圣上痛失爱妃之苦。

**红　绛**　痛失爱妃？

**唐安州**　但请掌柜替我劝劝先生，随我一同回宫复命。

**红　绛**　我若不劝，又待怎样？

**杨　拓**　那我们可就要告官了！

**丁　香**　小姐，那咱们劝劝先生吧。

**唐安州**　事成之后，我愿将这家书奉还。还望掌柜，莫要糊涂行事。

**红　绛**　（沉默）公子心思，红绛了然。明日，请自去茅庐，寻那吴，道，子。

〔红绛背过身去，收光。

# 第六场

〔红绛提食盒上。

**红　绛**　（唱）愁似雨，悲作云，
雨雾缭绕是我心。
穷途方知路已尽，
振臂高呼无人听。

安史之乱，先生逃出那黄金牢笼，如今又要劝他归去。这青羊镇的百姓家家户户有他画的神像，我不忍做这伤天害理之事。只是，若不规劝，那一纸家书，必会东窗事发，官兵们少不得要来拿人。先生啊先生……

（唱）怎叫我连累了他斑斑霜鬓，
藏孤女却受那连坐苦刑。
报无门螟蛉之情，
愧对他恩重义深。
爹娘啊！
何去何从由天定，
只恐黄泉再相逢。
这苦闷压不下心绪滚滚，
这怨愤熬煎得怅然失魂。

〔舞台后方灯亮，吴道子正在作画，茅屋里已然遍地是画。

〔红绛进屋，看见吴道子满室的画。

**红　绛**　先生如此留画，莫非要封笔不成？

**吴道子**　许久不曾尽兴，今日难得放纵一回。倒是你，才刚离去，怎么又回来了？

**红　绛**　大雨倾盆，心烦意乱。适才酒不尽兴，故而再来与先生痛饮三大白，但求一醉方休。

**吴道子**　一醉方休？哈哈哈！好个一醉方休！

〔红绛从食盒中拿出两只杯子和葡萄酒。

**吴道子**　哦？这定是西域的葡萄美酒。还记得，先前饮这葡萄美酒还是在那长安的繁华乡中，如今物是人非，前尘不在……

〔红绛把酒杯递给吴道子。

**红　绛**　先生。

**吴道子**　葡萄美酒夜光杯，
欲饮琵琶马上催。

**红　绛**　醉卧沙场君莫笑，
古来征战几人回。

〔二人对饮。

**吴道子**　随性而画，得如此知己，真是不枉此生。

**红　绛**　当年尚幼，却在天宫寺内得见圣手。那时节……
（唱）笔墨率首，
丹青班头。
三百里嘉陵画不够，
五千两黄金还难求。
笔笔无心似插柳。
羡煞旁人恨悠悠。
旧日风姿曾记否？
恃才傲视万户侯。

**吴道子**　（唱）忘年佳友，
知音难求。
离了黄金翠乡，
抛却国祸家仇。

终得同饮杯中酒，

几度风雨共春秋。

红　绛　此地此景，不问世事，能与先生纵酒高歌。红绛……才是不枉此生。

〔二人再次对饮。

吴道子　红绛，你来看，我这一幅，是画秦叔宝，还是尉迟恭呢？

红　绛　依我之见么，当画那捉鬼的钟馗，才能镇住纠缠不休的小人。

吴道子　好！就画钟馗！

红　绛　如此，我便要效那钟馗舞剑。断去那些魑魅勾缠。

〔红绛舞剑。

红　绛　（唱）愁锁眉头，

欲语还休。

一声声残漏，

一滴滴泪流。

那更声催得我心乱如麻，

那烛火映着我剑光幽幽。

经年流落难长久，

无力自保同蛞蝼。

吴道子　红绛这一舞，不是钟馗，倒似那垓下之围的虞姬，凄凉多过豪迈。

红　绛　红绛女流之辈，哪有豪迈可言？当初为避祸端，先生携我逃出京城，处处照拂。红绛自知力薄，纵然结草衔环，难能报全先生一片恩情。

吴道子　怎么今日提起这些旧事来了？

〔幕后传来鸡鸣。

红　绛　不知不觉，竟然这般时候了。可惜饮而不醉，饮而不醉啊！

吴道子　我见你今日神色不似平时，有什么话儿，你只管对我言讲。

红　绛　天色将晓，红绛就此别过，还望先生保重。

〔红绛忍痛下。

吴道子　红绛！红绛……

〔幕后传来一声霹雳。

**丁　香**　小姐！

〔丁香跑上。

**丁　香**　先生！先生！小姐……自尽了。

**吴道子**　啊？你，你你你方才说哪个自尽了？

**丁　香**　小姐她，被逼无奈，投江自尽了！

**吴道子**　是哪个要逼她？

**丁　香**　唐公子说，若是小姐不劝您重回京城，他就要把那封家书……

〔吴道子跌坐。

**丁　香**　把那封家书送交官府。

〔吴道子颤抖站起来。

**吴道子**　红绛啊红绛，这些年来，如父如女，我本当看出你所思所想。我这老糊涂！老糊涂！我怨这天地，天地呵！

（唱）我怨你奸邪竟忍，

我怒你公道不存。

偏偏韶华使自尽，

生生死死若朝菌。

**丁　香**　先生，我要去找小姐，让她入土为安了！

〔丁香下。

**吴道子**　红绛！红绛！（四处寻找红绛，欲下）

**众兵丁**　哪里走？！

〔杨拓引众兵丁上。围住吴道子。

**杨　拓**　（指吴道子）就是他！

〔众兵丁锁住吴道子。

**唐安州**　哈哈！

〔唐安州上。

**唐安州** （唱）整顿衣冠把江渡，
满心欢喜赴茅庐。
了却心愿释重负，
好似梦中神恍惚。
啊呀！为何茅庐内外遍是兵丁？

**杨　拓** 唐公子，是小人拿着圣旨，找来了这些兵丁。要是吴道子胆敢违抗，咱们就把他捆到金銮殿上！

**唐安州** 哦？哈哈！说得有理。

〔唐安州走进茅庐。

**众兵丁** （行礼）唐大人。

**唐安州** 先生，学生意图，红绛姑娘理应替我转达。就请先生随我入宫去吧。

〔吴道子面无表情。

**唐安州** 先生？先生？

**杨　拓** （走上前）喂！你这老头！唐公子跟你说话呢！

**吴道子** 呸！

**唐安州** 哦，看先生之意，莫非不愿同我回宫复命？（拿出家书）如此小生便只好将这家书……

**吴道子** 你实实地欺人太甚！你可知，红绛她……她她她已然投江自尽了。

〔唐安州呆愣，家书掉在地上。

**杨　拓** 啊？掌柜的死了？

**唐安州** 自尽？她竟……自尽了吗？
（唱）听此言有如那晴天霹雳，
一刹那遍天地人喊马嘶。
猛惊醒黄粱梦一纸，
奈何侥幸犹自欺。
理不清千头万绪，

辨不明是非曲直。
飘摇摇断垣颓圮，
浑噩噩不知所思。
本不欲出此劣计，
实不该倒行逆施。

**吴道子** （唱）你只知繁华空旖旎，
便叫那乱世驳杂将眼迷。
自私自利丧天理，
欺压妇孺人性失。
如今呵，
我无牵无挂，茕茕孑立，
孑然一身，放荡不羁。
我怎能束手待毙，
我怎能重归樊篱。
登堂入室又如何？
誓死不愿把头低。

我是不会走的，不会走的！

**唐安州** 先生！这不是我的本意，这不是我的本意呀！

〔场上沉默。行僧敲木鱼上。收光，只给行僧、吴道子、唐安州追光。

**行　僧** 南无阿弥陀佛，南无阿弥陀佛。先生，别来无恙啊……

**吴道子** 你又来了么？

**行　僧** 先生今日为何这般模样？

〔吴道子不回答。

**行　僧** 欲得自在，却身陷囹圄。欲护佳友，却促她身亡。自视清高，逃不出红尘驳杂。

**吴道子** 不要说了！

**行　僧** 先生如今可知自在与否？

〔吴道子沉默。

**唐安州** （疯狂自言自语）这不是我的本意，这不是我的本意啊！谁知她竟然自尽了哇！我不过是求她帮我美言几句，请先生回到京城，因此以家书作为筹码，谁知她……

〔行僧将红袈裟披在唐安州身上，一敲木鱼，唐安州清醒了。

**唐安州** 我悔呀！

（唱）悔不该贪利禄，
悔不该入歧途。
悔不该不择手段丧尺度，
悔不该利欲熏心害无辜。
实乃作恶不可恕，
实乃罪责不容诛。
一步错，步步错，
执迷当初何不悟？

**行　僧** 如今了悟，亦是不晚。万事因你而起，还需因你而终。

**唐安州** 师傅！小生要如何力挽狂澜？

**行　僧** 解铃还须系铃人，万万莫要误人性命了哇！

〔行僧离开。

**唐安州** 师傅！你是何人？

**行　僧** 不过行僧尔尔。阿弥陀佛，阿弥陀佛……

〔行僧下。推光。

**官　兵** 吴道子，你休要抵抗！快快随我们走吧！

〔众兵丁欲押吴道子下。

**唐安州** 且慢！他不是吴道子。

**官　兵** 唐大人，你这是何意？

**唐安州** 他是这青羊镇上的老癫子，吴道子已然身死，就葬在后山。

**杨　拓**　公子，你怎生糊涂了！后山的墓里没有尸骨，这你也知道啊！军爷，您要是不信，就去后山看上一看！

**唐安州**　住了！列位军爷，吴道子的坟墓已然被盗，我见之不忍，便将那散落的尸骨殓入江内。

**官　兵**　有这等事？

**唐安州**　（拿出金镇纸）而这金镇纸，是他（指杨拓），这盗墓的小人，献上与我。如今，我将它交与军爷，还望军爷替我回朝复命。

**官　兵**　好，我便替你复命。

**杨　拓**　公子！你怎能临阵倒戈呀？！

**官　兵**　还不押了下去！

**众兵丁**　走！

**杨　拓**　公子，公子！

〔众兵丁带杨拓下。

〔唐安州替吴道子解开锁链。吴道子呆滞。

**唐安州**　先生？先生！

**吴道子**　红绛？红绛？是你么？

**唐安州**　先生……

**吴道子**　是你！你怎么还不走哇！

〔吴道子推开唐安州，唐安州跪。

**唐安州**　学生犯了滔天大罪，无处可去。先生与红绛姑娘情同父女，学生自知，此生此世，难得先生原谅。学生愿替红绛姑娘，陪伴先生左右，以此赎罪，也算了却她的一桩心愿。

**吴道子**　（哭）红绛……

**唐安州**　先生。

**吴道子**　你要留，就留下来吧。

**唐安州**　先生在上，请受学生一拜。

〔唐安州跪拜。

〔剧终〕

# 曾经沧海

（评剧）

编　剧：洪运浧（戏文系 2013 级）

# 毕业大戏《曾经沧海》的创作阐述

## 一、创作主旨阐述

一面是“曾经沧海难为水，除却巫山不是云”的一往情深，一面是《莺莺传》中“善补过者”的高冷漠然。诗人元稹，在文学领域给人的印象，无疑是复杂而又耐人寻味的。加上一直以来，坊间所流传的，他与同时代女诗人薛涛之间的风流韵事，更是为元稹本人的感情经历，增添了一层不一样的光彩。

元稹的一生真可谓命运多舛。童年时父亲的早逝使得年幼的元稹过早地体验了生活的窘迫。而在刻苦攻读取得功名并成家立业后，元稹又因为谏言得罪了权贵而遭到贬谪，在此期间，母亲和妻子又相继离世。在如此接二连三的巨大打击下，他依旧能提起笔，把心中无限的悲凉化成字字珠玑。我无法想象一颗凉薄寡淡的心，能够在这般境遇之际写出《离思》和《遣悲怀》这样的诗作，更不相信一个所谓负心的男人，在字里行间会有这样真挚的感情。

“你如果认识从前的我，也许你会原谅现在的我。”现实中，指责永远比宽容和理解更容易，我们太习惯于用世俗的价值观和自己的道德标准去要求别人。指责元稹续弦娶妾是忘情负义的人大概不在少数，可又有几个人知道元稹当时是在贬谪途中，身边还带着一个未成年的女儿。

所以，我最终想要呈现的，无关谴责，也无关辩解，只是关于元稹个人的感情经历的一种带着温度的可能性。是命运重压下的挣扎，也是给予无常人生的安慰。

至于《莺莺传》是否真的是元稹的自传式的作品，以及薛涛与元稹之间的那份扑朔迷离，都不是我在这部作品想要去说明和解释的问题。

## 二、题材的理解与评析

1. 题材来源综述

本剧的故事情节大致以历史记载中元稹的生平为基础，主要参考了吴伟斌先生所著的《元稹评传》与《元稹考论》两本书中对元稹感情生活方面的相关研究。结合元稹的《莺莺传》及其他诗作的创作背景，把薛涛和元稹间难以名状的关系作为线索，通过虚构的艺术加工，穿插叙述元稹的感情经历。

2. 题材类型评析

本剧通过戏曲的表现形式，讲述诗人元稹前半生的感情生活。通过对诗人内心世界的剖析，折射出人与家庭、人与婚姻、人与他人的关系。因此，本剧并不仅仅以“生旦爱情戏”作为题材类型的唯一定位，它应该包含有更多层面的意味。

3. 与同类题材剧作的对比

爱情是文艺创作中一个永不失色的核心主题。在戏曲剧作史中，爱情题材的剧作层出不穷，《牡丹亭》《长生殿》《梁山伯与祝英台》这些经典作品不胜枚举。而以诗人为主人公的剧作也不鲜见，近年来新创和不断搬演的就有昆曲《李清照》《断肠辞》，越剧《陆游与唐婉》等等。

而《曾经沧海》这部作品虽然也同样以爱情为题材，但却是以“无情”的指责作为全剧的开端，并且，全剧的大部分篇幅都将用于交待主人公自己的内心世界，而不是分开描述爱情的双方各自的情感脉络。这是本剧与同类题材剧作相比之下的一处小小的亮点。

## 三、阐述剧作法理论在毕业作中的具体运用

1. “陡转”的安插

陡转，或者说意外，或是偶然，是加强作品戏剧性的一大重要因素。

在剧作中使用“陡转”，出现意外的事件，最重要的是要改变剧中人的情感状态，以及观众对人物的认知和观感。打破人物现有的状态，转变观众的认知，人物形象就会进一步地丰富，剧情也显得起伏有致。在本次毕业作中，男主人公元稹和初恋管儿的爱情在相府突如其来的干预下被迫终结。元稹对管儿的态度也由此经历了一个大转变，从而极大地推动了剧情发展。

2. “悬念”的设置

悬念，就是在剧情发展中，使观众产生好奇、不安、期待，使他们急于探其究竟，或对下文加以揣测的戏剧性因素。

造成悬念，是戏剧创作上重要的结构技巧之一，悬念设置的好坏，会极大地影响一部戏剧作品的整体观感。

本剧在一开场，便为观众留下了一个关于主人公是不是薄情负心的伪君子的巨大悬念。全局采用倒叙开场的方式，将这种悬念进一步放大。

其后，全剧通过主人公自身讲述的方式，一点点抽丝剥茧，把答案慢慢地展现在观众面前，而全剧最后，略带开放感的结局，本身也成为了整部剧作的一处悬念。

3. “套盒结构”的使用

因为需要交代的信息容量多、时间跨度大，本剧也试图在突破传统的剧作结构方面做出一些突破。

本剧在结构设置上参考了谭霈生先生提出的“套盒结构”理论。不同于传统戏曲的时间顺序线性叙事，而是采用了略有跳跃性的时空来叙事。

剧作的七场在过去和现在的时空中来回地有序跳跃，一层层地剥开了往事。这样不仅能更方便叙事，增大故事的信息量，有利于人物形象的刻画和故事的推进，同时也带有一种不确定的摇曳感和亦真亦幻的迷离感，符合本剧的气质氛围。

## 四、剧本分场概括

薛涛因冲撞了权贵，在被罚赴边地的途中，与刚刚丧妻被贬的元稹邂逅。薛涛见到狼狈不堪又遭宦官欺凌的元稹心生怜悯，遂出手相助。相谈后得知此人便是《莺莺传》的作者，态度陡转，讥讽揶揄元稹，反驳他在《莺莺传》中有关红颜祸水的论调。元稹苦笑几声，开始讲述自己的故事。

元稹和一个名叫管儿的琵琶女相恋，山盟海誓，互赠信物。一日，元稹突然收到管儿的信笺，说自己已经嫁入相府为妾，从此断绝来往，让元稹不必为自己费心。元稹去教坊寻找管儿，得知管儿确实嫁入了相府。于是怀着悲愤之情写了《莺莺传》，料定管儿是贪慕权贵才背弃誓言，并在心中暗暗发誓，一定要发奋读书，获取功名。而后，因为符合士人自身的价值取向，《莺莺传》一时广为流传。不久，元稹也顺利地科场及第，并即将迎娶名门望族的韦氏为妻。就当元稹准备借助这门美满姻缘开始在仕途上大展拳脚的时候，元稹却从好友白居易口中得知了管儿自缢身亡的消息。原来管儿是在被逼无奈下才嫁入相府的，直到死的时候，她还握着和元稹盟誓的信物……元稹肝肠寸断，强忍悲痛地迎娶了韦氏。

场景切回驿站，薛涛听过元稹的叙述后，对元稹的态度又转为一丝同情。但薛涛质问元稹，既然心中放不下管儿，就不该娶韦氏，说到底还是元稹迷恋官场，儿女情长也就是嘴上说说罢了。

场景再次切回过去，元稹迎娶韦氏后，一心只想扳倒宰相，为可怜的管儿报仇。于是整日苦读诗书，冷落了韦氏。而韦氏只当是丈夫心有鸿鹄之志，所以任劳任怨，无微不至地照顾元稹。元稹联合友人，处处与宰相作对。宰相察觉到元稹对自己不利后，便向皇上进了谗言，元稹被贬黜。

元稹的母亲郑氏听说这一消息后一病不起，不久就去世了。元稹悲痛欲绝，回到家中为母守孝。在仕途受挫又痛失亲人的双重打击下，韦氏的关心和照顾深深地打动了元稹，他突然明白眼前人亦不可辜负。就在他决定与韦氏从此相守一生后，韦氏却又撒手人寰……

场景再次切回驿站，薛涛听过元稹的叙述后沉默半晌，弹起了怀中的琵琶，元稹吟出《遣悲怀》，并感叹世事无常，怀念亡妻和管儿。黯然神伤之际，身后突然传来一声熟悉的呼唤，回头望去，薛涛化身成当年管儿的模样，抱着琵琶，静静地望着他。

## 五、创作感悟

创作的初心，大体是抱着一种对主人公情感生活的好奇和不理解。一个人对待爱情的态度竟然也会如此曲折多变，写下“取次花丛懒回顾”却又续弦娶妾，究竟是对亡妻痴心一片的多情公子，还是醉心情场，遣词弄墨的负心之人？薛涛和他又是如何邂逅？两人之间，到底是两情相悦后的始乱终弃，还是一个人一厢情愿下的胡乱猜疑？这些好奇与不解，成为了我这次毕业大戏创作中最为核心的源动力。

于是，我开始搜集资料，用心去阅读元稹的诗歌和其他作品，去查阅和他相关的史料及研究资料。然而，搜索的资料越多，关于元稹作品的评价和他与薛涛等人之间的关系却越是众说纷纭，莫衷一是。我最终只能基于自己的理解，努力地从故纸堆中，尽可能地挖掘出一个最贴近真实的元稹形象。

而在我越来越贴近他的生活后，我却渐渐觉得，与他艰辛坎坷的人生相比，他是否薄情与负心，都显得是那样云淡风轻。这次毕业大戏的写作过程，使我更加深刻地认识到，生活之中其实存在着太多的误解与偏见，只有学着真正站在对方的角度，尝试感受和体味，才能真正学会爱与理解。

2013级戏文系　洪运涅

指导教师　胡　叠

**人物表：**

元　稹——（小生）字微之，唐朝诗人。

薛　涛——（花衫）唐朝女诗人，歌伎，因得罪权贵被罚赴边地。

管　儿——（花旦）琵琶女，本与元稹相爱，后被迫入相府为妾。

白居易——（老生）字乐天，著名诗人，元稹挚友。

韦　丛——（青衣）元稹发妻，望族千金。

巧　倩——韦丛陪嫁丫环。

琇　莹——薛涛贴身侍女。

二宦官

老善才

小　侄

众邻人

众亲友

# 第一场

〔伴唱：

蜀有佳人春不顾，
长安飞花知何处。
迎来送往客无数，
回首风尘心自孤。
俱言相思空余恨，
皆因痴情寄诗书。
泪字成笺寻梦渡，
薄妆浅黛酒一壶。

〔唐元和五年，春。

〔敷水驿，正厅客房。

〔幕启光亮。

〔琇莹拿着行李上，薛涛怀抱琵琶跟随。

**琇　莹**　小姐，就是这儿了。

〔主仆二人进门。

〔房间陈设颇为简陋，隐约透出一股尘土的气息。窗户开着，许多飞絮飘进了房间。

**琇　莹**　哎！这么多的杨花！（一边走去关窗，一边用手拨弄屋子里的飞絮）小姐将就一下吧，这是正厅的最后一间房了，再晚些，只怕就要住到偏房去了呢。

〔琇莹安顿行李，薛涛四下打量。

**琇　莹**　明天叫车夫换上匹快马，应该再过三天就能到了。

**薛　涛**　（随手拂去桌上的杨花）呵呵，“他家本是无情物，一向南飞又北飞。”走到哪里，还不都是一样的。

琇　莹　小姐……

薛　涛　（故作微笑地）好了好了，这两天你也累坏了，安顿好了就快去歇着吧，明天还要赶路呢。

琇　莹　是。

〔幕后突然传来激烈的争吵声。

薛　涛　琇莹，你快去看看，出了什么事！

〔琇莹走去开门，元稹衣衫不整，狼狈踉跄地跑上，二宦官手执马鞭、棍棒紧随其后。

琇　莹　（看到元稹，惊叫）啊！

元　稹　（快要昏倒）你们……真是……岂有此理……

〔元稹昏倒在客房门口。

宦官甲　敬酒不吃吃罚酒！

宦官乙　一个小小的御史，也敢这般造次，今天非让你长长教训！

〔两宦官手执凶器还欲下手，琇莹出手阻拦，薛涛听到声音走出房来。

琇　莹　（拦在元稹身前）哎呀！二位爷，再下手可要出人命了！

薛　涛　啊！这……

琇　莹　（俯身呼唤元稹）公子……公子！

〔两个宦官见到薛涛，一时不知所措。

薛　涛　（对琇莹）你先把他扶进屋里去。

琇　莹　（犹豫地）小姐……这恐怕……

〔薛涛用不容置疑的眼神看着琇莹。

薛　涛　快去！

〔琇莹看了看薛涛，又看了看两个宦官，半拉半拖地将元稹带回了客房。

**宦官乙** 哎！你这是干什么！

〔两个宦官回过神来，欲进客房，薛涛阻拦。

**薛 涛** 二位大人，人已经让你们打成这个样子，还是至此丢开手的好。倘若是真出了人命，二位大人，只怕也担待不起吧？

**宦官乙** 担不担待得起与你什么相干！还不快些让开……

**宦官甲** （拉住宦官乙）休得莽撞。（上前施礼）让夫人受惊了，还请夫人海涵。

**薛 涛** 大人不必多礼。天色已晚，二位大人也请各自回去安歇吧。

**宦官乙** 哎！怎么能这么便宜了那小子……

**宦官甲** （使眼色）夫人所言极是，夫人宅心仁厚，实实令我二人倍感惭愧。

〔薛涛微笑示意，转身关门回房。

〔宦官甲拉着宦官乙离开。

**宦官乙** （对宦官甲）大哥！你怎么就这么……

**宦官甲** 我看那妇人周身的气派，断不是寻常人家，若是真为了那个臭小子得罪了什么名门望族，岂不是无妄之灾！

**宦官乙** 那这事情就这么完了？

**宦官甲** 你急什么！横竖回去有相爷做主，你我在朝上参他一本，还愁收拾不了这个小小的御史！

**宦官乙** 到底还是大哥想得周全……

〔两宦官下。

〔切光。

〔客房中，薛涛正在照料昏迷的元稹。

〔伴唱：

夜露轻沾花满枝，
浮萍入海惹情思。
孤灯憔悴心如面，
为雨为云难自知。

薛　涛　（接唱）眼望他眉锁清容藏秀气，
　　　　　　　倒叫我忆昔花开花落时。

〔琇莹拿着元稹的行李上。

〔琇莹叩门，薛涛开门。

琇　莹　公子还没醒吗？

〔薛涛摇头示意，琇莹放下行李。

琇　莹　（走到元稹身边服侍）真是仗势欺人啊！明明是这位公子先到的，他们却非要让公子把客房让出来，还下这样的毒手！

〔元稹悠悠转醒。

琇　莹　哎呀，公子醒了！

元　稹　（迷茫地）我……这……

〔元稹挣扎着想要站起，却因头疼坐下。

琇　莹　公子，你伤得这么重，还是好生休养吧！

薛　涛　你的行李我已经让琇莹拿过来了，今夜驿站客满，你就在此委屈一夜吧。

元　稹　不可！不可！（挣扎着要再次站起）……且不言这男女有别，那两个中使，想来也不会与我善罢甘休，如此一来，只怕要连累夫人……

琇　莹　公子多虑了，凭着我家小姐女校书的才名，长安城的名士都要敬我家小姐三分，那两个小黄门，连我家小姐一根汗毛也动不得的。

薛　涛　（责怪地）琇莹！

元　稹　女校书……夫人（急忙改口）……敢问小姐可是从蜀地而来？

琇　莹　哎呀，公子怎么知道的！

元　稹　早闻诗云“万里桥边女校书”，蜀中才女薛涛之名如雷贯耳，仰慕已久，不想今日竟在此得见真容。（挣扎起身，深施一礼）下官元稹拜谢校书解危救困之恩！

琇　莹　（向前搀扶）原来是元大人，元大人快起来吧！

薛　涛　元稹……你可是那个作了《会真记》的元九元微之？

元　稹　正是下官拙作。

薛　涛　哦，（态度陡转）呵呵，看来今天，倒真的是多生了一桩闲事了。

元　稹　（不解地）校书何出此言？

薛　涛　元大人！

（唱）尊一声大人谢字莫出口，
有何能解危救困把君留。
想大人心高志洁“善补过”，
今日里亦是文章造化修。
大丈夫忍情无心德出众，
小女子纵欲失礼当自羞。
似我这天命尤物风尘客，
实不该亲近大人强出头。

今日贸然相助，只怕是反辱没了先生门风，如此说来，我倒要给先生赔不是了！

元　稹　校书这番话，真是让微之无地自容啊！

（唱）春花不见秋水流，
半为新词半为愁。
我也曾欲效张生善补过，
到今日枉自追悔复何求。

薛　涛　呵呵，这可新鲜了，你这样的“善补过者”，倒也有后悔的时候？

琇　莹　小姐，你们这是说什么呢，我怎么一句都没听懂啊！

〔元稹茫然地走到窗边站定。

元　稹　（慨叹地）我还记得那天早上，暮春三月，就是眼下的这个时候，洛阳城的牡丹开得却格外早。半欲天明半未明，醉闻花气睡闻莺。猧儿撼起钟声动，难忘当年晓寺情……

〔收光转场。

# 第二场

〔伴唱：

烟柳摇曳莺声转，
五更漏滴晓月弯。
尚觉梦里声声慢，
春深幽情自盎然。

〔启光。

〔唐贞元十三年，春，洛阳。

〔琵琶女管儿正在闺房中梳妆打扮。

**管　儿**　（接唱）锦帐犹温辞娇懒，
晨曦对镜整妆严。
粉黛轻描芙蓉面，
柔情蜜意在心间。
自那日船头夜宴初相见，
与元郎情投意合两相连。
听曲同游常相伴，
书信频传共欢颜。
我早已暗许芳心盼如愿，
怎奈何话到唇边口难言。

〔老善才上。

**老善才**　哎呀，起得可真早啊！

**管　儿**　原来是妈妈来了，（俯身施礼）管儿这厢有礼了。

**老善才**　生受你了！（上下打量着管儿）真是越发的出挑了，我看，我这小小的教坊只怕就快留不住你了！

管　儿　（害羞地）妈妈说得哪里话！管儿怎么舍得离开您呢！

老善才　还要瞒着老身？这么大清早的，打扮成这个样子，还不是去见心上人？

管　儿　妈妈……

老善才　那位元公子可在外面的庙门口等你多时了呢！

管　儿　啊！他都到了？哎呀，我……

〔管儿急忙想要出门。

老善才　转来，瞧把你急得！（回身从桌上拿起银凤钗）把这个戴上。

〔老善才为管儿插上步摇。

老善才　嗯，这下才完美！

管　儿　妈妈……那我……

老善才　快去吧，快去吧！我看那元公子也是个重情重义的，你们各自有个好前程，老身看着也替你们高兴啊！

管　儿　妈妈……如此，管儿谢过妈妈！

老善才　去吧！去吧！

〔管儿害羞地笑着跑下。

老善才　（对着管儿下场的方向）哎！我说！记得！还没出嫁！千万要矜持些！快去快回！

管　儿　（幕后）哎！

老善才　（微笑）跑得可真够快的！还是年轻好啊！你们也别说，这要是有谁在那儿等我，我呀，我跑得比这小丫头还快呢！（打呵欠）咳，可又有谁还会等我呀！还是回去睡个回笼觉吧……

〔老善才自顾自地说笑着下。

〔切光换景。

〔教坊旁的寺庙门口，少年元稹背着行囊，正在一片牡丹花丛旁踱着步。

元　稹　（抬眼望了望天空，自言自语）唉，已经这般时候，莫不是管儿她忘却了约定？还是那教坊的妈妈难为于她？

（唱）山门外晨星点点照孤灯，
曙色渐染晓天东。
花间留连恍如梦，
半焦急半踌躇徘徊这梵王宫。
自那日席间把酒睹芳容，
连月来朝思暮想意难终。
银钗行彩凤，
环佩透玲珑。
眉黛微颊蹙，
肤润雪肌丰。
丝弦慢勾秋波动，
丹唇轻启唤春风。
今日里暂辞东都返帝京，
万语千言压胸中。
但只求得见佳人把衷肠诉，
但只愿她心我意一般同。

〔元稹放下行囊，在寺庙门口站定，俯身祷告。

〔管儿悄悄地走到元稹身后。

**元　稹**　唉！诸位神佛若是在天有灵，还求能让我在临走之前，再见管儿一面啊！

**管　儿**　走？

〔元稹急忙回头。

**元　稹**　管儿！

〔元稹和管儿执手相望。

（伴唱）一见倾心心潮涌，
两处柔情情暗通。

春风羞将春雨送，
花面却因人面红。

管　儿　元郎……

元　稹　哦！哎！（急忙松开手）失礼了！失礼了！你来了就好！来了就好啊！谢天谢地，我只当是见不到你了呢！

管　儿　你这是要去哪里啊？

元　稹　吏部科试将近，自当回转长安。

管　儿　长安……

元　稹　今日唐突相约，便是特来辞行。

管　儿　那你这就要走了吗？

元　稹　嗯。

管　儿　那你……还会回来吗？

元　稹　恐怕，要明年才能回来了。

管　儿　这……

〔管儿拔下头上的凤钗，交给元稹。

管　儿　那，这支钗子送给你吧。管儿……管儿（哽咽）恭祝元公子蟾宫折桂，独占鳌头。

元　稹　管儿……

管　儿　（唱）佳期飞逝难再留，
白驹过隙太匆匆。
原以为今朝相会得欢聚，
不承想展眼离别心又空。

元　稹　（唱）只见她双眸闪闪涌珠泪，
隐隐情深透志诚。

管　儿　（唱）元郎此行多珍重，
文章锦绣奔前程。

元　稹　（唱）我若能春风得意宏图展，
管儿你……你可愿……

管儿！我若能考取功名，你可愿意与我……

管　儿　（接唱）元郎啊！

只盼能与君相随共此生。

元　稹　（再次拉住管儿的手）管儿！

管　儿　元郎！

〔元稹从怀中取出一枚玉环，交给管儿。

元　稹　这玉环是我的家传之物，今天，我就把它交给你了！

（唱）神佛有灵当见证，

玉环为凭把誓盟。

待到我金榜题名荣光耀，

管　儿　（接唱）钗环重会再相逢。

〔幕后传来寺庙的钟声。

元　稹　时候不早了，我该动身了！

〔音乐声中，管儿帮元稹背上行囊。

〔二人依依惜别，元稹几番回首，示意管儿留步。

〔元稹下场，管儿凝望元稹远去的背影。

管　儿　（把元稹赠别的玉环放在胸口）元郎！你可一定要回来啊！（对着元稹离开的方向大喊）我在这儿等你回来啊！

〔收光转场。

# 第三场

〔伴唱：

红毡铺地人欢笑，

张灯结彩酒香飘。

眼看这喜气盈门佳期到，

待明朝新人成双共良宵。

〔启光。

〔唐贞元十九年，秋，长安。

〔元稹宅邸，元家的几个邻人和亲友都在为明日的大婚忙碌着。

〔元稹走上，与前来帮忙的众人一一见礼，表示谢意。

**元　稹**　诸位辛苦了！

〔众人纷纷走下，元稹的小侄子跑来元稹身边。

**小　侄**　叔叔，那边都已经收拾好了！

**元　稹**　真是辛苦你了。

**小　侄**　不辛苦！不辛苦！哈哈，叔叔若是真疼我，明天让我多讨两杯酒吃也就是了！

**元　稹**　你这个小酒鬼！若是吃醉了，你娘收拾你，我可不管！（指了指台侧的一堆杂物）这会子你要不忙，把那些不要了的劳什子也帮我收拾一下吧，扔到外面就好。

**小　侄**　好，小的这就去。

〔元稹走到一旁的书案边坐下休息，小侄转身去收拾一旁的杂物。

**小　侄**　叔叔，这个您也不要了吗？

〔小侄从杂物中发现了一个钗盒，拿给元稹。

**元　稹**　这是……

〔元稹看了看家院手中的盒子，突然想起了什么，痛苦地侧过了头。

**元　稹**　（声音略颤抖地）你把它拿到后院的园子里埋了吧！

**小　侄**　哎！这……那好吧。（拿着钗盒向后院走去）好端端的钗子，真是可惜了……

**元　稹**　等等！

〔小侄回过身来。

**元　稹**　你先把它放在这里吧，别的东西一概搬出去就好！

**小　侄**　叔叔，我看你脸色……怎么好像哪里不舒服的样子？

**元　稹**　没事，不要紧的。你去玩吧。

**小　侄**　（对观众）唉，大人的事情啊，真让人搞不明白！

〔小侄把钗盒放在书案上，收拾好台侧的杂物下场。

〔元稹颤抖地捧起钗盒，拿出了里面的凤钗。

**元　稹**　唉！管儿啊，管儿！你说你会等我回来，可我回来了，你却嫁进相府做了小妾啊！

（唱）手捧钗盒泪双垂，
见凤钗好似利箭心底锥。
钗环盟誓犹在耳，
物是人非梦成灰。
细想来世间谁不慕权贵，
人往高处走，鸟择良木飞。
徒烦恼只手难取沧海水，
枉余恨家贫言轻门户微。
可叹我焚膏继晷思折桂，
终不敌相府豪强声名威。
如今你锦衣玉食应无悔，
我却难笑坦东床忘娥眉。

此中味，
诉与谁？
闲将笔墨敷愁苦，
假托莺莺抚情卑。
一片痴心空相付，
枉自多情又何为。
怎不想效那张生忍情补前过，
无奈何对钗难掩断肠悲。

〔白居易手提贺礼上。

**白居易** 没想到这小宅子装点一番，倒也十分雅致啊！

〔元稹急忙放下手中的凤钗。

**元　稹** 乐天兄！你怎么来了！

**白居易** 你明日大婚，诸事繁杂，为兄也该尽些绵薄之力才是！

**元　稹** 俱是些琐事，岂敢烦劳乐天兄！

**白居易** 元九弟未免太见外了吧！

〔白居易走进房中，把礼物放在书案上，看到桌上的凤钗。

**白居易** （拿起凤钗）这可是给我那没过门的新弟妹的？

**元　稹** 哦……这个……（不知所措地）是，是给她的。

**白居易** 咳！你说你，明天就要成亲了，还这么遮遮掩掩的！

**元　稹** （尴尬地）嘿嘿，让乐天兄见笑了！

**白居易** 说起来，如今你科场得意，又做了韦大人的东床，长安城的名仕怕是都在羡慕你这样的好福气呢！

**元　稹** （从白居易手中拿回钗子，收回盒中）愧受韦大人抬爱了！也许是福气吧，只怕是要委屈了朱门大户的千金小姐了。

**白居易** 哎！微之啊！

（唱）韦大人门庭显赫有名望，
　　　韦小姐蕙质兰心貌端庄。

世代簪缨人敬仰，
钟鸣鼎食翰墨香。
似这般天赐良缘好事近，
贤弟何故复彷徨。
想贤弟笔走龙蛇文气壮，
年少登科竞风光。
门第虽有别，
才貌两相当。
虽说是清贫寒微居陋巷，
待他日必成大器为栋梁。
凤凰于飞配佳偶，
琴瑟在御共西窗。
诗礼齐家济天下，
珠联璧合立庙堂。

（拍拍元稹的肩膀）微之啊！你的好日子，这才刚开始呢！为兄我，还不知要几时才能有你这样的好福气哟！

〔元稹从思索中回过神来。

**元　稹**　哦！呵呵，乐天兄真是过誉了，小弟实不敢当啊！

**白居易**　我说微之，你该不会是还有什么心事瞒着愚兄吧？

**元　稹**　没有没有！我方才想着明天的事情呢。嘿嘿，我高兴还来不及呢，哪还有什么心事啊。

**白居易**　（突然想到）哎，我知道了，你该不会还在烦心着去宰相府杜大人那里拜谒的事情吧？

**元　稹**　（嗔怪地）我原是抛到脑后去了，乐天兄这会子偏偏又提它干什么。好不扫兴！

**白居易**　好吧好吧。你看你，还是这么个脾气！初出茅庐，凡事还是三思而行啊。

**元　稹**　你横竖也不用劝我了，我断是不会去那老贼府上的。

**白居易**　你当为兄就情愿与那奸相屈膝逢迎么？咳！还不是人在屋檐下。不过，你倒是暂且不必为此挂怀了，眼下你就是想去，只怕也去不了了。

**元　稹**　哦？却是为何？

**白居易**　相府的一个小妾寻了短见，杜大人这几天闭门谢客，忙着发送的事情呢。

**元　稹**　相府的小妾？

**白居易**　嗯，刚二十几岁，好像是几年前从洛阳教坊聘回来的，真是可惜了。

**元　稹**　（惊觉地）洛阳？教坊！

**白居易**　怎么？

**元　稹**　（自觉失态，急忙掩饰）哦，没……没怎么。只是好端端的，怎么就寻了短见了？

**白居易**　这我却不知道了。只听说那小妾死的时候，手里还攥着个什么玉环呢。

**元　稹**　（颤抖地）玉环……

**白居易**　话说回来，还是你那《莺莺传》写得明白啊！男欢女爱和大道正途岂能同日而语，到底还应多为前程考虑。这样的事情，要是出在你我身上，只怕往日里的声名都要毁于一旦了……

**元　稹**　（打断白居易）那小妾的尸首，现可还在相府？

**白居易**　想来应该还在停灵吧！

**元　稹**　乐天兄，你在这里等我，我要去相府看一看。

〔元稹说完便跑下场去，白居易被元稹突然的行径弄得摸不着头脑。

**白居易**　哎！这小子这是怎么了！哎，微之啊，你等一下！微之……

〔白居易追元稹下。

〔幕后隐约传来元稹悲痛地呼唤管儿的声音。

〔收光转场。

# 第四场

〔伴唱：

曲罢妆成昭君误，

戏散灯昏周郎驻。

阴阳两隔成陌路，

断肠遗恨再难诉。

〔启光。

〔场景时间同第一场。

〔薛涛和琇莹听着元稹讲述过去的事情。

**元　稹**　我到底还是没能见到她最后一面。我赶到相府去的时候，人已经装棺入殓了。

**琇　莹**　那……她真的就是管儿吗？

**元　稹**　（点了点头）相府的人告诉我，她是被那老贼逼着嫁进相府的。她入府之后，还常向旁人打听我的消息……我却一心以为她贪慕富贵，还把她比作妖妇祸水。我的过错，此生已无可再补，我真恨不能随她一起去了……

〔元稹掩面拭泪，琇莹走到元稹身边安慰。

**薛　涛**　那后来呢？

**元　稹**　后来？

**薛　涛**　你第二天，还不是又娶了那韦家的小姐？

**元　稹**　不错……可我……

**薛　涛**　（唱）说什么此生再难补前过，

说什么恨不相随泉下行。

但则见花烛高烧映枯骨，

红绡帐暖忘离情。
旧梦含香浮远路，
落红流水自飘零。
千古痴心多怨女，
青史只应记功名。
劝君轻言相思苦，
怕得是孤魂有知不忍听。

**元　稹**　（想要解释）我……我……

**琇　莹**　（示意薛涛不要再说）小姐！

**薛　涛**　只是元大人迎娶了豪门千金，改换了门庭，却也落得今日这般狼狈，倒着实是令人唏嘘啊！

**琇　莹**　小姐！别再说了！

**元　稹**　本来啊，自从成婚的那天起，我也就当自己是个死人了！只是有些事情，终究要靠活人才能了结。我那时心里所想的，只有一件事，那就是铲除奸相，为管儿报仇！

〔收光转场。

## 第五场

〔伴唱：

问君何时归，
陌上花开时。
陌上花已谢，
归期总迟迟。

〔启光。

〔唐元和元年，初夏，长安。

〔元稹卧房，元稹的妻子韦丛正在灯下缝补衣服。

〔丫环巧倩端着药壶上。

韦　从　婆母可安歇了？

巧　倩　嗯，才服了药，已经躺下了。姑爷还没回来吗？

韦　从　只怕又是在外面应酬吧。

〔巧倩放下药壶。

巧　倩　（气冲冲地）哼！什么应酬！我看又是和他的那些狐朋狗友们出去喝花酒了！

韦　从　巧倩！不许无礼！

巧　倩　哎呀！小姐啊！

（唱）自打你嫁进元家做媳妇儿，
几年来难见姑爷他的人儿。
每日里清早出门去办事儿，
三更天不见人影转回身儿。
忙到头兜里没有半个子儿，
家中事从不见他挂在心儿。
想我们吃了上顿愁下顿儿，
他只管饮宴约客作诗文儿。
笔尖儿对茶碗儿，
酒桌儿连饭局儿。
唉！
叹老爷误把明珠投火盆儿，
小姐你真是错嫁夫婿入错门儿。

韦　从　巧倩！

巧　倩　小姐！

韦　从　你真是越发的造次了！

巧　倩　我就是替小姐气不过！想我们在府上的时候，哪里受过这样的委屈！凭着小姐的门第相貌，什么样的郎君找不到，却要过这样的苦日子！随便挑个世家子弟，都要比他强得多！

韦　从　哎，巧倩啊！

（唱）叫巧倩莫要信口乱轻狂，

怎说委屈何为强。
你怨他宴饮无节多放荡，
我笑你井底之蛙目寸光。
全不知觥筹之中乾坤大，
岂不见名士贤达聚厅堂。
时务国策齐辩讲，
仕途宦海有归航。
且不惜暂拔金钗换客饮，
又何愁冷锅热灶无米粮。
前路若得知己在，
谁人不识我夫郎。
大业从来苦开创，
一时困顿又何妨。
只愿他雄心壮志得施展，
纵然是野蔬充膳口犹香！

**巧　倩**　唉，到底还是苦了小姐！

**韦　丛**　行了，往后啊，可不许你再这么说他了！苦日子总会过去的，我相信他一定是个能成大事的人！

**巧　倩**　那我也只好陪小姐等着这一天了。

**韦　丛**　我在这儿等他，你去看看保子就去睡吧。

**巧　倩**　嗯，小姐你也早点休息啊！

**韦　丛**　去吧！

〔巧倩捧药壶下。

〔元稹上。

**元　稹**　（唱）上书遭贬心似火焚，
失魂落魄暗伤神。
满腔怨怒空余恨，
恨奸相仗势弄权乱乾坤。

〔韦丛听到声音前来迎接。

**韦　丛**　回来了！

〔元稹一言不发，面色铁青地走到房内。

**韦　丛**　今天又去了哪里？事情办得还顺利吗？

**元　稹**　母亲和保子都睡了吧？

**韦　丛**　婆母服过药就安歇了。女儿这几天总是做噩梦，白天也吵着要找你。我让巧倩去陪着了，要不我叫巧倩把她带过来吧？

**元　稹**　不必了吧，三更天了。

**韦　丛**　你这是怎么了？脸色这样难看？

**元　稹**　我被贬官到河南了。

**韦　丛**　怎么？

**元　稹**　明天一早就要启程了。

**韦　丛**　这么急么。（强做镇定地）那既然如此，你也就别想太多了。能睡就快去休息一会吧。我这就去帮你收拾行李。

**元　稹**　你就一点儿也不怪我吗？

**韦　丛**　怪你？怪你什么？

**元　稹**　你嫁给我这几年，我没让你过上一天好日子，如今我又被贬了官，人人都会说你嫁了一个不争气的丈夫……

**韦　丛**　（打断元稹）别人怎么说，由着他们说去。我只恨自己不能替你分忧解难，又怎么会怪你。

〔韦丛把手搭在元稹肩头，元稹无意间看到了韦丛手上的伤痕。

**元　稹**　（抓住韦丛的手）你的手！这是怎么弄的？

**韦　丛**　哦，这是挖野菜的时候不小心伤到的，不要紧的。

〔韦丛收回手，径自走到一旁为元稹打点行装。

**元　稹**　娘子，真是苦了你了！

（唱）几年来苦心孤诣求上进，

　　官至拾遗做人臣。

一心立志锄奸佞，
为报仇冤昭故人。
终日里广交长安宦门友，
夤夜归犹秉残烛攻经文。
忘却了家中老母妻儿在，
全不顾柴米油盐饱与温。
本承望得遇明主诛贼本，
却落得因言被贬祸临身。
眼见她素手添伤心何忍，
好教我忧心孔疚黯销魂。

〔元稹向韦丛鞠躬施礼。

**元　稹**　娘子，我元稹对不起你啊！

**韦　丛**　官人这是干什么！快起来！

**元　稹**　娘子，我这次被贬，得罪的是朝中重臣，往后的日子，只怕会更不好过。你要是后悔错嫁了我，我元稹也绝不再拖累于你。

**韦　丛**　后悔？官人，可容为妻问你一句？

**元　稹**　娘子？

**韦　丛**　若是早知今日会被贬黜，你可会后悔那时上书进言么？

**元　稹**　誓欲通愚謇，生憎效喔咿。佞存真妾妇，谏死是男儿。我纵然是搭上性命，也不后悔！

**韦　丛**　官人既有如此心志，又何必和为妻说这个“悔”字？生是你的人，死做你的鬼。你若无怨，我便无悔！

**元　稹**　娘子！

**韦　丛**　官人！

〔伴唱：
痴情无意换痴心，
患难相扶恩爱深。
长叹人生如逆旅，

总向别处恋风尘。

〔韦丛为元稹打点行装，送元稹走出房门，舞台后侧同时换景。

**元　稹**　娘子，我走之后，切不可对母亲说我被贬谪的事情，她近来身体本就不好，我怕……

**韦　丛**　官人，你放心吧！婆母那里，我只说你连夜赴任去也就是了。

**元　稹**　娘子！你回去吧，我走了！

**韦　丛**　官人！珍重！

〔韦丛目送元稹下，只觉得腹中隐痛。

**韦　丛**　（哭腔）官人……

〔韦丛手抚腹部踉跄地往回走。

〔巧倩跑上。

**巧　倩**　哎呀！小姐，我可算找到你了！……小姐，你这是怎么了？

**韦　丛**　我没事儿，你却为何如此慌张？

**巧　倩**　小姐啊，刚才我去老夫人房间送洗脸水，老夫人她……她……

**韦　丛**　婆母怎么了？

**巧　倩**　小姐你快回去看看吧，我先去请大夫了！

〔巧倩跑下。

**韦　丛**　哎！巧倩……

〔韦丛腹痛难忍，蹲在地上。

**韦　丛**　（有气无力地）巧倩……

〔收光转场。

# 第六场

〔伴唱：

常言福寿无双至，
奈何祸事不单行。
从此回乡成新客，
再无慈母倚门迎。

〔启光。

〔唐元和元年，深秋，长安。

〔元稹母亲去世，灵堂之上，邻人亲友前来祭奠。

〔韦丛在巧倩搀扶下上。

〔亲友邻人等与韦丛寒暄致意后下。

〔韦丛送走众人，一阵眩晕，差点儿跌倒。

**巧　倩**　小姐，我还是送你回房歇着吧！

**韦　丛**　不妨事的，不用担心。

**巧　倩**　小姐，你都几天没睡过一个安生觉了！趁着今天来的人不多，你快回去休息吧！

**韦　丛**　给官人稍信的去了几天?

**巧　倩**　今天是第五天了。

**韦　丛**　也该回来了！

**巧　倩**　路途遥远，一时耽搁也是难免的，小姐不要太担心了。

**韦　丛**　（突然想到）对了，你快去后面找点吃的拿去给保子，她早上就没吃东西。

**巧　倩**　嗯。那小姐你……

**韦　丛**　我没事儿，你放心好了！

**巧　倩**　那我去了。

**韦　从**　去吧！

**巧　倩**　你要不舒服就喊我啊！我一会儿就回来。

**韦　从**　快去吧！

〔巧倩下。

〔韦丛走到灵台旁坐下，支撑不住，伏案而眠。

〔元稹着孝服，神色凄惶地上。

**元　稹**　（唱）惊闻噩耗回乡来，
心如死灰身似泥胎。
遥望着老屋外灵幡飘摆，
回想起历历往事痛伤怀。
父早丧我母子相依为命，
寄人篱下苦难挨。
为养儿求亲告友似乞丐，
胼手胝足鬓早白。
自那时心中暗生宏图志，
誓要做出人头地栋梁材。
凤冠霞帔为母戴，
子贵母荣把亲抬。
到如今子欲养来亲何在，
追悔不及徒自哀。
不觉来至屋门外，
踌躇不忍见灵台。

〔巧倩上。

**巧　倩**　啊！姑爷你回来了！姑爷节哀啊！

〔主仆二人见礼。

**巧　倩**　快进屋来吧！小姐方才还念叨着你呢。

〔元稹跟随巧倩来到灵堂。

巧　倩　小姐，姑爷回来了……

〔巧倩见到韦丛入睡，立刻收声，示意元稹不要惊动韦丛。

巧　倩　自从老夫人走了之后，小姐她已经几天几夜不曾合眼了，我让她回去休息，她也不听。她本来就体虚气弱，又才小产不久，这样下去，非拖出一场大病不可。

元　稹　怎么！你说你家小姐她……她……

巧　倩　那天小姐送你回来，昏倒在了路旁，大夫说她是悲伤过度，动了胎气……

元　稹　我……我竟一点儿都不知道……

〔元稹走到韦丛身边。

巧　倩　小姐怕你分心，不敢告诉你。老夫人病重的时候，我一个人照应不开，小姐就强撑着病体到床边服侍。你走的这几个月，小姐每天都烧香祷告，盼着你平安回来啊。

〔元稹眼含热泪跪在灵台前。

元　稹　唉！迟了！迟了！我来迟了啊！

（唱）跪灵前不由人肝肠痛断，
见娘子伏案眠更添羞惭。
悔不念孤灯病榻无人伴，
悔不能依偎膝下再承欢。
悔不思恩情绵长尘缘短，
悔不该只顾执念忘眼前。
到头来恩孝情义皆亏欠，
我真是枉读诗书空活半世愧为儿男。

〔元稹在灵台前失声痛哭。

〔韦丛转醒。

韦　丛　啊！官人！你回来了！

〔韦丛急忙起身，却因体力不支摔倒在地。

巧　倩　（同）小姐！

元　稹　（同）娘子！

〔元稹将韦丛揽进怀中。

元　稹　（哭腔）娘子啊！

韦　丛　官人，我对不起你，我没能照顾好婆母，我……

元　稹　（打断韦丛）娘子啊！不要再说了……你是个好儿媳，好妻子。要非说对不起，你最对不起的，是你自己啊！

韦　丛　官人！

元　稹　从今往后，只要我元稹还有三寸气在，我再也不让你受半点儿委屈！

韦　丛　官人……

〔夫妻二人相拥而泣。

〔收光转场。

# 第七场

〔伴唱：

金石犹感精诚身，
幽冥却妒有缘人。
春尽难觅少年色，
弦断不见新指痕。

〔启光。

〔场景时间仍同第一场。

〔薛涛和琇莹听元稹诉罢往事，无限感慨。

薛　涛　但不知尊夫人，现在可好？

元　稹　现在……我也想知道她现在好不好啊……

薛　涛　你也想知道？

**元　稹**　去年夏天，她已经……撒手人寰了。

**薛　涛**　什么?!

**元　稹**　直到她走的那天，我也没能让她过上一天好日子。诚知此恨人人有，贫贱夫妻百事哀。

**薛　涛**　看来，是我错看你了。没想到，你，也还算是个有情有义的。

**元　稹**　有情有义？我若真是个有情有义的，却为何她们一个一个，都离我而去呢？

**薛　涛**　要是能让你自己重新选择，若留下一人，你又会让谁留下呢？

**元　稹**　重新选择？留下一人？漫说人已不在了，就算人还在尘世，这世上又有哪件事能让我重新选择啊！

〔薛涛和琇莹暗下，场上定点光。

**元　稹**　（唱）倾尽离思心颤抖，
世事无常难自由。
曾恨鸟锁雕笼口，
怎敌花杀白露秋。
今生再再负愧疚，
来世何以报情柔。
三生约，
枉相候。
情犹在，
人未留。
君伤寿，
我独愁。
悲怀何遣，
心泪暗流。
痴痴两相守，
漫漫人寰游。
几度梦中再回首，
亦不枉镜花水月素心酬。

曾经沧海可记否，
除却巫山云雨休。
逐日西归见星斗，
当惜眼前复何求。
莫问心事怎选就，
终究是恩怨相随情悠悠！

〔元稹唱罢，后场同时换景。

〔管儿手捧琵琶暗上。

〔音乐结束，启光，琵声悠然响起。

**元　稹**　（回头看到管儿）你……你是管儿？

**管　儿**　元郎！

〔伴唱：

曾经沧海难为水，
除却巫山不是云。
千古情痴知何似，
但见红笺留墨痕。

〔收光。

〔闭幕。

〔剧终〕

# 惠　花

编　剧：黄子馨（戏文系 2013 级）

# 毕业大戏《惠花》

## 一、创作主旨阐述

### 1. 主要内容与人物

故事改编自陆昭环的小说《双镯》，以及根据小说改编而成的同名电影。小说与电影的情节差异不大，区别主要在于小说的情感展现是通过文字，所以更为细腻。整个故事围绕着福建惠安地区的惠安女惠花和秀姑二人之间的命运展开。

故事发生的年代已经是改革开放以后，但在惠安地区，依然保留着非常传统甚至可以说是落后的婚俗——夫妻之间依靠父母与媒婆来成亲。成亲当天，新娘需要以哭嫁的方式出嫁，等到了夫家，又不许出新房，也不许吃东西，否则会被认为不吉利，生不出儿子。成亲后，妻子只能逢年过节与丈夫相聚，其他时间里只能待在自己的娘家。直到生下孩子，才能够夫妻长久住在一起。

因为有着这样的婚俗，加上当地重男轻女现象严重，女性在面对婚姻时完全是碰运气。惠花运气不好，碰到了一个虽然有钱，但也非常粗暴的男人，惠花的嫂子也是同样。秀姑则幸运许多，丈夫不仅对她好，而且还将她带出惠安这个牢笼。两个自幼一同长大的好姐妹，因为结婚而分开，更因为结婚对象的差异而有了不同的命运。

故事的主角惠花是一个至纯至性，但也非常叛逆的女孩子。她因为在哥嫂的婚姻悲剧，还有母亲重男轻女观念的耳濡目染之下，逐渐对男性产生不满，而丈夫的粗鄙不堪，更是让她产生恐惧，起了离婚的念头。但是离婚对于惠安女而言根本就是不可能的事情，家中的母亲与哥哥都不支持自己，嫂子弥留之际愿意让惠花离婚，还拿钱给惠花让她去还聘礼，却被惠花的哥哥殴打。惠花绝望之下，只能转向秀姑寻求安慰，却没想到秀姑在丈夫的温柔体贴之下，已经有了新的人生，甚至打算和丈夫一起离开惠安，前往深圳。

相对于惠花而言，秀姑是一个非常随波逐流的角色，她温柔善良，懂得惠花的心思，也赞同惠花的想法，但是没有勇气付诸实际。但偏偏是这样一个并不执着于改变命运的人，却得到了命运的眷顾，得以离开惠安，这不得不让人觉得老天爷是在给这对姐妹开玩笑。秀姑的离开对于惠花而言是压死骆驼的最后一根稻草，绝望的惠花决定与秀姑同归于尽，来实现俩人当初生同生，死同死的誓言。

剧中的另一个主要角色——惠花嫂子，是一个改动非常大的角色。在书和电影里，她非常的可怜，嫁给惠花哥以后一直遭其殴打，最终病逝，而也正因为她的去世，惠花母要将惠花的彩礼钱留给惠花哥再娶，不愿将彩礼钱归还，助惠花离婚。可以说，原著里的惠花嫂与惠花是殊途同归的两个人，一个安分守己，遵守着老旧的风俗却依然不得善终，一个自我意识觉醒，却只能被大环境无情地压制。这样的人物形象虽然让人同情，但对于现今而言略有老套。于是我将惠花嫂改成一个一开始与惠花相同，都有些不守规矩，甚至还羡慕惠花上过学的角色，她与惠花之间的感情，或许也就仅逊色于惠花和秀姑。但随着她生下儿子，在家中地位骤然提升（这也是惠安地区的一种风俗，甚至不仅仅是母凭子贵的地位提升，更类似于一种对女性的回馈，家中大小事，都由家中的媳妇做主）。惠花嫂开始尝到了甜头，觉得这样很好，慢慢地也开始站在惠安风俗的那一边，开始为儿女订娃娃亲，不让女儿上学。最终也是她将惠花的彩礼钱收为己用，为儿子定亲，才拒绝惠花离婚的要求。惠花嫂在这里完全是从“受害者”转变成了“迫害者”。这与当今社会中一些被糖衣炮弹所蛊惑的女性形象更为接近。而且在惠花嫂和惠花母的言行之中，也有一些“受害者有罪论”内容，例如惠花被打，这是惠花的错，这与当下的一些言论同样有所重叠。这一改动是想让整个故事离现今社会的感觉更近一些，能对现今的一些社会现象略有展示。

2. 改编理由

整个故事情节较为简单，但情感细腻且充沛，惠花这个主角人物的性格变化与行动线索非常明晰，适合改编成戏曲。并且发生在惠安这样一个非常具有地域风情的背景之下，适合来写具有地方特色的戏曲，渔女们载歌载舞的形式也能为戏曲舞台增添更多乐趣。惠安整体的风俗是不合理的，一边要求女人做贞洁烈女，不让和丈夫住在一起，一边又要女人好好伺候丈夫，为丈夫生儿育女。这看似荒唐，其实与现在的风气同样不谋而合。甚至在男女不平等这个问题上，如今也依然没有得到很好的解决。这出戏通过惠花的反抗，既写惠安，也暗示现代社会。

3. 改编思路

邵氏在宣传这部电影时，打出了一个女同性恋的名头。时至今日，对于惠安女，还有福建自梳女的相关故事与研究之中，依然不乏关于同性之爱的内容。但是通过电影和小说的内容来看，我认为惠花与秀姑之间其实并不存在真正意义上的同性之爱。惠花对秀姑的依赖更多的是出于对男性的失望，她表现出的对秀姑的占有欲，则正是因为她对男性充满恐惧。她已经要面对让人恐惧的男人，秀姑可以算是她唯一的安慰，如果秀姑再离开她，她可以说是一无所有。惠花与秀姑之间的感情非常纯粹，是一种真正意义上的相互扶持，和湘西地区的“老同”非常相似，是女性在不公平的社会状态下一种互相慰藉。因此在改编时，我选择删去同性之爱的内容，着力表达惠花性格的转变与命运的曲折。先通过一系列的事情来展现惠花对 男性逐渐失望，再逐渐恐惧的过程，在此过程中，她对秀姑的依赖，还有她内心的叛逆都在逐渐加深，而这一切都为她将来做出极端的决定埋下伏笔。另一方面，秀姑近似愚昧的温柔在和惠花的对比之下也会非常明显，这不仅仅是显示出秀姑的傻人有傻福，也显示出一众未能觉醒的惠安女混沌的状态。

同时，重男轻女这一话题，直至现在都非常具有探讨的意义，甚至随着时代的变化，有了新的展现形式。重男轻女或许不再像以前那样明了直接地惹人反感，它有时甚至呈现出一种糖衣炮弹的状态，来混淆视听。而很多人，尤其是女性，更是无形之中接纳甚至拥护了这样一种糖衣炮弹。我觉得这在当今社会是需要进行反思的，也因此在改编的过程中，我将惠花嫂从单纯的受害者，改为一个从受害者进化为加害者这样的一个角色形象，这让惠花嫂的形象更立体的同时也更具有冲击性，与惠花形成一个鲜明的对比。惠花嫂一开始与惠花相同，都有些不守规矩，甚至还羡慕惠花上过学，她与惠花之间的感情，或许也就仅逊色于惠花和秀姑。但随着她生下儿子，在家中地位骤然提升（这也是惠安地区的一种风俗，甚至不仅仅是母凭子贵的地位提升，更类似于一种对女性的回馈，家中大小事，都由家中的媳妇做主）。惠花嫂开始尝到了甜头，觉得这样很好，慢慢地也开始站在惠安风俗的那一边，开始为儿女订娃娃亲，不让女儿上学。最终也是她将惠花的彩礼钱收为己用，为儿子定亲，才拒绝惠花离婚的要求。惠花嫂在这里完全是从“受害者”转变成了“迫害者”。这与当今社会中一些被糖衣炮弹所蛊惑的女性形象更为接近。而且在惠花嫂和惠花母的言行之中，也有一些“受害者有罪论”内容，例如惠花被打，这是惠花的错，这与当下的一些言论同样有所重叠。这一改动是想让整个故事离现今社会的感觉更近一些，能对现今的一些社会现象略有展示。

同时，在原著与电影中，惠花最终的结局是自尽身亡。但是在改编成戏曲之后，我将惠花的结局改为离开惠安前往新的天地，这一方面是为了与戏曲观众较为喜好的正面结局相符，另一方面也是为了在展现问题的同时对受到压迫的群体有所鼓舞，既然抗争，就抗争到底，而非选择死亡。

## 二、题材的理解与评析

1. 题材来源综述

改编自邵氏电影《双镯》。电影讲述的是福建惠安地区，惠安女惠花与秀姑之间的故事。惠花及秀姑自小一起长大，情同姊妹。惠花因对乡中的童婚制度及异性产生恐惧，不自觉将自己的感情倾注在秀姑身上。二人在妈祖庙内结为姐妹夫妻，互换手镯为盟。秀以为是闹着玩，花却一心想与秀长相厮守。秀出嫁，花对秀的恋慕更为沉迷，秀渐感不安。花被逼下嫁富户大雄后，竟向丈夫提出离婚，逃回母家。而秀自婚后已逐渐适应婚姻生活，对丈夫阿光（郭晋安饰）产生情愫，表现日趋亲昵。光申请外调特区工作获准，拟偕秀同行；花竟欲刺死秀然后自杀，下手之际忽闻秀已有身孕。花如梦初醒，不再向对方下手，自己却独自走上不归路。

2. 题材类型评析

这是一个现代戏，但因其发生在较为封闭落后的惠安地区，故而整体而言并不会因为现代而显得太过突兀。当然，整出戏中并非完全没有现代元素，而是恰好要利用这些现代元素，营造出改革开放以后，惠安与其他地区之间的差距感。起到加深故事背景环境的作用。

故事主旨还是比较老套的“男女不平等”话题，但并不着力比较，而是通过女同性恋这样一个看似有点离经叛道或者说博人眼球的点来展现，其实体现的还是女性的觉醒与反抗。当然这样的觉醒与反抗在当时的惠安是不被允许的，故而最终也只能走向悲剧。

3. 与同类题材剧作的对比

在戏曲史上，以女同性恋为题材的作品，较为出名的有李渔的《怜香伴》。与《怜香伴》相比，《惠花》选择淡化其中同性之爱的内容，以惠安女地位低下为主要出发点，借由惠花对秀姑似是而非的“爱情”，来展现惠安女想要反抗，却又无力与现实作对的悲惨命运。

## 三、阐述剧作法理论在毕业作中的具体运用

1. 冲突

以惠花的命运来讲述惠安女的悲惨命运，以惠花在戏剧中产生的戏剧冲突，来阐述其背后“女性与男性”“封建与开放”这两个较大且容易走向“假大空”的冲突。从惠花早慧且略带泼辣的性格出发，将其置身于福建惠安这样一个在重男轻女这一问题上非常具有代表性的环境之下。叛逆的惠花对于惠安地区而言，本身就是一个“矛盾”的存在，而她身边的“惠安人”，因为血缘与性格的原因，与惠花之间构成了不同的人物关系，而同样经此来推动整部戏矛盾冲突的升级与发展。

以主角惠花为中心，其人物关系可以分为家人和外人。其中，家人包括重男轻女的母亲，粗俗不堪、虐待妻子的丈夫和哥哥，还有曾经与惠花一样的个性，但后来反过来压迫惠花的嫂子。可以说，关于男女不平等的冲突，主要在这一组人物中进行。惠花的母亲、哥哥与丈夫可以说是直接激起了惠花的逆反心理，让她以激烈的态度来进行反抗，而嫂子从一开始和惠花性格相仿，让惠花心生好感，但后来却逐渐产生变化，在她压迫惠花的同时，也让惠花产生对自己将来的恐惧，惠花开始既恐惧男性，又恐惧自己会变得和嫂子一样，这也是惠花对婚姻抗拒的重要原因。

而外人，则是秀姑与秀姑的丈夫。这两个人与惠花没有真正意义上的家人关系，但却一同构成了这出戏高潮部分的最大冲突。秀姑决定与丈夫一起离开

惠安，在此之前甚至将丈夫带去了她与惠花的“秘密基地”。这一切的行为对于惠花而言是一种背叛，也相当于是在惠花最绝望的关头，给了她压死骆驼的最后一根稻草。而惠花磨刀，意欲同归于尽的选择，也构成了最大的悬念，二人的命运会走向什么样的结局，是大家最想知道的。而惠花虽然一直以来泼辣叛逆，但心狠手辣似乎也从未有过，从她会拦住哥哥打大嫂，还有昔日与秀姑之间的感情来看，她在听闻秀姑怀孕之后，放弃杀念，也是合情合理。

2. 语言

故事发生于福建惠安地区，人物设定上并没有什么“饱读诗书”的人物，故而整体语言风格都偏向于朴实自然，并且生活化。甚至某些人物的语言更接近“粗俗”的状态，比如惠花的哥哥与丈夫。而惠花性格泼辣，比起秀姑，她的语言风格也会更为大胆。

众人的工作可以大概视为渔民，基本上是男子捕鱼，女人帮忙。也因此在唱词中的一些打比方，选择的也是与海上天气、海鸟鱼燕之类有关的内容，更贴近惠安地区的风俗特色。

当然，也不是说整出戏中都没有“诗词”一类戏词的出现。惠花丈夫成亲当晚和狐朋狗友们的那一大段唐诗，基本上每一句都有着男女关系的隐喻。看似和人物角色不合，但其实也正能体现他们粗俗的性格，歪曲唐诗，粗鄙不堪。

3. 结构

这出戏的名字叫做《惠花》，毫无疑问，主角是惠花，整出戏也是围绕着“惠花的反抗”来进行的，可以算是遵守“一人一事”的规律。可以说，整出戏都在围绕着惠花面对着惠安地区的风俗，将会采取怎样的反抗，最终又会获得怎样的结局而展开。

开端（起）为第一场戏。在这场戏中，惠花和秀姑俩人先是对嫂嫂的到来充满期待，随后又与嫂嫂一见如故，三人感情深厚的同时，也展现惠花和嫂子的叛逆，秀姑的温柔，还对后面三人情感的变化埋下伏笔。

发展（承）为第二场戏、第三场戏、第四场戏、第六场戏。第二场展现些许惠安风情，并让惠花嫂子生产，成为她来日性格大变的契机。第三场戏时惠花嫂的一儿一女已经长大，而随着时间的流逝，惠花嫂的性格也开始变化，这已经开始让惠花有隐隐的心惊。而后在镇上先遇见大雄，再遇见阿光，既加深了惠花对男性的恐惧和厌恶，又让惠花开始意识到自己对秀姑的情感。第四场是惠花出嫁前夜，可看出惠花对婚姻的恐惧和对秀姑的依赖，俩人结拜为姐妹夫妻，约定的生同生、死同死，也就成了最终惠花决定杀死秀姑的伏笔。第六场戏则是惠花想要提出离婚，结果先后在母亲和嫂子那儿遭到拒绝，悲观之下，又被秀姑将要离开惠安这最后一根稻草压垮，决定走上不归路。

高潮（转）为第五场和第七场。第五场算是一个小高潮，惠花在新婚之夜与丈夫爆发的极大矛盾是惠花叛逆个性与男权的一次正面冲突。而第七场的惠花欲杀秀姑是大高潮。她是否真的会痛下杀心是最大的悬念。

结局（合）在第七场末尾和尾声的部分。惠花与秀姑重归于好，在分别时依依不舍，分别之后，惠花的自我意识得到了更进一步的觉醒，她选择离开惠安，去探寻新天地。

这虽然是一个改革开放初期的故事，但其实很多内容放到现在来看依然会有一种如同昨日的感觉。这也显示出这个故事所表达的精神内涵在当代依然值得探讨与深思。

2013级戏文系　黄子馨
指导教师　韩　萌

# 剧情简介

惠安女惠花和秀姑自小情同姐妹，秀姑温柔体贴，惠花泼辣大胆。俩人与惠花的嫂子相熟，惠花嫂和惠花一样，也对当地的落后习俗略有不满，三人一见如故，姑嫂情深，惠花更是和秀姑结为了姐妹夫妻，情意深重。然而随着时间的流逝，惠花嫂怀孕生产，逐渐转变为惠安当地落后习俗的坚决捍卫者。秀姑和惠花也陆续出嫁，秀姑与丈夫阿光情投意合，夫妻恩爱，逐渐忘记了和惠花“姐妹夫妻”的誓言。惠花却遇上了虽然有钱但品性恶劣的大雄，俩人新婚之夜便大打出手，惠花一怒之下跑回家中，想要离婚却遭母亲与嫂嫂的坚决反对。正在此时，秀姑却带来了大雄犯法入狱的消息，惠花惊喜之下觉得正是离婚的好借口，却被惠花嫂无情地打破了希望。惠花既对离婚无望而无奈，也震惊于昔日的嫂子变成如今的模样。在此打击之下，惠花更加依恋秀姑，想要和秀姑一起结束生命，却被秀姑告知，她已经答应了丈夫阿光，马上就要离开惠安，前往深圳。万念俱灰之下，惠花打算在践行之时先杀死秀姑再自杀，但最终在得知秀姑怀有身孕之后幡然醒悟，放秀姑前往新的天地。码头送别之后，惠花对未来燃起新的希望，她离开了惠安，选择去找寻一个新的天地。

**人物表：**

惠　　花——女，13—20岁。惠安女。

秀　　姑——女，14—21岁。惠安女。

惠 花 嫂——女，19—26岁。惠安女，惠花的嫂子。

惠 花 母——女，41—48岁。惠安女，惠花的母亲。

惠 花 哥——男，20—27岁。惠安男，惠花的哥哥。

阿　　光——男，23岁。惠安男，秀姑的丈夫。

大　　雄——男，22岁。惠花的丈夫。

阿　　玲——女，20岁。惠安女。

阿玲丈夫——男，23岁。惠安男，阿玲的丈夫。

媒婆接生婆、惠安男女若干。

# 楔 子

〔幕布是一整块海滩，三三两两的游人戴着墨镜和遮阳帽，穿着裙子与戴着花头巾和斗笠，穿着短上衣阔腿裤的惠安女合照。伴奏中还夹杂着海浪的声音。

〔幕后伴唱：

长裙不及短衣俏，
眼镜哪有斗笠娇？
游人只道风光好，
哪晓惠女命煎熬？

〔灯灭，大幕撤走，海浪声变得微弱。阿玲从舞台右侧偷偷摸摸蹑手蹑脚上场，一边往前走一边环顾四周。

**阿　　玲**（唱）一声悄悄轻手脚，
一浪滔滔藏红娇。
月娘照我过弯绕，
偷偷相会岸边潮。

〔阿玲的丈夫从舞台右侧上场，同样轻手轻脚，甚至更加小心翼翼。见到阿玲后，便急忙走到她身边。

**阿玲丈夫**（唱）手脚轻轻心狂跳，
浪声滔滔脸如烧。
夫妻离多团圆少，
人羡树上鸟一巢。
（白）阿玲！

〔二人都快步上前，激动相拥。突然从二人头顶打亮灯光，阿玲丈夫一把推开阿玲，俩人面色惶恐。舞台两侧分别上场好几位惠安的男男女女，对着二人指指点点。

**惠安女子** 没脸没皮的东西，在这儿偷汉子！

**阿　　玲** 我见我自己丈夫，算什么偷汉子！

**惠安女子** 不要脸的烂婊子，我们都不见，凭什么就你见？

**阿　　玲** 你自己没胆子见，倒骂起我！我看你在被窝里，也想得很！

**惠安女子** （一时哑口无言）你！

**惠安男子** 都别吵了！（看向阿玲丈夫）我问你，是你自己叫她出来的呢，还是她叫你出来的？

〔阿玲看向丈夫，有所期待。

**阿玲丈夫** （结巴）我……我……

**惠安男子** （语气加重）说！

**阿玲丈夫** 是她！她叫我出来的！她说她想我得紧，想见我！还说我不出来就上我家闹去……

**阿　　玲** 你！

〔阿玲悲愤交加，推开众人，一头撞向岸边礁石。众人顿时乱作一团。

**众　　人** 不得了了，出人命了！

〔灯灭。

## 第一场

〔惠花拉着秀姑急匆匆从舞台左侧跑上场，作张望焦急状。

**秀　　姑** （一边被惠花拉着跑一边喊）惠花，你慢点！

**惠　　花** 再慢再慢，再慢堂都拜完了！（继续张望）

**秀　　姑** 你哥哥娶亲，你比他还急。

（唱）如今你也十几岁，

还是成天到处飞。
今天盼起了嫁娘队，
明天讨个汉子回。

**惠　花**　（白）秀姑姐你又胡说！你订了亲，我可没有。
（唱）惠花长到十几岁，
从未晓得画目眉。
今天来个嫁娘队，
我也好好学一回。

**秀　姑**　学什么？

**惠　花**　学学怎么陪好姐妹出嫁！将来你嫁人的时候，我好送送你！

**秀　姑**　（被惠花说得害羞起来）惠花你取笑我！

**惠　花**　取笑你什么？咱俩从小干什么都在一块儿，这订亲，你倒是把我撇到后头了。

**秀　姑**　（被逗笑）你放心，撇不了多久！（似乎看到新娘队伍）新娘子来了！

**惠　花**　（惊喜）真来了！

〔幕后伴唱响起：
水涨鱼沉底，
风起鸟飞低。
野花野草千万里，
从来也要把根依。

〔惠花嫂与陪嫁的惠安女从舞台右侧以哭嫁的方式慢慢上场。

**惠花嫂**　（唱）一朝梳了嫁娘髻，
一朝披了嫁娘衣。
千里万里离家去，
爷娘莫要把泪滴。

**惠　花**　（疑惑）秀姑姐，怎么她们好像都在哭？

**秀　姑**　这就是哭嫁嘛，哭得越大声越好啊。

**惠　花**　好？哪里好？

〔哭嫁的伴奏戛然而止。媒婆、惠花母、惠花兄长从舞台左侧上场；惠花母和媒婆一脸欢天喜地，惠花兄长略有不耐烦。

**媒　婆**　（念）媳妇离家泪汪汪。
孝顺婆婆赛亲娘，
媳妇哭声震天响，
来年生个状元郎。
（白）好了好了，别哭了都，来来来，快准备拜堂了！

**惠　花**　妈，嫂子在哭呢！

**惠花母**　哭得好，哭得越大声媳妇越孝顺。你以后嫁人，也得给我好好哭！

**媒　婆**　哎哟我的好嫂子，你这不说我都忘了，惠花的亲定下了！你那亲家公，要做个两层楼的大房子接惠花过门，你这是双喜临门了！

**惠花母**　是吗！惠花从小就野，没规没矩。我真怕她定不下亲！

**媒　婆**　成了成了。你家住在海港口，他家城里盖大楼。你们这是门当户对！

**惠花母**　那真是好。惠花，还不谢谢人家！

**惠　花**　（懵懂不知）我谢她干嘛呀？

**媒　婆**　（拉惠花的手）哈哈哈，惠花这还不懂事呢。（打量惠花）你看看，模样又好，手又巧，我记得你儿子的衣裳也是她给做的……（突然意识到新郎官的存在）哎呀，说岔了说岔了，今天你儿子成亲，赶紧拜堂！

**惠花哥**　早说要快点了，外面的人还等着给我敬酒喝呢，今天我可是新郎官，酒能不喝个痛快？

**惠花母**　新郎官，新郎官，拜了堂才是新郎官！快去！

〔惠花兄长和惠花嫂在媒人和母亲的指引之下站到一起。

**媒　婆**　一拜天地！

〔惠花跑到秀姑身边，俩人一起看拜堂。

**惠　花**　秀姑姐，这就是拜堂了？

**秀　姑**　是啊，以后她就是你嫂嫂了。

**媒　婆**　二拜高堂！

**惠　花**　秀姑姐，咱俩也拜堂吧！

**秀　姑**　我们？我们又没订亲，拜什么堂？你跟谁订了亲，才跟谁拜堂。

**惠　花**　我不管，我就要跟你拜堂！

〔惠花说完，硬拉着秀姑嘻嘻闹闹，被惠花兄长的声音打断。

**惠花哥**　行了行了，我晚上再来洞房，喝酒的人都等着呢。

**惠花母**　猴急那样，少喝点，小心晚上媳妇站孵！

**惠花哥**　站孵？我打不死她！（下场）

**惠　花**　我也去外面看看。

**惠花母**　你看什么看！（把惠花拽回来，拉到一边）你就和你秀姑姐在这儿，好好盯着你嫂子。

**惠　花**　盯着？

**惠花母**　你盯紧了，不许她吃东西，否则将来生不出儿子，咱们家绝后！

〔惠花母下场。

**惠　花**　一整天不吃东西，那谁受得了。

（唱）说什么成亲多热闹，
说什么成亲筑新巢。
哥哥喝酒醉颠倒，
嫂嫂关屋静悄悄。
哭哭啼啼原是好，
不吃不喝要盯牢。

（白）以前我居然不知道，还有这么些乱七八糟的规矩。

〔惠花跑到嫂子面前，伸手想掀红盖头，被新娘子躲避。

**秀　姑**　惠花，别闹你嫂子。

**惠　花**　我就是想看看她饿不饿嘛。嫂子，你饿不饿？

〔新娘子盖着红盖头摇头。

**秀　姑**　（拉走惠花）新娘子今天不能随便说话的，惠花你不要难为你嫂子了。

**惠　花**　那这样……嫂子，你要是想吃东西，就点点头，我去给你弄一点。

〔新娘子先摇头，又点了点头。

**惠　花**　又摇头，又点头？我都要晕了！

〔作出一副要晕倒的样子，秀姑和惠花嫂都被逗笑。

**惠　花**　算了，一天没吃东西，又哭那么半天，肯定饿了。秀姑姐，你帮我望风，我去给嫂子弄点吃的。

〔惠花以轻手轻脚的姿态下场。秀姑坐到惠花嫂子身边，帮她把红盖头掀起来一半。

**秀　姑**　惠花就是这样的，一点规矩都不懂。

〔惠花带着食物，小跑上场。

**惠　花**　嫂子，你吃。你放心，我不会跟我妈说的。

〔秀姑也示意惠花嫂吃。

**秀　姑**　你放心吧，你这个小姑子，是第一个不守规矩的。

〔惠花嫂接过食物。

**惠花嫂**　其实我在家的时候也是这样，我嫂子过门那天，我也偷偷拿了好多东西给她吃！

**秀　姑**　那你们这还真是，不是一家人，不进一家门。

〔三人笑。

**惠　花**　（唱）我和嫂嫂有缘分，
见面就觉似亲人。
今后你我姑嫂论，
欢欢喜喜一家人。
（白）前两天上学，老师教了一个词，说的就是俩人一见面就有缘！

叫……好像是叫……对，就是叫倾盖如故！

**惠花嫂** 你还上学！

**惠　花** 是啊，不过估计也上不了多久，我妈总说，再上一两年就不上了。

**惠花嫂** （羡慕）那也好啊……（坚定）等我有了女儿，我也要让她上学！要让她跟你一样机灵！

〔惠花嫂将手上的镯子褪下，给惠花秀姑一人一个。

**惠花嫂** 不是什么贵重东西，做个见面礼！

**惠　花** 谢谢嫂子！

**秀　姑** 这……

**惠花嫂** 快收下！

**秀　姑** 嫂子，你给惠花就行了，怎么说我也是个外人，怎么好收你的礼。

**惠花嫂** （唱）小小银镯礼不重，

姑嫂从此情谊浓。

从今后庄稼一起种，

从今后出入该一同。

（白）咱们三个，分什么外人不外人的。惠花你说是不是？

**惠　花** 就是，有什么不好的？这样！（拉过秀姑）你的镯子摘一个，我的镯子摘一个，跟嫂子的那两个换过来不就行了！咱们三个人的镯子，是你中有我，我中有你！

（唱）三副镯子三人戴，

三朵心花心头栽。

三人情谊坚不改，

不做破镜与分钗。

**秀　姑** 什么胡话都出来了！你可别蒙我没上过学，这话电影里有，是说夫妻的！

**惠　花** 夫妻就夫妻！咱俩的情谊还比不上夫妻？（秀姑伸出手，惠花为她戴上手镯）你一个，我一个，我们两个凑一对。

**秀　姑** 连一对都出来了！我看你是今天知道订了亲，想男人想疯了！

**惠花嫂** （被逗笑）哈哈哈。

# 第二场

〔惠花家门口的海岸，一群惠安女在晒鱼劳作，同时等男人们归来。分两拨从舞台左右两侧上场。

**左惠安女** （唱）看郎要看郎君貌，
看女要看女儿腰。

**右惠安女** （唱）莫管她身量纤纤多窈窕，
顶要紧把那腰带仔细瞧。

**惠安女** （齐）出阁女，银带子，
越宽越是美滋滋。
待字女，花条子，
越多越是妇道知。

〔惠花和秀姑从舞台左侧上场。惠安女们下场，只留下三个。

**惠花** （唱）说什么银带子美滋滋，
数什么花条子妇道知。
条条道道是木匠尺，
缠得你规矩又笔直。
（白）几根破腰带，跟锁链似的，你们一个个都拿来当宝贝了，编了歌来唱它。

**惠安女甲** 惠花，我们唱几句歌，你怎么那么大脾气？

**惠安女乙** 哎，惠花我好像还是第一回见你出来干活。怎么，不想干活，也别拿我们撒气啊。

**秀姑** （打圆场）惠花嫂子快生了，不舒服，惠花替她来了。她没怎么干过活儿，咱们一块儿教她。

**惠安女甲** 快生了？这不还没生吗！我当初怀着我家小宝，一直干活儿到他落地！

惠安女丙　可不是，你嫂子家不就在后边儿，咱一眼就看得到，这么点地，还不能动弹了？

惠安女甲　你哥可马上要回来了，等看到你嫂子躲懒，打不死她！

惠　　花　你也是有意思，就这么惦记着我哥打我嫂子？

秀　　姑　（拉惠花）惠花！她们也是关心你嫂子。你从来没晒过鱼，让她们教你。

惠安女甲　惠花是学生，念过书的，原来也不会晒鱼啊！

惠安女乙　姑娘家念那么多书，现在活儿都不会干，有什么用？

惠安女丙　你这话说的！惠花的亲家就是因为惠花念过书才跟她订的亲。盖两层楼的大房子等她呢！

惠安女乙　是吗？那看来读书还是有用，改明儿让我家丫头也去读，也订个好亲，做少奶奶。

惠　　花　都不知道在说些什么东西。秀姑姐，我不想跟她们讲话，你来教我。

〔惠花拉着秀姑的手欲往旁边去，却见惠花嫂挺着肚子艰难上场。

惠　　花　嫂子！你怎么来了。

惠 花 嫂　你哥哥马上回来了，我来等他。

惠　　花　可是你……

惠安女甲　也别干等了，过来干活儿吧。

惠 花 嫂　哎，好……

〔惠花嫂往三个惠安女的方向走过去，秀姑拉着惠花准备教她干活。

惠　　花　（唱）还记得我大嫂刚刚为人妇，
还记得我自己刚刚做小姑。
大嫂双手纤无骨，
眼睛亮堂如明珠。
到如今却是满心愁难诉，
到如今却是满身病干枯。

（白）我嫂子刚嫁过来的时候，也是年轻漂亮，可是现在……秀姑姐，我嫁了人，肯定也是这种命。

**秀　　姑**　惠花，你婆家很有钱，你嫁过去，就是少奶奶，只要伺候好丈夫就可以了，不用干活的。

**惠　　花**　（甩开秀姑的手）谁担心这个！我是担心……

（唱）哪里怕干活与吃苦，
只是怕那未见的夫。
是好是歹未知的数，
从来不曾两相熟。
来日怎将光阴度，
夫妻如何两相扶。

**秀　　姑**　（唱）道一声惠花你太过虑，
道一声惠花你太多思。
人说烦恼八万四，
不到眼前谁能知？

（白）你这还没见过他，就怕他又懒又馋，烦你自己。万一等你嫁过去发现他哪里都好，你喜欢都来不及。

**惠　　花**　喜欢？就算我喜欢又能怎么样？在我生孩子之前，我们每年都只有过节才能见面。（愤怒）都是什么破规矩！

**秀　　姑**　这里千百年来都是这样，就算你生气，也改变不了的。

**惠　　花**　（颓丧）是啊，改变不了。秀姑姐，有时候，我真的好想知道，海那边的人，他们的日子是什么样的。

**归来男子**　（幕后）人都到哪儿去了！说了今天捕鱼回来，让在这儿等着的呢！

〔随着吼声，几位惠安男子上场，其中有惠花的哥哥。

**惠安女们**　（幕后）来了来了！

〔惠安女们从舞台左侧上场。

**惠安男子**　还不快点把鱼搬回去，一个个懒得！手脚麻利点！鱼晒一会儿得腥了！

〔一众惠安男子骂骂咧咧，惠安女们纷纷从惠安男子们手中接过渔产海鲜等物。惠花的嫂子挺着大肚子，从惠花哥哥的手中接过鱼，一个不慎，摔倒在地。

**惠　　花**　大嫂！

**秀　　姑**　惠花嫂子，你没事吧？

〔一众惠安女们转过头，想要前往关心惠花嫂子的状况，惠安男子们发怒。

**惠安男子**　看什么看，也想着偷懒了？

**惠 花 哥**　狗屁不中用的废物，搬个东西都搬不了，我看你是想让我给你立个牌位，躺着吃香火了！（踢惠花嫂子）

**惠　　花**　（阻止哥哥）大哥！

（唱）大嫂腹中是你的宝，
十月怀胎多煎熬。
码头港口跟着跑，
如今还要拳脚招。

（白）大哥，你别再打嫂子了！

**惠 花 哥**　打怎么了！姑娘家的，什么时候轮得到你来多嘴？我今天就是要狠狠地打，给你做个样子，日后嫁了人，别和她一样丢人现眼！（推开惠花，继续踢惠花嫂子）

**秀　　姑**　（看到惠花嫂不对劲）等一下！惠花大哥，你别打了！嫂子不对！

〔惠安女们听到状况赶紧围上来看。

**惠安女甲**　不得了，怕是孩子要出事了！快！快抬回屋里去，我们去找接生婆。

〔几位惠安女从左侧下场去找接生婆，另几位合力抬起惠花嫂准备从右边下场，惠花哥和惠花跟上前去，被拦住。

**惠安女众**　你们两个别过来！晦气！

〔惠安女们抬着惠花嫂子下场。接生婆急匆匆从舞台左侧上场。

**接生婆** （四处张望）人呢？

**惠花哥** （急）当然是抬进屋了啊！

**接生婆** 哦哦哦，是是是。你别急啊，我经验多得很，保管让你孩子平平安安！

**惠　花** 我嫂子也要平平安安！

**接生婆** 那是，那是。

**惠花哥** （急）那你倒是快去啊！

**接生婆** 哦哦哦！是是是！

〔接生婆从舞台右侧急匆匆下场。

**惠花哥** 妈的，这接生婆看着一点儿都不靠谱，别出事了！

**惠　花** 要真出事，还不是你刚才打那几下害得！

**惠花哥** 你！

**秀　姑** （劝惠花）惠花，算了。

**惠花哥** 要不……还是进去看看。

〔三人对视，点了点头，正欲下场，惠花母从左侧赶紧上场，喊住三人。

**惠花母** 停停停！都别进去，晦气着呢！

**惠　花** 生下的孩子也晦气？

**惠花哥** 你瞎说什么呢！

**惠　花** 那干嘛不让我进去看？

**惠花母** 你……孩子是孩子，生孩子是生孩子。

**惠　花** 不生孩子，哪里来的孩子？

〔秀姑与惠花兄长都被逗笑。

**惠花母** 你……算了算了，我不跟你吵，你快上咱们家把东西准备好，这孩子一落地，就是欠了咱家的债，从此以后跟娘家一点儿关系都没了！

〔惠花兄长下场，惠花母转身下场。

惠　花　欠了债?

秀　姑　是啊，只要生了孩子，就欠了大家的债，以后就再不用逢年过节才能见面了。

惠　花　就这逢年过节才见面，我嫂子都被打成这样，那以后岂不是更惨。

秀　姑　怎么会，生了孩子就好了啊。

惠　花　你怎么知道就会好?

秀　姑　（唱）小小娃儿一落地，

夫妻才是真夫妻。

小小娃儿一落地，

鸳鸯再不两分离。

（白）你是不知道，之前阿玲姐她……

惠　花　阿玲姐?她不是病死的吗?

秀　姑　（四下张望，悄悄附耳到惠花身边）其实……阿玲姐是偷偷和她丈夫见面被抓，撞石头死的!

惠　花　什么?

秀　姑　（捂住惠花的嘴）别到处讲!

惠　花　真是奇了，见自己的丈夫，有什么犯法的?

秀　姑　规矩是这样的嘛。

惠　花　什么破规矩!真要怪，怎么不连男的一起怪。

秀　姑　这种事……怎么会怪男人呢，说来说去，都是说女人不检点。

惠　花　狗屁!

（唱）既然说到规和矩，

男人有错也该提。

相会本是两边意，

难道女把男儿逼?

（白）男人都没错，错的都是女人!

（唱）叹只叹生在这惠安地，

恨只恨女儿是脚下泥。

甩不脱如枷似锁腰间绮，

换不了这一身女儿皮。
不能将那礼法易，
一生尽被男儿欺。
命薄薄过书中纸，
命短短过秋蝉啼。

**秀　姑**　你啊，从刚才就在说这件事。怎么，现在就担心以后跟丈夫聚少离多了？

**惠　花**　秀姑姐！

〔惠花对秀姑的话有些不满，但正在此时，幕后传来媒婆的声音——

**媒　婆**　生啦！生啦！

## 第三场

〔惠花嫂坐在舞台右侧，手里拿着一个书包在端详。

**惠花嫂**　惠花以前这书包料子还真不错，但也实在是花哨，难怪大宝不肯背。

〔惠花兄长提着酒瓶子上场，看到惠花嫂在抱怨书包，插嘴——

**惠花哥**　大宝不肯背，你就留着给二丫头。

**惠花嫂**　二丫头？上学？哪来的钱？哪来的钱？大宝订娃娃亲的聘礼都没出来，还想着二丫头上学？

**惠花哥**　好歹给上个小学，你看我妹妹不也把小学读完了？

**惠花嫂**　惠花？她倒是上了个学，我也不知道她在学校里都学些什么玩意儿，一天天地出去野，从来都不帮衬着家里。（看向惠花兄长）你们兄妹俩一个德行，一天到晚就知道吃喝玩乐！

**惠花哥**　得得得，我走我走，你说她别说我！

〔惠花兄长怕听唠叨，赶紧从舞台右侧下。惠花提着装甘蔗的篮子从舞台左侧上场，一边走路一边点篮子里甘蔗的数。

**惠　花**　这么些个甘蔗，卖完了能看个电影，还能买汽水喝！

**惠花嫂**　惠花，又要去镇上啊。

**惠　花**　（非常高兴）我去卖甘蔗，然后去看电影。嫂子，你要不跟我一块儿？

**惠花嫂**　我就不去了，你把这书包带上，看能不能换点儿别的东西。

**惠　花**　这书包……我不是送给二丫头，等她上学的时候用吗？

**惠花嫂**　你这话说的，二丫头上哪门子学，大宝上就够了。你这就把它拿去，换些大宝上学用得上的。哦，对了惠花，你以前留给二丫头的那些书啊本子啊，还能换钱么？能的话也捎上，不能……不能我就留给大宝。

**惠　花**　嫂子，那些书我是留给二丫头的……

**惠花嫂**　二丫头不上学还要这些做什么。别说二丫头了，现在大宝都不见得有学上，我这忙里忙外好些天了，大宝的学费都没着落……（摸到手上的镯子）哎！我怎么把这茬儿给忘了，这镯子当了，不就有钱了！

**惠　花**　嫂子！这镯子可是你成亲时……我和秀姑姐一人一个给你的！这就要给当了？

**惠花嫂**　还说呢，当时我给你俩的镯子可是镀金的！比你俩的银镯子值钱多了……

（小声）也怪我当时不懂事……

**惠　花**　嫂子……那镯子还是你说，给咱三人的感情做个见证……

**惠花嫂**　（不耐烦，也有点想到以前的事情心虚，打断惠花）哎呀，就换点东西，这么多话，算了算了，我自己想办法吧。

〔惠花嫂不耐烦地下场。

**惠　花**　（想要跟上去但未果）嫂子……

**秀　姑**　（从舞台右侧上场）惠花！好了吗？走吧。

**惠　花**　秀姑姐？来了来了！

**秀　姑**　你今天怎么这么慢？往日里去镇上卖，都是你催我的。

**惠　花**　我嫂子想把当时咱俩送她的镯子给当了……

**秀　姑**　是不是孩子上学要用？前阵子我家也当了点东西，就为了供我弟弟妹妹上学。那两个镯子，也足够大宝和二丫头的学费了。

**惠　花**　我嫂子才不给二丫头上学呢，她刚才还让我把二丫头的书包拿去卖了换钱！

**秀　姑**　不让二丫头上学？

**惠　花**　是啊，秀姑姐，你还记不记得，嫂子刚嫁过来的时候，还很羡慕我上过学……

**秀　姑**　我也记得……可能她这也是一时的念头，你也别往心里去。

**惠　花**　知道，咱俩好不容易去一趟镇上，得好好玩儿！

（唱）提篮甘蔗镇上走，
卖了甘蔗松手头。
汽水甜味儿更胜酒，
看完电影街上游。

〔惠花边唱，陆陆续续有各种各样小贩打扮的龙套登场。惠花找了一个地方席地而坐，将甘蔗摆开。大雄与一众弟兄上场。

**大　雄**　（念）城里高楼我家盖，
海上渔船我家开。
没事街上逛一逛，
摸摸妹子小腰来。

（白）不是我说，这地方的姑娘质量真不如以前了。你看看这街上一个个的……

**好友甲**　这地方？我可是听说，你家定下的那个也是在这附近村里。

**大　雄**　去去去，我家那个可是在学校里上学念书的，少在这儿瞎扯。

〔大雄一边说，一边走到了惠花的摊位边。惠花尽可能低下头不去搭理。

**大　雄**　甘蔗，（看着周围的兄弟）我请哥几个啃啃。（踢了踢惠花的甘蔗）你这甘蔗多少钱？

**惠　花**　一块钱一根。

**大　雄**　一块钱？我上次来还是三毛！这来钱比躺着还快！

**惠　花**　你不干不净地说什么！

秀　　姑　（拦住惠花）惠花！（看向大雄，语气和缓）这位大哥，之前正是甘蔗长的时候，满大街都是。现在过季了，自然有点贵。

大　　雄　过季了？过季了不就是不好吃了？不好吃你还卖这么贵？

惠　　花　你买不起就走，别妨碍我做生意！

大　　雄　脾气还挺硬。哎哎哎，我看长得也还行。不如这样，你喊我们几声好哥哥，我把你这甘蔗都买回去，好不好啊？

惠　　花　好你个大头鬼！

大　　雄　嘿！你这臭婆娘！

〔大雄正要发作，忽然之间，一声闷雷，大雨倾盆而下。

街上小贩　哎哟！这一下大雨，别给我东西淋坏了！

〔街上纷纷扰扰，小贩们火速收拾东西下场。

大　　雄　妈的，什么鬼天气！今天老天爷帮你，下次别让我再看见你！

〔大雄与他的一众朋友匆匆下场。

惠　　花　气死人了，真倒霉，甘蔗没卖成，还下雨！

秀　　姑　算了算了，我看这雨难停，我们赶紧跑回去，甘蔗我帮你提。

〔俩人将斗笠扶正，准备要跑，被人叫住。

阿　　光　等一下！

〔秀姑和惠花回头，秀姑被来人吓到。

秀　　姑　怎么是你？

惠　　花　你是谁？

〔阿光跑到俩人面前。

阿　　光　篮子我帮你们提着，伞借给你们！

〔阿光将伞递给秀姑，秀姑躲闪，又去拿秀姑手里的篮子，秀姑躲避。

秀　　姑　（胆怯）你……这，这让人看见了怎么办？

〔阿光一边说一边把伞往秀姑手里塞，秀姑跑到惠花身后躲藏。

**惠　花**　他们俩干什么呢，推推搡搡的……难道……秀姑姐，他是不是你丈夫？

**秀　姑**　（被惠花说中，羞愤交加）惠花！别乱说！

**惠　花**　真的是？（语气突然不快）怎么，这会儿就急着跟过来了？

**秀　姑**　惠花！今天这也只是碰巧……

**惠　花**　碰巧？我怎么没那么碰巧，能在街上碰见我没拜堂的丈夫！别是你们早就约好了，拿我当个幌子！

**秀　姑**　（急）惠花！我一向拿你当妹妹，你怎么突然……说话这么难听！

**惠　花**　秀姑姐……（转过身，背对秀姑）

（唱）她声声问得我无言对，
她声声问得我无话回。
从小她是姐来我是妹，
到今天我怎把她心意违？

（惠花心软，语气放平和）算了，这么大的雨，你把伞拿过来打着吧。

〔秀姑终于接了伞，阿光同时还将秀姑手里的篮子拿走，走到俩人身后不远处催促二人快走。

**阿　光**　你们在前面走，我离你们远点儿。

**秀　姑**　你……好吧。（转过身和惠花一道撑伞）惠花，我们回去。

**惠　花**　（唱）我看她六神无主多惊吓，
我看她脸红赛过切开的瓜。

（一边唱一边回头看阿光）
我看他提着篮走坡下，
我看他一双眼全看她。

（重新看向秀姑）
我看她心思全都脸上挂，
腮红胜过胭脂擦。
他疼她淋了鬓边发，
她疼他淋雨湿答答。

（白）秀姑姐，你们两个，感情是不是很好？

**秀　　姑**　胡说什么，都还没拜堂呢。

**惠　　花**　我胡说？秀姑姐，我看这伞，你还是拿去还给他吧，淋出病了，你心疼。

**秀　　姑**　惠花！平白无故的，咒人家生病做什么。

**惠　　花**　我就这么随口一说，你急什么。（放软口气）我这是怕村里人看见了，说你闲话。

**秀　　姑**　我从来都不知道你还会怕闲话，你不该说，让他们说去，夫妻俩走一遭怎么了。

**惠　　花**　夫妻？秀姑姐，咱俩下个月才出嫁，你可别这么等不及！

〔惠花生气地跑到阿光面前，抢过自己的篮子下场。

## 第四场

〔舞台前方是一排穿嫁衣的惠安女，唱着哭嫁的歌谣。舞台后方摆着一张床，一张桌子。桌子上有梳妆盒，旁边有一把小扇子。

**众惠安女**　（唱）天上云来遮月影，
天明又是大雨倾。
天公为我留一阵，
天公替我泪淋淋。

〔惠安女们依次从舞台两侧退下，秀姑和穿着嫁衣的惠花上场，走到桌子边坐下。秀姑一边为惠花梳妆，一边低下头擦眼泪，惠花回头看她。

**惠　　花**　秀姑姐，你哭了？你是舍不得我嫁人？

**秀　　姑**　傻惠花，秀姑姐是高兴。我嫁了，你也终于嫁了。

**惠　　花**　高兴？有什么可高兴的，秀姑姐，我根本就不想嫁人。

**秀　　姑**　惠花，你别这样想。你又没嫁过人，怎么知道嫁人不好？

**惠　花**　你这么说，是因为你嫁了人，知道嫁人好了？

**秀　姑**　（急）惠花！你又胡说！

**惠　花**　（冷笑）我胡说？秀姑姐，你自己不知道，我可是清清楚楚。自从你嫁了人，整个人都变了形！

**秀　姑**　惠花！你再这样胡说……（语带啜泣，难以继续说下去）我一直把你当亲妹妹看，你现在这样来说我！

**惠　花**　（慌）秀姑姐！我……我也不是不想嫁人，只是我……我实在是怕。

**秀　姑**　其实我出嫁前，也跟你一样怕，但是再怎么怕，这都是这辈子一定要做的事，做完了就好了。你看现在，我跟你是不是还和以前一样？

**惠　花**　和以前一样吗？

（唱）她道从前一个样，
我道如今情渺茫。
初一十五夫家往，
归来又与姑嫂忙。
从前是分不开的船和桨，
从前是少不了的蚕和桑。
如今是，打渔的丢了破渔网，
如今是，冬天的扇子弃一旁。

〔惠花突然想到什么，拿起镜子旁边的小扇子。

**惠　花**　秀姑姐，你还记不记得这个？

**秀　姑**　记得啊，是戏班子的人送我们的。

**惠　花**　（用扇子掩住下半张脸）你还记不记得，这是什么意思？

**秀　姑**　（学着惠花用手掩住下半张脸）记得啊，是我喜欢你咯。

**惠　花**　（将扇子收拢，划过脸颊）那这个呢？

**秀　姑**　（学着惠花用手指滑过脸颊）是我想跟你在一起。

**惠　花**　（将扇子指向心口）那这个呢？

**秀　姑**　（将手指指向心口，一脸疑惑）这是什么意思啊？之前没说过。

**惠　花**　这个的意思是，我想跟你……成亲。

**秀　姑**　（大笑）你想跟我成亲？这个啊，还是留着今晚给你丈夫看吧。

**惠　花**　（怒）我说我想跟你成亲，你提那个男人做什么！

**秀　姑**　（被吓到）惠花，你别生气，我只是和你开玩笑的。

**惠　花**　秀姑姐，我是认真的，我想跟你做姐妹夫妻。我先跟你拜堂，再嫁给那个男人，这样我也……我也甘愿些。他不是我自己选的，是好是歹我不知，你跟我从小情同姐妹，咱俩做姐妹夫妻，至少……让我自己选一回。

**秀　姑**　你真的这么想？

**惠　花**　嗯！

**秀　姑**　那好，我跟你结拜。咱俩做姐妹夫妻，这辈子都不分开。

〔二人面对妈祖像。

**惠　花**
**秀　姑**　（合）妈祖娘娘在上，我俩结为姐妹夫妻，生同生，死同死，你中有我，我中有你。

〔惠花点秀姑的头，又点自己的心窝。

**惠　花**　你不负我。

〔秀姑点自己心窝，又点惠花的头。

**秀　姑**　我不负你。

**惠　花**　（唱）并蒂花才开又将谢，
将谢花哪引梁祝蝶。
今夜天上是半边月，
月不团圆人将别。

（白）秀姑姐，你还记得你手上的镯子吗？

**秀　姑**　当然记得，是你嫂子成亲的时候送给我们的，你还说，你一个，我一个，咱俩凑一对。

**惠　花**　是啊，今后这个镯子，会一直戴在我手上，只要我看到它，就能想到你。你也是，你也要把这个镯子一直戴在手上，就让它替我陪你。（突然回忆起嫂子的变化）嫂子现在性子跟以前完全不一样了，秀姑姐，日子久了，你会不会也变得跟嫂子一样，我，会不会也……

**秀　姑**　（拉住惠花的手）惠花，不会的，你看我都已经嫁人了，对你和以前有什么不一样？

**惠　花**　是啊，你对我，有哪里不一样呢。

〔惠花嫂、惠花母、媒婆从舞台右侧上场。

**媒　婆**　好了没啊，时辰别耽误了！（看到惠花在哭）哟，现在就哭上了，好嫂子，你可真生了个孝顺女儿。

**惠花母**　（走到惠花身边）好了惠花，先别哭了，等会儿再哭。留着点儿力气，今天一天都没饭吃呢。

**惠花嫂**　妈你这也是想多了，要真遇着个疼人的，哪儿舍得让媳妇一天不吃东西，秀姑，你说是不是？

**秀　姑**　（害羞慌张）嫂子你说什么呢。

**惠花嫂**　瞧瞧瞧，秀姑还害羞了。惠花你别怕，你男人比秀姑他男人有钱多了，肯定疼你，你就等着过去享福吧。

**秀　姑**　（扶起惠花）是啊，你这么漂亮，又上过学，他肯定对你好。走，我送你出嫁。

〔秀姑、惠花在哭嫁的伴唱之中退场。

〔幕后伴唱：

海鸟声声声如泣，
海浪滔滔声凄凄。
天公怜我伤心意，
妈祖惜我痛别离。

## 第五场

〔舞台左侧摆着一张贴了红字的床，和摆了红烛的桌子，惠花坐在床上。随后摘下红盖头，抓在手里，走到龙凤花烛前，伸手抚摸花烛。

**惠　花**　（唱）一入洞房心意冷，
花烛替我泪淋淋。
红盖头盖着我嫁娘鬓，
我却还想着旧日花头巾。
（白）秀姑姐，你看这红盖头，一点都不好看，哪里有以前你给我绣的头巾漂亮，你说是不是？

〔惠花转身走回床边，坐到床上。惠花的丈夫大雄和一群兄弟醉醺醺地从舞台右侧上场。

**朋友一**　花径不曾缘客扫，蓬门今始为君开。鸳鸯被里成双夜，一树梨花压海棠。大雄，你今天娶老婆了。

**大　雄**　哼，要不是外面那些女人不能给我生孩子，谁还费那个钱娶老婆。彩礼聘金，够我在外面玩儿十个！

**朋友二**　（不怀好意地笑）生儿子，嘿嘿，你也得看她愿不愿意跟你生儿子。

**大　雄**　什么狗屁混账话，她是我老婆不跟我生跟你生？

**朋友二**　别别别。朋友之妻不可欺，这道理我懂。

**大　雄**　那你什么意思啊？

**朋友一**　我是说啊，这生孩子，最要紧的那一步你可知道？

**大　雄**　有什么不知道啊，外面又不是没玩过！

**朋友一**　糊涂了吧，这和你外面玩儿还真的就不一样！
（念）女人身上裤腰带，

老虎嘴边两个腮。
你要解下裤腰带，
龙王双角也能摘。

**大　雄**　这么夸张？

**朋友一**　你年轻，不知道，女人身上的裤腰带，可是难解得很。

**朋友二**　是啊，我听说，村口的鳏夫，娶亲的时候，老婆绑了整腰的腰带，死活不肯解。最后硬是跳海死了！

**朋友一**　可不是吗。不过这腰带虽然难解，数量还是不能少。少了的话，还不知道是娶了个什么不守妇道的女人回来。

**大　雄**　是吗？那我得看看她绑了几条。

〔一伙人走到床边。

**大　雄**　喂，你绑了几条啊？

**惠　花**　（不说话）

**大　雄**　喂，我问你绑了几条腰带！你怎么不说话，你是聋子还是哑子？

〔大雄走到惠花面前，扯下红盖头。

**伙　伴**　嘿，长得还不错。

**大　雄**　哼。

**伙　伴**　哎？还有点儿眼熟？

**大　雄**　是吗？我看看？

〔大雄凑近了看惠花，惠花闪躲，有人想起来惠花是之前卖甘蔗的。

**伙　伴**　这不是卖甘蔗的吗！

**惠　花**　（被吓到）是他！

（唱）冤家偏路窄，
喝水把牙塞。
嫩芽遇上牛蹄踩，
出海遇上大风来。
当街使尽一身坏，

人后岂非大劫灾。

**伙　伴**　还真是那个卖甘蔗的，大雄，你不是说你媳妇儿上学的？

**大　雄**　妈的，谁知道怎么回事！行了行了看到了都出去。（转身折返往惠花处）你卖甘蔗的事我先不跟你计较，你老实告诉我，你绑了多少条腰带？

**惠　花**　（不说话）

**大　雄**　你是个哑巴吗？不会说话是吧，行，你不说我自己数。

〔大雄伸手向惠花腰间，惠花起身躲开。

**惠　花**　你干什么！

**大　雄**　原来不是个哑子！那我问你话，你干什么不答？

**惠　花**　谁愿意回答你了？

**大　雄**　我呸！你知不知道你是干什么来了？你是来给我当老婆，不是来当祖宗的！你妈没教你怎么给人当老婆？

**惠　花**　要你管！

**大　雄**　我看你是吃了熊心豹子胆了！懂不懂规矩？我最后问你一次，绑了多少条腰带？少于八条我要你好看！

**惠　花**　我绑了多少条都跟你无关，我就算一条都没绑，你也别想碰我！

**大　雄**　可以啊，还是跟在街上一样嘴硬，我今天就治你这个脾气！

〔大雄与惠花在舞台上追逐，绕场。

**大　雄**　（唱）劝你别给脸不要脸，
劝你也少把架子端。
刚才种种恩与怨，
我大人大量不计嫌。
（白）你乖乖的跟我睡觉！洞房花烛夜，我可不想这么干站着！

〔大雄又去追惠花，惠花躲避。

**惠　花**　我呸！
（唱）谁怕你计较恩与怨，

谁求你小人不计嫌。
你本粗野惹人厌，
何必大度装圣贤？

**大　雄**　你！我打不死你！

〔大雄追到惠花，一巴掌打过去。

**惠　花**　（唱）一巴掌打得我天地转，
一巴掌打得我两眼翻。
他醉醉醺醺如泥烂，
他粗粗鲁鲁多野蛮。
我如何与他共餐饭，
我如何与他解衣衫。
说什么夫妻老来伴，
说什么从此不孤单。
我怕是今晚就要把命断，
我道是找了个恶鬼缠。

**大　雄**　你听不听话？不听话我再打！听话的话，就自己躺到床上去！

**惠　花**　你想都别想！

**大　雄**　那行，我就打到你想为止！

〔大雄欲再打惠花，惠花拿起桌上的蜡烛对着大雄乱挥，把大雄逼到门口。

**惠　花**　你今晚再敢乱来，我就放火烧了这房子！

**大　雄**　我还真不信你敢烧！

**惠　花**　有什么不敢！反正不是我家的！你不信，我现在就烧了这张床！
（唱）龙凤双烛火舌卷，
灯灯烛火烧姻缘。
你要躺下我便站，
休说同床共枕眠。
你打我个皮开肉也绽，

我还你个烈火卷滔天！

**大　雄**　妈的，还真遇到了个泼辣货色。

（念）就为讨个俏家眷，

花我整整大三千。

若不是怕爹怕娘把我怨，

花街怎少我流连。

娶了个祖宗不服管，

气得我是要上天！

（白）得得得，老子再出去喝会儿酒，你自己好好想想，想清楚点儿，我再回来，你要还是这副死德性，我要你的好看！

〔大雄往左侧下场，惠花放下蜡烛。

**惠　花**　我打死不跟这种人做夫妻！我要离婚！

〔惠花跑下场。

## 第六场

〔惠花嫂和惠花母喜滋滋地点惠花的聘礼，惠花气冲冲从舞台左侧上场。

**惠花嫂**　我听说这妹夫订娃娃亲时给的彩礼钱就多，这会儿成亲又给了这么一大把！妈，惠花这可真是找了个好人家，日后全享福了！

**惠花母**　可不是吗。

**惠　花**　妈，嫂子！

**惠花嫂**　你这是？

**惠　花**　我不成亲了，我要离婚！

**惠花母**　（不敢相信）你……你说什么？

**惠　花**　我说我要离婚！

**惠花母**　你……你疯了！

**惠　花**　我没疯！这才刚成亲，他就能动手打人，这要是再过下去，说不准哪天我就死在那儿了！

**惠花母**　打人？打人算多大的事？哪个丈夫不打人？再说，你要是够听话，他打你干什么？要我说……要我说就是你自己脾气硬不服管，人家打你，那也是你活该要教训！

**惠　花**　妈！我是你女儿，我被人打了，你还来怪我的错？

**惠花母**　不是你的错难道是我的？是，就错在我没教好你！

**惠花嫂**　（假意劝解）妈，您也别这么急，惠花还小，不懂事。惠花，听嫂子的，男人打人多少都有，但好歹你丈夫钱多啊。你要是找一个没钱又打人的，那才叫亏啊。

**惠　花**　钱钱钱！只知道钱！我日子的好坏，在你们眼里，就是他有没有钱吗？你这么喜欢他的钱，你去嫁给他啊！

**惠花母**　你！我要被你气死了！

**惠花嫂**　（安抚惠花母）妈，你先进屋，我来跟惠花说。她一向也听我几句话，一会儿，保准叫她乖乖给你道歉。

**惠花母**　我不要她给我道歉，我就指望这小姑奶奶别想一出是一出！离婚？死人才离婚！

〔惠花母愤愤下场。

**惠　花**　（对着惠花母喊）那我就是死，我也要离婚！

**惠花嫂**　（佯嗔）瞎说什么死不死的，惠花，我们这也是心疼你。你从小也没怎么干过活，你妈给你挑这么一户人家，让你不用吃苦受累，你以为容易吗？你今天这么一闹，不说别的，你妈怎么受得了？就算你妈受得了，你离了婚，亲家媒婆不都把你恨上了？以后走在路上，人家跟你指指点点，你抬得起头？

**惠　花**　（唱）挑担压肩我情愿，

只求断姻缘。

怕什么指和点，

怕什么碎闲言。

旁人哪晓冷或暖，

旁人哪晓我心寒?

（白）嫂子，除了秀姑姐，也就你最疼我。新婚之夜就对我又打又骂，你肯定也舍不得我受苦，是不是?

**惠花嫂** （迟疑又假装）这……是是是，嫂子当然疼你……你也别太心急，先坐下，歇歇。惠花，你年纪还小，很多事儿你还是不明白。

（唱）洞房花烛多热闹，

你却趁机把婚逃。

从前就听妈言道，

（白）你丈夫，

（唱）一表人才身量高。

银钱多多家世好，

楼房盖得上云霄。

怕什么又打又骂惹人恼，

只怕误洞房花烛好良宵。

早日生一个男儿宝，

他就被你捆得牢。

（白）男人都好面子，刚开始打人充大也是有的，等以后你给他生个大胖小子，他保准就是那个猴子进了五指山，逃不出的。远的不说，你看你哥，现在对我不就是规规矩矩服服帖帖？你呀，就赶紧趁刚成亲的这几天，抓紧点儿，早点儿怀上孩子!

**惠　花** （故意给惠花嫂挖坑往下跳）嫂子，你这话可不合规矩，我总听人说，新婚的三天，拼死了不解裤腰带，那才是守妇道。

**惠花嫂** 什么妇道不妇道，那都是虚的！惠花，你听嫂子一句劝，别犟，站孵博个好名声，惹得丈夫不高兴，不划算！现在是新社会，咱们女人也不用图什么贞节牌坊，过好自己就成!

**惠　花** 是啊，现在是新社会，新社会离婚也不是什么稀奇的事。

**惠花嫂** （被惠花堵住）你这……哎，惠花，话不是这么说……

〔秀姑惊慌着跑上场，打断惠花嫂的话。

**秀　姑** 惠花，惠花嫂，不得了了，出事了!

惠　花　（看到秀姑非常激动）秀姑姐！

秀　姑　惠花！你……哎。

惠　花　怎么了？

秀　姑　你……你丈夫他……

惠花嫂　（急）怎么了？

秀　姑　惠花，你丈夫那天，是不是出门了？

惠　花　是啊，他想来硬的，我不服，他就跑啦！

秀　姑　你丈夫他……那天晚上喝多了跑出去……他……他……

惠　花　嫂子到底怎么了啊！

秀　姑　（害臊，一口气说完）他侮辱良家妇女，被关起来了！

惠花嫂
惠　花　（齐）啊！

惠花嫂　（唱）好一个晴天大霹雳，

惠　花　（唱）好一个惊天大消息。

惠花嫂　（唱）小姑早有离婚意，

惠　花　（唱）我趁此就能把婚离。

惠花嫂　（与惠花同时）惠花！

惠　花　（与嫂子同时）嫂子！他都这样了，我刚好可以离婚！

惠花嫂　（急）惠花！你可消停点吧！要不是你跟他大打出手，他能跑出去？会入狱？你现在倒还成了最有理的了！

秀　姑　惠花嫂子！你别这样说惠花……

惠花嫂　（急得在场上来回转悠）我不说她？我都不知道能说她啥！因为她跟人家打架，还跑回来，谁知到这会儿外面怎么说我们家……现在还害得妹夫出了事，万一……万一亲家过来把惠花休了可怎么办啊！

惠　花　休了我？休了我更好！

惠花嫂　休了你？休了你我们要还彩礼钱！彩礼钱还了，拿什么给大宝订娃娃亲？你这么一闹，以后谁还敢要咱们家的女儿，二丫头找不着人嫁，你承担得起吗！

惠　花　要我说，这娃娃亲本身也不是什么好东西，不找就不找吧。你嫁给我哥，被打被骂，现在我也被打被骂，二丫头将来自由恋爱，找个不打她不骂她的，岂不是更好？这些话……这些话还是你以前跟我一起看了电影，跟我说的！

**惠花嫂** 我说的？好……就算是我说的，那我以前都是放屁！惠花，我实话告诉你，别说你丈夫现在只是打你，只是犯了事，就算他跳海里死了，你也别想跟他离婚！

〔惠花嫂愤然下场，惠花与秀姑呆愣在原地，秀姑看惠花半天不动，伸手拉惠花。

**秀　姑** 惠花……你没事吧。

**惠　花** 秀姑姐……

**秀　姑** 惠花，你别太伤心，我……我也不知道能怎么安慰你。

**惠　花** （伸手拉住秀姑的手）秀姑姐，只要你能理解我，支持我，就是安慰我了。要是在以前，嫂子也是能懂我的。

（唱）初进门时同坐卧，
悄悄话儿多。
何曾分过她和我，
般般分双镯。
料是光阴蹉跎过，
情谊也消磨。

（白）我嫂子以前，还发誓说要让她女儿读书，现在呢？

**秀　姑** 那等你生了女儿，你肯定是能供她上学的，是不是？

**惠　花** 万一我嫁了人，也变得和我嫂子一样，不愿意让女儿上学了呢？

**秀　姑** 怎么会……（迟疑又哀伤）惠花，你就是太不一样，要是真的跟大家一样了……也许你都好过些。

**惠　花** 一样？跟我嫂子一样？跟大家一样？

（唱）一样把那打骂忍，
一样血泪肚里吞。
一样浑浑又沌沌，
一样认命女儿身。

（白）不，我绝对不要跟我嫂子一样！成她那样，和死有什么分别？

（唱）我誓死不做他人妇，

我情愿挽髻做自梳。

嫁一个丈夫打断骨，

找一个老婆胜奴仆。

我誓死不回那牢笼处，

我情愿一生永孤独。

（白）我斗不过他们，但是，我也绝对不会让他们捆住了我！

**秀　姑**　惠花！

**惠　花**　秀姑姐，我实在是没办法了！

（唱）逃不脱娘亲找的好夫婿，

甩不脱头上的咒紧箍。

一道道将我紧催促，

一道道尽是索命符。

（白）他们逼我去死，我就把这条命给他们！我就是死也不会跟那个臭男人做夫妻，死也不会变得跟她们一样！秀姑姐，我们立过誓的，要生同生，死同死，我现在没路走了，咱俩死在一起，好不好！

〔惠花抓住秀姑的手，却被秀姑一把甩开。

**秀　姑**　惠花！你说什么傻话！

（唱）说什么生同衾来死同穴，

说什么生死与共旧誓约。

人情岂是一纸写，

人命岂是一刀切。

（白）惠花，人活着，不能这么自私的。

**惠　花**　秀姑姐，你说我自私？

**秀　姑**　惠花，你死了是轻松。但你想过没有，你要是死了，离婚了，你妈、你嫂子，甚至二丫头，将来怎么做人？而且惠花，我也不打算瞒你了。阿光他说……准备带我去深圳。

惠　花　深圳？你答应了！

秀　姑　他是我丈夫，我当然要答应。惠花，你也要答应我，不要再这样寻死觅活，再忍忍，等我去深圳站住了脚，你要是还想离婚，我就做工帮你挣礼金的钱！

惠　花　你都答应了，还说这些做什么。

秀　姑　你这个样子，我怎么放心？

惠　花　是吗，你还不放心我。我以为，你已经一心跟你丈夫好了。

秀　姑　瞎说什么，我是有丈夫，但我也有你这个姐妹夫妻啊。

惠　花　姐妹……夫妻。

（唱）姐妹夫妻是姐妹，
夫妻才是真良媒。
你既将那盟约背，
你既将那誓字违。
休怪我……
休怪我心狠把情谊摧！

秀　姑　惠花，你得答应我，好好过日子，我才能放心去。

惠　花　你什么时候动身？

秀　姑　后天一大早的船票已经定了。

惠　花　是吗……秀姑姐，你明晚来我家找我吧，我给你……不，给我们送行。

秀　姑　我们？

惠　花　送你去深圳，送我去县里，我去县里打听打听，我丈夫他什么时候能放出来。

秀　姑　（松了一口气，拉起惠花的手）你这样想我就放心了！明晚我去找你，我也有好多话想跟你说。

惠　花　好，明晚我等着你。秀姑姐，明晚可能就是我们最后一次见面了。

秀　姑　说什么傻话，后天我去深圳，你还要和我一起去县里呢。

惠　花　是啊……去县里。

# 第七场

〔惠花家中，一张小桌子，桌子旁边有两张小椅子。桌子上还有一个妈祖像和一把菜刀。惠花带着一块布上场，走到桌子边，把菜刀拿起又放下，抬起手腕看手上的镯子。

**惠　花**　（唱）双镯仍在腕上佩，
仍在腕间垂。
双镯结下三人对，
如今我独悲。
（白）这镯子，还是嫂嫂和秀姑姐一人一个给我的，那时候，我们三个人还真的是一条心。
（唱）嫂嫂从前多狼狈，
哥哥打骂摧。
如今儿女有一对，
也把从前挥。
（白）海娘娘，你说，要是我成亲了，是不是也会变得跟我嫂子一样？但是秀姑姐说，我要是变得跟她一样了，日子倒也好过了。海娘娘，我嫂子会为了彩礼钱害我，秀姑姐总不会害我的，是不是？
（唱）想曾经她为姐来我为妹，
也曾是两小无猜共床帏。
到后来一心结作夫妻对，
娘娘你也曾替我做良媒。
她如今随夫把家乡背，
她如今将誓言做飞灰。（拿起桌上的妈祖像）
你可晓，我此生不求与她同衾被，

（唱）我只求自自在在少是非。

（白）海娘娘，男人和女人，到底有什么分别？为什么男人，就可以随便打骂我们，而我们，连反抗的权利都没有。我嫂子以前跟我一样，现在也跟那些男人一起来逼我，海娘娘，我嫂子自己也是女人，她也是被打被骂过来的，难道她被打被骂，就也要看着我被打被骂，她才甘愿吗？海娘娘，为什么她们都变得跟以前不一样了？就连秀姑姐，发过誓要跟我生同生，死同死，现在……现在也要为了她的丈夫抛下我！

（唱）昔日誓言犹然在，

情谊尚萦怀。

如今她将誓约改，

留我空对梳妆台。

（白）秀姑姐，以前我们俩在一起，总是互相说笑，你肯定觉得（拿起菜刀）我说的生同生，死同死，也是说笑，是不是？你放心，我会帮你想起来的。

〔惠花将刀包好，放在椅子上，坐下。秀姑带着酒菜从舞台左侧上场。

**秀　姑**　惠花，我带了很多酒菜来，我们今晚好好喝一杯。

**惠　花**　好。

〔秀姑摆酒菜。

**秀　姑**　惠花，你都不知道，听你说让我去深圳，我心里有多高兴。惠花，你知道吗，其实我一直都很佩服你。你敢说话，敢做事，敢指出这里不合理的事情。像我，就不行。就连我丈夫都很佩服你，觉得你很勇敢，比我强。

**惠　花**　是吗？你只是很佩服我，觉得我勇敢而已吗？也许我真的是很勇敢，什么事我都敢做，只要是为了你。秀姑姐，你还记不记得，我们曾经在妈祖娘娘面前发誓，要做姐妹夫妻？

**秀　姑**　我当然记得。我们说过，要生同生，死同死的。

**惠　花**　是啊，生同生，死同死。

（唱）我在惠安你深圳，
　　生同只怕难同生。
　　秀姑姐你莫要将我恨，
　　生不能同床死同坟。

秀　姑　惠花，你知道吗，其实我也不算太安分。我一直觉得，你说的很多话，都很有道理，只是我没有你那么勇敢，不敢去反抗。
（唱）非是我心里多奢望，
　　惠安地实在不是女儿乡。
　　女子命从来是悲怆，
　　男儿全都是享福郎。
　　奈何我无能为力来反抗，
　　多亏我有你和我夫阿光。
　　你二人给了我新希望，
　　远赴深圳离此乡。
　　待我孩儿落地慢慢长，
　　也不会被这旧俗妨。

惠　花　（震惊）孩子，你有孩子了？

秀　姑　是啊，我有孩子了。所以我和阿光才真的决定，要离开这里。我不想让他以后过和我们一样的日子。我希望他的人生都可以由他自己做主。惠花，你知道吗，这些事，都是你教给我的。

惠　花　（唱）我本已磨了刀一柄，
　　一刀下去两两相清。
　　却谁知她身怀新人命，
　　却谁知她将做好娘亲。
　　我如何能将心意狠，
　　我如何能将快刀伸。
　　我如何能一刀两条命，
　　我如何能拆散乐天伦。
　　荒唐大梦早该醒，

我才是那多余人。

秀　姑　惠花，我真的很希望，我能生一个女孩子，能像你一样漂亮，一样善良。

惠　花　秀姑姐……我……（惠花忍住悲伤）那秀姑姐，等你到了深圳，和你丈夫一起好好生活。连我的那一份，也一起。

秀　姑　我会的，惠花。我走了以后，你不要再胡思乱想，好好过日子，知道吗？

惠　花　知道了。（语调哀伤）以后就是想，怕也没命想了。

〔惠花俯身查看秀姑的篮子，从中取出扇子。

惠　花　这个你还留着。

秀　姑　是啊。

惠　花　（将扇子收拢，划过脸颊）那你还记不记得，这是什么意思？

秀　姑　（学着惠花用手指滑过脸颊）是我想跟你在一起。

惠　花　是啊，我想跟你在一起，我多想跟你在一起。秀姑姐，我是永远都不会忘记你的。至于我这个人，你就忘了吧！

秀　姑　说什么呢惠花，我这辈子，都不会忘了你，永远永远，都不会忘记你这个好姐妹。

惠　花　好，那你就永远都不要忘了我，能被你一直记着，我这辈子也够了。不早了，你先回去吧，明天我给你们送行。

## 尾　声

〔海港码头边，惠花、秀姑、阿光三人一同上场。

〔幕后伴唱：

此一去姐妹天涯远，
此一去姐妹隔天边。
此一去再难回惠安县，
此一去是深圳新人间。

〔伴唱中，秀姑、阿光同惠花道别，下场。舞台上只剩下惠花。

**惠　花**　（唱）我此一生多遗恨，

最恨不是男儿身。

男儿自小手心捧，

女儿自小无人疼。

我若能生一个男儿命，

又怎与秀姑姐两生分？

她如今，离了惠安牢笼困，

我如今，仍是难把枷锁挣。

（白）就算我不是个男的，难道就只有认命这一条路吗？秀姑姐能去深圳，我为什么不能去！难道……就真的要让他们逼死我吗？

（唱）惠安既是牢笼困，

我又何必陷此身？

天下尽是新环境，

岂止惠安一道门？

（白）我就不信了，我离了这惠安，就闯不出个名堂！

〔惠花坚定信念，在伴唱声中下场。

〔幕后伴唱：

惠安海，浪摇浪，

惠安女，水茫茫。

女儿自己把舵掌，

怕什么浪打滔天狂。

〔在伴唱中，又有游客和惠安女从舞台两侧上场，而这一次，惠安女主动喊住游客。

**惠安女**　你们是不是有相机，帮我们照张相吧！

〔伴随着相机声，落幕。

〔剧终〕